U0525484

有爱的青春陪伴者

禾一声／著

吻青

江苏凤凰文艺出版社

图书在版编目（CIP）数据

吻青 / 禾一声著. -- 南京：江苏凤凰文艺出版社，
2024.6
　ISBN 978-7-5594-8518-2

Ⅰ.①吻… Ⅱ.①禾… Ⅲ.①长篇小说 - 中国 - 当代
Ⅳ.①I247.5

中国国家版本馆CIP数据核字(2024)第053728号

吻青

禾一声 著

责任编辑	王昕宁
特约编辑	文佳慧　杭蓓蓓
出版发行	江苏凤凰文艺出版社
	南京市中央路165号，邮编：210009
网　　址	http://www.jswenyi.com
印　　刷	天津睿和印艺科技有限公司
开　　本	880mm×1230mm　1/32
印　　张	9
字　　数	295千字
版　　次	2024年6月第1版
印　　次	2024年6月第1次印刷
书　　号	ISBN 978-7-5594-8518-2
定　　价	42.80元

江苏凤凰文艺版图书凡印刷、装订错误，可向出版社调换，联系电话025-83280257

第一章
/ 给，今年的夏天 / 001

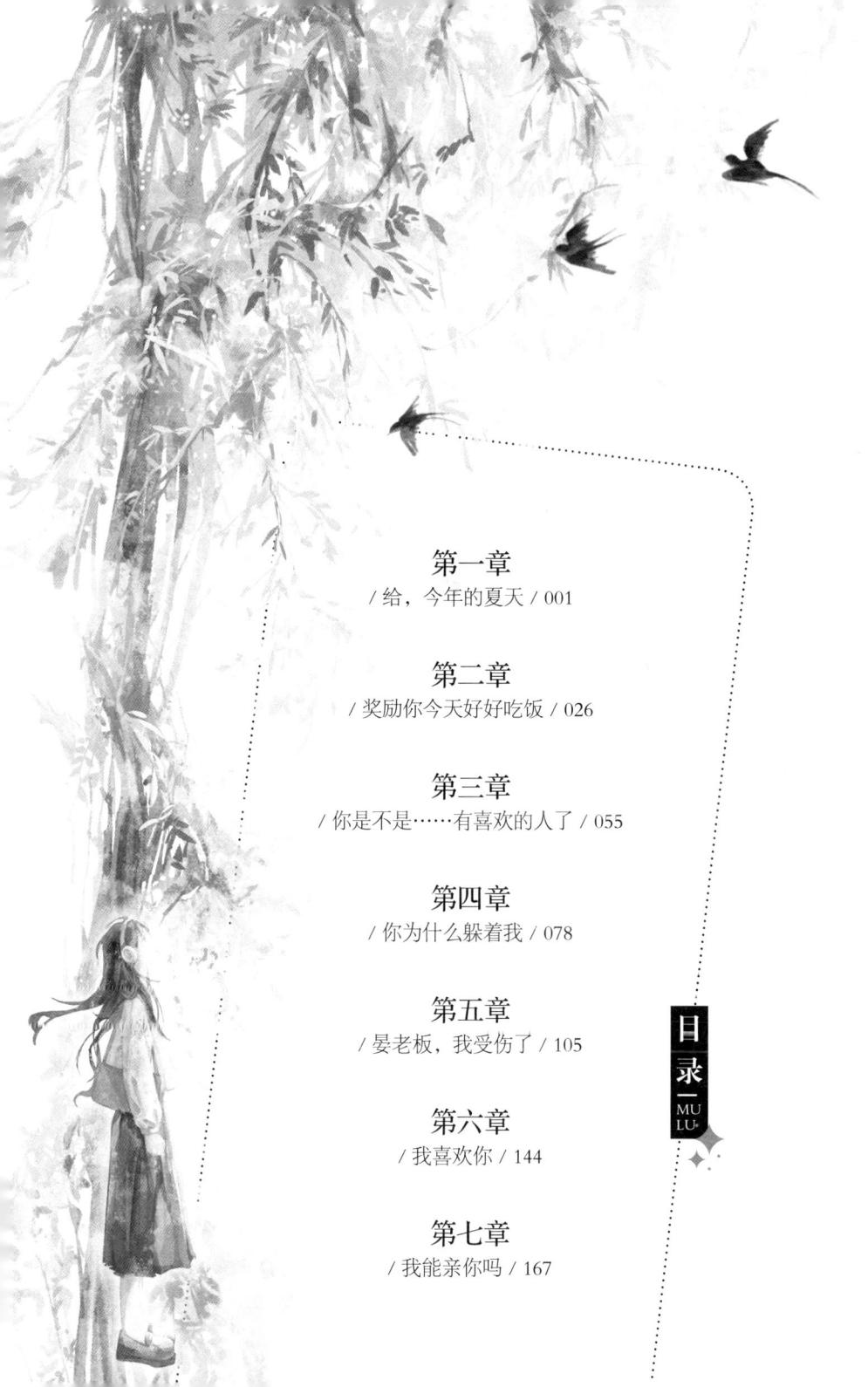

第二章
/ 奖励你今天好好吃饭 / 026

第三章
/ 你是不是……有喜欢的人了 / 055

第四章
/ 你为什么躲着我 / 078

第五章
/ 晏老板，我受伤了 / 105

第六章
/ 我喜欢你 / 144

第七章
/ 我能亲你吗 / 167

目录 MULU

第八章
/ "恋爱脑"真可怕 / 185

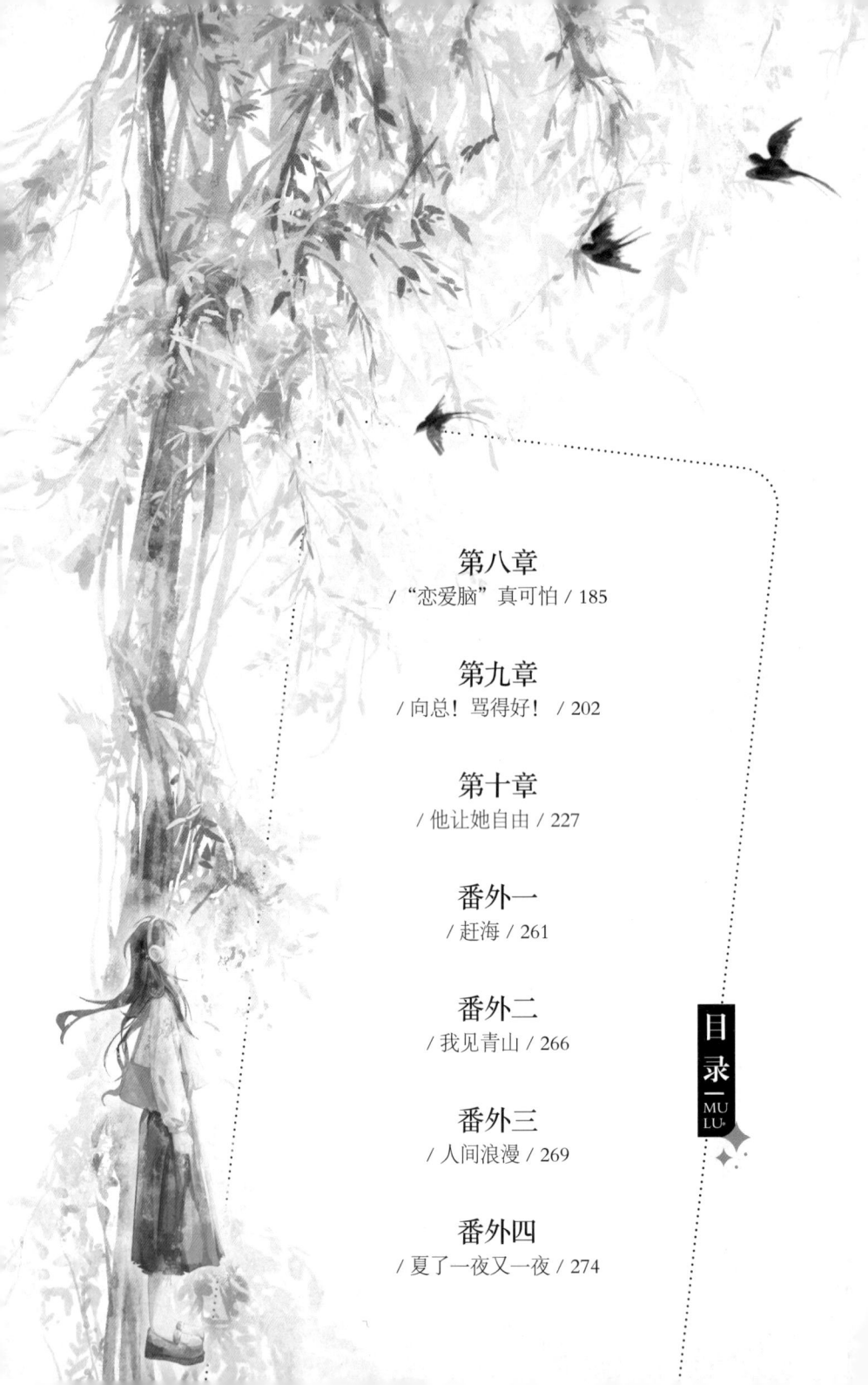

第九章
/ 向总!骂得好! / 202

第十章
/ 他让她自由 / 227

番外一
/ 赶海 / 261

番外二
/ 我见青山 / 266

番外三
/ 人间浪漫 / 269

番外四
/ 夏了一夜又一夜 / 274

目录 MULU

第一章

/

给，今年的夏天

六月，云南德钦，夜雨连绵。

暮色四掩，近日来雨水不断，让山里本就温度不高的空气多了几分湿冷，道路两旁树木的枝叶被打蔫，落了一地的泥泞。

雨势逐渐变大，噼里啪啦地扑在前窗玻璃上，完全遮挡了车内人的视线。

云崝看了一眼中控台上没电的手机，视线瞥见车辆的油表，微一思忖，右手在方向盘上打了半圈，车子偏离原路线，径直驶入一条狭窄的偏路。

半个小时后，云崝拎着不大的行李箱，走进一家民宿。

时间逾近凌晨，民宿内没有开太多灯，将原木设计的风格照得愈加暗淡，云崝只能看见前台坐着个年纪不大的男人。在听见外头的声响后，那人迅速抬头，眯着眼问云崝："住宿？"

云崝走过去，问："还有房间吗？"

年轻男人站起来，疑惑般地挠了下后脑勺："您没提前预订啊？"

云崝摇头："没有。"雨势过于凶急，车里的油根本开不到他之前订的酒店，他只好中途转道，照着导航地图找到最近的一家民宿，将就住一晚。

"那我看看啊。"年轻男人俯身，拿过鼠标在电脑上操作了几下，接着抬起头，满脸惋惜，"还真不巧，可能是今天雨大，房间全满，实在不好意思。"

云崝抿了下唇，举起已经自动关机的手机问："那能不能帮忙充个电？充到开机我打个电话就行。"

"行。"年轻男人一笑，爽快地答应。

年轻男人拿起柜台底下的插电板刚要递过来，忽然听见一道温淡的女声："十六，怎么了？"

云崝循声望去，大厅楼梯口处不知何时站了一位姑娘，她身着一套奶白色睡衣，肩上披着条当地特色花纹的蓝色披肩，长发垂在身侧，眼神蒙眬却又直直地看向两人，白皙又干净的脸上表情很淡。

"宁姐。"被叫"十六"的年轻男人先是叫了声，才又指了指云峥，"这位先生想住宿，但是没房了，他的手机也没电关机了。"

说着，他转头跟云峥解释："这是我们老板。"

这姑娘看着才不过二十出头，云峥想，这老板挺年轻。

说话间，年轻姑娘往这头走，走动的幅度牵起她不算太长的睡裤，露出纤细白嫩的脚踝。云峥看了眼便别开视线，这才注意到，她脚边还跟了一只小橘猫，脸挺圆乎，正一步一晃地跟在后头。

可能是刚睡醒，姑娘边走边揉了下眼睛，紧接着，脚边的小家伙也很快舔了下爪子。

这是猫随了主子。

年轻姑娘走到柜台后，看见十六刚才查的后台记录，确实已经没了多余的房间。然后她看一眼云峥，不知为何，突然低笑了下说："算你幸运。"

这话听得云峥一愣。

他来德钦的第一天，遇上这么恶劣的天气不说，柏西明给他安排的车连预订的酒店都开不过去，好不容易找了家民宿，还没房可住，别说是幸运，简直是不能太糟糕。

却在下一秒，云峥听见那姑娘对十六说："把顶楼那间房开给他。"

"顶楼那间？"十六的语气变得惊讶，意识到云峥还在，很快压低了声音，跟那姑娘确认，"确定是那间？"

"不然呢？"姑娘瞥了他一眼，语气慵懒，"雨这么大，把人赶出去淋着？"

十六彻底无话，朝向云峥时换了副语气："先生，给我下您的身份证吧，我帮您开房。"

将身份证递过去后，云峥道了声："谢谢。"

十六没答，倒是那姑娘"嗯"了声。她也没抬头，兀自逗着脚边的小猫，几缕发丝从鬓间垂下来，从侧脸一直落到她嘴角噙着的笑意上，接着她蓦地抬头，明亮的眼眸跟云峥的对上。

对视一眼，姑娘朝他笑了笑，没说话。

十六开好房，将门卡和身份证递给云峥，往里头指了下："从这边楼梯上去，一直上三楼，就那一间房，刷卡进去就行。"

十六:"哦,对了,要是觉得高反不舒服,就打客房服务电话,这里有氧气罐。"

云崝把东西接过来,点点头。

要走时,姑娘俯身将脚边的小猫抱起,小猫软绵绵地窝在她怀里。姑娘用长指在猫背上抚了几下,忽然说:"上楼了别着急睡,那房间许久没住人,待会儿给你拿套新床单。"

"嗯。"云崝应了声,想想又再次道谢,"谢谢宁老板。"

话音落地不到半秒,十六和姑娘一起笑出来。姑娘摇摇头,笑起来时露出左边嘴角的小梨涡:"我叫晏宁。"

她不姓宁。

"抱歉。"意识到乌龙的云崝很快道歉。

晏宁没多在意,跟十六打了声招呼便从里屋的另一扇门出去。云崝拎起行李箱,从十六指引的楼梯拾级而上,往开好的房间走。

到了三楼,果然只有一间房。但出乎意料的是,这间房很大,跟楼下的风格不同,屋内装修是极简的侘寂风格,色调偏向自然。室外雨水喧嚣吵闹,时间在这方天地犹如停止流逝,墙上光影波动,气氛静谧又质朴。

虽然晏宁说这屋子长期没人住,但依然打扫得很干净。床铺整洁没有褶皱,灰白花纹的地毯洁净柔软,就连桌上那盆茉莉花也被照料得极好,枝叶青绿发亮,形状规整没有突出的部分,看样子是才刚被人修剪过。

放下东西给手机充上电,云崝靠在椅子上闭目养神,顺便等着新床单。不多会儿,手机开机,向昭的电话立刻打进来。

给手机开了免提,云崝继续靠到椅子上,向昭一如既往地问候道:"今儿吃饭了吗?"

云崝声线冷淡:"你不如问我死了没。"

自从他几月前确诊为厌食症后,向昭作为他的多年好友及经纪人,每通电话的第一句必会问他吃饭了没有,低俗又乐此不疲的恶趣味。

"还能喘气,看来精神不错。"向昭戏谑的声音从话筒那头传过来,将云崝的耐心耗尽。

云崝蹙了下眉:"有事儿说,没事儿挂。"

"那还是有事的。"向昭的语气变得正经不少,"今天席女士打电话问我,为什么你不声不响地跑出去两个月。"

云崤："你怎么说的？"

向昭哼了声："我说你年近三十，终于发现了自己想要什么，决定从头开始做个风光摄影师。"

云崤是个时尚摄影师，也是各大知名杂志的合作对象，他主拍人像，不少当红明星的出圈大片都出自他手。他最擅长的便是发掘人物特质，用强烈的视觉冲突呈现人物个性。

他不仅是会怕，他更敢拍。

他曾将一向以"清纯不谙世事"著称的女明星，扔进一堆肌肉男里，女星穿着高开衩礼服侧身露出长腿，睥睨众人的眼神魅惑又充满野性，高跟鞋将花束踩在脚下，将刻板和成规一并踩碎。

成片一经问世，不少导演名家看到了这个女星身上的反差和潜力，不仅此女星的戏路得以拓宽，而来找云崤合作的人更是络绎不绝。

任何人在云崤的镜头下，都是艺术品。

可就是这样一个被圈内人称为"鬼才"的摄影师，在几个月前，再也拍不出令自己满意的作品，也是在同一时间，云崤发现自己开始抗拒进食。

工作室微博停更时，对外宣称是云崤要调整休假，可长期没有动态和作品问世的情况下，开始有好事的营销号捕捉到他近期作品水平下滑的蛛丝马迹，胡乱揣度发文，网络上已经逐渐有了"云崤江郎才尽"的言论。

云崤看见微博话题评论的时候，当即订了张去昆明的机票。

随走随停，这一路去了不少城市，曲靖、红河、临沧、丽江，再到今天的德钦，没有目的地，也没有目的，了无牵挂地飘飘荡荡。

云崤"嗯"了声，道："先别告诉她。"席女士是他的母亲，还不知道他身患厌食症的事情。

"当然。"向昭回答得很干脆。

现下云崤的情况还不算太严重，心理医生的建议是自我调节一段时间，所以他给自己放了个长假，可要是席女士知道这件事，按她的行事风格，必然会大动干戈将人关起来直到治好为止。

又随口说了几句最近工作室的情况，向昭最后说："过段时间还是回来一趟吧，最近有个男团挺火的，投资方找到媚姐，让拍一组杂志宣传照。"

秦媚是工作室的大投资人，在创始初期提供了不少人脉上和资金上的帮助，这个面子云崤不能不给，但他还是说："不怕我给人拍砸了？"

"得了吧。"向昭声音拖得很长，接着又"啧"了声，"得长成啥样，能被你拍砸。"向昭之所以敢说这话，是对云崝技术的绝对信任。即便云崝现在灵感滞涩，但哪怕拿着手机在摄影棚里比画几下，也有大把想要在圈内出头的小明星往上凑。

"时间定了告诉我。"云崝应下这档子事。

向昭的任务完成，又叮嘱他多少吃点东西，很快就挂了电话。

云崝又坐了会儿，外面大雨如泼，没有变小的趋势。听着雨声，他从口袋里摸出一根烟，咬在嘴上刚燎着，有人在门外敲了几下。

应该是送来新床单的人，云崝灭掉烟，走过去开门。

来的人是十六，他将床单抱在怀里在门口站得笔直，问云崝："要不我进去给你铺上？"

"不用了。"云崝礼貌地拒绝，伸手要将十六手里的床单接过来，"我自己来就行。"

"好。"十六也不推辞，只是在云崝探身过来的瞬间，他脸色变了下，鼻子也跟着吸了吸，看向云崝的眼神机警而凌厉，"你抽烟了？"

察觉十六不同寻常的反应，云崝承认："刚点上。"甚至还没来得及抽。

"你可别抽烟。我们老板最讨厌烟味儿。"十六撇了撇嘴，后怕似的一抖身体。

他郑重警告："她要是知道你在这儿抽烟，会把你扔出去。"

次日，云崝被一阵电话铃声吵醒。

半睡半醒间，他听见对面公式又客套化的女声："云先生您好，我们这边看见您预订了酒店没有按时入住，但因为一些系统原因，您的房间已经被误订给别人了，我们这边将退还您两倍的房费，请问您是否能接受这种赔偿方式呢？"

云崝睡眼惺忪还尚未醒透，好半天才将这番话捋顺，他说了句"稍等"然后将电话挂断，接着给柏西明拨了个电话过去。

如同昨晚一般，冰冷的女声提示该号码不在服务区。

柏西明是云崝的高中兼大学同学，也是给他预订酒店的负责人。来德钦前，柏西明信誓旦旦地说能将他的一切行程安排妥当，可当云崝真到了地方，柏西明如同人间蒸发。

这孙子八成是跟着他那个植物学的小女朋友，现在不知道在哪个深山老林里"采花惹草"，早把云崝忘到脑后了。

暗骂了句柏西明不靠谱，云崝撂了电话，掀开被子起床。

　　拉开窗帘的一瞬间，云崝心里的气郁消去大半。

　　窗帘后是整面墙大的落地玻璃窗，窗外风景猝不及防地映入眼底，雨后天清气朗，被冲刷过的空气明净如透，远处青山层峦，秀丽和雄伟相叠到天际与白云交汇，直到最远处若隐若现的雪山，雪顶冰封蔓延一片天光。

　　云崝推开落地窗旁边的门走出去，是个不大的露台，空气沁人肺腑。

　　这家民宿较之别处地势高不少，周围的风景都能看得清楚，人家、田野，云崝甚至能听见在不远处的窄路上，那头趴窝的牛崽低憨的哞哞声。

　　偏头过去，露台左侧往前走几步，通向一处木质地板的天台，天台四周被玻璃墙围住，中央放了一张矮桌。那矮桌很大，比云崝工作室里放器材的台子还要大不少。

　　云崝走过去，没管那矮桌还湿着，便坐下，静静地望着远处的蜿蜒。

　　远处矮房错落，房屋上七七八八地挂着些"住宿""吃饭"和"大巴车"的灯牌，其实这处的景观远远不及柏西明管理的那家酒店，可胜在莫名的烟火气，让云崝看定了神。

　　早上的风偏冷，将云崝的T恤吹得鼓起，一股凉意从袖管穿透身体，强硬地将他从游离中拉回现实。

　　也是这种清醒的感觉，让云崝有了就此住下的想法。

　　想要在这儿住下，首先要和民宿老板商量。

　　云崝洗漱完毕后下楼。

　　今天在前台守着的是个年纪不大的女孩子，看见云崝的时候眼睛都一亮，声音软糯带着点口音："早上好啊。"

　　"早。"云崝扫一眼民宿大厅，除去公共活动区里几个交谈的男女，他没看见十六也没看见晏宁，便问，"你们老板呢？"

　　"宁姐姐出门了。"女孩子笑着说，"您是找她有什么事儿吗？"

　　来得不是时候，云崝想了想正要说话，女孩子忽然站起身冲他身后喊："宁姐姐。"

　　云崝回头，晏宁手里拎着满满当当的东西，正从门外向这头走。今天她将长发编起，几股辫子分在两侧，穿着白T背带裤，外面套了件薄毛衣，背包上的挂件是《疯狂动物城》里的朱迪警官，这样看起来，她整个人比昨晚青春活泼不少。

　　晏宁戴了副墨镜，云崝看不清她的表情。将早上发生的事大致说完，表达了自己想要继续住在这里的想法，他怕是唐突，又说："房费的话不用担心。"

晏宁几乎是没有迟疑："住呗。"她将车钥匙扔到柜台上，对云崝说，"有钱为什么不赚？"

"谢谢。"云崝很礼貌。

"你付了钱的，不用这么客气。"晏宁摆摆手，朝那女孩子示意一下，"让小桃给你办入住就行。"说完，她拎着东西越过云崝，头也不回地走了。

与云崝擦肩而过时，他闻见空气里一阵清甜的瓜果香。

房间的问题很快解决，而至于房费，云崝走出民宿站到车边，翻出早上那个号码回拨过去。

接电话的仍旧是同一个客服，云崝没给对方说话的机会，看似是协商实则道德感全无："我要五倍赔偿。"

对方明显犯难："先生，您这……"

云崝斩钉截铁道："你把这个号码报告给你们管理层，跟他们说我叫云崝，我只要赔偿，后面不要再来烦我。"说完他便挂了电话。

等结果的工夫，云崝靠在车上打量这间昨晚误入的民宿，前头的视野不如高处开阔，站在这里也看不见三楼的房间和阳台，非常得天独厚的条件。

唯独民宿院墙左上角一块不大的木质牌匾，上头写着——"有间民宿"。

云崝挑了下眉，这名字出奇地有意思。

隔了两分钟，云崝的手机提示有资金入账成功，他点进去看了眼，这何止是五倍房费，简直是一笔小巨款。

他丝毫没有狮子大张口的愧怍，薅自家的羊毛，可以不要脸。

后厨，晏宁正在收拾从市场买回来的东西，十八打着哈欠推开门，问了声好后说："宁姐，今天怎么下厨了？"

晏宁厨艺好，但很少这般大张旗鼓地动手，因为她讨厌烟味，这世上所有的烟味。

晏宁将鱼从桶里抓起来，新鲜的鱼活蹦乱跳地溅了她一身水，她眯起眼手起刀落将鱼拍晕，果断下刀刮鳞剖腹，还不忘跟十六说："今天是小桃生日，你忘了？"

十六一个激灵，扔了手里还没来得及啃的青枣，拔腿就往外跑。

晏宁专注着手里的活没忍住笑出声。

到了十二点左右，丰富的饭菜做好，除了小桃和十六，还有民宿里平时负责给客人做饭的关叔，几人围着大厅的桌子准备吃饭。

云靖在这个时间准备出门，他走到楼梯拐角处，刚好能看见那一桌色相极佳的菜肴，看上去不输高级餐厅菜品的卖相，但对现在的他来说，再好的食材都味同嚼蜡。

闻见饭菜香，云靖本能地皱了下眉，然后当作什么事情都没发生，径直走向门外。

大厅桌前，晏宁望着云靖远去的背影，躬身舀了勺菠萝饭塞到嘴里，味道正好，又狐疑地夹了块红烧菌尝尝，也没出什么差错。

她咽下去后问其他几人，很认真地问："我做饭很难吃吗？"

这话让十六差点噎住，缓了会儿才说："宁姐你说什么呢？"

"对呀。"小桃跟着说，夹了个春卷给关叔，"我要是能天天吃到宁姐姐做的饭，我就赖在这儿不走了。"

十六"哟"了声："没两月你就能把宁姐吃穷了。"

两人还在争论，晏宁又转头看了眼门外，已经看不见云靖的身影。她精巧的鼻子跟着思绪动了下，也觉得味道还行。

那刚刚云靖为什么一副很嫌弃的表情？

傍晚六点多钟，云靖脚踏一地的金光回到民宿。

十六和小桃躲在柜台后面低低地说话。小桃的头埋得很低，几乎要躲进衣领里去，余晖洒到两人身上，也掩盖不住小桃脸颊飞到耳郭后的红云。十六还在说着什么，小桃抬起头，娇嗔地推了他一把，十六笑着接下她的撒娇。

屋内有几位其他的客人在聊天，时不时地发出几声笑，云靖没看，转身上了楼。

他今天出去想给车加油，用地图一搜，发现剩余的油量连最近的加油站都开不到，索性放弃，寻了个看上去景别不错的地方，随手拍了几张。

在屋子里待了会儿，云靖拉开门走到露台上，举起相机拍了几张。

天色渐晚，山里的黑如是深墨，群山峻岭幽邃而遥远，远处房屋的灯光点在黑色的背景上，像掉落在凡尘的星星，随着林间草里的虫鸣忽闪忽暗。

从景致里转头,云峥看见了晏宁。晏宁同样也看见了他。

两人皆是错愕。沉默间,晏宁脚边的小猫跃到矮桌上,用脑袋蹭了几下晏宁的腿,然后安安静静地趴到一边,懵懂又好奇地观察着云峥。

云峥先问:"你是怎么上来的?"

晏宁"哦"了声,知道他误会了,竖起左手拇指朝后方扬了扬:"这边还有个入口。"见云峥表情扭曲了下,晏宁打消他的顾虑,"连着我的房间,别人上不来。"

云峥朝那头走了几步,没靠近,果然那头还连着一处楼梯,直通另一处二楼的房间,早上没注意看所以没发现。

这种布局让他多问了句:"这样安全吗?"

晏宁说:"以前你这屋也不住人。"说完,她捧着手里的橙黄色的东西喝了口,神色很是满足,看得云峥有几分羡慕,只是一杯简单的饮料,她就能开心得眉毛扬起。

察觉到云峥的打量,晏宁慷慨地拿出玻璃壶,从托盘里翻出一个干净杯子边倒边说:"酸角汁,自己做的。"倒完,她抬手递给云峥。

云峥没料到事情会变成这样,顿了几秒接过来,在一人一猫期待的目光下,浅浅尝了一口。冰镇的汁水滑入喉间,唇齿间都是酸酸甜甜的味道。

熟悉的异样感来袭,云峥将手里的杯子放下,转移话题问及小猫:"有名字吗?"

"噎喽。"晏宁笑着说。

小噎喽听懂了自己的名字,一个激灵蹦到晏宁的怀里,差点将晏宁手里的杯子打翻。她将杯子放下,抱着噎喽摸摸它的脑袋。

云峥挑眉:"噎喽?"

晏宁的梨涡越来越深:"因为它是黄色的。"

云峥想起这间民宿的名字,内心不禁感叹,真是个取名小天才。

晏宁看着云峥怀里的相机,仰头问他:"你是摄影师?"

云峥顺着她的视线看向怀里的相机,只是入门级的设备,不知道她的判断从何而来,反问道:"抱着相机的人就是摄影师?"这里的游客不少,抱着相机的人也不少。

晏宁摇摇头,话里很平静:"昨天晚上你来的时候,雨水把你的头发和外套都打湿了,只有你手里的箱子是干的。"昨晚她就在想,这么爱惜,一定是有什么珍贵的东西放在里面。

方才看他在露台那边举着相机拍照,晏宁偷偷打量了下。男人有些瘦,但侧脸的线条很好看,鼻梁高挺,修长的手指在调整光圈时,嘴唇不自觉地抿紧。

静白的月光落在发间,一路向下洒到他背脊,随着他的脚步轻微地波动,在按下相机的刹那,晏宁莫名觉得,好像有一瞬间的遗憾怅然从他周身流淌。

还未等晏宁细看,云崝就转头发现了她。

云崝没想到昨晚不长的时间,她能观察到这点,然后朝她点头:"是。"

晏宁没再接话,只有小噎喽轻软地"喵"了声,大眼睛骨碌碌地转来转去,看着两人。

倒是云崝问她:"你知道怎么去飞来寺吗?"

飞来寺离这儿有十多公里,是拍摄梅里雪山的好去处。

"拍雪山?"

"嗯。"

"那正好。"晏宁抱着噎喽站起身,对上他的眼睛说,"明天我要出去办点事儿,正好顺路,可以捎你一程。"

夜晚越发深静,林间偶尔几声鸟叫拉开静谧里的恬然。

云崝又点点头:"谢谢。"

晏宁笑,仿佛嘴角的梨涡是另一颗星:"明天见啦。"

晏宁走后,留了托盘没带走。云崝独自在矮桌上坐了会儿,望着远山里的深黑,感觉自己逐渐被吞噬。

这种没什么征兆的疾病找上他时,他就身处一片无际里。

昼夜是漫长的,在这无际的漫长里,他只希望明天的拍摄不会令人失望。

云南的早晨云雾缭绕,空气里飘浮着湿润的水汽。

晏宁坐在民宿一楼吃早餐,她咬了一口包子嚼了嚼,打开手机刷某APP。之前关注的博主更新了一期在云南的旅游视频,内容和之前见过的大差不差,都是几个有名的景点。晏宁拉动进度迅速地看了几眼,觉得没意思,放下手机喝了口豆浆。

十六在前台给客人办退宿,等人走了后,扬声问晏宁:"宁姐,你还不出发啊?"按以往的时间,晏宁这会儿应该启程半小时了。

"再等等。"晏宁咬下一口油条，似有若无地往楼道口瞥了眼，人还没下来，估计还睡着。

　　昨晚她半夜忽然记起杯子没收，轻步上楼时，看见云啸独自坐在矮桌上，望着远处的丛山发呆。白茫茫的月光笼罩着他，照见他的眼神，不同于跟她说话时那般平定，而是有几分不知所措。

　　晏宁当即明白，他应该是失眠了。

　　约莫过了十来分钟，楼梯上传来一阵脚步声，晏宁抬头，云啸踏下最后一级台阶。他今天穿了纯白T恤、深蓝色牛仔裤、白色板鞋，上身又套了件军绿色长袖衬衫，看起来气质清爽又干净。

　　晏宁趁他走过来的几秒钟，多看了几眼。

　　云啸背挎一个长形筒包，里头装着三脚架，相机挂在脖子上，随着他的动作摇摇晃晃。他站到晏宁对面，声线清朗："久等了。"

　　晏宁把装着早点的筐子朝他推了几寸，试探性地问："云老师吃早饭吗？"这是晏宁第一次这么叫他，像往常般对过路客人的称呼。

　　云啸很快摇头。

　　这个动作让晏宁想起他昨天皱眉的那一下，她也不强求，喝掉最后一口豆浆，站起身朝他晃晃手里的车钥匙："那走吧。"

　　晏宁的车是辆新能源电车，车不大，云啸坐在副驾驶的时候，感觉自己的头顶几乎要挨到车顶。

　　云啸调整了下，系好安全带后转头，发现晏宁正一动不动地盯着他看。

　　云啸问："怎么了？"

　　"云老师。"她边开车边好奇般地问，"你是不是没坐过这么小的车？"

　　云啸对这个称呼还不太习惯，沉默了下才答："对。"

　　他一米八七的身高，坐在这辆车里，加上路途的微微颠簸，这让他感觉自己好像在坐小朋友的摇摇车，前头的兔朵迪摆件跟他一起晃荡个没停。

　　晏宁转头，对他笑了下，眼睛在阳光下亮晶晶："那你委屈一下。"

　　云啸收回视线，扶了扶手里的相机："不委屈。"相反，他莫名地有些放松。

　　道路两边皆是绿木青林，枝丫交缠在一起，阳光从树缝里透过来，随着车辆的前进明明暗暗，偶尔遇到崎岖的路面，晏宁会开得慢些，能听见轮胎碾过石子的挤压声。

云崤打开车窗，靠在椅子上。

窗外的风涌进来，泥土的淡淡腥气和树木散发的气味混在一起，云崤轻轻合上眼，时间在感官和身体里同时被放慢。

见云崤闭着眼，晏宁自觉地没说话，她专注开车，又不经意间从后视镜里瞥一眼男人的侧脸——轮廓是苍白的消瘦，被风撩起的头发随意飞舞，被澄澈的日光镀了边。

晏宁想，这男人长得确实好看，就是太瘦了点。

第一次有这么帅的男人坐在自己的副驾驶，晏宁边想边笑了声。

云崤听见后睁眼问："你笑什么？"

"啊？"被抓包的晏宁恍惚了下，但依旧专注地看着前方，她低吟了声承认，"云老师，你知道自己长得挺好看吗？"

云崤扬眉，晏宁又继续说："你不怕我把你卖给这边的姑娘？"

她踩了脚刹车，让路前方的牦牛，又接着道："长得像你这么帅的，在我们这儿可不多见。"她用余光看他，脸上满是笑意。

"那也挺好。"许是风景的舒畅，让云崤心情不错，他望着前路打趣，"云南不是很好吗？"

晏宁："云老师是哪儿的人？"

云崤："上海。"

"哦。"晏宁懂了，"在大都市待腻了，跑这儿躲清闲。"

"算是吧。"云崤觉得她说得没错。

晏宁又说："但我估计你也待不了多久。"

"怎么说？"

"许多来我这儿住的人，都说要找回慢节奏生活，实际上呢……"晏宁耸了下肩膀，"其实骨子里已经习惯了大城市的东西，所以很难改掉。"

云崤点头："那是因为没有真正能留住他们的东西。"

这话生出几分脱离环境的高深，晏宁本能地问："那什么能留住你？"

云崤毫不犹豫："美。"标准摄影师的回答。

话音刚落，晏宁停了车，地方到了。不是外来游客常走的那条路，云崤下车时，晏宁隔着车窗给他指了条路，眼睛里闪着细碎的光芒："从这儿上去，大概到飞来寺的一半路途，你能看见一个小摊，那里风景也很不错。"她神情俏皮带着几分嗫嚅，"很少有人知道哦。"

云崤作为一个外来人，对这种当地的偏门路径很是需要，他又一次跟晏宁说谢谢。晏宁发现他这人话不多，但是非常讲礼貌，摆摆手开车走了。

车走后，云崝独自徒步往晏宁说的方向前进，可走了没几步他突然一转头，意识到了什么。他忘了问一句，应该怎么回去。

在原地站了会儿，云崝打算走一步看一步，他边走边拍。夏花从枝头坠落，在云崝的肩头留下匆匆的瞬间，然后随风向前在空中无拘无束。一路走，一路都能遇见清幽的香气，从发顶直接灌到脚下，风卷白云的光影掠过身体，云崝抬头，在晏宁说的那个地方，他看见万丈山明。

天地之间的风一同伫足，云崝深吸了一口气，自然原本就该是这样，脱离商业性的千篇一律，回归原始的纯粹。

来这里的人大多慕名"日照金山"的传说，现在不是最佳的观赏时节，云海从沟壑里翻涌缓缓上升，山峰在云海彼端矗立，宛如不能亵渎的神灵。

云崝扬了下唇角，他不去见山，山也不朝他走来。

观察周围一番，云崝选了个地方支起三脚架，将相机固定好，调整参数的时间，他听见耳边悠扬的吆喝声，又调了调脚架的高度。

云崝转头看向声音的来源。

这处景点虽然偏不算主流，但也有三两的人经过，不远处面积不大的平地上，有人支起棚子，是晏宁说的那个小摊，摊主正向过往游客推荐饮用水和面包，但都没什么人愿意搭理。

摊位上也有许多稀奇古怪的东西，在那桌子的正中间，云崝看见了用玻璃桶装着的酸角汁。

他喉间蓦地蕴起一丝酸甜。

摊主感受到这目光，视线锁住云崝不放："需要点什么？"

这摊主身高魁梧，长相也十分凶悍，早晨温度不高也只穿着件背心，露出两条胳膊上五花八门的文身，声音气势都是不能忽视的压迫感。

被这么一问，云崝真就认真思考了下，他看了眼四周，延时摄影需要点时间，便走过去问："有板凳吗？"

"没有。"摊主摇摇头，然后转身从帐篷角落里的白色编织袋底下翻了翻，找出两只折叠式的灰白色塑料小马扎，"只有这个。"

"多少钱？"云崝问。

摊主："两个五十块。"

云崝皱眉："我只要一个。"

摊主："一个四十块。"

云崻掉头就走。

摊主早上还没开张，索性图个吉利，不死心地喊他："一个三十五块给你。"

这种强买强卖的行为云崻看不惯，他扭头，赌气似的："三十块两个。"

摊主手一扬同意了："拿走拿走。"那架势连带着胳膊上的文身好像都在说，便宜你了。

支好小马扎，云崻从口袋里摸了根烟点着，吸了口吐出一团绵密的青雾，青雾的环绕比山峰的云海更真实可碰。云崻就着眼前的模糊又抽了口，然后低眸扫一眼脚边，另一个没人坐的小马扎躺在草丛里。

他叹一口气，冲动了，应该只买一个的。

下午六点过半，云崻结束了拍摄。他不止在这处取景，中午逼着自己吃了半块面包后，挎着相机去了飞云寺。大同小异的景色拍得没什么新意，到了差不多时间云崻按原路返回，这一路上也没忘了拎上那两个小马扎。

正在收拾东西的摊主见他原路返回，惊讶问："你没坐上班车啊？"

云崻不明所以："班车？"

摊主"啊"了声："从这上头到附近民宿的班车。"说着他看一眼手机，惋惜道，"六点多了，最后一班也走了。"

也许是看在那三十块钱的份儿上，摊主指着他早上来的路，好心地跟云崻说："你从那头下去，看看能不能拦到车。"这边来的大多是自驾，遇上心善的说不定能捎一程。

归途的不顺，让云崻在心里再次问候柏西明。

云崻顺着原路往下走，偶尔能从凌乱的植物网里看见道路上驶过的汽车，一辆接着一辆，完全没有停留的迹象，也鲜有公共交通工具路过这里。

站到路边，云崻从手机通信录翻了一圈，不想太兴师动众，选择没有办法的办法，他只能给向昭打电话。

虫鸣四起，夜宁风静。

电话铃声在耳边沉浮，时间越久越发让人不安，响起的第三声，云崻听见空远却十分真切的喊声，越过山野传到他耳边——

"云老师！"

云崻偏头，在他没有注意过的地方，停着早上他坐过的那辆车。晏宁趴在驾驶座边的车窗上，表情是自己终于被看见的开心。噎喽在她背后探着小脑袋，抬着爪子扑棱蚊虫。

夕阳和黄昏一起坠落，林间的星冲破洛希极限，抖落宇宙的温柔。

人心上的萤火，跟着心跳明灭。

电话被接通，向昭开口询问的瞬间，云崤挂断。

晏宁叫了好几声，那边的人都没有反应，她试着提高音量，清亮亮地喊："云老师！"

下一秒，那人在晚风里转头，表情沉溺着暮色的静默。

她见云崤收起电话正朝这头走，转身将噫喽从背上拽下来。噫喽快要到手的小飞虫被惊飞，在晏宁怀里不安分地蹭了几下。晏宁一捏它的小耳朵，噫喽就软下来，乖乖地伏在她怀里，小脑袋贴着晏宁的肚子，低低地叫了声。

过来的云崤看见这一幕，没忍住问："这就乖了？"

晏宁将噫喽放到后座上，笑着回答："它是以为要吃饭了。"刚领养噫喽的时候，小家伙不听管，尽在民宿里上下折腾，后来晏宁发现只要一捏它耳朵它就能安静。起初她以为是什么特别的癖好，直到有一天她看见十六边吃饭边习惯性地捏噫喽的耳朵，然后顺带再拿点鱼肉喂它，才发现端倪。

云崤将东西放好，很快上了车，晏宁启动车辆。山间月色如水如雾，洒在静谧的前路上。云崤打破沉默："你怎么在这儿？"

晏宁答："带噫喽去洗了个澡，路过正好看见你下来。没赶上班车？"被叫到名字的噫喽随着车辆的起伏摇晃了下身体，脑袋换个方向继续躺。

云崤摇头："没有。"说完，他又补充了句，"我也不知道可以坐班车回。"

这话听着有几分沮丧，晏宁扯扯唇："没做攻略？"

"一定要做攻略吗？"云崤不懂，也不同意这样的观点。

晏宁随口接话："你不是来旅游的？"一般过来的人都会做好详细攻略，争分夺秒生怕错过什么热门的景点。

云崤："算是吧。"具体的目的他也说不好。

山野逐渐点缀了几颗星星，透过树网若隐若现，像泛滥在深海里的涟漪。

晏宁看着云崤脚边的小马扎，转移话题："今天买的？"

"嗯。"云崤没什么情绪，却说，"跟老板砍了价。"

晏宁惊讶:"你会砍价?"

这份惊讶让云峥有些不解,他眸子深静地盯着晏宁的侧脸:"我看起来不像?"

"不像。"晏宁答得又快又肯定,她转头看一眼云峥淡漠的俊颜,表达真实想法,"你看起来不食人间烟火。"

随着她的笑,云峥又看见那颗梨涡。她说对了一半,他就是缺少那份烟火。

继续那个话题,晏宁问他:"这小马扎在这儿二十块买一送一,你是怎么砍的?"

气氛凝滞了那么几秒钟。

云峥没有接话。

晏宁从这份静默里拼凑了云峥无话的原因。

"云老师。"晏宁笑,舔了下唇问,"你不会买贵了吧?"

停了瞬,云峥抿了抿唇,但到底承认:"嗯。"

晏宁又笑了下,鼓励他似的语气:"慢慢来。"

车辆又往前开了一截,云峥瞥向窗外。到了夜晚,周围的色彩变成暗绿,银河代替日光,守护这一方深远。

云峥忽而问:"这里还有什么景点吗?"

晏宁如数家珍,缓声道:"明永冰川、雨崩,或者再远点,可以去金沙江大拐点。"她推荐的都是外来人喜欢打卡的地方。

云峥拒绝:"不是。我想去……"他想了想,找了个形容词,"人少的地方。"

人少的地方,晏宁仔细想了想这句话,理解了他的意思。

晏宁说:"云老师,你想去集市吗?"

云峥反问:"集市人少吗?"

晏宁:"你说的那些人很少。"

有一句话的光阴,让云峥觉得,晏宁真的好像能听懂他在说什么。

到民宿后,晏宁停好车,打开后车门。憋了一路的噎喽从座椅上一跃而下,没多会儿工夫就跑进大厅里消失不见。

云峥拿了东西,隔着车身看向晏宁,十分认真地说:"谢谢。"

这已经是晏宁不知道听到的第多少声谢谢,她关上车门,想笑但是忍住了:"云老师,你能不能别总跟我说谢谢?"

"那你先别叫我云老师。"云崝趁势商量,"怪别扭的。"

晏宁挑眉:"别人一般都叫你什么?"

紧接着,云崝的面色变了下,语意迟疑:"云总……"他没说假话。

晏宁耸肩:"你看。"

门口的灯光照在两人身上,空中的小虫飞来飞去。

云崝边拿东西边自我介绍:"我叫云崝。"

晏宁看着他的动作,问:"哪个zhēng?"

云崝解释:"山加个青。"

晏宁点头:"哦。"

两人走进民宿,云崝拎着东西上楼,十六轻声把晏宁叫住,表情怪异地从柜台后面拿了个东西递给她,只说:"宁姐,你自己看吧。"

那是个信封,晏宁接过来很快扫了眼,随即原封不动地扔进垃圾桶。

楼梯转角处,收回视线的最后一秒,云崝从这个角度刚好能看见晏宁的表情,跟这一路上的欢欣活泼都不同。

几乎是一瞬间,她的眼神变得冰冷疏离,跟白天判若两人。

后院厨房,晏宁站在灶台边,等一锅水烧开,她往里放了一人份的饵丝。

隔了两秒,她又往锅里添了一把。

约莫二十分钟后,洗完澡正擦着头发的云崝,刚走出浴室,床头柜上的座机响了,他拿起来放到耳边还没说话,对面一个清甜的声音:"来天台。"

随后电话被切断,云崝站在原地,听着"嘟嘟"声。

五分钟后,云崝越过落地窗的门,穿过露台,走到天台上,看见正从另一头楼梯口上来的晏宁。她刚洗过澡,穿着短袖短裤,四肢肌肤嫩白,长发吹得半干,发尾还沾着水珠。

她手里端着托盘,上头放了两只大碗。

云崝等她走近了才看清,碗里装着铺满肉丁和青菜的汤汁米线,托盘上还放了一只小碟,里头装着点辣椒油,红红的,像下午看见的那轮落日。

晏宁将东西放下,抬头看云崝:"你晚上是不是没吃饭?"

云崝无声点头,没说其实自己一般不吃晚饭。

晏宁站在他对面扫了圈,眉头拧着:"忘了没地方坐了。"

云崝说:"等等。"

说完,他重新走回屋内,然后拎了那双小马扎出来。他递给晏宁一个,晏宁坐下后，隔着矮桌将其中一碗端到他那头："刚做的，不知道合不合你的口味。"

云崝也坐下，想了想，他问："过桥米线？"

"确切来说，"晏宁将筷子递给他，"是饵丝。"

"饵丝？"云崝接了筷子，迟迟没动。

晏宁沉吟半秒，一本正经地科普："饵丝是切出来的，米线是压出来的。"

这说法乍一听有道理，实际上等同于什么都没说，云崝还是很给面子地附和："通俗易懂。"

晏宁被他的语气逗笑，摇摇头催他："快吃，待会儿凉了。"

云崝想说什么，又觉得这毕竟是晏宁的好心，到底没说话，刚夹起一筷子，胃里开始翻腾，他神色跟着一变。

调整好后，云崝缓缓抬眸，晏宁也正看着他。

晏宁看他久久没有动作，脸色也像是有什么负担般，忽然懂了："你……"

云崝视线没移，眼眸深邃。

晏宁接着说："是不是不爱吃饭？"

云崝的表情告诉晏宁，她猜中了。

然后，还未等云崝说明原因，晏宁突然站起身，居高临下地看着他，眼神平静没有波澜，如同审视与打量。

这突如其来的动作让云崝有些惊讶。

"那个……"云崝喉间的音节刚发出半截，晏宁转身，趿拉着脚上的拖鞋"噔噔噔"地下楼，很快便不见了。

留着云崝一人坐在天台，只有远山的鸟鸣在回应他。

他挠了挠眉毛，这事儿办得，人家好心接你回来，做饭还想着你，结果你倒把人给气走了。

这要是被柏西明那孙子知道，不知道会怎么笑话他。

自小被席女士带在名利场里游走，惯会察言观色的云崝，望着复落沉寂的山林，低低叹了声气。

他正想着该怎么道歉的时候，楼梯那处又传来动静。

晏宁又回来了。

她手里拎了之前那只玻璃壶，壶里装着酸角汁，另一只手夹了两只玻璃杯，放到桌上，说："原来是不爱吃饭。"

倒好酸角汁后，她将杯子贴着桌面推给云崝。

晏宁看着云崝，眼角流连着几分后怕："先前我还以为，你是嫌我做饭难吃。"

这句话让云崝怔愣住，他不知道晏宁的结论从何而来，笑了下："怎么可能？"

云崝笑起来时，会不自觉地低头，漆黑的瞳孔透着清浅的光，嘴角的笑意有无奈，也掺杂了其他。

这是几天来，晏宁第一次看到云崝笑。

晏宁咬着筷子，眉眼弯起弧度，由衷地赞叹："你还是笑起来好看。"

"啊？"云崝的笑意僵了下。

晏宁说："总板着个脸，多影响食欲。"

她下巴朝云崝手边的杯子扬了下："酸角汁，开胃。"

为表方才的唐突，云崝在她的注视下，长指握住杯身，往嘴里灌了一口，冰凉丝滑流淌没入喉管，柔软和刺激沁在一起，赶走夏夜的燥热和浮动。

晏宁托腮看他："你是因为这个，才来云南的？"

也许是氛围，又或许是晏宁话语里的纯粹，云崝多说了句："几个月前，发现自己得了厌食症，然后干什么都觉得没意思。"厌食症带来的精神负担，让他常常在拍摄现场进入不了状态。

民宿里来来往往许多人，因为这个理由来这儿的人，晏宁是头回见。

她点点头："难怪。"

"难怪什么？"

"难怪你这么瘦。"

云崝讶异："我很瘦吗？"即便是进食障碍，这段时间他的体重并无多少变化。

晏宁俯身，把不知何时过来的嘻喽举起来，朝向云崝，语气扬了几分："你看，它都有这么胖！"

眼前的姑娘，笑起来时，皓齿如一弯新月，眼睛清澈而明亮，仿佛静卧在泸沽湖水里映照的星星。

云崝失笑："它也不胖。"

晏宁将嘻喽放回脚边，还看着云崝："它都快成为这一片最胖的猫了，最近好不容易给它控制饮食，不然早上的时候压到身上，我喘气都喘不过来。"

"那你是因为它不让你好好睡觉，才让它减肥的？"

"嗯!"

云峥:"我看你醒得很早。"

晏宁:"那是因为今天有点事儿。"

云峥"嗯"了声,出于礼貌没有多问。

两人有一搭没一搭地聊着。晚风扬起晏宁的发丝,也鼓起云峥的衣角,楼下偶尔传来开门的声音,紧跟着是十六同人交谈的声音,顺着风吹到空气里。

天台的气氛娴静又舒适。

晏宁盯着云峥看了好一会儿。

云峥问:"怎么了?"

晏宁用筷子在半空中点点他的碗,声音雀跃:"有进步。"

云峥低头,发现自己竟然吃了几口碗里的饵丝。深吸一口气后,云峥又慢慢地将手里的筷子放下,满是平静地看向晏宁。

不看还好,这一看,又不行了。

意识到发生了什么的晏宁,眉毛渐渐放平,苦着张脸说:"唉,早知道我就不提醒你了。"

云峥摆手,拿起杯子喝了口酸角汁,安慰她:"还是得谢——"

"打住!"晏宁伸手制止他,"记得你晚上说的话啊。"

云峥:"好。"

晏宁看着对面那双筷子,面上的神情很是惋惜。

自知浪费了粮食的云峥,尝试转移话题:"你之前说的那个集市,应该怎么去?"

晏宁反问:"你的车有油吗?"

云峥答:"没有。"

"这样吧。"晏宁笑着看他,"为了补偿刚才打扰你吃饭,我可以带你去集市。"

"会不会太麻烦?"云峥担忧。

晏宁:"不会。"

无声间,噎喽用背拱了拱云峥的脚踝,"喵喵"叫了声。

空中蚊虫飞舞,两人安然对视。

"晏老板。"云峥拿出手机,语气很客气地问,"不知道能不能加你个微信,我对这边不太熟悉,可能有些地方需要请教你。"说完,又补充了句,"不方便也没关系。"

晏宁懂他话外之意,几乎没有思考,打开微信二维码,并笑着打趣道:"如果回不来也可以找我求助。"

云崝的手一顿,他眼皮抬了下看一眼晏宁,又落回手机,发送好友申请。

很多人都有云崝的微信,拍摄艺人、艺人经纪人,又或者别有所图的,对方都会一副恭维谄媚的嘴脸,而唯有这一次,对面的人,干脆而直接,只把他当作一个普通的需要帮助的游客。

晏宁给他通过后,先是发送了自己的名字,然后操作几下设好备注。

云崝正低着头存她的姓名时,猛然间,晏宁放下手机迅速起身,径直越过他,气势汹汹地朝他身后走去。

原来是噎喽正拖着稍有肥胖的身体,要往云崝的房间里蹭,晏宁眼疾手快地在它爬到房间露台前,弯腰将它抱进怀里,然后表情严肃,在它的屁股上拍了下,力道有些重,噎喽被拍得两只眼睛都皱起来。

云崝看了眼回头,正巧瞥见晏宁的手机,还停留在给他备注的那个界面。

赫然三个大字——云青山。

将噎喽抱回来后,晏宁重新坐到小马扎上。她刚拿起筷子,就听见对面的人用一种很平定的声音说:"我叫云崝。"

晏宁夹了一筷子青菜,没动,她抬眼直视云崝:"我知道啊。"

见她一副坦然的模样,云崝低眸,嘴角很快牵了下,戳穿她:"你是不是找不到'崝'这个字?"

被拆穿的晏宁放下筷子,眯起眼撸了几下噎喽缓解尴尬:"你看见啦?"

此刻被亲妈当作道具的噎喽,很是配合地一个激灵转身,将晏宁放在桌上的手机扑到地上,彻底将那三个字从云崝眼里甩出去。

晏宁费了很大劲,才将噎喽重新按进怀里,低头警告:"再动扣你小鱼干。"

噎喽不是很服气地咧嘴,大有好心被当驴肝肺的愤懑之意,可转眼又被晏宁的眼神威慑到,吐舌舔了下,然后安安静静地窝在晏宁怀里。

云崝淡眸看着眼前一人一猫的互动,让他职业病突然发作,右手食指在桌面上轻轻点了下,像是按下快门的动作。

晏宁安抚好噎喽,抬头继续跟云崝说话,带着歉意:"你这个字确实不太好找。"

"没关系。"云峥表示理解,"以前也有人找不到。"

晏宁问:"那那个人怎么弄的?"

不知是因为问题还是因为问题里的人,云峥的眼神闪了下,但很快又恢复如常。他抿唇看着晏宁,用手指沾了玻璃壶外壁的水珠,斜探过身体,在矮桌上一笔一画地写字,晏宁的身体跟着凑近。

跟云峥的长相气质相同,他的手指修长匀称,职业原因中指第二处骨节生了块薄茧,清隽中携了几分沉稳,成熟和少年感并不冲突,同时落在他一人身上。

这在晏宁看来,是别样的性感。

云峥写字时,晏宁的视线缓缓上移,从他的手指,到他的嘴唇、鼻梁、眼睛,和眨眼时扇动的睫毛,直到云峥回头,她毫无防备地与他对视。

不到二十厘米的距离。

有那么几秒的沉默,云峥的目光低了瞬,不知看向了哪里,想说什么也忍住了。

晏宁心里"咯噔"一下,避开云峥的视线,退回到安全距离,而后看向桌上的字。

那是一个端正的楷体"峥"字。

云峥坐正身体,接着方才的话:"这个'峥'。"温度燥热,随着水汽的蒸发,字迹开始慢慢消散。

思索之后,晏宁坚定地说:"还是现在的好。"

被夸奖的云峥轻笑一下:"好吗?"

晏宁用左手搂住噎喽,右手撑在膝盖上扶着脑袋。她望向远处,悠声道:"这个世界上什么都会变,物转星移,没有什么能永远留得住的东西,包括人也一样。就像这家民宿,人来人往的,可是这一片青山会永远在这里。"说着,她侧头,定定看着云峥,"这样不好吗?"

她说话时,语气幽邃,眼色黯然。意味深长的话语,让云峥不禁猜测,她应该不仅仅是在说自己的名字。

隔了会儿,噎喽再次变得闹腾,在晏宁的怀里越发挣扎。

云峥看它自始至终都盯着自己的房间,眼睛里都是期盼和委屈,于心不忍地说:"你让它去玩吧,没事儿。"

"不是。"晏宁按住它,"你那房间里有茉莉,猫不能碰。"

云峥皱眉:"它不能碰,为什么还要养?"

"你那间房很久不住人,平时都关着。"晏宁摸了摸鼻子,声音淡淡,"之前住的房客喜欢,退了房也没带走,我想着好歹是个生命,养着呗。"

云崝点点头。

"好了。"晏宁站起身,看着桌上的碗筷道,"不早了,休息吧。"

云崝也起身,很自然地说:"我来洗碗。"

听见这话,晏宁愣了愣,想要拒绝:"不用。"

云崝已经开始弯腰收拾碗筷,动作很熟练:"你不让我说谢谢,我总要做点什么。"

看着眼前谈吐行为都很有教养的男人,晏宁掂了掂手里的小家伙,试图用"主子"的重量拉回自己的注意力。

她看向云崝的身后,又看向自己的身后,转过身,犹豫地开口:"也行,那……"

云崝秒懂她的意思,端着手里的东西说:"我从这边下。"

晏宁:"二楼走廊见。"

回到房间,晏宁先是将噎喽放下,走向房门口时,没两步又立马退步回来,看着镜子里的自己,她没忍住倒吸一口凉气。

——短袖的胸口处,不知何时溅了几滴油点,在白色的衣服上格外显眼,靠在床头的兔朱迪,表情似乎都透着嘲笑。

她记起云崝方才那个欲言又止的眼神,小脸一垮,烦躁地揉了揉头发。

想到云崝还在楼下等着,晏宁赶快找了件干净衣服换上,然后拉开门出去。噎喽趁着最后的缝隙,一个滑步跟着溜出去。

云崝在走廊楼梯口处等了会儿,终于看见尽头处一人一猫的身影。

晏宁看他站在灯光下,端着托盘也身型笔直,十分惹眼。走近后,晏宁讪讪:"刚才噎喽上厕所来着。"

猫主子闲庭信步,脚步那叫一个优雅,完全听不懂人话。

云崝扫一眼她新换的T恤,压下想要掀起的嘴角,轻轻"嗯"了声,抬脚往下走。

下到一楼,从楼梯口穿过公共区,十六正在柜台里头打瞌睡,桌上的小风扇"沙沙"作响,伴着催人入眠的游戏直播声。

夜已经有些深了。

晏宁带着云崝,来到民宿后院。

没进厨房,晏宁指指旁边的大理石洗水池说:"就这儿吧。"说完,她从大理石旁边勾了只垃圾桶,"倒这里,明天有人收拾。"

云峥照做。晏宁拿起台面上的洗洁精,朝碗里挤了点,云峥拧开水龙头,清水从管内倾泻而下,潺潺水声流淌进安静的夜晚。

院子里蚊虫多,在灯光下密密麻麻一片,云峥没洗到半只碗的工夫,晏宁的胳膊上就被叮了好几口。

她挠了几下胳膊,又抬起右腿,在小腿上拍打几下。云峥循着这动静看过去,她白皙的小腿上被咬了两个包,已经肿成硬币大小。

见晏宁又拍了几下,云峥问:"没有驱蚊水吗?"

晏宁"啊"了声,表情怅然:"前几天用完了,忘记买了。"她挥了挥眼前的蚊虫,转头说,"这院子里树木多,蚊子就多。"

云峥手上动作没停,顺着晏宁的话,他看向这方不大的院子。晚上只开了这一盏灯,堪堪能看见不远处的架子,架子被植物长藤缠绕着,微风袅袅,藤叶在空中轻轻摆动。

院里种了几棵树,离得近的那棵,看着十多米高,枝繁叶茂,结满了青黄颜色不同的柠檬,挂在满树的枝叶里。

云峥将洗干净的碗放在清水下又冲了遍。关掉水龙头,放下碗筷,他手臂上残留了水滴,从腕骨处滑下来,沥成指尖上的水珠。

云峥抬手,指尖的水珠在光晕里划过一个弧线。

他问:"这么大的柠檬树,什么时候种的?"

晏宁回答他:"二十多年了。"

她看向云峥,平声道:"我妈怀我的时候,孕吐特别严重,我爸听别人说柠檬可以止孕吐,就从别的地方挪过来一棵。本来这地方不适合种柠檬树,没想到我爸把它种活了,而且我妈从那之后真就好了。"

云峥笑:"所以你叫晏宁?"

"对。"晏宁重新看回那棵树,眼底安和,"我在夏天出生。我爸说,他抱着我站在这儿打算给我取名的时候,有颗柠檬刚刚好掉下来砸他脚边,就给我取了这个名字。"

云峥忽然明白,晏宁这种取名天赋是从何而来。

晏宁:"而且我妈后来总是说,我爸在夏天送给她一棵柠檬树,她就在夏天把我当作礼物送给我爸。"

云峥:"你就是他们的夏天。"

晏宁"嗯"了声:"大概是吧。"

说起父母时，晏宁沉浸在幸福里，连带着目光柔软许多。

云崝不禁想起自己。据席女士的说法，他出生时，家里有更忙碌的事情，便随手找了一本书，胡乱翻了页，根据他的出生日期，锁定第十一行的第十七个字，就是他的名字。

知道名字的由来后，云崝庆幸得亏自己生得晚，不然很可能会叫云目录。

夜晚静然，滴水声清晰入耳。

水龙头没有被关得很严实，水滴有节奏地滴落，噎喽蹲在大理石台面上，眼珠子跟着滴落的水珠一上一下，看够了，它伸出前爪捞了把，扑了个空。

再看两秒，它又试了一次，接到一颗水滴送到嘴边，满足地舔了舔。

夏夜的风扑面而来，卷走了燥热，又混杂专属于季节的味道，吹拂人心的酣畅。

依着方才晏宁说的话，云崝看着她，神情好奇又认真："那为什么是宁静的宁？"

晏宁抬手指向远方，黑暗里远山的轮廓如是深墨，起伏交汇贴在茫茫半空，月色铺散，照在山顶的细微之处，甚至能分辨最高大的那片丛林的形状。

她说："因为这里的花草树木很多了，我不需要。"

云崝被这个说法逗笑，扬起唇，摇摇头笑出了声。

随着他的动作，他头顶上的光线浮来游去，落在晏宁的脸上，半明半昧，连带着她唇角时有时无的梨涡，也盛满细碎的昏黄，在闪闪发着光。

晏宁越下台阶，走到柠檬树下。

云崝看着她的动作。她仰着头，看向满树的果实，视线转了圈，双手举过头顶，将其中一道桠丫拽到胸前的高度，从上面揪了一颗黄透的柠檬下来。

噎喽从大理石台面上跳下来，跟到晏宁脚边。

云崝还在原地站着，眼睫垂下慵懒的角度，看着晏宁站在树下。

"云青山。"她这样叫他。

晏宁抬手，将那颗新摘的柠檬，隔空扔给他。

她绽开一个笑容，眉眼尽是灵动。

"给，今年的夏天。"

第二章
奖励你今天好好吃饭

柠檬可以助眠。

这是几天以来,云崝安睡无梦一夜到天明的经验之谈。

早上刚过八点不久,开始能听见三轮车的声音,路面坑洼颠簸,车斗里的菜筐跟着颤了下,又"哐"地落回去,直到三轮车由远及近开到楼下停住。

然后,负责给民宿送菜的大叔一声嘹亮的"十六",云崝在窸窣的交谈声中睁眼,他勉强能听见十六的说话声,带着惊喜的腔调,在夸今天的菌子新鲜。

有间民宿独一份儿的叫醒服务。

云崝躺在床上,拿起手机看了眼,果不其然,向昭又连续给他发了许多条消息。

自从那天他挂掉电话,向昭当晚便信息电话轰炸,追问他发生了什么。

云崝懒得解释,跟向昭说没事。

向昭自然不会放过云崝,因为在电话被切断的前一秒,他很确定以及肯定那道女声喊的是——云老师。

这勾起了向昭燃烧的八卦之魂。

云崝洗漱完出来,手机连着响了几下,又接连收到几条向昭发的微信。

内容一如既往地没有营养。

最后一条如泣如诉,悲痛欲绝:你知道这几天我是怎么过的吗?

云崝回复:不想知道。

接着他手指划拉几下,把人拉黑。

预料般地,向昭直接拨了个电话过来。

云崝头回发现,向昭作为一个纯种的东北老爷们儿,竟然能这么磨叽。他气急挂了电话,将向昭的备注改成"向娘娘",再拉黑。

世界安静了。

云崝拉开窗帘，今天外面下了小雨。

雾流浮游，烟涛微茫，在玻璃窗上镀了一片氤氲。

他回头，看见身后桌上的那盆茉莉花。

那晚跟晏宁聊完天，云崝回房后很认真地观察过这盆花，确实被养得不错，枝节茎叶都很有活力，也没有生过虫的迹象。

如晏宁所说，这毕竟是个小生命。

云崝想着，拿过没喝完的半瓶水，顺着花盆边缘慢慢灌进去。

细水长流，花泥变得湿润，云崝捏着花盆转了个方向，眼神顿住。

花盆的另一边上，被人刻了两个字母。

N Y。

指尖从字母的边缘划过，云崝眯起眼。

这是名字刻反了？

正想着，有人敲门，门外有人说话："崝哥？"

云崝走过去开门，十六过来给他送新的床单被套。

前几天十六总一口一个"云先生"的，这种客气让云崝恍惚地觉得自己还待在上海，赶紧跟十六说换个称呼，十六也是自来熟，"崝哥"叫得很是顺嘴。

十六手脚十分利落，往干净被套里塞被子。

云崝折回去继续给那盆茉莉浇水。

半顷，云崝无意间问："你们老板回来了吗？"

"回啦。"十六一扬被子，抖落细小的灰尘，说道，"在楼下坐着呢。"

云崝"嗯"了声。

这几天没看见晏宁，云崝看见她的朋友圈才知道，她是回家看父母了。

回去后两天，晏宁给他发了条微信，说等回来了再带他去集市，顺带推荐了几个附近风景不错的地方。

云崝独自一人去了，也回了个"不着急"。

十六走后，云崝也打算下楼。

走时，他顺带拿走了床头柜上的半盒烟。待在民宿这几天，他没碰过，现下看见了，有些想抽。

云崝从楼梯上下来，走到一楼拐角处，看见坐在桌边的人。

晏宁右手正拿着把小刀，在开百香果，一刀一划，她手边已经堆了不少果壳。

有路过的客人问："晏老板，咱们中午吃什么啊？"

晏宁头都没抬，朝后院喊："关叔，中午吃什么？"

关叔正在后院洗菜，声音浑厚有力地传过来："辣炒洋紫芋、葱爆腊肉、香椿萝卜、酸笋牛肉、炒牛肝菌。"

话落，晏宁还是没看那人，对着百香果说话："听见了吧。"

那客人笑了笑，跟同伴一起走了。

人刚一出门，晏宁脸色沉下去，问前台的小桃："这两人住二楼？"

小桃回答："上周住进来的。怎么了宁姐姐？"

晏宁掰开百香果："他俩抽烟了。"

小桃"呀"了声，道："之前跟他们说了不能抽烟的，我叫十六去看看。"说着就要跑出去找人。

"不用。"晏宁语气冷淡，"等人回来，把剩下的钱退了，让他俩走吧。"

云崝看着晏宁那副冰冷的表情，想起刚来那天十六对他说的话。

如果被发现在这儿抽烟，会被丢出去。

他抿了抿唇，将那半盒烟塞进裤兜里，然后又往里披了半寸。

云崝下了台阶，抄着手臂靠在楼梯栏杆上，直直地看着晏宁的动作。

晏宁抬头看见他，笑了笑问："起来啦？"

云崝"嗯"了声，也问她："什么时候回来的？"

晏宁："昨天半夜。"

闻言，云崝皱了下眉："你一个人开车的？"

晏宁点头："是啊。"这样的路途她来来回回开过很多遍，非常熟悉，没什么觉得不妥。

出于社会公德心，云崝说："女孩子一个人半夜赶路，不安全。"

倏然间，空气划过半分凝滞。

晏宁停下手里的动作，托着腮看向他，眼神是很直白的考究。

云崝发现，她似乎很喜欢这个动作，面带微笑地看着你，眼睛直勾勾的，脸上有淡淡的认真，时而兀自发呆，整个人是没有戒备的干净。

只除了，她现在托着腮的手里的那把刀。

末了，晏宁失笑："你跟我爸说话一模一样。"

云崝眉毛扬了下，不置可否，完全没有听出晏宁话里的打趣。

最后还是晏宁说："云青山，你得多笑笑，不然都老了。"

云峥怔了下，笑着低了低头。

晏宁重新拿起一个百香果。关叔从掀开门帘从后院进来，往桌上扔了个竹筐，里头放了两把小铲子，态度很自然地吩咐："宁宁，去挖点新蒜回来。"

"好嘞！"晏宁声线愉快，她放下百香果站起身拿了筐。

云峥望了眼外头的小雨，询问道："我能一起去吗？"来德钦之后，他莫名地喜欢这种山野景色。

晏宁表示欢迎："当然可以。"

外面的毛毛小雨没停，店里常备着雨衣，晏宁翻了两套出来，递了其中一套给云峥。

均码的透明雨衣，穿在晏宁身上，看起来比云峥的长了一大截。

穿好雨衣后，噎喽突然出现，急哄哄地要跟着晏宁出去，被晏宁揪住了"命运"的后颈，不留情面地塞进小桃怀里。

关叔开辟的菜园子离民宿不远，走上几分钟就能到。

云峥跟在晏宁后头，她好像对周围的一切都很有兴趣——路边云南松枝头的积水，她看见了要摇一摇；地上的石子，她走过去要踢一脚，踢准了就开心地笑出声。

看见一个水洼，晏宁拎着筐子蹦过去，像宫崎骏漫画里的夏天。

云峥勾了下唇，也不知道谁才是第一次来这里。

"云青山。"晏宁回头叫他，声音里带着几分激动，"你看，彩虹！"

云峥抬头，山头交汇簇满水汽，弯了一道彩虹在半空中，连绵到遥远的地方，不知道去了哪里。

晏宁的睫毛上沾着雾珠，她问："上海有彩虹吗？"

云峥摇头，他已经忘了上次在上海看见彩虹是什么时候，就着这个话题问她："你去过上海吗？"

晏宁回答："没有。我大学在北京念的。"

云峥问："那为什么回来了？"印象中，他的很多同学去了北京之后，都选择留在那边。

晏宁表情失落，满眼的惋惜："学历不高，找不到工作。"

一时间云峥哑然失声，然后晏宁笑了笑，回答他："而且这里很美啊。"

对此云峥无法反驳，他应声："确实。"

到了地方，晏宁蹲在菜地里挖蒜，被雨水打湿的蒜叶透着晶莹的翠绿，晏宁提着茎，铲子从旁边的土壤里插进去，手腕翻了下，一簇新蒜出土。

晏宁蹲在地上，仰着脸问云崝："想试试吗？"

云崝踌躇了下，提了提裤腿，蹲到晏宁身边。

席女士在上海的家里也养了花，偶尔让云崝施个肥什么的，所以他觉得这应该这不难。

直到他将斩断了两把将新蒜，终于有些不自然地看向晏宁。

晏宁鼓着腮帮子，很人情世故地憋住了笑。

下一秒，晏宁的身体挪了挪，胳膊从前头越过云崝的身体，抓住云崝的右手，跟他说："你就是铲的时候没找好角度，你看啊——"

云崝低眸，看着覆在自己手背上的温热，不自觉地放轻呼吸，却听见了山林里的风声。

一阵一阵的，让他听不清晏宁在说什么。

晏宁很专注地教他，抓着他的手让他握紧铲子，找了个位置铲下去，左手往起一提，一把完整的蒜展示在云崝的眼前。

晏宁揪着那把蒜，对云崝摇了摇："这不就好了。"

云崝的眼神又沉又黑，看着她没动。

意识到不对的晏宁，视线低了下，脸色骤红一片。她连忙拿开手，将手里的蒜都一并扔出去。

晏宁站起身，轻咳了几下缓解窘态："差不多够了，走吧。"说完，她转身，头也不回地往外走。

云崝捡了铲子和蒜，也跟上去。

气氛在回去的路上依旧是有些难堪的，晏宁自始至终没有说话。

对面来了一个老人，头上戴着斗笠，身上披着透明塑料袋，正抽着烟吞云吐雾，他身后牵了头牦牛，慢悠悠地在路上走。

与老人擦肩而过时，云崝走到道路外侧，挡在晏宁身前。

老人和牛都走后，晏宁觉得那股烟味还在，她用手挥了挥。

云崝打破沉默："你对烟味过敏？"

"不是。"晏宁说，面色恢复如常，"就是单纯的不喜欢。"

云崝表示理解。

突然风起，细雨被吹得飘摇，看不尽的青绿变得朦胧如画，犹如书里的仙境。

晏宁叫他："云青山。"

云峥："嗯？"不知不觉间，他习惯了这个称呼。

晏宁说："你也少抽点烟。"

云峥脚步僵住，回过头来看她。

晏宁被他的表情逗笑，说道："那天你从飞来寺下来的时候，我就闻到了。"

云峥好半天没有说话。

晏宁从云峥提着的筐里拿出那两把铲子，边走边拍上面的泥土。她缓声教诲："烟抽多了，也会影响食欲的。"

云峥盯着她的背影，看见她耳朵上还未消退的淡淡绯红。

他跟上去，跟晏宁并排着走，然后轻轻地，"哦"了声。

两人回店里时，晏宁一手一个拿着那两把铲子，还在清理，云峥拎着筐走在她身边。

被憋久了的噎喽看见晏宁，立马兴奋起来。

噎喽从柜台中间躬身，助跑，跳跃，行云流水的动作，整个身体就要朝晏宁的脸上扑过去。

晏宁怕铲子伤到它，又被这突如其来的跳跃惊到，她迅速举起双手，沾着泥土的鞋底又湿又滑，她重心不稳，身体不受控制地往后一仰。

身后的云峥眼疾手快地扶住她，用手臂把人从腰后撑住，手很绅士地没碰到晏宁，脑袋偏向一侧躲开她手里的那把铲子。

两人距离极近，晏宁微喘着气，转头看向同样脸色微变的云峥。

"没碰到你吧？"

"没事吧？"

两道声音同时响起。

惊魂未定的晏宁站稳后，看向罪魁祸首。

自知干了坏事的噎喽，眼睛在两人中间转了圈，立刻转身跑向楼梯门，步伐轻盈几下就跳到了楼上消失不见。

晏宁扔了铲子，跟着追上去。

云峥听见她的怒吼："逆子！"

接着，便是一阵来回的追赶声，还有噎喽四处逃窜的动静。

身上还留有似有若无的柚木甘苔香，云峥看向不远处的楼梯口。看了几秒，他淡淡移开视线。

晏宁用罐头将噎喽诱骗回房间。

噎喽得了罐头，安静下来伏在晏宁的脚边，开始享用美食。

晏宁看着一脸餍足模样的小噎喽，抬手想揍它但到底又没舍得，手掌轻轻落了下去。

在噎喽脑袋上摸了几下，晏宁叹了声气，也没管它能不能听懂，低低地说："你是想把你妈害死啊。"

夜晚，云崤忽然记起，如果要在这里进行风光摄影，他现有的设备不够，也缺少许多镜头配件。

他靠到床上，将向昭的手机号从黑名单里拉出来，打了个电话过去。

向昭几乎是秒接，带着莫大的怨气："劳烦您还记得小的。"

云崤开门见山："给我打笔钱，我要买设备。"

开口不是安慰，张口就要钱，向昭更气了，冷哼一声："要不你还是把我拉黑吧。"

云崤出奇地给面子："你打完我就拉。"

这话又给向昭惹毛了，忍不住呲他："您自己罢工多久了不知道吗？我们已经几个月没进账了。"

这显然是借口，哪怕云崤再歇业两年，工作室的资金也够他再买几套顶级设备。

深知不能再刺激向昭，云崤以退为进："这不是投资方看你能力强，都抢着来砸钱？"

毕竟云崤才是老板，向昭沉默了下，还是问："要多少？"

云崤报了个数。

听完，向昭蒙了，他甚至觉得云崤脑子坏了。

"我说小云总。"向昭很少这么叫他，一副"你有病吧"的口吻，"你们云氏家大业大，这点钱都没有？"

云崤看着那盆茉莉花，淡言道："公私要分明。"

这种歪理上，向昭从来说不过他，只能答应："过几天给你打过去。"

准备挂电话的时候，向昭还是没能按捺心里的好奇："那天晚上打电话，找我什么事儿？"

云崤已经起了身，给茉莉花浇今天的第二遍水。他说："想你了。"

向昭啐了口："滚吧。"

云崤笑出声。

这声笑让向昭断定指定有什么猫腻，他问："后来给你打电话也不接，干吗去了？"

云崭淡淡答："吃饭。"

听见这句话的向昭，感觉自己精神大作，可以从虹桥走到浦东。

他试探性地问了遍："你在干吗？"

可能是今天心情不错，云崭的手指拨了下茉莉花新发的嫩芽，耐着性子回答他："我在吃饭。"

向昭还是不信，音调拔高声音都劈叉了："你说你在干吗？"

云崭烦透了，咬着牙回答："我在吃饭！"

隔了好久，向昭把下巴捡回来安好，道："活见鬼了。"

晏宁在回来的第四天，带云崭去的集市。

那天早上的云崭甚至没等到送菜大叔的吆喝声，就早早地睁了眼。他收拾好要用的东西，很快下了楼。晏宁还没下来，只有十六坐在柜台里，前前后后地忙碌着。

时间还早，云崭坐到公共区域的沙发上，拿出相机，漫无目的地摆弄。

从楼上下来两个穿着妆容都精心打扮过的女孩子，其中一人看见沙发上的云崭，眼睛不由自主地一亮，朝身边人挑了下眉，另一人跟着看过去，也心照不宣地露出别有意味的笑。

最先看见云崭的女孩子，被同伴怂恿着上前。

她目光殷切，试探性地问云崭："帅哥，能帮我们拍张照片吗？"

云崭抬头，女孩子看向他的眼神目的明确而直接。

很快，他摇了摇头："抱歉，我不会拍人像。"

女孩子没死心，看着他的相机说："不用太专业，就用你这相机给我们拍一张就行。"为了增强说服力，她举起自己的手机道，"我们手机的内存都满了。"

云崭把相机往桌上一搁，态度冷淡："想用的话，随便。"

连着被拒绝两次，女孩子面上挂不住，说话也没了什么好脾气："不会用还拿相机，装什么装？"

云崭真就回答她："钱多，摆着看。"

这话彻底让那女孩子气结，一把拉过同伴快步走了。

在柜台里看完全程的十六，等人走远了才笑出声。

他问云崝:"云哥,你真不会用相机啊?"

云崝眼都没抬地"啊"了声,没过多解释。

隔几分钟,送菜大叔如约而至。

听见那声响亮的喊声,十六丢下手里的活,几步便走到门口,发出一声满是感情的赞叹:"郭叔,您今天这菌子真新鲜。"

十六说的话,同前几日一模一样。

云崝跟着站起身,好奇这菌子能有多新鲜。

这也是云崝第一次看见送菜大叔的真容。

一头灰白的头发,右眼上斜了道狰狞的长疤,右眼已经睁不开,只靠左眼看人,他跟十六说话时,总是笑意盈盈,声音、气质都与长相不太相同,他手上掌纹和指甲里,都还有黢黑的泥土,一双辛劳的手。

云崝看了眼他车斗里的菌子,半好半坏,有不好的从菌杆烂到菌盖,混杂在筐里明显的地方。

趁着郭叔不注意,十六冲云崝眨眨眼。

十六边跟郭叔唠嗑,边将东西搬下来,丝毫不提菌子的事情。

等搬完东西,郭叔才看见云崝,他左眼有点视力但看人也费劲,看了好一会儿了才问十六:"你们店里的客人啊?"

十六答:"是嘞,城里来的大帅哥。"

郭叔笑声爽朗:"帅好啊,我当年也帅过,被小姑娘追着跑嘞。"

东西搬完,郭叔没停留,很快开着三轮车走了。

郭叔走后,十六主动说起他,带着几分沉重:"郭叔小时候发烧没钱治,把眼睛烧坏了,后来上山采菌子又摔了一跤,现在只剩下左眼还能看点东西。"

望着脚边筐里的菌子,云崝问:"所以你们就收他的菜?"

"是啊。"十六将两个筐叠在一起往屋内搬,"他看不清东西,采到坏的也不知道,别家看他东西质量不好都不要,宁姐说咱就拣好的用就行。"

云崝帮着将其中一筐不知道是什么的蔬菜搬进去。

十六还在说话:"一开始关叔也不想要,但宁姐看郭叔每天早上都要上山采菌不容易,要是当天没人收,就都浪费了。"说着,他神情语态都有些骄傲,"我们宁姐啊,人可善良着呢。"

云崝将手里的筐子放到十六的那一堆旁边,没接这话。

晏宁在十分钟后下楼，跟十六打了声招呼，从柜台里拿了一盒椰汁，翻了翻没找到第二盒，顺了一盒牛奶。

云峥挎好相机往外走，晏宁叫住他："等等。"

闻声，云峥回头，晏宁拿着手里的东西问："你要哪个？"

"我不用。"云峥摇头，很干脆地拒绝。

晏宁替他做了选择，走过来直接将牛奶塞到他手里："路有点远，别饿晕了。"

云峥看着稳当放在自己手里的牛奶，半天没动。走到前头的晏宁咬着椰汁回头，只见他长身子立，定定站在稀薄的晨光里，却看不清他的表情。

顿了两秒，云峥将那盒牛奶揣进口袋，跟上去。

去集市的路途，比云峥想的要遥远。

晏宁开着车，在山路上绕过一圈又一圈，周围所见满眼都是葱郁，开出大约十公里，道路两边才渐渐离了苍天大树的笼罩，逐渐转入矮灌木的平坦大道。

云峥举起相机对着窗外，晏宁头都没偏，放慢了车速。

一路上，晏宁连着打了好几个哈欠，整个人精神不济。

云峥收起相机，问："昨晚没休息好？"

"是啊。"她笑了下，有些宠溺的语气，"跟小崽子吵架呢。"

"吵架？"云峥疑惑。

晏宁没继续这话题，转而问："你养过猫吗？"

"没有。"云峥说，顿了顿又补充，"但是小时候养过一条狗。"

晏宁："后来呢？"

云峥："它跑了。"

"跑了？"晏宁既惊讶又不解，她以为宠物都很贪恋主人，尤其家里的那只，睡觉的时候都要窝在她怀里，然后比她早醒，在她身上走猫步。

"嗯。"云峥的语气很平静，没什么情绪，"因为我总给它喂我不喜欢的牛奶。"

被他看出来了。

为了缓解尴尬，晏宁好心跟他科普："狗不能喝牛奶。"

云峥无比认同："所以它跑了。"

"那你后来会想它吗？"

"不想。"

"为什么？"

"没良心。"

晏宁挑眉："你还不准让人家闹脾气？"

离集市越来越近，行驶的车辆变多，四周升起属于工业时代的喧嚣。

云崝懒洋洋地说："我也有脾气。"

这不冷不淡又一本正经的语气，成功地将让晏宁逗乐。

她笑着摇了摇头，很是无奈地说："云青山，你挺记仇啊。"

这次云崝没有立刻回答，他转头看向晏宁，眼底似笑非笑，很是柔软地威胁："晏老板，空腹也是不能喝牛奶的。"

晏宁极为自觉地不再说话，生怕再被抓住把柄。

云崝见她握着方向盘的手微微用力，像是恶作剧得逞，无声地笑了笑。

怕把人给吓着，云崝轻声告诉她："我是真不喜欢牛奶。"

晏宁没多想："为什么？"

云崝反问："你不是也不喜欢？"

晏宁说："不喜欢也可以分等级啊。牛奶，不喜欢但是可以接受，但是像烟味儿，不喜欢也不能接受。"她说话时，表情里有原始的厌恶。

云崝道："对我来说，不喜欢就不能接受。"

很决绝的性格。

谈话间，晏宁停好车。窗外集市的叫卖声四起，掺杂着来往行人的步伐声和混乱的说话声，隐约又不清晰，日光清明，照见街上的袅袅烟火。

云崝下车，众多摊位交杂在一起，街道又长又远。

街道上的摊主大多数认识晏宁，看见她过来，都热情地招呼："晏老板来啦。"

晏宁待人永远是热情活力的，她回应每个人，也记得与他们相关的事情。

"王叔，你的腿怎么样啦？"

"刘姨，上次的菜今天还有吗？"

"张大哥，今天嫂子没过来啊？"

跟在她身后的云崝，偶尔也被问起："晏老板，这位是？"

云崝看了晏宁一眼，晏宁明白他的意思，转头介绍："我们店新来的员工，今天过来看看。"

说是员工，但他身上斜挎着的相机实在惹眼，被问及，晏宁也能对答如流:"现在都搞网络宣传,我们也不能落后啊。"

云崝寸步不离地跟着,指着旁边蔬菜摊那把绿油油的细长物问:"这是什么?"

晏宁看了眼说:"水性杨花。"

这是云崝头回听见用这个词取名的东西。

蔬菜摊的主人拿了塑料袋,在半空中抖开:"来点吗?炒着好吃呢。"

晏宁没拒绝,挑了其中一把放进袋子里,又看了看摊上的其他东西。

称完菜,云崝看着她一改先前模样,小脸温和着,但与人砍价时又不轻易让步。没三两句话,对方欣然同意,还送了把小葱。

云崝说:"我以为你不会跟熟人砍价。"

晏宁不以为意:"交情是交情,交易是交易。"

"这是门学问。"她语重心长的语气,"看来你这云里的仙子,还没堕落到凡尘啊。"

走了会儿,云崝顺着视线被隔壁水果摊吸引了注意力。

除了蓝莓、葡萄、西瓜和桑葚这些水果,还有许多他没见过的种类,云崝第一反应是举起相机将这画面记录下来。

按了几下快门,他放下相机习惯性地点击回看。

瓜果色彩艳丽,构图专业也很讲究,很好地表现了集市里的热闹和忙碌,但他怎么看怎么觉得,这画面空洞而无趣,没有故事感。

云崝不得不承认,出离人像之外,他并不擅长风光摄影,甚至说是从未入流的门外汉。

晏宁叫他:"前边看看?"

云崝点点头,跟着她往前走。

接下来的时间,他再没举起过相机。

晏宁有所察觉:"觉得没意思了?"

云崝:"没有感觉。"

"想要什么感觉?"晏宁看他。

云崝沉默了下,长舒一口气,好久也没说出个所以然来。

街上有一堆云崝从未见过的东西,他边走边问晏宁:"这个叫什么?"

晏宁回答:"姜炳瓜。"

"这个呢?"

"番荔枝。"

"这个？"

"布福娜。"

…………

问了几个来回，云崝一个眼神，晏宁就知道他的意思。

她看着云崝望向的那堆显而易见的东西，微微瞪圆了眼："辣椒也不认识？"

云崝撇了下嘴，指着筐里的黄褐色东西，说："我知道这个，酸角。"

晏宁愣了下笑出来，一半夸奖一半打趣："真聪明。"

百米集市走到一半，晏宁又遇上一熟人。那人一看见晏宁，笑得眼睛都眯起来，连带着身上五花八门的文身都不吓人了。

晏宁问："花哥，今天有什么好玩的吗？"

被叫花哥的人拎起手边的胡萝卜造型的小玩具，放在摊位的空白处，轻轻拍了下，小胡萝卜"噔噔噔"往前冲，直往晏宁的怀里蹿。

晏宁接住了说："拿一个。"

云崝问："你喜欢这个？"

晏宁："给小桃的。"

花哥又问："还要什么吗？"

没等晏宁说话，站在身边的云崝拿着另一只玉米造型的玩具，问道："怎么卖的？"

"我妹子的朋友啊。"花哥看了眼云崝，又看看晏宁，十分爽利，"那二十块一个给你。"

云崝直截了当："十块钱两个。"

晏宁惊叹。

"堕落"得这么彻底吗?

站在两人对面的花哥，被云崝不按套路的出牌打了个措手不及。

他看云崝不是说笑的样子，停了好几秒才说："小兄弟，你不能让我连本钱都收不回来吧。"

偏偏云崝莫名坚持："就十块，不能多了。"

听了这话，花哥求助似的看向晏宁，云崝的视线一道跟过来。

晏宁嘴角的笑意还未收回，被抓了个正着。她摸了下鼻子，跟花哥打商量："他头回过来不懂行情，你就让着他点。"

花哥"嘶"了声，勉强答应："那你就给个进价呗。"

云崎问:"多少?"

花哥答:"两个二十块。"

云崎不知道这算不算是砍价成功,他拿着小玩具看向晏宁,征询意见:"是这价钱吗?"

晏宁跟花哥认识有几年,从他的表情能看出这已经是最低价,朝云崎点了下头。

云崎会意,掏出手机付了钱。

两人走出摊位老远,晏宁想起云崎刚才不留情面的样子,问他:"花哥哪儿得罪你了?"

云崎说:"小马扎就是他卖给我的。"他边走,边将刚才取下来的镜头盖盖好。

晏宁:"在飞来寺那天?"

云崎:"嗯。"

结合前因后果,晏宁懂了,合着是来报复性砍价的。

她暗自腹诽了下,这人真挺记仇。

街上行人慢慢开始变多,道路两边的摊位摆放规范整洁,商品品类琳琅满目,说大不大说小不小的集市,逛得人意犹未尽。

走在其间,能听见男女老少淳朴的乡音对话,他们聊家常起居,也谈人间百事,嬉笑怒骂、嘘吁嗟叹,百米集市缩影当地生活,汇聚了不同的酸甜苦辣。

一眼望去,却看不过来。

忽然,云崎朝前的脚步方向一变,迈向右手边一处不大的杂货摊。

他走过去,身体背对晏宁,拿起摊位角落里的一个东西问里头的人:"这个多少钱?"

摊主正在玩手机,抬下头又低回去,瓮声答:"十五。"

云崎入乡随俗:"还能便宜吗?"

那摊主没什么耐心:"就这么多。"

晏宁好整以暇地站在云崎身后,想看看他还能有什么招。

却哪知,云崎二话没说就付了钱。

付完钱,他没着急走,而是将手里东西检查了一遍。晏宁看不见他的神情,只觉得这背影安静,在一片纷扰里显得格外认真。

云崎转身往这头走,晏宁只看着他,打趣道:"砍价能量用光了?"

天空飘过一朵庞大的云,把阳光遮蔽,周围忽然暗下来,把云崝的表情一同照淡:"这次不用砍。"

晏宁问:"为什么?"

云朵的影子还在地面缓缓移动,从街道另一头挪到两人脚下。

晏宁手里拎着的东西一空,紧接着,云崝朝她手里塞了个东西,跟着落下来的还有一束阳光。

云崝的语气跟他的人一样平静:"反正都得买。"所以砍不砍价不是很重要。

晏宁低头,是一瓶花露水。

云崝左手插兜,右手拎着东西闲庭信步地往前走。那姿态和步伐,透着股"事了拂衣去,深藏功与名"的大度与洒脱。

晏宁迅速掠一眼花露水的瓶身包装,柚子味儿的。

看一眼云崝的背影,又看看手里的花露水,晏宁扬起一个笑,眉眼里的光彩,霎时间变得比云南的阳光还亮。

她快走几步追上前头的云崝。

晏宁的嗓音又轻又柔:"云青山。"

云崝还望着前方,慢悠悠地回应:"啊。"

晏宁笑:"我请你吃饭啊。"

云崝舌尖抵了下侧腮,说话:"不吃。"

"附近有家馆子味道特别好,正宗的云南菜。"她语气神情都夸张,极尽努力勾起云崝的兴趣。

云崝听得想笑,声线却不为所动:"不去。"

"不去不行。"晏宁往前跨了一步,转过身与云崝面对面。

将花露水握在手心背到身后,晏宁仰头看向云崝,往后倒退着走路:"得谢谢你的花露水。"

云崝无所谓:"不用谢了。"

晏宁很有原则:"这样我会睡不着。"

"你可以继续跟嘻喽吵架。"

"它今天放假。"

无论他说什么,晏宁就跟什么,对答如流又正好落在临界点,云崝没觉得不耐烦,反而渐渐有些享受这温顺的口角之争。

云崝无声地笑笑,看着晏宁面色里闪过一丝无奈:"逼一个厌食症吃饭，你确定这是感谢？"

他说这话时，丝毫没有以往提及食物的反感。

晏宁也不惯他，站在原地做最后的邀请："那你吃不吃吧？"

终于，云峥抬抬眼皮，到底赏了个脸："可以试试。"

云峥如他所说一般，将"不爱吃饭"四个字展现得淋漓尽致。

无论人服务员推荐什么特色菜，他都提不起兴趣，最后晏宁实在看不下去，直接报了菜名，柠檬春鸡脚、石屏豆腐、香茅柠檬烤鱼、爆炒牛肝菌，还有云峥好奇的水性杨花。

同样地，云峥发现晏宁有些挑食。

从第一道菜上到现在，她面前的小碟里堆起一座橙色小山，都是胡萝卜，哪怕只有绿豆大小的胡萝卜粒，她也要仔仔细细挑出来。

云峥忍不住说："你可以提前让他不放。"

晏宁瞟了眼后厨，表情讳莫如深："说了老板也不记得。"

周围客人很多，众口难调，弄错是常有的事。

她见云峥眼神不自然，以为他是在惋惜："你喜欢吃胡萝卜？"

被问的人抬眼，眉睫如定，顿觉头脑有些发胀。

云峥还是说："嗯，六岁之前很喜欢。"

这个时间点的划分，让晏宁的筷子停了下："现在呢？"

"味同嚼蜡。"说着，云峥夹了一筷子牛肝菌，举到两人中间。

晏宁："你这叛逆期来得挺晚。"

云峥耸肩："生理性抗拒，没办法。"

晏宁倒吸一口凉气："要是食物能听懂你说的话，它们得多难过。"

云峥"嗤"的一声笑，手指在那堆胡萝卜旁边的桌面上点了点："要不你先磕一个。"

晏宁无话可说，她看云峥食难下咽的模样，想了想说："这样，我吃一口胡萝卜，你吃一口菜？"

云峥蹙眉，潜意识想拒绝这种稍显幼稚的游戏，可晏宁已经夹了一筷子胡萝卜送到嘴里，动作快到让云峥愣了愣。

晏宁胡乱嚼了几口吞下去，示意云峥："到你了。"

馆内人声嘈杂，服务生四处走动，角落里两人的较量悄然无声。

云峥夹了一小块鱼肉放进嘴里，味道鲜嫩焦香，肉质甜美。

晏宁见他吃得差不多了，又夹了一筷子胡萝卜准备往嘴里送，看得云崝眉毛都在抖。

云崝铮铮铁骨，从不输阵，几片牛肝菌被他皱着鼻子吞下去。

本意是要戏弄云崝，可现下，晏宁发现自己低估了云崝的自控力，也高估了自己对胡萝卜的承受力。

她抿紧唇望着云崝，眼睛里润起水光，微微细闪的波动。而云崝眼眸黑暗，同样静静看向她。

晏宁低眼，轻咬了下唇，打算下一步时，云崝忽然拽住她的胳膊。

他表情讳莫如深："我们都不要为难自己。"

一刹那，晏宁如释重负。此刻，她略有不厚道的感激，感激云崝的厌食症。

晏宁转头看向一桌子菜，胡萝卜的味道还留在唇齿间，神情茫然。

云崝问："怎么了？"

晏宁转身，朝服务员道："来扎酸角汁。"

她重新看向云崝，眼尾向下耷拉着："开胃。"

这是把自己吃腻着了。

听懂后的云崝，一摸自己的鼻子，想笑又忍住了。

其实厌食症并不代表完全不能进食，云崝甚至已经打算再尝尝那盘水性杨花。

但是，小姑娘的表情实在太可怜了。

他没忍心。

碰巧饭馆老板从桌边路过，记下两人吃饭时的反应。

看来新招的厨子手艺不太理想。

把客人都难吃哭了。

饭后，晏宁带着云崝在集市附近又逛了逛，到了差不多时间，准备返程。

云崝看她打了好几个哈欠，主动提出自己开车。

起初晏宁质疑："你能行吗？"山路崎岖，她很惜命。

云崝为了让她安心，道："我十六岁就会开车了。"

晏宁纠正他："这是违法的。"

云崝挑了挑眉："澳大利亚规定十六岁可以拿驾照。"

晏宁点头，没再说什么。

汽车的颠簸摇晃如同婴儿的摇篮,导航的声音像在讲述睡前故事。晏宁窝在座椅里,没多久就昏昏沉沉地闭上眼,脑袋靠着车窗睡过去。

云崝依着导航的指示,专注地盯着前方。

路口红灯,倒计时三十七秒。

云崝不经意地回头,瞥见她手里还拿着上午在集市买的那个玩具。

这一路上过了好几个减速带,小车颠起来幅度不小,但那小胡萝卜都没掉。

云崝发自内心地笑了下。

讨厌吃胡萝卜,但将这小胡萝卜攥得还挺紧的。

有间民宿,小桃正在前台对今天的账单,头顶落下一道影。

她抬头,眼前站了一个戴着墨镜的男人,看不见全脸,但小桃依旧被这男人半截子的盛世美颜惊艳到,眼睛盯着人家忘记挪开。

那男人似乎已经习惯了这种眼神,声音冰冷:"你们这儿,有没有一个叫云崝的男人?"

这语气听着很不善,小桃变得机警,避而不答:"您是要住宿?"

男人弯下身子,手肘撑在柜台上,气势逐渐压迫。

他又问了一遍:"云崝现在在哪儿?"

小桃咽了咽口水,视线开始飘忽,然后她眼睛发光。

宛如看见救星,小桃扯起嗓子想说话,可紧张的神经揪在一起让她顿然失声。

男人顺着她的视线回头。

林野白云,夕阳如橙子汽水倾倒在天际的边缘。

空气里晕着橙子味的果气,香甜包裹在无形的气泡里,密密麻麻地炸开。

两道身影愈行愈近。

云崝两手拎着满满当当的东西,晏宁脖子上挂着他的相机,左手扶在机身上不让它乱晃。

晏宁心血来潮:"云青山,我给你讲个笑话?"

云崝侧眸,看见她脸颊边被压出来的细痕,收回视线"嗯"了声。

晏宁:"有个爷爷带着他孙子出海,没想到碰见了海啸,一个浪过来,小船被打翻了,船桨也被打没了,爷爷大惊失色地对孙子说:'孙子,爷爷桨完了。'"

晏宁仰头说话,眉眼娇俏灵动。

云崝听完后僵住,反应过来后,闭上眼无奈地笑出来。

以为结束,不料晏宁又说:"但这时候爷爷忽然发现孙子不见了。"

不远处,柏西明看清并确定是云崝之后,扒拉下墨镜,露出一双惊讶的眼睛。

小桃终于喊:"宁姐姐!"

云崝和晏宁同时看向柏西明。

晏宁还在问:"你猜孙子去哪儿了?"

云崝冷笑。

孙子不就在这儿了吗?

云崝和晏宁走近后,柏西明重新将墨镜戴好,遮掩眼神里的怪异和震惊。他若无其事地对云崝道:"好久不见。"

云崝没搭理他,径直路过他身边,把手里的东西交给赶过来的十六。

晏宁正在听小桃说话,相机还挂在她脖子上,仍被稳稳托在手里。

云崝并不催促,插了兜靠在楼梯扶手处,没什么表情地看着晏宁的侧脸。被当作空气的柏西明也没闲着,看看云崝,又看看云崝在看什么。

小桃看一眼柏西明,又颤颤巍巍地缩回视线,轻声说:"宁姐姐,那个人好奇怪啊。"

晏宁回头,跟柏西明的目光碰上,柏西明向她扯了个礼貌又苦涩的笑。

小桃拉着晏宁继续说:"他刚刚就一直在问崝哥去哪儿了,特别吓人。"最后四个字咬得格外重。

晏宁问云崝:"这是你朋友?"

云崝眼神一偏,飘到柏西明身上:"问你呢。"

柏西明自知理亏,顺从地解释:"我叫柏西明,是云崝的朋友,专程过来接他。"

话音未落,小桃发出一声遗憾的疑惑:"啊?崝哥你要走了啊?"

云崝和晏宁对视一眼。

没等云崝说话,柏西明接着说话,损起云崝绝不留情:"这人矫情得很,这段时间麻烦你们了。"

云崝淡漠地反驳:"扯淡。"

晏宁没参与几人的对话,摘了相机递给云崝,声线平静:"吃了饭再走吧。"

天色渐深,已到饭点,关叔做好了几人的晚饭。

云崝接过相机,低头看今天的照片,一张一张掠过。市场的热闹,角落的静宁,每张相片的角度和光影的处理都不尽相同,但都没能让他满意。

为数不多几张带有人像的照片,是他在对焦时,对着晏宁摁下的快门。

云崝没抬头,声音也不大:"他扯淡呢。"

晏宁没听清,稍微凑近了问:"什么?"

云崝维持着那姿势没动,用只有两人能听见的声音回答:"我不走。"

这回,晏宁听清了。

三个字在晏宁的心尖上划过去,留下的痕迹又酥又麻,比噎喽在她怀里撒娇的力度还要轻,听着软绵绵的。

晏宁"哦"了声,情绪也轻快几分:"那还吃饭吗?"

云崝的回答是肯定的:"吃。"

晏宁冲他笑:"行!"

再次被忽视的柏西明,手指在手机屏幕上疯狂点击,给女朋友温怡发消息:见了鬼了。

温怡正忙着处理番茄样本,不走心地回复:怎么,遇上会说话的番茄了?

柏西明长叹一声,打字:你忙吧。

晏宁到后院帮关叔的忙,云崝窝进公共区域的沙发。

柏西明问他:"真不走啊?"

云崝"嗯"了声,再拿起相机时已经没了兴趣,随手将它放到桌上,问柏西明:"你怎么知道找在这儿?"

柏西明脑袋往外一倾:"那车装了定位。"

云崝哼笑一声:"你们家搞放贷的?"

柏西明脸色一顿,挠了挠后脑勺:"过两天给你送油过来。"

云崝没再说话,闭上眼休息。

有了晏宁的帮忙,关叔又多做了几道菜,摆满了大厅里的方桌。

柏西明不甚客套地挨着云崝坐下,没几句话就跟十六和小桃变得熟络。

他不解地问小桃:"这是你小名?"

小桃的笑意充满羞涩,面色红扑扑:"我叫陶晓,宁姐姐给我取的这个名字。"

柏西明恍然大悟，又问十六："那你呢？"

十六面色变了变，最后承认："我叫石榴。"

柏西明乐了，一个石榴，一个小桃，合着这是逛果园呢。

云崝望着满桌的菜，仰头看晏宁，语气再寻常不过："我要喝酸角汁。"

晏宁没应声，而是拿了一碗米饭，用公筷夹了些菜递给他："吃完这些给你。"

米饭上的一小堆，有肉有菜，荤素搭配十分合理。

云崝争辩："你不是说酸角汁开胃？"

晏宁以不变应万变："酸角汁也占肚子啊。"

她看着他，微微挑了下眉，圆圆的眼睛里氤氲着灯光的碎影，是神气，也是诱哄。

夏夜闷热，对面的人双眼澄净，明明眼前的一切都很平静。

骤然掀起一股果香的风暴。

云崝捏着筷子的手收紧，他埋头，认命地在碗里挑挑拣拣。

柏西明的眼睛滴溜转了几圈，兴趣就像篝火，噼里啪啦烧得正旺。他坐直身体，带着十足的好奇和八卦心思问晏宁："那你叫什么名字啊？"

晏宁刚开口，还没来得及说话，云崝夹了块什么东西塞到柏西明嘴里，口吻不耐烦："吃你的饭。"

柏西明直接吐出来，"哇哇"大叫："云崝你——"看见周围的女生，柏西明把那剩下的话咽回去，咧着嘴骂，"让我吃你的口水，你恶不恶心？"

云崝撩撩眼皮："有本事你也恶心回来？"

柏西明难以置信地看着他，嘴角在抽搐。

"看来你没这本事？"云崝气定神闲，淡淡持续输出，"废物啊。"

柏西明提了一口气，堪堪回了句："傻子。"

云崝反唇相讥："二愣子。"

晏宁抱着自己的饭碗，右手拇指关节抵了下眉心，压制住心里的那份无奈。

太幼稚了。

饭后，柏西明跟着云崝上楼。

站在天台上，柏西明习惯性地拿出烟正要点上，被云崝一把夺走扔回他怀里。

这动作看得柏西明一愣一愣："你干吗？"

云崝懒得多说："这里禁烟。"

柏西明："哦。"

他看了天台一圈，拉着小马扎坐下，两条大长腿敞开放，手肘撑着膝盖，大大咧咧地聊天："下午干吗去了？"

云崝惜字如金："集市。"

柏西明脑袋转了下，问："跟那林妹妹？"

他还不知道那姑娘的名字，只知道那个叫小桃一口一个"宁姐姐"，又带着了点口音，索性给人取了个"林妹妹"的外号。

别说，这"林妹妹"做饭还挺好吃。

云崝听见这称呼，眉毛扬了下："嗯。"

"逛得怎么样？"

"还行，就是不太出片。"

"想出片你得去雨崩那边，找个时间徒步。"

云崝没继续这话题，反问他："你怎么来了？"

柏西明"啊"了声，这才想起来正事，他直截了当："你跟白怀京怎么了？"

"分了。"云崝说这两个字的时候，语气平淡得像是在说刚吃完饭。

实际上，比起分手，吃饭似乎更让他烦心。

柏西明错愕："什么时候的事儿？"

云崝算了算日子："几个月。"

其实分手后，云崝不止一次地看到听到过白怀京的名字，在知名杂志的封面上，在各大时装秀的T台上，也在某富商与当红模特同回小区的花边新闻里。

白怀京如她分手时所说，一定能有更好的发展。事实上，她确实做到了，无论用什么手段。

对于这段感情，云崝最大的感受是——平静。

在一起时是白怀京提的，云崝很平静地答应，就甚至连分手时，也毫无波澜。因为他和白怀京，就是向昭之前所说的那种，互利依存的共生关系。

不得不说，白怀京是个极具表现力和自我思想的模特，她不会一味听从摄影师的指挥，而是提出自己的想法，故而云崝能从她身上汲取很多灵感，创作不同风格的摄影作品，而同样的，白怀京的那些富有视觉冲击力的照片,也为她带来了很多机会。

艺术家需要缪斯的眷顾,缪斯也贪恋艺术家为她带来的掌声。

然后,白怀京在这名利圈里越走越远。

直到分手时,她说:"云崝,你给不了我想要的。"

云崝知道她想要什么,他给予尊重。

云崝工作室和白怀京工作室从未对外官宣恋情,只是在流言猜测中,体面地宣布了双方合作的终止。

也是从那之后不久,外界忽然出现大量抨击云崝的声音,道他失去白怀京的作品,不是完整的作品。

就像没有灵魂的行尸走肉。

脚上多了层重量,毛茸茸的蠕动让云崝从思绪里低头,噎喽趴在他脚上,打了个"圆滚滚"的哈欠。

柏西明望着远方的几点灯光,"啧"了声发表意见:"你俩那会儿相敬如宾,我还以为是搞艺术的都假正经呢。"

云崝没答话,修长的手指在噎喽背上撸了几下。可能是还不习惯云崝,噎喽挣扎着要跑,被云崝轻轻按住捏了下耳朵,安静了。

这招挺好使。云崝笑了笑,想起口袋里的东西,掏出来拍两下往前一送。噎喽匍匐身体紧盯着它,两只爪子贴地爬行跟着玩去了。

"不过啊……"柏西明再次说话,神色有些犯难,看着正在逗猫的云崝,欲言又止。

云崝头都没抬:"有话直说。"

柏西明交代:"白怀京来找我了。"

噎喽觉得这"玉米棒子"实在没趣,重新趴卧回云崝的脚背,尾巴在地上怏怏地扫了几下。

云崝一顿:"她现在在云麓?"

云麓是云氏旗下的度假酒店,也是柏西明管理的业务之一。

柏西明"嗯"了声,他也没隐瞒:"昨天过来的,一直在那儿等着呢。"

这种被人撵在身后的感觉,让云崝没来由地厌烦,声音也冷下去:"等什么?"

没等柏西明回答,噎喽突然跳起来,龇牙咧嘴地扑到他身上,把柏西明吓得往后一退,连人带着小马扎摔倒在地。

紧接着,云崝听见身后急促的脚步声,以及晏宁的低骂:"小猫崽子翻天了你!"

晏宁把噎喽抓到怀里紧紧抱着,跟柏西明连连道歉:"实在对不起,你没摔坏吧?"说完她看向云崝,微微尴尬地笑了一下。

云崝瞟一眼柏西明,替他回答:"没事儿,他体质好。"

云崝看看噎喽,它还在不住地扑腾,于是问晏宁:"是不是没给饭吃?"

晏宁道:"正弄着呢,说不见就不见了。"

云崝会意:"你带它吃饭去吧。"

晏宁还是不放心:"真没事儿?"

云崝笑得随意:"他跟袋鼠打过架。"说完又补充一句,"1V2。"

晏宁不说话了,抱着噎喽离开,离开时的眼神带着深深的难以名状的同情。

到底是经历什么,才要跟两只袋鼠打架?

晏宁从另一头下楼,柏西明亲眼见证了好友的"漠不关心"。他站起身拍拍身上的灰尘,想起刚才云崝那个问题,声音带了点情绪:"等什么?人等着跟你复合!"

楼梯拐角的晏宁,朝噎喽做了个"嘘"的手势,压下它的暴躁动作。

门被关上的声音。

天月深白,万物沉寂。

有风吹过来,卷着夜晚的凉意和山林的清冷,把人呼吸的温度吹到冰冷,从心尖神经传递到手掌,有一种陌生到从未在意过的感受。

这种感受,叫不痛快。

云崝收回余光,眼里隐约几分不爽,他看向对面的柏西明,态度坚决而寡淡:"告诉她,不可能。"

云崝拒绝了柏西明要将他接到云麓的邀请,二话不说打算把人送走。

忘神容易请神难,柏西明来这一趟,深刻学会了这个道理。

他寻思给云崝交几天的房费,以减轻自我内心的负担,云崝说不需要,柏西明正感叹这人还挺大气,却又见云崝转脸义正词严道:"赔钱。"

柏西明诧异:"赔什么钱?"

云崝下巴一挑,示意他身后:"小马扎。"

柏西明回头,经过刚才这么一摔,小马扎的腿脚断裂,歪歪扭扭在地上瘫成一堆。

这是东家的小少爷,柏西明惹不起,摆了摆手掏手机:"多少钱?"

云崭扁了扁唇，不假思索地开价："三千。"

听见这个数，柏西明又差点把手机给摔了。他确认了下那小马扎的材质，又上下扫一眼面不改色的云崭，克制了要骂人的冲动："你怎么不去抢呢？"

云崭耸了下肩，满脸坦然："这不抢着呢？"

两人一齐在国外留学，斗嘴说歪理这件事情上，好几年了柏西明都没赢过云崭。他索性放弃，认命地给云崭转账。

听到资金到账的声音，云崭心满意足，柏西明心如刀割。

前有酒店被坑，后有管理层被讹，这酒店开成这样，柏西明感觉自己这职业生涯差不多走到头了。

一笔小巨款入账的云崭心情大好，亲力亲为地将柏西明送出民宿。

柏西明上车，还未启动车辆，云崭在窗外直视他，眼眸沉暗："别说我在这儿。"

这句话具体针对的是谁，不用多说。

柏西明终究还是问："你俩是多大仇多大恨啊？"

云崭不多说，声音低沉："就这么着吧。"

再问也没个所以然，只会徒增烦恼，柏西明明白他的意思，用力点点头，启动车辆走了。

引擎声渐远，周围渐渐归于安宁，静得能听见时间缓缓前进的声音。

云崭独自站在"有间"外，深吸了一口气。

在漫漫宇宙里，长夜总是被称为浪漫而悲哀的，浪漫到只是身处其中，就能收获一片辽远的星空，又因为辽远的星空，悲哀于人类的渺小。

从上海的繁忙与喧嚣中逃离，已有几月之久，云崭头一次思考这次旅行的真正意义。

在一片黑暗中，他仰起头，到处都是虚浮的冥色。

他藏身于此，又无法从心底的束缚脱身。

这一望无际的长夜，安静又孤独，把每个瞬息度成了光阴，光阴底下看见的，都是他蹉跎的过去，被寄予厚望又一塌糊涂的过去。

于此，云崭突然就很想承认，那些网络那些外界的评判。

他已经江郎才尽。

回到"有间"，云崭看见前台的十六，他低睫又抬起，问："你老板呢？"

十六抬手指了指:"后院呢。"说完又低头忙自己的事情。后台有个订单,预订又取消,折腾好几回了,他在排查是不是电脑系统出了什么问题。

云峥"嗯"了声,想了想,脚步没停,掀开门帘走进后院。

等人走后,十六从柜台里抬头,他望向空无一人的楼梯口,眼里稍有几分吃惊。

峥哥走路这么快的?

云峥进了后院,看见院子里的晏宁。

树影斑驳间,晏宁窝在竹制的老头椅上,椅子一上一下地轻轻晃悠,发出"吱呀"的声音,她手里捏了把小扇子,时不时扑几下,随着这动作,空中的小飞虫来回舞动,奔赴夏夜的炙热。

静宁深夜,晏宁闭着眼睛,抱着身上的噔喽在纳凉。

云峥走过去,在老头椅旁边的石阶坐下,放轻声音问她:"怎么不上楼?"

听见声音,晏宁睁眼转头,黑色长发从椅子的边缘垂下来。她与云峥对视,想了下说:"怕打扰你跟朋友聊天。"

云峥道:"也没聊什么。"

晏宁:"没什么也是隐私啊,老板不能窥探客人的隐私。"

云峥拧眉,没什么犹豫:"我以为,我们是朋友了。"

"哦。"晏宁摸摸自己的眉心,然后指了指噔喽,"主要是这小崽子最近也不知道怎么回事,总惹事儿。"

被点名的噔喽站起来,在晏宁的肚子上踩了几脚,晏宁捏了下它耳朵,噔喽又缓缓趴回去,蜷成一团隔着老头椅的扶手观察云峥。

晏宁又问:"你朋友回去了?"

云峥说:"刚走。"

"他真没事儿?"

"一大老爷们儿,摔一跤不打紧。"

晏宁把脑袋转回去,望着漫天的星星,没忍住心里的好奇:"你说他跟袋鼠打架?是怎么回事儿?"

云峥很快笑了下,透着点嘲弄意思:"几年前在澳大利亚留学时候的事儿。"

脚踝被蚊子咬了一口,云峥拿起老头椅旁边的花露水喷了两下:"本来大晚上打扰人家休息就不道德,柏西明非得凑近去拍袋鼠脚下的那窝草,就被揍了。"

晏宁惊讶地"啊"了声:"被揍了?"

"嗯。"云峥挑挑眉,"他女朋友是学植物学的,所以遇见什么没见过的花草他都要拍下来,被两只袋鼠追着跑,没跑成就打了一架。"

所以确切来说,并不是1V2,而是柏西明单方面被揍。

"可是……"晏宁语气疑惑,她撑起半边身子看云峥,"你们为什么要晚上去看袋鼠?"

云峥侧眸看她,很耐心地跟她解释:"我心情不好,想去看。"

晏宁无声笑笑,这理由很别致。

她重新躺回老头椅,长发落下来,滑到云峥的臂弯里,云峥视线偏了下,那发尾和肌肤的摩擦感明明松软无力,却轻而易举钻进身体里,侵占了他的四肢。

院内清冽的柠檬香,冷感而洁净,大张旗鼓地挤走他的那些忧闷。

云峥单手反撑到身后,左臂伸直搭在膝盖上垂着。他看向院内的风景,而后转头看晏宁的侧脸,她嘴角还有尚未收回的笑意。

云峥问:"笑什么?"

晏宁还是笑,自然地回答:"笑你呀。"

云峥疑惑:"我?"

"嗯……"晏宁拖了长长的尾音,她的目光穿过来,轻轻落在云峥的脸上,"半夜看袋鼠心情就能好?"

被问的人没情绪地承认:"不能。"

晏宁一副"我就知道"的表情,她没说话,但一切都写在眼睛里。

云峥也笑了下,抬眸看向她:"但是看那二愣子被袋鼠追着跑可以。"

闻言,晏宁笑得更大声,几乎整个人都要蜷缩到一起。她越是笑,老头椅就晃得越厉害,噌嗖伸长了身体蹭了蹭她的脖子,晏宁逗它,身体往后躲了下,没控制好力道,老头椅向后翻去。

云峥抬臂,动作敏捷地从后头稳住椅身,自始至终晏宁都毫无察觉。

笑够了,晏宁坐起来,云峥还静静看着她,她笑得脸色微微红晕,身上的短袖松松垮垮,柔软长发撒在她肩上、白皙的脖颈上,唇下黏了几根碎发,那颗梨涡若隐若现。

沉默着,云峥别开了眼。

顿了几秒钟,云峥再次开口:"但是现在不了。"

没头没脑的一句话让晏宁怔了下："什么？"

云崝对着天空长舒一口气，悠悠道："大概年纪到了，现在看以前做的那些事，都觉得其实挺没意思的。"不过只是短暂的逃避。

晏宁嫌弃地哼了声："说得跟七老八十似的。"

云崝偏头看他："你多大？"

晏宁接得很快："下个月二十四。"

云崝笑了下："我比你大六岁。"

"才六岁。"晏宁摆摆手，落下后撑着脑袋说话，"又不是六轮。"

云崝跟着笑笑，果然还是小姑娘。

"那你现在觉得什么有意思？"晏宁问他。

云崝沉吟半许后，给了答案："想看看今天的葱绿不绿，看看茄子新不新鲜，尝尝橙子甜不甜。"说着，他兀自笑出声，像是被自己的想法逗笑，"也想看看鱼蹦得高不高。"

明明是很轻松的语气，却总有化不开的淡淡惆怅。

晏宁打量他："就这样？"

云崝："嗯。"

这一切对晏宁的生活来说是简单的，可对他而言，他的身边充满了冰冷的机械和工业的淡漠，镁光灯的摄影棚，素净得犹如一张大网。

有一段时间，他看见的世界，非黑即白。

站在屏幕前，盯着模特张力十足的样片，明明都说色彩鲜艳，云崝却觉得照片的颜色在崩塌，直到褪成最原始的"偶氮片"。

比江郎才尽更可怕的，是一个摄影师主观地失去了色彩。

晏宁摸了摸下巴，"啧"了声："难怪你今天盯着干姊的菠萝看。"

云崝不确定地回忆了下："有吗？"

晏宁惊呼："当然！"

她转过半个身体，从另一头捧了什么东西到身前："我还以为你是喜欢菠萝。"隔着老头椅的扶手，她将东西递给云崝，"喏，给你。"

云崝低眼，杯子里沉着小半杯百香果粒，放了大片金黄色的菠萝果肉，杯口别了片翠绿色的叶子，浸润在汁水中鲜嫩欲滴。

玻璃杯外细密的水珠顺着杯壁滑动，从晏宁的指尖滴落。

云崝问："这是什么？"

不到一秒钟，晏宁给它胡诌了个名儿："'云里雾里'。"

云崝很给面子地夸赞:"好名字。"
晏宁说:"也能开胃。"
云崝这才想起晚饭那一出,他接过来尝了口,百香果的刺激和菠萝的芬香沁入鼻息,满腔的清爽。
他托着杯子,不解地问:"怎么不是酸角汁了?"
"这是对你的奖励。"晏宁仰起脸看他,眯起眼睛笑了下,"奖励你今天好好吃饭。"
不知名的紫色花朵从半空中缓缓坠落,掉落到晏宁的头顶,她没感觉,灯光在她身上镀了层光晕,在一片醇厚的夜色中,她定定地望着云崝。
花瓣轻飘飘的没有重量,从晏宁的发间无声降落。
恍然间,那片花瓣砸到云崝的心里,有什么东西丁零当啷地碎了一地。
——是奖励吗?
在晏宁看不见的地方,云崝微微苦笑了下。
自己究竟获得过多少奖项,云崝已经不记得,但在这些荣誉风光的背后,他牺牲了大量的时间和自由,所以于他而言,得到即是失去。
而现在云崝才知道,原来仅仅是吃饭,就能得到奖励。

第三章

/

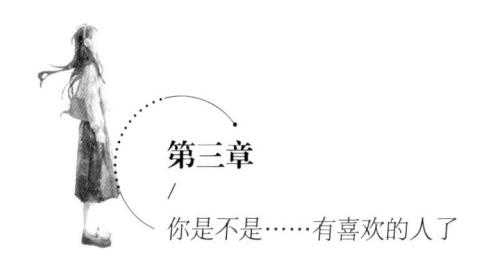

你是不是……有喜欢的人了

薄雾冥冥，半山别墅，四周笼罩着阴霾。

屋内昏暗低闷不已，却没有开灯，偶尔窗外划过闪电，撕开一道狰狞的口子，窥见室内近乎死寂的格局。

眼前的世界黑白交叠，物品的线条扭曲起伏，室内的陈设布置不受控制地向四周倾倒流转，轻轻一碰就在指尖碎裂。

空气中却透着一股诡异的安静。

面孔稚嫩而苍白的男孩，低垂着脑袋站在餐桌边，他身前站着个穿黑色衣服的女人，那女人面带微笑，弯下腰看向男孩。

她越是弯腰，男孩的头埋得更低，画面犹如静止般死寂。

下一秒，女人的手探向旁边的餐桌，摸到那杯早已冰凉的牛奶。

男孩，女人，牛奶。

紧接着，这世界的一切毫无预兆地开始崩塌，对面女人的脸开始变得狰狞，渐渐模糊，她尖刻着嗓子嘶喊，声音一道比一道凄厉，刺痛了男孩的耳膜。

失重的压迫感传到心尖神经，与女人的声音一起挤压身体，呼吸变得愈来愈急促，像是被有心之人故意摁进水底。

被摁到水底的人，拼尽全力试图挣脱，可他越挣脱，束缚便越紧。

突然，有人在叫他："——云青山！"

有一种不知从何而来的力量，穿过时间和梦魇的固限，将他从窒息的水底拉起，狠狠喘过一口气，终于摆脱濒死的境地。

劫后余生的感觉，让云崝在惊惧中睁眼。

他从床上转头，晏宁站在落地窗外，用手掌拢成一个圈，贴着窗户看他："云青山！该起床啦！"

云崝坐起来，他抓了一把睡得乱七八糟的头发，又搓了把脸，整个人才清醒了几分。

见人终于醒过来,晏宁霎时扬起笑脸。隔着玻璃,她朝屋内的云崝招了招手,声音清亮地喊:"走!我带你去看鱼!"

云崝怔怔地望向窗外。奇峰峻岭在她身后屹立,远处和风晴朗,白云在澄澈的天地间安然浮游。

坐着看了几分钟,云崝的眉尾弯了下。

这个世界有许多色彩,与梦中的那个不同。

他下床,打开门。晏宁睨了他一眼:"睡饱了吗?"

云崝轻"嗯"了声,问:"几点了?"

"喏。"晏宁把手机举到他眼前,"两点了。"

云崝摸了两下眉心,嘀咕了声:"这么晚了。"

他不常贪睡,但因为昨晚的无故失眠,又深困于梦魇,才迟迟醒不过来。

晏宁眼里雀跃:"你收拾收拾,我带你看鱼去。"

云崝拧眉:"看鱼?"

"是啊。"晏宁用力地点头,"你之前不是想看鱼吗,我带你去。"

云崝问:"去哪儿看?"

晏宁说:"到了你就知道了。"

她说完转身,双手背到身后,跳动着步子往天台那头的楼梯走。刚走到一半,她看见那摊小马扎,指着问云崝:"怎么弄的?"

云崝说:"柏西明坐塌的。"

晏宁神色淡了下,咂舌道:"可惜,又没地儿坐了。"

说完,她继续对云崝说:"早上十六熬了粥,给你留了点,收拾完下来吃饭。"

云崝:"好。"

晏宁走后,云崝又站了会儿,觉得精神舒展不少后,转头看见那摊鸡零狗碎,还堆在方桌旁边。

云崝走回屋内拿起手机,给向昭发了条微信:帮我办件事儿。

向昭回复得很快:你说办就办,我是你保姆啊。

云崝看着这句话,没回。

不出两秒,消息被撤回,然后向昭发来第二条,一副不耐烦:干吗?

云崝发了张图片过去,接着甩了个地址。

向昭回复了个"OK"的表情包。

晏宁带云峥去了附近的水库。停好车,她打开后备厢,向云峥展示后备厢里归纳好的两套渔具,全新的。

云峥明白了,晏宁这是要带他钓鱼。

他低下头,暗自叹气,早知道是这样,他就不抱着相机过来了。

晏宁背上两套渔具,扬手一指指向不远处的小径,对他道:"出发!"

眼前蓦然大亮,云峥分不清这明媚来自阳光还是人,他只觉得,忽然间他心情大好,也抬手一指:"冲!"

垂钓的地方格外安静,阳光和煦洒下来,波光粼粼,周围潺潺的流水声,落英在水面上漂浮晃悠,时不时响起几声娇弱的鸟鸣。

云峥靠在垂钓椅上,用手撑着脑袋,一动不动地盯着手里的鱼竿。

一个多小时了,他还颗粒未收。

而身边晏宁的小桶里,满得几乎快要装不下。

他看见鱼蹦得高不高了吗?看见了。

从晏宁的桶里蹦出来的。

鱼漂动了两下,云峥收竿,和前几回一模一样,鱼钩上空无一物,他又落了个空。

他撇了撇嘴,转头看向晏宁。晏宁也正看着他,摇着手里的蒲扇耸肩,出声安慰:"慢慢来。"

云峥放下鱼竿,摘掉墨镜,拿起相机拍了几张风景。

出其不意地,晏宁问他:"你还想抽烟吗?"

云峥老实回答:"有点儿。"但也没有打破民宿里的规矩,只偶尔靠在床头,抽出一根在指尖没什么目的地把玩,又或者实在憋不住,到民宿外头抽一根,烟味散尽了才回房。

晏宁扫了眼身边的草木,找了一圈,在一团青绿中揪了一把,用带来的饮用水冲洗干净后,用手肘碰碰云峥的胳膊:"给。"

云峥放下相机,接过那几片嫩叶:"这是什么?"

"银丹草。"晏宁拿起另一片放到嘴里嚼了两下,"就是薄荷。"

云峥拿过来半信半疑地塞进嘴里,果真是薄荷的味道,沁人心脾。

他边嚼边重新举起相机,然后问晏宁:"你很喜欢钓鱼?"

"一般吧,以前总跟我爸后头钓。"晏宁收竿,一条手指大小的鱼咬着钩子奋力摆尾,晏宁动作轻柔地将小鱼取下来,然后放进水里,任它游走。

云崝莫名地想到十六曾说过的，晏宁十分善良。

风景怡人，让云崝想起昨晚的话题，他主动问："你心情不好的时候，一般想干什么？"

晏宁想都没想回答："看别人吃我做的饭。"

猜到他的反应，晏宁没忍住笑出声，然后她很认真地思考了下："喝酒，看电影。"

云崝不信："你还会喝酒？"

晏宁的脑袋偏了点角度，反问他："不像吗？"

云崝有心揶揄："你看着像酸角汁喂大的。"

刚说完，晏宁抓起手边的蒲扇扔了他一下，云崝笑着接住。

"我呢，喜欢做饭，也喜欢调酒，心情不好的时候就会折腾有的没的，但是没人跟我一起，就只能自己喝呗。"晏宁说着，重新将鱼竿放回到水中。

云崝举起相机："调的什么酒？"

晏宁："稀奇古怪。"通常是想调什么，放什么颜色的酒，都要看她的心情来。

她昂了瞬下巴，很开心地邀请他："下次给你尝尝？"

云崝："好。"

"不过。"云崝按下快门，将脸从镜头后露出来，眼神专注，"我希望下次是你心情好的时候。"

晏宁顿了下，才回答他："嗯。"

云崝起身，去往别的地方探寻，晏宁独自坐在水边盯着鱼竿发呆。

明明是夏天，可心头滋生了隐秘的酸胀感，如同初春时新芽的破土，布满到晏宁的心头，连骨缝里都融进久违的新生感，一丝一缕地洇开柔软。

晏宁抬头，闭上眼，感受拂面的微风。

一阵手机铃声响起。

晏宁回头，是云崝的手机。

来电人，向娘娘。

晏宁重新看向水面，鱼漂动了两下，晏宁收竿，鱼钩上竟然什么都没有。

落空了。

云崝回来时，晏宁已经歪在垂钓椅上睡着了，阳光落在她半边脸上，温静而安宁，偶尔绕过几只小飞虫，"嗡嗡"作响，晏宁皱着眉头，无意识地扬手挥了几下。

云峭看得无声发笑，坐到她身边，用蒲扇帮她扇走飞虫。

安静下来，晏宁换了个姿势，又沉沉睡过去。

鱼竿被她握在手里紧紧攥着，同上次在车里那般。

两人收拾好一切准备回去时，几近日落。云峭把相机交给晏宁，自己背上渔具和垂钓椅，又提着那桶小鱼，不紧不慢地跟在晏宁身后。

晏宁低头，瞟一眼挂在自己身上的重量，这不是云峭第一次把相机托付给她。

晏宁："云青山。"

声音顺着水库的风飘过来，入耳时清幽幽。

云峭："嗯？"

"不都说摄影师不让别人碰自己的相机？"

"你从哪儿看来的歪理？"

"要是在别人手里摔坏了，你不心疼啊？"

"摔坏了换一个。"

晏宁忍不住腹诽，有钱就是任性。

晏宁又问："那你刚来的时候，不也舍不得它淋雨？"

云峭笑了下，气音听着有几分无奈，道："这玩意儿也挺贵啊。"

"哦。"晏宁压了下唇。

两人一问一答，扯些有的没的。

快走到小车时，脚下的道路逐渐变窄，两边都是水洼野草。

晏宁的注意力都在和云峭的对话上，正在兴头上，她脚底一滑，整个人往前扑去，把云峭吓了一跳，快走几步到她身边查看情况。

晏宁动作利落地爬起来，她跪坐到地上，右边小腿上几道血痕，一直延续到膝盖，伤口上还沾着细小的砂石和几根干黄的枯草。

她低着头默不作声，云峭以为她是被摔疼，赶忙蹲到她身前，声音急切地问："你怎么样？"

哪知晏宁抬起头看他，表情丝毫没有摔到的难受，反而眼里是细闪的亮光。

她举着完好无损的相机对云峭说："你看，我没摔到它。"

云峭的视线从相机缓缓下移，落到她被擦伤的双臂上，半眯起眼："你为了保护它才摔成这样的？"

"是啊。"晏宁点头,"相机多重要啊。"

云峥把她拉起来,反问:"相机能有你重要?"

晏宁拍拍身上的土,因为疼痛小小地"嘶"了声,她站直身体,看向云峥,眼神里是从未有过的认真:"可它对你很重要。"

风声静默,万事休矣。

云峥的眼眸沉下去,浮光掠影,他开始什么都听不见,只能看见这片天地。

有人把玫瑰扔进泥沼里,狠狠践踏直至踩烂,看着满地殷红的花瓣,说这与生俱来的艳丽,也敌不过命运的腐朽。

可有的人,将玫瑰早已弯折的根茎,小心又虔诚地托举。

然后举到你面前,告诉你,它本来的意义。

整理好情绪,云峥抬脚越过晏宁头也不回,不忘低声说了句:"傻不傻啊你?"

晏宁捉摸不透,跟在后头回嘴道:"我不傻。"

"傻。"

"哎,你这个人!"

天边落日渐沉,云峥和晏宁回到有间民宿。

云峥左手提着鱼桶,右手拎着其他东西,走在晏宁前头,时不时回头看两眼因为受伤而步伐变慢的晏宁。

晏宁注意到他的目光,小跑两步跟上,手里还将他的相机保护得严严实实。

云峥停下来等她,语气温柔:"你慢点儿。"

接近民宿时,云峥看见前台那处,十六正在跟一个女人说话。

那女人应该是要办理入住,可十六的表情不是欢迎的意思,甚至连基础的礼貌都没有,隔着老远,云峥都能看见他眼里深深的讨厌。

走得近了,能听见两人的对话。

十六态度很坚决:"我说了没房就是没房。"

女人的态度也好不到哪儿去,做着精美指甲的手指点点柜台:"骗谁呢你,这手机软件上显示你们还有好几间空房呢。"

十六张口胡诌:"那是系统错误,反正现在没有了。"

女人冷笑一声:"你当前台当傻了你,有钱都不赚?"

十六梗着脖子，脸色僵得通红："我说没有就是没有！"

女人："就是不让住呗。"

十六："对！"

见十六铁了心不打算给自己办入住，那女人终于被激怒，她气急败坏地拍了几下桌子："把你们老板叫出来！"

"找我干吗？"晏宁淡声回应她。

云峭随即转过头，看见晏宁脸色冰冷，漠然地看向那个女人。

女人和十六一齐看过来，十六先开口，有些不安："宁姐，她——"

"你不用说了。"女人抬手打断十六的话，转过身，面上带着几分挑衅，"老板能耐大就是不一样，连店里的员工也这么有能耐，都敢把客人往外赶了。"

"知妍！"女人身后传来一声低喝。

云峭移开眼，这才看见，那女人身后的暗处，一直站着一个男人。

那男人走近几步，走到女人身边，扶住她的腰身道："这家不行，我们就换别家，说不定其他家的风景也不错。"

李知妍打开男人的手，瞪眼说道："怎么了倪扬，我说她几句你还心疼了？"

倪扬眉毛微竖："胡说八道什么？"

李知妍拧头，瞥了眼外头的晏宁，像是故意说给她听："我今天就住这儿了，谁也别想破坏我蜜月的好心情。"

十六看着一脸跋扈的女人，一时没了主意。他看向晏宁，晏宁轻轻点了下头："让她住吧。"

说完，她往民宿里走，目不斜视当没看见那两人，径直走向后院。

十六不情不愿地替那两人办入住，选了离晏宁房间最远的那间。

等两人移步上楼，云峭放下东西，找十六要药箱。

十六边找边问："峭哥，你受伤了啊？"

这语气熟稔，完全不同方才的抗拒，让尚在楼梯口的倪扬忍不住回头看了眼。似是感应般，云峭抬眸，两人的视线在空中交汇。

云峭眼神凉薄，将对方若有若无的探究视为无物。

明明最先打量之人，却感受到莫大的羞辱，倪扬快速转开视线，大步上楼。

收回眼，云峭回答十六的问题："你们老板，摔了一跤。"

"啊？"站起来的十六把药箱推过来，他张圆了嘴，关心道，"宁姐摔得严重吗？"

云崝拎起药箱："擦破了点皮。"

十六放下心："哦。"

"对了。"云崝声色不动，问十六，"那两个人是怎么回事？"

提及那两人，十六的表情立马生出嫌弃。他想了想，说："那男的，是宁姐差点在一起的男朋友，那女的，就是宁姐差点在一起的男朋友刚结婚没多久的老婆。"

这话听着够绕，云崝倒捋明白了。

两个缺西十三点（方言。缺西的意思是缺心眼，十三点是指不明事理、傻里傻气的人）。

晏宁拖着步子上楼，刚要走向房间时，昏暗处响起一道低声："宁宁。"

晏宁一顿，回头。

倪扬站在楼梯口的另一头，正神情难辨地看着她。

晏宁无声看向他，面上没什么起伏，宛如被封印了许久的冰山，在漠视着眼前的一切。

倪扬搓了搓手，有些不知道怎么开口，他首先道歉："刚刚……刚刚知妍那么说话，你别介意，她订的房间，我是到了地方才……"

晏宁无意纠缠，道："你们是客人，不给你们办入住是我们民宿有错在先，您夫人表达不满是应该的。请问还有什么别的事情吗？"

时隔一年多，倪扬对晏宁的印象还停留在那个朝气蓬勃的样子，他十分不习惯晏宁当下说话的语气。倪扬往前走了两步，试探性地问："宁宁，你是不是还在怪我？"

伤口的疼痛让晏宁耐心全无，她掀眸，眼底尽是疏离："过去的事情已经过去，没有再提起来的必要。"

倪扬支吾："对不起。"

晏宁语气平静："你本来也没承诺过我什么，不用道歉，况且……"她停了瞬，"你们才刚结婚不久，我应该说一声恭喜。"

说完这句，晏宁再次抬步，浑身都是不想留在此处的决绝。

而倪扬依旧不死心，他快速往前走了两步，大声喊她："宁宁！"

晏宁厌恶地回头，语气凌厉："别跟着我！"

倪扬完全无视晏宁的话,加快脚下步伐就要跟上去。

云崝踏上最后一级台阶,挡在倪扬身前,他撩了撩眼皮,眼神满是倦漠:"当你听见她说'别跟着我'的时候,你就应该学会闭嘴。"

倪扬刚被拒绝,又中途被拦截,顿时怒气燃起,愤怒道:"跟你有关系吗?"

云崝从容不迫地答:"你吵到我了。"

语罢,云崝拎着药箱,往三楼走。

看见云崝去往的三楼,倪扬当即明白过来,嫉妒和不甘让他失去理智,他沉声问云崝:"住顶楼那间房?"

顶楼只有那一间房,问这话等于自讨没趣。

云崝只管走自己的路,没有接话。

倪扬哼笑了声,继续寻衅:"看见那盆茉莉了吗?"

云崝回过头,果不其然在倪扬脸上看见得逞的笑意。

倪扬终于在云崝脸上看见情绪的波动,他仰头问:"你知道那个 N 代表的是谁吗?"

云崝上下扫一眼:"谁告诉你那是个 N?"

倪扬一时语塞。

云崝口吻清冷:"从现在开始,那是个 Z。"

十六叫眼前的人"崝哥",倪扬很快就懂了云崝话里的意思,他气急了,咬着牙问:"倒着的 Z?"

云崝眉毛抬了下,神态恣意不屑:"我懒,喜欢躺着,有事儿吗?"

倪扬被气到无话,恨恨地看了云崝一眼,然后扭头走回自己的房间。

云崝亲眼看着他进屋后,才上三楼进屋。

天台上,晏宁坐在矮桌上,一瞬不瞬地盯着远方黑漆漆的山峦,思绪乱七八糟,也不知道神游去了哪里。

再见倪扬,心里不可能没有一丝难受。

只是如她所说,过去的事已经过去,没什么过多纠结的必要,再多的波澜也抵不过知晓他和李知妍在一起时的感受,时间过去这么久,早淡了。

她自我安慰结束,长长地叹了声气,伸了个舒服的懒腰,然后看见露台上的云崝。他正插兜靠墙,另一只手还拎着药箱,静静地看着她。

云崝说:"原来你心情不好的时候,是对着这片山发呆。"

晏宁笑了下："谁说我心情不好的？"

云崝走过来，将小马扎拖到她面前，然后单膝跪地打开药箱："药水倒上去有点疼，你忍着点。"

晏宁将腿往后头缩："我……"

云崝一把抓住她的小腿，放到小马扎上，语气严肃："别动。"

男人的指尖温热，晏宁感觉那股温热一点一点从小腿神经往上爬，爬到她的身体里，爬到她因为刚才的事有些不快的心里。

那温度慢慢升高在，在她心尖上烫了下，烫得她的心跳，在"扑通扑通"地响。

这个角度，晏宁能看见云崝乌黑的头发，额前的碎发半垂半掩，风一吹，露出他好看的眼睛，正盯着她的伤口。云崝的唇线抿得很紧，显得整个人专心而谨慎。

晏宁不自觉地屏住呼吸，唯恐打破这片安宁。

云崝将双氧水倒到她腿上，洗刷清理掉那些污秽尘土，动作熟练地给她上药。

给右腿上完药，云崝又给晏宁的两只胳膊处理好。

大概是她看得太过入神，从头到尾，她没有感觉到丝毫的疼痛。

云崝直起身站到晏宁身边，晏宁抬起胳膊看了两眼，处理得还挺好。她仰头问云崝："云青山，你怎么这么厉害？"

正在收拾东西的云崝，动作一僵，他继续收拾："大学的时候跟老师学的。"

"哦。"晏宁低头，在胳膊上轻轻吹了吹。

云崝见了问："还疼啊？"

晏宁摇了摇头，突然安静下来，坐在旁边不说话。

云崝收好东西，道："不喜欢的话，可以把他们赶出去。"

晏宁失笑："人好歹也是付了钱的客人。"

云崝不认同："在自己的地盘上，还能被欺负了？"

晏宁笑："你在摄影棚里赶过人？"

"赶过。"

"谁这么倒霉？"

云崝答得很快："前女友。"

晏宁无话了，笑容尴尬地凝结在脸上，迅速观察一眼他的表情。

说这话的人倒一脸无谓的坦荡，他甚至往下说："因为她说我的作品拿不出手。"

晏宁眉头锁起，不假思索："她胡说八道呢。"

云峭笑了笑，"嗯"了声："我觉得也是。"

接着，又是静谧的沉默。

两人一站一坐，在天台吹了会儿风，晏宁觉得身上伤口的刺痛在渐渐消退，一切都恰到好处的自在，她忍不住深吸一口气，满腔清凉的澄澈疏朗。

"晏宁，朝前看。"冷不丁地，云峭忽然说了句。

晏宁转过头要看他："什么？"

云峭的手落在晏宁的右边脑袋上，力道轻柔地拨了下。他说："听话，朝前看。"

晏宁感觉自己的耳畔是微痒的灼热，她顺着云峭的话，看向前方的层山。

晚霞西坠，洒下一片淡金色的薄雾，笼罩着苍茫的群山，山下暮烟袅袅，朦胧了凡尘的喧嚣和纷扰，一望无际的深谷，广袤而宁静，无人能够惊扰。

云峭的声音落下，婉约而直白："还记得你说的那句话吗？不管是倪扬还是谁，他们都只是你生命中的过客。

"但是——

"青山会永远陪着你。"

晏宁回到房间后，先是给噎喽换了猫砂续上水，开了罐鱼罐头，又慢吞吞地换了身睡衣，抱着兔朱迪玩偶躺到床上时，云峭最后那句话还在她脑海里萦绕不去。

——"青山会永远陪着你。"

晏宁揪了两下兔耳朵，嘴角往下压了压，克制自己就要扬起的笑意。

她怔怔地望着天花板，噎喽的尾巴扫到她小腿上，让她不禁想起刚才为她清理伤口的云峭，那种感觉好像，他的手是天上的云朵做的，无论放在哪里都很柔软。

云峭说话时，一如既往地不爱笑，可晏宁偏偏觉得，这个人身上的温柔与生俱来，不用笑，就已经很满很美好了。

鼻息间还是云峭身上的清泉香，晏宁缓缓闭上眼，终于静静笑出来。

晏宁抱着兔朱迪转了个身，她瞥见床头柜上放着的那瓶花露水。

心跳再次加速，晏宁深呼吸了下试图平复心情，可这种温热的悸动根本难以压制，她甚至听得见"咚咚"的声响，从心口那处传到耳膜上。

听得晏宁没忍住，悬在床尾的脚胡乱蹬了两下。

可在安静下来之后，晏宁前一秒还神采飞扬的眼睛，逐渐耷拉下来，连带着怀里的兔耳朵也失落地垂在身侧，软趴趴的。

一朝被蛇咬，十年怕井绳。

倪扬的前车之鉴，让晏宁和民宿里的男性客人都刻意保持距离，云崝也不例外。

只是不知为何，她看见云崝的第一眼，觉得他像是被人扫地出门的小狗，在外头流浪了好长时间，遇上一场大雨，浑身湿漉漉的可怜，终于找到了避雨的地方。

也大约是，当晚她知晓了倪扬和李知妍的婚讯，人在情绪混乱的状态下会打破一些固局。清醒过来的晏宁，把它归结为一种寻常人都会生出的好心。

出于好心，她让十六把顶楼的房间开给他。

她在做饭时，因为出于好心多放了把饵丝。

同样也是出于好心，她带他去逛集市。

一次好心，两次好心……直到今天。

晏宁终于才意识到，事情好像在往不可控的方向发展。

不能再这样下去。

晏宁腾地从床上坐起来，力道过大扯到了小腿上的伤口，疼得她咧嘴"嘶"了声，她没去管，抱起膝盖蜷坐在床尾的位置。

在房内散步的噔喽似有察觉，一跃而上蹦到晏宁身边，在她身边晃悠了一圈，然后停下，用脑袋拱了拱晏宁的后腰。

晏宁还盯着对面的墙壁，在噔喽的脑袋上轻轻摸了一把，换来噔喽一声轻软的呼噜，然后窝在她身侧安然睡觉。

胳膊上的伤口也隐隐开始疼，好似一种无声的暗示。

晏宁伸出双手托着下巴，腮帮子慢慢鼓起来，接着她吐出一口气，也释放掉自己那些不该有的肖想。

她重新躺回去，胳膊长腿都伸直，整个人瘫在床上，怅然地叹出声。

晏宁啊晏宁，你可别好了伤疤忘了疼。

民宿一楼，十六跟小桃坐在公共区的沙发上。

两人在这儿坐了一个多小时，十六就唉声叹气了一个多小时。

十六急得抬手捶了下自己的腿，懊恼道："我当初就应该把这两人在系统里拉黑，省得他俩过来蹦跶。"

小桃比十六来得晚，并不知道发生了什么，见十六突然这般，吓了一跳拦住他的手，连连问："到底怎么了啊十六？"

十六抓了一把乱糟糟的头发，转眼看见云靖从楼梯上下来。

十六立刻站起来，关心地问："靖哥，宁姐的伤怎么样了？"

"刚上完药。"云靖把药箱放到桌上，"没什么事。"

"那就行。"十六松了口气，又问，"靖哥你饿不饿，我给你弄点吃的？"

云靖摇头，接着头往楼上的方向一偏："你给晏宁送点。"

听到这话，十六丧气般说道："我估计她这会儿吃不下，被那两人硌硬着呢。"

小桃听得一头雾水，接着方才的话问："宁姐姐怎么了？你说的那两个人又是谁啊？"

十六一屁股坐到沙发上，拧巴了会儿，又有许多的不满想找人倾诉，反正他也没那么多顾忌，索性整理了语言道："就今天叫倪扬那男的，之前一直住顶楼那间房，他刚来的时候说是想找个能长住的地方，安静复习准备考试。你说他就安稳考试得了，偏偏非得来招惹我们宁姐，宁姐平日里除了要管民宿，还要去给那帮孩子做饭，本来是不想理这男的。"

说到这里，十六翻了个大大的白眼，平静了几分道："可倪扬这小子，那会儿对宁姐是真好，而且宁姐家里那会儿……"说到这儿他打住，喘了口气继续，"他忙前忙后还变着法儿地哄宁姐开心，宁姐真就傻傻信了呗，但他这人坏就坏在，一直拖着咱宁姐，说是暂时不想耽误考试。"

云靖侧眸看他，十六应该不太知道，有个词叫"暧昧"。

是这世间，结合了罪恶与浪漫的矛盾体。

十六气急："后来这小子考试考上了，宁姐突然接到个电话，是个女的打来的，鬼知道他突然就多了个女朋友，就那李知妍，也不知道她怎么知道的宁姐，后来三天两头地过来找宁姐的麻烦！"

小桃也听得生气，抓着他问："那个李什么妍，为什么要来找宁姐姐的麻烦？"

"鬼才知道！"十六忍不住咒骂了句，"一开始宁姐都跟她说了倪扬做过的那些事，说这家伙可能不是什么好人，但这李知妍跟鬼迷了心窍一样，一句都听不进去，就非得要跟着他。"说着十六记起一事儿，拍了下桌子情绪激动，"她前段时间还好意思给宁姐寄结婚请柬！"

小桃被他这动静吓得没敢再吱声。

十六反应很快，他抬手拍拍她的肩膀，声音里还有没消的怨气："哥不是冲你。"

小桃坐在那儿，水汪汪的大眼睛看着十六。

末了，十六轻声说："宁姐就是太善良了。"

作为当初这段过往的旁观者，十六对倪扬和李知妍的气愤不是没有理由。

那会儿，大学刚毕业的晏宁才刚刚接管民宿，因为倪扬这档子事，李知妍三番五次地过来，当着晏宁的面跟倪扬打电话亲热，所以与其说这人是找碴儿，不如说是在有心炫耀。

面对晏宁的劝诫，李知妍压根听不进去。晏宁见她油盐不进，干脆也不再管，只在彻底不耐烦时冷着脸警告："李小姐，既然你这么爱他，那你一定有能力管好自己的男人。"

十六在晏宁身后，昂着下巴甩给李知妍一个表情——送客。

也许是气急败坏，又或者是别的什么，从那次之后，李知妍没再来过。

小桃："那后来呢？"

十六："宁姐不理她，她估计也是觉得没意思，就不来了。"

小桃："顶楼那间房一直被锁着，也是因为这个？"

十六："嗯。"

顿了顿，小桃又问："那那……那盆花是？"其实她想问的不止于此。

闻言，云崝视线微移，盯着十六的表情。

十六没什么心思，直直道："是倪扬养的，说觉得房间空，搞了盆花，还假模假式地刻了两个字母。"紧跟着，他"嗤"了声表达轻蔑，"要不说狗男人手段多呢。"

十六啐了句："小蓝施（云南话，用来骂人的）！"

"十六。"小桃叫了声，她有些放心不下，"我上去看看宁姐姐。"

十六把她拽回来："不用。"

"那宁姐姐，不开心的时候会干什么呢？"

"坐着。"

一直没说话的云崝,听到这句,拧眉问:"坐着?"

"当时这民宿里,就我和关叔,这事儿宁姐跟谁也说不上,就只能自己坐着消化。"十六现在愁得很,他无比后悔没在宁姐回来之前把那两人赶走,他抓了抓后脑的头发,"也怪我糙,不会哄人。"

他也不知道该怎么形容那种感觉,发生那件事后,平时的晏宁表面上还是谈笑风生,可他常常会看见,晏宁独自一人坐在天台上,一坐就是很长时间,也不知道在看什么。

但那副样子,看得十六心里实在不是滋味。

直到关叔从家里抱过来一只黄狸猫,软软糯糯的小小一只,见了晏宁竟然不躲,反倒是很自在地窝进她怀里,晏宁也挺喜欢,给它取了个名儿,噫喽。

有了噫喽的陪伴,十六慢慢发现,晏宁肉眼可见地变得开心许多。

于是十六扫了周围一圈,问小桃:"噫喽呢?"

小桃"哦"了声说:"一直在宁姐姐房间呢。"

十六点点头:"那就行。"有那小家伙陪着,宁姐的心情应该能好不少。

一旁的云崝眼睛低垂,他看了看身处的民宿,除去小桃和十六的低语,四下透着一股凝滞的静谧,夜里薄薄的凉意浸透皮肤。

跟那小姑娘颓丧着张脸,盯着远山放空的表情一个样。

又静又沉,丢却平日的活力。

他像是忽然想到了什么,掏出兜里的手机,解锁屏幕,很快发了两条消息出去。

楼上房间,晏宁正昏昏欲睡。

被窝里的手机连着响动了下,她没理,又响动了下。

晏宁无奈地撑起身,翻开被子找手机。

骤然的光亮刺入双眼,晏宁眯了眯眼才适应。

两条微信提醒,全部来自于云青山。

云青山:晏老板。

云青山:我饿了。

晏宁盯着那消息看了几分钟,脑子里跟过电似的产生了一堆光怪陆离的想法。她捧着手机盘腿坐起来,咬咬手指头,打了一行字发过去。

晏老板:十六在楼下,让他给你做。

对方正在输入……

云青山：他回去睡觉了。

晏老板：这么早？

云青山：他头疼。

晏老板：小桃呢？

云青山：她脚疼。

犹豫几秒钟，晏宁想了想，回复他：那你去后院厨房，冰箱里有饺子和面。

微信发出去后，顶头没再出现"对方正在输入"的字眼，也没再弹出新的白色对话框，晏宁把手机放到能看见的地方，呆愣愣地抱着兔朱迪。

手机屏幕一直没亮过，晏宁不禁想，下个面条应该不难吧？

两分钟后，传来敲门的声音。

晏宁翻身下床，踢踏着拖鞋过去开门。趴在猫窝里的喳喽昂起脑袋，鼻尖敏锐地嗅了嗅，然后再次蜷回去，伴着均匀的呼吸很快重新入睡。

打开门，云崝站在门口。

晏宁惊讶，问："你怎么来了？"

云崝低眉看她："你饿不饿？"

晏宁又是一怔，起初她以为云崝是因为不会做饭才上来，她摇摇头，否认："不饿。"

她兴致不高，不饿的理由都写在了脸上。

云崝双手插进裤兜，淡笑了下："厌食症可不传染。"

晏宁不接这话，一双明亮的眸子平静地看向他，缓缓漾上一种说不清道不明的东西。她握在门把上的手收紧，道："没有胃口。"

云崝用眼神示意另一头："因为那两人？"

又是几秒空洞的沉默。

晏宁只能看着眼前的人，现下她什么都说不出来，随着时间的推移，那些压制的思绪凝结在一起，几乎让她的一颗心无法转动了。

待到云崝再想说话，晏宁先开口，轻声道："我累了，想睡觉。"

云崝深深看她一眼，然后点点头："行。"

说着，他从口袋里掏出一盒椰汁，递给晏宁说："睡前垫垫肚子。"

晏宁接过，小小地"哦"了声。

云崝说："关好门，早点休息。"

云崝转身向楼梯那处走，肩上掠过一道道的光线，像黄昏时飘浮在山恋的云影,影子只是短暂一瞬间的停留,而云崝在晏宁的眼里,却变得越来越清晰。

晏宁咬了下唇,叫他:"云青山。"

云崝停下脚步,转过头问:"怎么了?"

晏宁表情认真:"你真的很饿吗?"

云崝笑了下:"等你睡好了再说。"

云崝上楼后,直到听见楼顶的关门声,晏宁才关门。她将云崝给的椰汁放到那瓶花露水旁,支起下巴定定地看,眼光又不全然落在这上头。

那种想信又不敢信,那种想拼命控制又无可奈何、发苦又带着回甘的酸涩感,毫无预兆地倒灌进她整个胸腔,也依旧没能耽溺她蛰伏的心动。

晏宁伸手,摸了摸自己心口那处。

好像跳得更快了。

她放任自己倒在床上,将头深深埋进被窝,躲在里头"嗷呜"地号了一嗓子。

第二天早晨,向昭给云崝打电话。

那会儿,云崝刚换好衣服,正拿着相机准备下楼。

向昭如往常般开篇:"吃饭了吗?"

云崝拉开门,答:"还没有。"

向昭见怪不怪,然后说:"你要的东西订好了。"

云崝问:"什么时候能到?"

向昭说:"就这几天吧。"

云崝"嗯"了声。

向昭停了停,表达疑惑:"但是你要它干吗?那玩意儿又带不走。"

这头话音刚落,云崝看见正要出门的倪扬和李知妍,在二楼楼梯口处碰上,李知妍跟在倪扬身后,低着头不满地嘀咕:"这里的什么破床单,睡得我难受死了。"

倪扬没搭理她,他眼神笔直地看向云崝,眼里还带着些许愤懑,腮侧的肌肉跳动了下。

云崝淡淡挪开视线,先一步下了楼,继续跟向昭说:"放着。"

向昭知道问不出个所以然,他转而记起一事儿来:"下个地儿想好去哪儿了?"

云崎:"没有。"

"没有?"向昭从办公椅上坐起来,"你在那儿待了可有一阵子了。"

"有吗?"经过向昭的提醒,云崎这才意识到,自己确实已经在这里待了许久,或许是这里的日光安静又缓慢,只是静静坐着,就让人忘了时间。

向昭:"没有吗?"

云崎:"我不记得了。"

耐不住好奇的性子,向昭问他:"什么好风光,能留你这么久?"

云崎接话:"你过来看看不就得了。"

"给报销吗?"

"不能。"

向昭"喊"了声:"钱昨晚打过去了,收到了吗?"

云崎:"收到了。"

向昭:"你怎么不直接列个设备清单,我给你买了得了,打来打去的麻烦。"

云崎:"我喜欢自己挑。"

"哦,对了。"向昭语气稍变,"你在那边拍的照片,挑几张好的发微博吧,账号一直停着不更新也不太好。"

工作室在向昭的运作下,给予云崎最大程度的创作自由,但在高度商业化的社会,有些东西无法避免。对此云崎表示理解,说:"过几天给你。"

向昭:"成。"

挂断电话后,云崎站在一楼扫了圈,不仅没见到晏宁的人影,连带着她那辆小车也不在。

小桃洋溢着松快的笑容,抬手跟他打招呼:"崎哥,早!"

云崎颔首:"早。"

小桃刚要说什么,看向云崎身后,表情立刻垮了下来,她的视线往民宿外偏了偏,像是在躲什么不想碰上的东西。

接着,云崎身后响起女人的声音:"小桃,你们这床单是不是没洗干净啊,都给我睡过敏了。"

小桃的脸都憋红了:"我们的床单都是经过高温消毒的。"

李知妍的声音拔高了些:"你的意思是我在诬陷你们?"

从后院过来的十六见此情形,快步走过来挡在小桃面前,挑着眼反问道:"谁知道呢。"

这话如同踩中李知妍的雷区,她尖着嗓子:"你就这么对待客人的?"

然后便是倪扬过来,和稀泥般地在两人中间劝和。

云崝再听不下去,摇了摇头大步走出民宿。

站在李知妍和十六两人中间的倪扬,望向门口那个英俊的背影,耳边是李知妍越发尖锐的嗓音,他咬了咬牙,垂在身侧的手握紧。

云崝抱着相机,没走太远。

他步行到每次在天台上都能看见的那处山野脚下,置身天地的苍苍青绿,远处的云海在风间翻腾,近在眼前的田间水洼,映衬日光的明亮闪耀。

衣摆轻轻舞动,簌簌的声响是自然的号角,这声响穿过深沉的树林,游过黑暗的水潭,逐渐交汇合成一股盛大,就成了风。

云崝找了个地方坐下,漫无目地观望这一切。

阿根廷诗人说,每个人都是云,都是海,是忘却,也是曾失去的每一个自己,在此间,一朵玫瑰会马不停蹄地成为另一朵玫瑰。

诗人也说,当一个人肉体静止、灵魂孤寂,身上就会绽开这朵荒唐的玫瑰。

眼前的宏壮美景,远近相接却不能相近,有一种难以言说的悲悯美感。

荒唐吗?

云崝打开相机,调好参数后举起,镜头里风光大亮,快门定格这无垠的炙热原野。

一切刚刚好。

下午过半,云崝回到有间民宿。

进到屋内时,他看了眼门口,依旧没见晏宁的小车。

阳光温暖,像给人披了层轻薄的被子,十六正趴在柜台里昏昏欲睡,云崝敲了敲柜面,十六被惊醒,他歪着脑袋擦了下口水:"崝哥?"

云崝问:"你老板呢?"

十六的神识堪堪回位,"哦"了声说:"回家了。"说着,他自己问自己般,"哎,这还没到一个月,宁姐怎么又回去了?"

云崝靠在柜台边,心中慢慢袭来一种异样的感觉。

与以往见到的晏宁不同,昨晚他见到的,有些奇异的反常,那种反常不来自于她低落的心情,而是刻意的、直接的,甚至于,是在跟她自己较劲的。

这种较劲，带着似有若无的距离，横亘在两人中间。

云崝拧了下眉，他能感觉得到，晏宁是在故意躲他。

正想着，小桃抱着一堆东西从后院过来，十六见了问："这是什么？"

小桃瑟缩了下："那个李什么妍，早上不是让我们给她换新床单？"

十六的眼皮垂下一半，起身说："我去吧。"然后他回头邀请，"崝哥，你上楼吗？"

云崝抬眼，点点头。

上楼时，十六走在云崝前头，本身就不情不愿，所以他的脚步踩得格外重："别人都没事，怎么就她那么事儿多呢？"

云崝跟在后头，脑子里的想法正乱着，没出声。

到了二楼，十六突然停住，努了努嘴巴："崝哥？"

云崝："嗯？"

十六眼神狡黠而神秘："你说，我把那房间的空调遥控器电池抠了怎么样？"

云崝偏头看向他。

十六盯着走廊尽头的房间，报复性的语气："昼夜温差这么大，要是用不了空调，肯定住不了几天。"他巴不得那两人明天就走。

云崝声线正经："不行。"

被打击了激情的十六撇唇，神色萎靡了下："那行吧。"他说，"估计宁姐也不会让我这么干。"

"你这样不行。"冷不防地，云崝说。

十六转过头，看见云崝站在明暗交错的地方，脸上的神情坦荡，仿佛在教他下雨记得要打伞这么简单不过的事情。

"电池重买一副就行。"云崝说，"遥控器丢了，可就不好找了。"

说完，云崝的肩膀塌了下："说不定还得赔钱。"

十六微张着嘴，恍然一个"大明白"。

德钦某儿童福利院。

三五成群的孩子在院子里追逐打闹，纯真稚气的笑容落在每个人的脸上，孩童的声音清澈伶俐，带着莫大的轻松快感，填补进院子的每个角落。

几只流浪猫蜷在院墙脚下，扫着尾巴享受日光浴。

西南角落的屋子门口，晏宁坐在小凳上，暖洋洋的阳光烘得她快要入睡，院长唐妈妈抱着一筐子西红柿经过她身边，喊她："别栽过去。"

晏宁立马笑了下，露出她的梨涡："醒着呢！"

唐妈妈把番茄倒进洗菜池里，跟晏宁唠家常："你给孩子们做饭，他们开心着呢。"

晏宁看向不远处，几个孩子站在箩筐下，乐滋滋地看着她。晏宁朝他们招招手，孩子们脸一红，一哄而散朝四处跑开。晏宁故意说："您看这像开心吗？"

院长的脸上闪过一丝难过："刚送过来的孩子，还认生。"

晏宁站起身："哦。"

唐妈妈往池子里放水，问晏宁："这几天天天来，民宿里不忙？"

晏宁挽起袖子，双手探进洗菜池，清亮的井水让她忍不住瑟缩了下，然后捧起一颗番茄，低着头说："淡季。再说了，还有十六和小桃呢。"

唐妈妈看着她："你是在我这儿躲小妍吧。"

"嘿！"晏宁抬头望向唐妈妈，"十六怎么什么都跟您说？"

唐妈妈表情如常："那也是我养大的孩子。"

晏宁语气放软："是。"她重新低头，小声嘀咕了句，"八卦老板私事，等回去我就扣他工资。"

这话被唐妈妈听见，举起手作势要打她。晏宁歪着身子躲了下，唐妈妈被气笑，关掉水龙头后跟她一起洗番茄，说道："小妍从高中开始脾气就不好，什么都要跟你争个高下，但也奇怪了，怎么一到念书这事儿，她就争不上去了呢？"

晏宁拔掉番茄蒂："不知道。"

"你倒是考去了北京，就是……"说到这里，唐妈妈的表情流露出怅惘，"不说这事儿了，你妈妈身体最近怎么样？"

晏宁语调轻松："好着呢，能吃能睡。"

唐妈妈宽心："那就行。"

"小妍后来考去哪里了？"唐妈妈将洗净的番茄又过了遍水，不经意间转回话题。

晏宁想了下："本地的大学。"

唐妈妈第一次见李知妍和晏宁，是高中举办课外公益活动，她们两人被安排到儿童福利院。晏宁性格活泼又爱笑，孩子们都愿意缠着她，让她讲故事；李知妍二话不说到角落里教孩子们唱歌跳舞，直到看见自己身边的孩子比晏宁那头多了，满脸不悦才有所好转，继而是掩饰不住的骄傲。

别人不知道，但是唐妈妈看得清楚，李知妍凡事都要压晏宁一头。

离开时，孩子们抓着晏宁小心翼翼地问她以后还来不来，晏宁点头说还来。李知妍也不落下风，主动跟孩子们说下次来给他们带好吃的好玩的。

后来李知妍倒是来过几次，但一直坚持定期过来的，只有晏宁。

唐妈妈："倪扬也是？"

晏宁："您还认识倪扬？"

"他们之前过来送结婚请柬。"唐妈妈说。

"他们是大学同学。"晏宁回答。

唐妈妈明白过来："怪不得。"

晏宁做菜时，唐妈妈就在旁边打下手，给她递个调料配菜什么的。晏宁做饭做得快，但也讲究适合孩子们的营养搭配和味道，不仅要好吃，还要好看。

孩子们不爱吃的胡萝卜，她就把它切成小花。蒸米饭时，她往米里扔了把芸豆，搅匀了再上锅蒸。孩子们吃饭时比赛找里头的芸豆，胃口也能比平时好，这都是近两年攒出来的经验。

孩子们吃饭时，脸上放着明亮的光，争先恐后地跟晏宁说谢谢，唐妈妈打趣，不如让晏宁关了民宿直接来这儿打工，比晏宁先同意的，是孩子们此起彼伏的欢呼雀跃。

晏宁往旁边一坐，顺杆往上爬："那我就不走了。"

唐妈妈嫌弃地一推她："回你的民宿去。"

晏宁一乐，笑着摸摸鼻子。

静下来后，唐妈妈关心起她："小妍都结婚了，你打算什么时候？"

晏宁神色不自然："在找。"

"在找"就意味着还没有，唐妈妈打起精神："这几天有个志愿者小伙子，我看着人不错，介绍给你认识下？"

本就想着在这儿躲个清净的晏宁，避开唐妈妈的视线，起身走向饭桌，给孩子们添饭加菜，笑意盈盈："多吃点长个子！"

孩子们奶声奶气地跟晏宁说："谢谢宁宁姐姐！"

离开时，唐妈妈站在车窗外不依不饶："我待会儿把他的微信推给你，你加着聊聊？"

晏宁摆手："真不用。"

唐妈妈:"让你俩聊聊,又不是明天就结婚。"

晏宁无声,看了唐妈妈一眼。

唐妈妈叹气:"算了,随你自己吧。"说完,她语重心长般,"眼睛毒点,别找倪扬那样的。"

晏宁问:"怎么这么说?"

唐妈妈摇头,语气不太好:"我看着这人,不是什么善茬。"

晏宁抿了抿唇,放在方向盘上的手缓缓收紧。

第四章

你为什么躲着我

日子一天天地过去，比采买的摄影器材先到达有间民宿的，是云峥让向昭定制的东西。

下午三点多，柏西明过来时，云峥在天台。他坐在一堆大小规格不一的钢铁、木头的零件里，手里拿着螺丝刀，正研究安装说明书。

他穿灰色宽松无袖背心、黑色短裤，肌肉紧实纹理清晰，清曜阳光透过碎发，在喉结上落下一片斑驳细影，背心被风吹得一晃一荡，能看见男人身上紧实清晰的腹肌。柏西明暗自腹诽了句——骚气。

柏西明无处下脚："这是什么东西？"

云峥抬头，看见是他后，又重新低回去："你怎么来了？"

柏西明好不容易走到云峥边上，一拎裤子盘腿坐下说："给你送汽油来了。"

云峥没看他，说："正好，帮我把这装了。"

柏西明看见云峥的说明书，拧眉表达疑惑："你弄它干吗？"说完，他感觉有什么东西在拱自己的屁股。

柏西明回头，一只通体发黄的小猫昂着脑袋看他，胖乎乎的模样十分可爱。柏西明把它抱起来，"哟"了声："这猫是不是比之前胖了？"

噎喽挺直后背，抬起后腿在柏西明的胳膊上蹬了下。

柏西明问云峥："你养的？"

云峥看了眼，这也是几天来他头回见到噎喽。他说："老板的。"

柏西明："林妹妹的？"

云峥："嗯。"

柏西明："今天怎么没见到林妹妹人？"

云峥说："回家了。"

柏西明半边唇角扬起，讳莫如深道："这你都知道？"

云峭顿了下，反应很迅速："向昭说什么了？"

被拆穿的柏西明知道会有这么一刻，只是没想到这一刻会来得这么早而又这么突然。他轻轻把噎喽放到脚边，好心地帮云峭整理零件。

柏西明说："他说你流连忘返，我说不能够。"

云峭看了柏西明一眼，柏西明立马承认："裴渡也在。"

裴渡和这两人一样，是云峭留学时的好友，比这两人沉稳持重得多。本科毕业后云峭和裴渡前往伦敦读研，云峭回国后，裴渡继续到瑞典皇家工程科学院深造，每天窝在科研实验室，跟五颜六色的瓶瓶罐罐的试剂药水打交道，除去逢年过节和几人生日会在四人小群里问候几句，基本不出声说话，对柏西明和向昭没有营养的八卦讨论，采取不闻不问不管的态度。

那天向昭跟云峭打完电话后，给三人拉了个小群，"艾特"柏西明问：*云南人真会下蛊？*

柏西明：*有，今晚就刀了你。*

裴渡退群，向昭又重新把他拉进来，并发：*云峭有问题。*

柏西明：*什么瓜什么瓜？*

向昭：*待那儿不走了。*

柏西明扔了个"你展开讲讲"的大耳表情包。

向昭添油加醋地描述了一番有的没的。

柏西明脑子里闪过一个不太可能的，但又带着点那么微乎其微可能性的想法，万千言语汇成一句话：*我去！*

云峭眼皮都没撩，盯着手里的几块木头找到接口，卡卜夫，拼起来。

噎喽迈着步子，从这处的缝隙跃到另一边的缝隙，云峭怕夹到它，把它抱到脚边。噎喽拱着身体往前蹿，被云峭单手摁住了身体，噎喽来回扭了几下屁股，躁动不安，云峭索性放手随它去了。

柏西明望着前头悠闲的噎喽，用手肘碰了碰云峭："哎。"

云峭："嗯？"

柏西明："你是不是……"他停了停，又不知道该怎么问，舔舔唇，"你买这秋千架干吗用的？"

云峭指尖一扬，指向角落那堆支离破碎的塑料小马扎："不得赔人家一个？"

看见那堆柏西明就懂了,他"呵"一声:"用的我的钱?"

云峥睨他:"不是你坐坏的?"

噫喽侧过身舔自己的爪子,神态好不自在。身前沧茫青山,云雾环绕像柔软的网,耳边是云峥拧螺丝的叮当声响,柏西明感觉自己心里那个模糊的想法越来越明确,他眯眼看着云峥的侧脸,问:"你是不是……有喜欢的人了?"

云峥手里的动作停下,侧眸看他,表情不显山不露水:"你猜。"

柏西明跟云峥对视几秒,讪笑了下拿起手边的钢架,转移话题:"这有什么好猜的?"

按以往经验,云峥说"你猜"就等同于"我劝你闭嘴"。

沉默间,楼梯处传来一阵急促的脚步声,越来越重地踏在台阶上。云峥似有预感地回头,几秒后,晏宁的脸出现在眼前,她微喘着气,问两人:"看见噫喽了吗?"

柏西明"哦"了声指着另一头:"这不在这儿……我的天——猫呢?"方才噫喽躺着的地方,现下空空一片,连半根猫毛都没落下。

和云峥对视的一瞬间,晏宁看向另一扇门,眼里闪过一丝惊恐。

云峥快速起身,大步走向自己的房间。柏西明过来时没关玻璃窗的门,噫喽不知什么时候从这头钻了过去,正在那张桌子上,弯腰躬身,蓄势待发就要扑向那盆茉莉。

几乎是噫喽起跳的一瞬间,云峥身体向前一倾,他手脚敏捷,从半空中将噫喽拦截抱到怀里,重心不稳之下,连人带猫往地板上摔去,云峥稍一侧身将噫喽扔出去,却因为惯性作用,自己的右肩在坚硬的桌角处重重地磕了一下。

"咚"的一声,桌子被撞开十几厘米的距离,云峥摔到地上,疼得他闷哼了声。

"云青山!"晏宁当即冲过去把他扶起来,语气十分焦急,"摔哪儿了?"

云峥坐起来,忍着疼看了眼身边:"噫喽呢?"

柏西明把噫喽紧紧抱在怀里,眼前的一切让他看傻了眼。

晏宁见云峥一直扶着肩膀,很快就懂了:"去医院。"

云峥不说话,视线往下移,晏宁的手正扶在他的手臂上。肌肉的紧实和柔软的手,云峥觉得那处的皮肤又硬又烫地烧起来,温度潜入血液里,蒸腾了心跳的速度,"咚咚"的声音好像越来越响,云崝咳嗽几声挪开眼睛。

晏宁把他扶起来,又说了一遍:"我带你去医院。"

云崝说:"不用。"

还抱着猫的柏西明站在露台上,同样劝他:"还是去吧,别到时候有什么问题连相机都拿不住。"

云崝不拿这事儿开玩笑,点点头。然后他转头看向晏宁,神色一顿,动了动自己的胳膊说:"我先穿件衣服。"

晏宁这才意识到自己还一直抓着云崝,她立刻松开手往后退了一步,两人目光交汇,心跳不自觉乱了下。

晏宁道:"我在楼下等你们。"

说完,她转身往房间门口走,走了几步又折返,从柏西明怀里把噎喽接过来,然后穿过天台从楼梯下去了,那背影快得不自然。

云崝从衣架上随手找了件T恤正要换上,对上柏西明那贱飕飕的眼神,他拿着衣服站在光线里没动:"干吗?"

柏西明走进房间,看云崝换好衣服,他露出一个和善又探究的笑容,语气娇滴滴的:"云青山。"

正打算换鞋的云崝感觉鸡皮疙瘩掉了一地。

柏西明笑容不减,脖子往后一押,姿态诡谲而古怪:"你不对劲!"

晏宁将噎喽在房间里安置好,独自下楼后遇上小桃,小桃也正急着:"找到小噎喽了吗?"晏宁回来后在房里没看见噎喽,以为是小桃放它出去撒欢儿,在后院找了一圈没看见,晏宁回来仔细检查才发现,不知什么时候房间后门被噎喽打开了。

晏宁拍拍小桃的肩膀,安抚她:"在楼上呢,没事。"

小桃松了口气。

柏西明比云崝先下楼,晏宁觉得奇怪,又惊了下问:"他很疼吗?"

也是这慌乱中带着不安的反应,让柏西明一肚子坏水翻涌起来,他假模假样地叹了声气:"不好说。"

晏宁心里一乱,准备上楼:"我去看看他。"

"哎哎哎——"柏西明把她拽回来,语气沉重,"你让他自己冷静会儿吧。一个摄影师的肩膀和手都很金贵,一时确实无法接受。"

"那……"晏宁踌躇着,她想了想,很是小心地问,"要真坏了,我大概得赔多少钱？"

柏西明差点没憋住笑出来，这小姑娘太好骗了。

他清了清嗓子道："他倒也不缺钱，就是云峥这人儿吧，说得好听叫有原则，说得不好听叫锱铢必较。"柏西明打量一眼晏宁的神情，压低声音神秘地说，"之前高中有一次，有个男生把他的东西弄坏了，他二话不说上去就把人揍了一顿，教导主任过来拉都拉不开。最后逼着他写检讨书，这少爷脾气死倔死倔的，啧啧啧，就那手字写得，知道的在写检讨，不知道的还以为他在给教导主任下战书呢。"

晏宁听得脸色发白："后来呢？"

柏西明笑了声："写完检讨他觉得不爽，把人又揍了一顿。"

晏宁圆眼微睁，不知道该说什么。

柏西明问她："你怎么不问再后来？"

晏宁："我不想知道。"

柏西明偏过头，揪着自己的胳膊放肆大笑，无声的表情扭曲又怪异。

这一幕正巧被下来的云峥看到，他蹙了下眉嫌弃："你尿急？"

柏西明抬起手从上到下在脸上一划，表情切换为正常，朝着晏宁说："走吧，林妹妹。"

晏宁回头看一眼云峥，云峥也正看着她。她躲了下这眼神，招呼十六和小桃照顾好店里，然后跟着柏西明出去。

晏宁很懂行地打开后座的车门坐上去，云峥也没犹疑，准备拉开另一扇后座车门，柏西明在他手搭上车门的一瞬间凑过来，贱兮兮地问："云青山，不坐人家的副驾驶吗？"

云峥眉峰拧起，表情厌烦地"叉"着柏西明的脖子把人推开。

这一路上，晏宁记挂刚才柏西明说的那番话，心里既担心真把云峥摔出什么毛病来，又怕出了什么事自己承担不起。她双手绞在一起，表情局促而忐忑。

云峥侧头，将这一切看在眼里，问她："什么时候回来的？"

晏宁答："找猫那会儿。"

云峥："嗯。"

然后，两人无话。

柏西明通过后视镜掠一眼两人，唇角幸灾乐祸地扬了下。

真惨。

县某医院的急诊,医生护士说的话带有口音,云崝和柏西明不能立刻听懂,晏宁跟在后头听一句跟两人翻译一句。

最后的场面基本就是,无论医生问什么问题,基本不用云崝开口,晏宁都能对答如流地将情况说明白,偶尔柏西明也能接两句。直到了解完毕,医生开始好奇跟两大帅哥在一起的晏宁,她边开检查单边问晏宁:"病人跟你什么关系啊?"

晏宁想都没想,用方言回答:"房客。"

晏宁缴费的时候,云崝和柏西明就站在她身后,柏西明用胳膊肘杵了杵下云崝,声音戏谑地问:"只是房客啊?"

云崝心里烦躁:"滚。"

做完检查等待结果,晏宁碰巧缴完费回来。医院长廊两边两条长凳,对面那条是硬实的铁疙瘩,云崝这头的则铺了一层薄薄的毯子,晏宁回来看了两眼,坐到对面那条长凳上。

走廊里的空调开得极低,云崝问:"坐那儿不凉?"

站在旁边的柏西明努了下嘴,大夏天的能凉到哪儿去。

晏宁说:"还好。"

云崝又问:"真不凉?"

晏宁轻轻"嗯"了声。

云崝:"那我也过来。"

话音未落,晏宁"噌"地站起来,她指指手边的位置,非常慷慨:"你坐吧。"

看着她躲避的样子,云崝心里那窝烦躁感再次升起,他感觉自己是个让人避之不及的瘟神。他望着晏宁,双眸又沉又静。柏西明出声打破僵局,满脸关怀道:"我坐我坐!"

晏宁靠着墙发呆,眼神涣散地盯着前方,云崝打个响指吸引她的注意力:"你怎么了?"

被问的人回神:"我在想,万一真把你摔坏了怎么办。"

云崝愣了下,顺着这话问:"有答案了吗?"

晏宁摇头。

云崝回答:"那就别想。"

"其实……"晏宁轻吁一口气,与云崝对视,"当时叫噫喽一声也行,你不用因为它把自己弄成这样。"她是想说有别的办法可以避免受伤。

云崝被这话气到，反嗤道："我救它救出错了？"

晏宁不明白他为什么这么想，立马否认："没有。"

云崝："你是不是应该谢我？"

晏宁："谢谢你。"

云崝："噜喽对你是不是很重要？"

晏宁："是。"

云崝："那就行了。"

旁边的柏西明听完这流畅的一问一答，微微一摇头，就差站起来给对面的人鼓掌了，好一出荡气回肠的《青山情》哪。

这话听着熟。

晏宁酝酿许久，终于把想说的话问出口："那我们俩……是不是就扯平了？"

柏西明耳朵一竖，有瓜？

云崝好看的眸子眯起，错愕、生气、不解，变了几变，再到最后的忍耐。他说："行啊。"

晏宁还没意识到，只觉得如释重负。她点头笑："好。"

云崝也笑了下，笑得很冷："是挺好。"

柏西明掏出兜里的手机，飞快地解锁后找到三人小群，发了句：我确定以及肯定，云崝被下蛊了。

向昭秒回：什么蛊？

柏西明：情蛊。

柏西明：民宿老板下的。

向昭：[问号.jpg]

裴渡：[问号.jpg]

柏西明不再回复，默默地把三人群聊名称改为——"青山情未了"。

检查结果并不严重，只是轻微挫伤，其他没什么大问题，医生叮嘱了几句又开了点膏药，然后让几人回去了。

晏宁长长地舒了一口气，云崝瞥见她担心的神情，没什么表情地别开眼，坐上了副驾驶座。

回去的路上，柏西明很明显感觉到身边的低气压，他时不时看一眼后视镜里的晏宁,平静得毫无体察。为了缓和气氛,他打趣几句,也只有晏宁在回应他。

合着这少爷自己在这儿生闷气呢。

到达有间民宿,云崝和柏西明下车,晏宁推开车门时,感觉到门外有股力量将车门推了回来,接着又被打开,云崝站在车外居高临下地看她,用眼神示意她往那头坐。

柏西明喊:"你干吗?"

云崝把房卡扔给他说:"你上楼。"

柏西明:"我干吗?"

云崝关门前的最后一句话是:"拼秋千。"

空间密闭,静得能听得见两人清浅的呼吸声。晏宁抬手放在自己胸口处,掌心下有缓缓的心跳,如是被风撩起的一片青野,正无规章地浮动摇摆。

沉默格外空寂,云崝说:"倪扬和李妍走了。"

晏宁纠正他:"李知妍。"

云崝脾气没下去:"我管她什么妍。"

晏宁"扑哧"一声笑出来,她转头,迎上云崝的目光:"那你怎么记得倪扬的名字?"

顿了下,云崝偏回视线,没往下接。

车窗外,金乌西坠,天边是酒渣色的云翳,裹满余晖大片大片地涌在山谷里,飞鸟成群越过重重山岗,落日滑下地平线的最后一秒,掀走薄软的火红轻纱,夜色降临,天幕黯淡。

晏宁摸了摸鼻子,问:"是你让十六这么干的?"

云崝重新看她:"为什么这么说?"

晏宁笑:"十八虽然很咋呼,但是他脑子实,想不出这招来。"回来时她碰巧撞见倪扬和李知妍退房,叽里咕噜地说了一大堆,又是空调遥控器又是热的,十六赔着笑给两人办完手续,但是心情似乎特别好,晏宁一猜,心里就有了大概。

云崝"嗯"了声:"我干的。"

晏宁问:"为什么?"

云崝平铺直叙:"你为什么躲着我?"

晏宁没想到自己的心思能被轻易看破,更没想到云崝会直接问出来。

她看着云崝，云崝同样也看着她，她的眼睛依旧明亮，黑漆漆的，在微光中闪着星点，但是隐匿了看不透的情绪，像两颗蒙尘的明珠。

云崝脑子里闪过其他想法，索性又问："或者说，我哪里做得不好惹你不开心了？"

这句话是导火索，晏宁感觉有什么尘封的东西骤然间迸发，噼里啪啦将她从头到脚都烧了一遍，那种感觉在几十秒内就燎遍了全身，把她的肉体烧得干干净净，只余下还带着心动的灵魂。

她看向云崝。云崝的脑袋动了下，眼神谨慎又温柔，静静地等待她的回答。

她知道，这把火扑不灭了。

好半天，晏宁终于说话。她语气平静地讲述："李知妍她……她不仅是倪扬的新婚妻子，还是倪扬的前女友，他们大学就在一起了，分手之后倪扬来这里租了顶楼备考，考上后没多久他就跟李知妍复合了，李知妍之所以会三番五次地来这儿闹，是因为她觉得我之前抢了她的男朋友……"

这么一大通话，云崝听得很仔细。听了三两句他便知道，那晚的话她听见了，只是又不知道她到底听见了多少。

云崝哼笑了声，问晏宁："谁跟你说我要跟前女友复合的？"

晏宁发现在抓重点这件事上，云崝有超乎常人的脑回路。她碰碰眉心："我听见的。"

说完不知为了佐证或是解释，她又补充了句："噎喽也听见了。"

她还看见那人给他打电话了。

霎时，想到什么的云崝心情似乎好了不少。他说："没有的事。"

晏宁很清醒："你总归是要走的。"

这句话云崝真没听懂，他盯着晏宁的脸，眼睛眨也不眨："你很希望我离开？"

晏宁自认说不过他，干脆不说话。

云崝不依不饶，语态认真得过分："晏老板，我交了钱的。"

晏宁没办法了："那你住呗。"

说完，她轻轻嘀咕了句："你爱住多久住多久。"

云崝只定定看着她的侧脸，从乌黑的长发，到小巧的耳郭、挺直的鼻子，最后是一张一合不断呢喃的粉唇，云崝强迫自己回过神，他唇线抿紧不说话，没有移开视线，也没有任何动作。

像是有所感应,晏宁转过头,黑暗把两人的对视压缩,空气里有山林云朵的微醺,天上的星子被醺得醉了,摇摇欲坠。

晏宁一个激灵,她拉开车门往外走,背对着云靖说:"我要去给噎喽弄吃的了。"

"晏老板。"云靖喊她。

晏宁回头,云靖背后是一片静默的青黑,夏夜的无尽星穹如水如幻。

云靖笑了下,说:"我饿了。"

晏宁征求意见:"给你煮碗馄饨?"

云靖眉尾一抬,学她的语气,调皮的:"你爱煮什么煮什么。"

后厨,晏宁烧上水后,站在厨台边包馄饨。

她安静地低着头,手上动作麻利又迅速,好像薄皮只是从她的手和馅料中转了圈,一只馄饨便包好了,整整齐齐地码在旁边的盘子里。

云靖坐在旁边的凳子上,从这个角度看过去,晏宁额前的头发散落,垂在远山和黑夜之间,灶台上的水汽不断向上凝结成水雾,那水雾轻薄,而晏宁的眼神明冽清亮,灯光在她的周围晃着丝丝涟漪。

云靖本能地拿起手机想记录这样的画面,原相机点开的瞬间,他像是被人按下定格键,整个人没再动作。云靖顿了两秒,将手机锁屏放回桌面。

在过去的时间,记录和创作已经成为他的习惯,偶有心神一凛的瞬间,错过也可能会遗憾半许,唯独眼下,让他只想静静坐着,在这转瞬即逝的须臾中,感受晚风,听虫鸣,看看锅炉上的氤氲热气。

毫无准备地,晏宁转过头看他,眼睛微张了下:"怎么了?"

云靖收拾好情绪,问她:"需要帮忙吗?"

晏宁摇头拒绝:"不用了,你的肩膀需要多休息。"

云靖已经站起身往这头走,"小事儿。"

"那——"晏宁也不再坚持,从果篮里抓了把什么东西扔进盆里,放了水对他说,"你把这个洗了。"

云靖走到水池边,问:"滇橄榄?"

晏宁惊讶道:"你认识?"

云靖答:"在网上看到过。"

晏宁解释:"滇橄榄冬天才能成熟,这个是普通的油柑。"

云靖"哦"了声。

"过目不忘,好本事。"即便如此,晏宁仍旧由衷地称赞。

云峥看着她将最后一只馄饨摆好,抬头与她对视:"你的菜做得也很好。"

"术业有专攻。"晏宁语气认真,"就像你是一个非常厉害的摄影师。"

说完这句话,水汽蒸腾发出响声,晏宁提起水壶将热水倒进锅里,开始一只一只往下放馄饨,随着锅里开水的沸腾,馄饨在其中来回翻滚。

在一片簌簌水声中,云峥突然接她的话:"我已经快一年没有像样的作品了。"

这句话被云峥说得很轻,可他的声音又沉又重,连带着室内前一秒的活泛都消歇。晏宁转过头,云峥站在朦胧的水雾那头,也站在一片暗夜的寂淡中。

晏宁问:"就因为这个不爱吃饭?"

云峥低眸:"一半原因。"

接着,一片无声的沉默。晏宁没继续往下说,而是捻起盘中的一只馄饨,重重地往水里一丢,如此丢了几只过后,她似是觉得不痛快,又将剩下的半盘子馄饨一股脑倒进水里。

锅里的水溅出来滴到她的手背上,云峥见了皱眉问:"你这么着急干什么?"

"对啊。"晏宁学着他的语气,"你这么着急干什么?"

听见这句反问,云峥愣了下,他一手握着一颗油柑,一直没有说话。

一切尽在不言中。

晏宁拿勺子在锅里搅了搅,在锅沿上"铛铛"敲了两下后,她转过头,眼神与云峥的对上:"我现在把没熟的馄饨捞出来你吃吗?"

云峥想都没想:"吃。"

"说事儿呢。"晏宁瞪了云峥一眼,语态格外正经,"两分钟的馄饨冷,三分钟的馄饨生,就算想吃你也得等它熟。换个角度想,馄饨煮熟只要十分钟,但如果吃饺子,你就得等二十分钟。"

晏宁轻吸一口气,瞳孔深黑有如点墨:"人这一辈子要吃那么多饭,偶尔有那么一两顿吃得比别人晚点,没关系的。"

她没直说,云峥透过平实字眼里的缝隙,看见一轮皎洁而明净的春月,挂在微风摇晃的枝头,"月亮"的光芒恬静略带温柔,她自己不知道,却真实地照亮了赶路人的方向。

好半天时间，云崝终于开口："其实有时候，人需要适当的着急。"

在晏宁疑惑的眼光中，云崝看向晏宁身后，故意放慢声音说："如果不着急的话，馄饨就糊烂了。"

话锋急转，晏宁心里一惊，赶紧接了碗凉水倒进锅里，这才没让翻腾的白色浮沫涌到锅外，她刚刚全神贯注开导云崝，完全忘了这一切。

几米开外，云崝侧头看一眼正手忙脚乱收拾的晏宁，而后低下头继续洗手里的油柑。洗干净的油柑丢到盆里发出清脆的响，锅里的"扑簌"水声越来越大，晚风从门外吹进来，将云崝的头发拨乱，也将他抿紧的唇线轻轻拨弯。

除去三碗馄饨，晏宁又炒了两个云南菜。上桌前，她洗了一把青提，连着云崝洗净的油柑给他做了杯开胃的果汁，浅绿当中漂浮着几颗冰块，透过玻璃杯色泽莹莹清润。

大厅内，云崝端着果汁尝了一口，唇齿间清甜回甘。他问："这杯有名字吗？"

取名小天才再次上线："'不焦绿'。"

云崝心领神会地笑笑，没说话。

有路过的客人听见两人的对话起了玩心，故意站在楼梯口逗晏宁："晏老板，这'不焦绿'还有吗？"

晏宁一乐："没有啦。"

客人不死心："那明儿还有吗？"

晏宁笑着摇头："以后都没有啦！"

客人笑着上楼："行吧。"

云崝似笑非笑，揣着明白装糊涂："为什么以后没有了？"

晏宁不答，而是环视一周后问云崝："你朋友呢？"

云崝这才记起来还有一人："在天台。"

"我去叫他。"说着，晏宁抬脚往楼梯走。

她刚踏上两级台阶，云崝猛然想到了什么，他快速走过来抓住晏宁的手腕，表情有些不自然："还是我去吧。"

在晏宁半是诧异半是疑惑的眼光中，云崝松开手，挠挠自己的眉毛道："他社恐。"

"云青山。"她微微躬身往前探了几寸，紧紧盯着云崝试探性地问，"你藏人了?"

云崝一愣,一时间不知道该说什么。

两人对视几秒,无端地都笑了出来,云崝笑着别开眼,晏宁站在台阶上笑着低了低头,一个为这无理的询问,一个为这苍白的解释。

晏宁从楼梯上蹦下来,对云崝摆摆手:"去吧,馄饨凉了就不好吃了。"

柏西明下来得很快,他刚在燥热的天台忙完,肚子里正空着,往嘴里塞了一大勺馄饨,又夹了几块菌子大快朵颐。餍足的快感让他眉毛都舒适地瘫软了,他向晏宁竖起大拇指,含混不清地夸赞:"林妹妹好手艺!"

晏宁大方地回应:"谢谢!"

柏西明问她:"你什么时候学的?"

晏宁回答得很随意:"失恋的时候。"

云淡风轻的态度倒把柏西明弄得不淡定,他舔舔唇还打算说什么,不经意间对上云崝的目光,立刻将那些好奇心理压得干干净净。

三千块的教训历历在目。

气氛忽然间变得有些尴尬。

柏西明扯远话题:"席女士最近办巡回展了。"

"嗯。"云崝看向晏宁,"席女士是我妈。"

柏西明感叹:"什么时候我也能全球旅行啊!"

云崝:"你让温怡多做几个研究,多拿几个奖。"

"可别,真是累得慌。"柏西明将手伸向云崝碗边的那杯果汁,指尖刚碰上杯壁,云崝在他手背上敲了下。

柏西明不服气:"哥们儿没有?"然后让他转头看向晏宁,语态戏谑,"林妹妹还偏心呢?"

晏宁立刻起身:"我现在去给你做一杯。"

云崝拽住晏宁的手腕,晏宁低头看了眼微一蹙眉,用眼神问怎么了。

云崝没说话,松开手将盛着凉白开的玻璃壶和空杯子一起推给柏西明,语气十分理所应当:"你喝这个。"

连水都懒得帮着倒的。

柏西明冷笑:"凭什么?"

云崝右手越过椅背歪靠在座椅上,整个人浑不懔地一昂下巴,像在炫耀什么不得了的东西,他说话的神情既骄傲又气人:"云崝专供,只此一份。"

柏西明顿时气结,他抬手点点云崝,然后低下头掏出手机翻到"青山情未了"的群聊,一桩桩一件件地揭露云崝今天犯下的"罪行"。

他声嘶力竭,字字泣血:让我帮他干这干那!结果连口水都不让我喝!我简直比悲伤蛙还悲伤蛙!

隔几秒,向昭回复:在?看看活的悲伤蛙。

柏西明:[无语极了.jpg]

柏西明:你见过死的?

裴渡:我见过标本。

柏西明:[问号.jpg]

向昭:[连排问号.jpg]

裴渡:两元店。

这是一份来自大洋彼岸的嘲讽。

饭后,柏西明回去,云崝和晏宁在后院洗碗。

照例,云崝负责洗碗,晏宁把噧喽抱下楼,蹲在树下开了罐头喂它。

云崝说:"柏西明很喜欢你的厨艺。"

晏宁摸了下噧喽的肥脑袋:"是吗?"

"他走之前还问我,你在馄饨里加了什么这么好吃。"

"你猜呢?"

云崝说:"独家配方?"

晏宁轻笑:"魔法。"

云崝抬起头,看见蹲在树下的晏宁。她手肘抵在膝盖上,托着下巴朝他眨眨眼睛,表情里藏了几分神秘。晏宁对他说:"云青山,这碗馄饨我用了魔法。

"所以,你一定能拍到自己喜欢的作品。"

细长的水流从指尖划过,与此同时,云崝感觉有一股暖流淌进心底。他直直对上晏宁的眼睛,无声地看她。光线垂落,在晏宁的发顶镀了一层光晕,她脚边的小噧喽脑袋埋在罐头里发出细微声响,云崝的手撑在水池边,指尖扶在大理石台上轻轻摁了下。

他说:"好。"

晚上,晏宁回到房间躺在床上打哈欠。

手机提示音响起，云崝发过来的消息：来天台。

晏宁以为有什么事，趿拉着拖鞋打开门，从台阶上去时她还在打哈欠，眼睛困得快睁不开。云崝坐在小马扎上看她："困了？"

话落，晏宁又打了个哈欠："有点。"

云崝将头往另一边一撇："试完了赶紧回去睡觉。"

下一秒，晏宁的哈欠被彻底赶走，不能再清醒地望着眼前的一切。月夜里，灯光下，天台原本矮桌的地方放了张秋千吊椅，遮阳伞下吊着一盏小灯，伞下空间明亮而安静。

惊诧而喜悦，晏宁说不明白内心的感受，她只能问："你做的？"

云崝："不是。"

晏宁："啊？"

云崝肩膀耸了下，故弄玄虚："魔法。"

晏宁笑了。她小跑过去坐到秋千上，撑住吊椅往后退几步，脚在地面轻轻一蹬，连人带椅在半空中晃悠悠地荡，地上的影子来回舞动，比影子的主人更要兴奋欢乐。

她仰起头冲着云崝笑："谢谢。"

云崝问："高度合适吗？"

晏宁低头看看："噎喽估计爬不上来。"

云崝指她手边："它也有。"

晏宁转头，在她右手边果然还有一只小的架子，大小刚巧够噎喽一猫趴在上头。晏宁越看越喜欢，伸手拨弄了下小的，又在这大的上头荡了许久。

夜色已深，云崝坐在小马扎上，见她不愿意下来，只能柔声催促她："回去睡觉了。"

晏宁坐在秋千上伸了个懒腰，撇了下唇恋恋不舍地往回走。云崝看得暗笑了下，他插兜立在原地，目送着晏宁下楼。

踏下几层台阶后，晏宁回过头，看一眼秋千架，又看一眼云崝。

云崝同样在看她。

晏宁叫他："云青山。"

云崝："嗯？"

晏宁："这个魔法，我很喜欢。"

她喜欢得不得了。

晏宁如她自己所说，对这个秋千爱不释手。

除了白天必要在楼下待着的时间，其他闲散时候她都窝在秋千吊椅上。这吊椅足够宽敞，宽敞到她整个人都能躺在上头，云崝说这是个双人秋千。

晏宁穿着白色短袖黑色五分裤，抱着噎喽在秋千上晃来荡去地喝椰汁，云崝坐在她脚边的空地上拆封今天新到的设备。

云崝看她又拆一盒椰汁，问："这么喜欢椰汁？"

晏宁说："新鲜椰子吃不着啊，解解馋。"

云崝："少喝点儿，凉。"

晏宁："知道。"

稀奇古怪的东西堆在一起，晏宁充满了无尽的好奇，她靠在秋千上随手一指那堆镜头："这个是什么？"

云崝往前扫一眼："定焦镜头 24-1.4。"

晏宁"哦"了声："这个？"

云崝："变焦镜头 24-20 2.8。"

晏宁："这个长的呢？"

云崝："变焦镜头 70-200 2.8。"

不管晏宁问什么，云崝几乎不用细看就能直接告诉她精准的参数。晏宁并不懂其中的专业性，她指着其中两个问云崝："都是变焦，长的和短的有什么区别？"

云崝想了下，说："长的贵。"

挑不出毛病的答案。

隔了几秒，晏宁猫着腰看过来："那你手里这个长得像望远镜的呢？"

云崝对上她的眼睛，笑了下："这就是望远镜。"

晏宁疑惑："摄影还需要望远镜？"

云崝"嗯"了声，刚要说什么注意到她头上几道细长的血痕，盯着那处问："怎么弄的？"

晏宁抿唇把噎喽举到身前，一本正经地教育云崝："你以后记着千万别撸这猫崽子尾巴，一撸它就炸毛。"一年多了还没养熟，早上她试着碰几下，噎喽反手在她脑门上就是一个巴掌。

云崝收回视线："要打针吗？"

"消毒就行。"晏宁道，"它打过了。"

两人边说话，云崝边从另一个大箱子里拿出个三脚架样式的东西，跟晏宁解释:"这个是赤道仪,跟望远镜架在一起可以拍星星。"

话落,他将几样东西拼接完成,展示给她看:"像这样。"

接着,他又将最长的那个镜头安到相机上,举起来朝向远处拍了张,然后他把相机显示屏凑到晏宁眼前:"这样能拍花鸟鱼虫。"

晏宁点点头。她随手拎起脚边盒子里的镜头,来回拧了两圈变焦环后,到底没忍住问云崝:"这些东西加在一起要多少钱?"

云崝反问:"你这民宿多少钱?"

晏宁算了算,然后说了个数。

云崝竖起两根手指头:"差不多两个民宿再多点儿。"

晏宁倒吸一口凉气,不动声色地将手里的镜头放回去,又轻轻将它拨正摆好,连打算蹦下去的噎喽也被她紧紧抓住,一把搂进怀里不敢松开。

云崝的余光瞥见她的动作,无声地勾了下唇。

他抓起另一个镜头递给晏宁,语态随意:"这个便宜,玩这个。"

晏宁看着他手里的"一个房间",连忙摆了几下手。

云崝又笑笑,转过头继续收拾。

安静下来后,阳光明媚,清风和煦,噎喽窝在秋千架上打了个呼噜,很快吹散在风里。

晏宁被午后的太阳晒得浑身酥软,她懒洋洋地叫云崝:"云青山。"

云崝:"嗯?"

晏宁:"你今天拍什么?"

云崝站起来,拍拍裤子上的灰尘:"今天带你出去玩去。"

晏宁坐在吊椅上,眼里有些不确定:"你?带我?"

云崝转身往房间走:"嗯。"

晏宁将噎喽放到它的秋千架上,站起来跟上云崝:"云青山,我才是本地人。"

"我知道。"

"这里的地方我都去过。"

"嗯。"

"风景也都看过了。"

"我带你的地方,你肯定没看过。"

无意识地,晏宁跟着云崝走到露台,穿过落地窗的玻璃门,走到云崝的房内,脚步也没停。她仰着头问:"万一也是我看过的呢?"

云崭在桌前站定："那你就假装没看过。"

晏宁迟疑地"啊"了声，从他身旁探过去一个脑袋，长发直直垂下来，她表情极其认真："要是我演得不好呢？"

云崭很坦然："我可以装没看见。"

晏宁哑然。

他道："我演得好。"

面对他这胸有成竹的模样，晏宁彻底没了话。

云崭低头看她："去换身衣服。"

"好！"晏宁表情里有莫大的欣喜，转身往露台那边走。

云崭叮嘱："穿厚点儿。"

晏宁："行！"没走两步，她又回头喊，"那你等我啊！"

云崭站在另一头朝她笑："等着呢。"

晏宁走后，云崭独自在原地站了会儿。

几分钟前，晏宁就站在他身边，两人的身体几乎要挨在一起，他甚至能感觉到晏宁身上被太阳晒出来的热气，温度急剧升高，看得他眼睛徐徐发热。

视线落在桌上的那盆茉莉上，云崭倒了点凉水浇进花盆，泥土很快变得湿润，他手上的动作却没停，直到听见天台那头关门的声音，窗帘的影子掠过花盆上的字母，他端起玻璃杯将剩下的水一饮而尽。

晏宁和云崭一起下楼，关叔刚从外头买了菜回来，问两人："出去啊？"

"嗯！"晏宁眼睛眯了下，"关叔，咱们晚上吃什么？"

关叔心知肚明地哼笑一声："等你俩晚上能回来再说。"

晏宁鼻子一皱，没说话。关叔笑了笑走向后院。

路过柜台时，晏宁找小桃要车钥匙，云崭说："不用，开我的车。"

上车没多久，晏宁便安静窝成一团昏昏欲睡，云崭问："晕车？"

"没有。"晏宁又补充了句，"你开得很好。"

云崭带晏宁走的是一段少有车辆的山路，虽然道路崎岖，但是云崭车技不错，晏宁坐在车内其实并没有感受到什么颠簸，可能是天气原因，又或者昨晚睡得太晚，晏宁一停下来就不自觉地想闭上眼睛。

云崭看她实在疲倦，道："你睡会儿，到了叫你。"

晏宁很快便闭上眼，囫囵道："好。"

晏宁醒过来时，车辆已经停稳。主驾驶的车门开着，野外的风裹着青草香从身边穿过，吹在脸上又轻又柔，吹得晏宁眼皮发沉。

好半天终于有了些清醒的意识，晏宁发现不知什么时候身上盖着条薄毯，而薄毯的一角被她牢牢攥在手里，已经捏得有些变形。

车外不远的地方，云峥站在一块宽大的石头上。他穿着黑色冲锋衣，黑色登山裤的裤脚塞进棕色的靴子中，相机斜挎在身上整个人站得笔直。

天空澄澈而透明，每一道光线从天穹降落，散在辽阔旷远的大地上，花树云海，碧波荡漾，犹如浩大缥缈的海洋，每一处都在涤荡光的清波。

下一秒，一架无人机从云峥的身前高高飞起，云峥也随之抬起头，仰望整个天际。

山里温度比外头低许多，晏宁裹着薄毯下了车，冷风吹到身上，她打了个寒战。

晏宁慢步走到云峥身边："怎么发现这儿的？"

云峥回头看向晏宁："用手机搜的。"

晏宁："你不是不喜欢攻略吗？"

云峥一脸傲娇："我能看见他们看不见的。"

晏宁笑着点了下头，看着前方的无人机在云峥的操纵下时而飞起，时而一个俯冲，天地广大任它肆意遨游，几只飞鸟从半空路过，恰巧与无人机的飞行路线错开，高科技与原始自然的交汇，融就一幅和谐而自由的画面。

云峥控制无人机缓缓降落，他将遥控器递给晏宁："试试？"

晏宁把东西小心翼翼地接过来。

在云峥的指导下，晏宁操控着无人机升到半空中，聚精会神地盯着那台机器。

云峥看她大气都不敢出的样子，没忍住笑了下。他轻轻拍下晏宁的脑袋："看下边。"

晏宁："什么？"

云峥："遥控器上面的显示器。"

晏宁低头，随着无人机升起的高度越来越高，显示屏里的风景越来越开阔。山野小路里徒步的行人看见无人机，扬起笑脸挥了挥手。针叶林慢慢在变小，灰瓦白墙的房屋错落有致，矗立在苍翠色的大地上，漫山遍野的经幡在山间起舞，山泉蜿蜒流淌，角落里能看见几头正在吃草的牦牛，牧草丰盛而无垠，世界景象旖旎，安和宁静。

空气沁人心脾涌进心头，卷走往昔那些窒闷，晏宁有一瞬间的感觉，世间的任何烦恼都被能被广袤的大地所包容。

天地不仅包容万物，并将美好与岁月一起拥入怀中。

人在被拥抱在美好里，就能感觉到莫大的安全感。

"云青山！"她转过头，眼里掩饰不住的激动，"我看见了！"

云崝笑，故意问她："看见什么了？"

晏宁扬手往前一挥："他们看不见的。"

云崝肩膀塌了下："没骗你吧。"

晏宁没答，只手指微动，无人机再次飞起。接着，晏宁手指快速调整操控杆的角度，无人机迅速转向一个漂亮的甩尾，机翼卷起林间的水汽，在阳光的折射下，拖拽出一道绚烂的彩虹。

云崝想了几秒，他后知后觉地"嘶"了声："你会？"

晏宁偏头，用下巴示意那处，唇角的梨涡闪着灵动："送你的，他们也看不见。"

说完后，晏宁往前走两步离云崝更近，她话里带有笑意："云崝专供，只此一份。"

在云崝怔愣的间隙，晏宁已经拉开了距离，她捧着遥控器走到石头的另一侧。无人机在她手里自在徜徉，她用无人机探寻四处的风景，偶尔她回头看向云崝，眼底光亮一片。

那一刹那，天光乍现，夏天的色彩变得斑斓。

这种感觉穿透时空界限，落回到阿根廷诗人的笔下——你是上帝展示在我失明眼睛里的音乐，天穹宫殿，江河，天使，深沉的玫瑰，隐秘而没有穷期。

毫无预兆地，诗里的那朵玫瑰，在这个夏天肆意盛开了。

云崝闭眼笑了笑，一股通透感从头顶浇下直灌全身，他看向仍旧沉浸在喜悦中的晏宁。

云崝朝她的背影喊："晏宁。"

晏宁没转头："怎么啦？"

云崝的声音被风吹进山谷："这里确实很美。"

晏宁不明就里："我知道啊。"

你不知道。

云崭没再说话，而是走上前接过晏宁的遥控器，他舌尖抵了下侧腮，眯着眼睛似要一争高低："我给你炫一个。"

晏宁挑衅地扬眉，声音有几分哑："我不信。"

云崭说来就来，无人机靠近高树急速下降，在即将触碰的瞬间被他拉回，科技感十足的希区柯克变焦，视野瞬间打开包揽所有，画面惊险刺激极具挑战性，凝聚一种野性的美。

他转过头，唇角往上勾着，邀功的眼神。

晏宁觉得有些累了，没多说什么，但还是真诚地表扬："挺好。"

云崭打商量："我教你这个，你教我拉彩虹。"

晏宁撇嘴："你怎么知道这个我不会？"说完她越发觉得寒冷刺骨，转过身迈步往车里走。

云崭跟上去，继续道："那你教我拉彩虹。"

晏宁问："我有什么好处？"

想了想，云崭说："我请你吃饭？"

晏宁失笑反问："我自己做不比外头的强？"

云崭无话，她说得没错。

晏宁一昂下巴："晚上多吃一碗饭。"

云崭打商量："半碗。"

晏宁坚持："两碗。"

云崭及时止损，微一点头："行。"

晏宁站在车门边，笑里揶揄："这么大人了吃饭还得哄。"

云崭脸色一淡，晏宁笑着爬上了车。

云崭上车时，晏宁歪在车里已经开始犯困，云崭将她身上的薄毯盖好，抱着相机看了她许久。

回去的路上，晏宁睡了很沉很深的一觉，整个人像踏进一片忽冷忽热的泥沼，浑身的力气被抽走，在梦境的混沌中不断下陷，下坠，沉陷。在一片寒冷中，突然一阵温暖包裹住她的身体，她不自觉地往温暖更深处瑟缩了下，整个人紧紧蜷缩在一处。

半睡半醒间，晏宁感觉有只温凉的手掌覆到自己额头上，顷刻间燥热消散，缠绕在鬓边的碎发被抚开。晏宁的头动了下，那只手落到她发顶，安抚性地摸了两下。

晏宁掀开酸涩的眼皮，入眼的是白茫茫一片，顶上的吊瓶药水缓缓滴落，云崝坐在她身边，一脸平静地看着她。

她张嘴，想说话却觉得嗓子又疼又哑发不出声音。

云崝冲她摇了摇头："你发烧了。"

晏宁躺在床上，四目相对，燥热带来的口干让她喉咙微滚。

云崝问："渴了？"说完他起身去够旁边的水。

晏宁嘴唇动了动："我想喝椰汁。"

云崝说："想着吧。"

晏宁说完话打着点滴又睡了几个小时，中途醒过来云崝并不在身边，他站在急诊室病房门口在跟别人说话。半睡半醒间，晏宁觉得那人熟悉却记不起来，最后云崝不知递给那人一沓什么东西，那人摆着手往后退。

两人走出医院时，外面的天色变得漆黑深重。

她先爬上副驾驶后系好安全带，云崝站在车外将冲锋衣脱下来给她盖上，什么也没说关上车门，绕到另一头打开车门上车。

晏宁的目光停在云崝身上没挪开过，表情很严肃。

云崝察觉她别有意味的视线，启动车辆，问："怎么了？"

晏宁问："我怎么进的医院？"

云崝心里一松，然后面上一笑，他还以为她刚出医院又不舒服了。

云崝平铺直叙："我抱进去的。"

即使早有准备，被云崝直白地说出来之后，晏宁仍是觉得面上一热，不同于发烧，这种热简直要让她骨头都软绵绵的。她拢紧身上的冲锋衣，正头昏脑涨着，没再说话。

云崝打半圈方向盘，想起来医院的路上，他怎么都叫不醒晏宁。

这场病来得又急又凶，以至于当云崝发现不对劲时，晏宁已经睡得有些深，呼吸开始沉重而缓慢，脸色烧得通红一片却又迷迷糊糊地喊冷。

云崝一摸她的额头，温度高得吓人，他紧急改道赶到最近的医院，也顾不得什么直接把人抱进急诊室。

车辆平缓地行驶，晏宁吸了吸还堵着的鼻子，云崝问："什么时候开始难受的？"

晏宁回忆了下："今天早上吧。"

"一直忍着？"

"没往那处想。"

云崝眉心蹙起："出门那会儿怎么不告诉我？"

晏宁扯出一个淡淡的笑，反问他："新到的设备你不想抓紧试试？"

云崝也笑："比我还急？"

晏宁轻耸肩膀："多待一天你就得多给一天房钱，我替你省钱呢。"

云崝侧眸，淡声："我不缺钱。"

这点晏宁无法反驳。她撇了撇嘴，然后脑袋一歪靠在车窗上。晏宁从外套下伸出手，沿着什么在玻璃上轻轻画了几道，画完后，她朝着车窗哈出一口热气，水雾显现云崝轮廓分明的侧脸，很快又蒸发退散。

晏宁的指尖贴在上面，因为这转瞬即逝的拥有，无声地笑了下。

寂静良久，云崝转头看她。

晏宁缩在座椅里小小的一团，长发乱糟糟地铺在肩膀上、身上，眼睛里盛满水汽，又因为红彤彤的脸色，显得比平时更亮。

"头疼吗？"云崝打破沉默。

晏宁只能小幅度点头，她脑子蒙着，想到什么问什么："你生过病吗？"

顿了顿，云崝回答："厌食症算吗？"

晏宁一怔："……算。"

"人都会生病，我刚到澳大利亚上学的时候，因为水土不服也经常感冒发烧。"云崝没什么情绪地讲述，"柏西明，你认识的那个。"

"他怎么了？"晏宁问。

云崝说："有回他头疼走错教室，上了快半节课才发现自己根本听不懂，同桌的女生以为他是刚来的主动把笔记借给他，他将计就计请女生吃饭，然后一来二去两人就成了男女朋友。"

晏宁调笑："你怎么没这好运气？"

"我方向感好，不轻易走错路。"十分自信的话。

晏宁忽然就笑出来："你再看看呢？"

让云崝无话可说的人不多，副驾驶上的晏宁算是个意外。

这处路口容易出错，云崝顾着跟她说话没仔细看，他根据导航的提示轻踩了下刹车。观察路况后掉头，云崝问晏宁："你怎么不早说？"

不是责备的语气。

晏宁下半张脸埋在冲锋衣里，眨巴着眼睛看他："信你呗。"

重回主路后，两边路灯明晃晃地照进车里，一道道光影规律性地从脸上掠过，极有催眠效果，晏宁迷迷蒙蒙地打了个哈欠。

云崝问："又困了？"

晏宁点头，声音喏嚅："生病真难受。"

云崝柔声："再坚持会儿，现在睡容易加重感冒。"

晏宁蔫蔫儿的，几乎要听不进去云崝在说什么，呆呆地望着前方。

云崝怕她真睡着，干脆吓她："待会儿睡着了把你卖了。"

晏宁也不在乎："卖远点儿，附近都是熟人。"

这话把云崝听乐了，他笑出声，笑声里的爽朗穿过静谧的夜里格外撩人。晏宁闭起眼睛，躲在冲锋衣下偷偷笑了笑。

"你饿不饿？"为了不让晏宁睡过去，云崝拉着她聊天。

晏宁摇摇头，冲锋衣"沙沙"地响："云青山，我是不是得厌食症了？"

云崝叹气："烧傻了。"

晏宁皱了下鼻子："厌食症是什么感觉？"

"空，累。"云崝的话没有任何波动，"肚子空，身体累。有时候饿狠了很想吃饭，越想吃就越吃不下。"

晏宁接着问："那我做的饭呢？讨厌吗？"

云崝专注地盯着前方："其实厌食症根本讨厌的不是吃饭。"

厌食症表面上是讨厌食物，实际上是对自己的厌恶。

晏宁心知答案，轻轻说："你会好的。"

她生着病，脑袋发沉，有气无力地说话："可能过……一两个月，也可能……睡一觉明天就好了……总会好的。"

明明小姑娘自己生病难受得不行，还在想方设法地安慰他。云崝眼眸稍抬看见远山上的弯月，白茫茫的。

云崝说："明天就算了。"

晏宁问："为什么？"

云崝说："明天让你先好。"

晏宁讶异："这也能让？"

云崝斜眼瞥她："没法让，我就是跟你客气一下。"

晏宁无语。

云崝理直气壮："明天最好还是我先好，你发烧不急的。"

被云崝这么一逗，晏宁的精神终于好了三分，甚至能捡起脾气瞪着他的脸，低低地骂了句："没良心。"

云婧只是静静地笑。

到了有间民宿，车辆停稳。

晏宁打开车门，云婧站在车外等她。他上身只穿一件白色T恤，被晚风鼓起猎猎作响。

云婧问："自己能走吗？"

"能。"说完，晏宁脚底发软歪了下。

云婧伸手扶住她："我抱你？"

睡着的时候可以当不知道，现下晏宁清醒着，面对云婧直白却并不暧昧的发问，她反倒呼吸一紧，耳朵也跟着红了红。

十六在前台看剧的声音传过来，晏宁说："真能走。"只是走得很慢，身体罩在宽大的冲锋衣下，轻飘得仿佛在踩在棉花上。

云婧拎着医生开的药不紧不慢地跟在她后头，路过柜台时，他找十六要了一壶热水。

晏宁走进房内意识昏沉地脱了外套爬上床，半张脸埋进被子里，只露出一双眼睛，看向后面跟进来的云婧。可能是此刻的他很温柔，所以晏宁丝毫没有私人空间被冒犯的感觉。

她看着他将手里的东西和身上的相机都卸下，坐在床边的椅子上。

窗外逐渐淅淅沥沥，下起了小雨。

晏宁喊："云青山。"

云婧"嗯"了声，低头给她倒热水。

晏宁说："外头下雨了。"

云婧抬眼看她："觉得冷？"

晏宁摇头："设备收起来了吗？"

云婧："十六收走了。"

晏宁又问："秋千呢？"

云婧耐心地说："秋千防水。"

说完，晏宁感觉少了点什么。她撑着身体坐起来往房间里扫一眼，话里有些担心："噎喽呢？"

云婧把药倒进瓶盖："小桃抱它去睡觉了。"

晏宁："噢。"

心里升起一股异样感，原来在她发烧睡觉的时候，云婧就安排好了一切。

这种被悉心照顾的感觉,让晏宁的心跳不自觉地加快。她身体往下滑了一截,鼓了鼓腮帮子。

云崝问:"难受了?"

"我有点饿了。"晏宁仰着小脸看他,睫毛湿润润的。

云崝顿了下,说:"我给你煮个粥。"

从她的眼神里看见了明显的不可置信,云崝解释:"煮过一次。"

晏宁拽下被子:"给女朋友煮的?"

云崝站起来:"给柏西明。"

晏宁"哦"了声。

云崝将她脚边的被子往里面掖紧,裹严实了才说:"你再躺会儿。"

云崝走后轻轻带上房门。

晏宁缩进被子里,望着天花板发了好一会儿的呆。分不清是因为发烧还是因为其他什么,她心里有又热又酸的胀痛,每一下有力的心跳,都让那胀痛深刻几分。

屋内安静,静到她能听见被窝里的"咚咚"声。

她又想起云崝事无巨细的样子,扬起唇缓缓笑了下。这种隐秘而又难以言说的喜悦,让她暂时忘却了生病的痛苦,心里只剩下一个念头,云青山怎么这样好呢。

一阵铃声打断她的思绪。

晏宁转过头,云崝落在她床头的手机正闪烁着来电提醒。

来电人,向娘娘。

一刹那,晏宁眼里的光暗下去。

她掀开被子,被子里灌进一阵冷风吹得她头皮发麻。晏宁躲进被子里蹬了几下,因为生病也因为这通电话,一个人生起闷气。

半个小时后,云崝重新回来,打开房门一看,晏宁抓着兔朱迪蜷在被子里睡过去了,毛茸茸的脑袋露在外头,随着呼吸身体微微起伏。不知道梦见了什么,晏宁嘴唇张了张,呼出长长的一口气,看着不是什么好梦。

兔朱迪的身体搁在床头柜上,底下压着几本书,兔子耳朵被她攥在手里。云崝联系前几回,发现她睡觉时手里必须要抓着东西才安稳。

云崝放下粥,看了眼手机,给向昭回了条微信:什么事?

向昭:什么时候回来?

云崝：这几天不行。

向昭：[问号.jpg]

电话很快拨过来，云崝走出房门接起。

向昭话里有话："什么情况？"

云崝淡声："说事。"

向昭道："找媚姐的那个男团拍摄时间定在半个月后，抽个时间回来一趟。"

云崝回答："行。"

挂断前，向昭想了想还是问："云崝，你别是不想走。"

云崝愕然，他沉默了很长时间，没有说话。

回到房间，云崝望向没动过的药，他走过去躬身拍拍晏宁的肩膀："晏宁……晏宁……"

晏宁哼唧："嗯？"

"吃了药再睡。"

"我头疼。"

云崝哄她："吃了药就不疼了。"

晏宁坐起来望着眼前的人，半睡半醒间，她有些分不清现实和想象。

她揉了揉眼睛问："云青山，你怎么还没走啊？"

云崝轻笑："我不走。"

晏宁瘪嘴，眼睛跟着一红："你骗人。"

这声音里有低低的委屈，云崝心里一塌。

要了命了，他真的不想走了。

第五章

晏老板，我受伤了

隔两天，柏西明再次来到有间民宿，这次不是为了云峥，冲的是晏宁的手艺。

彼时，晏宁正坐在大厅内的桌边剥豌豆。她今天将长发在脑后扎了个马尾，露出光洁的额头，身上披一条蓝色的薄毯，映衬着小脸比前几日更为白净。

路过柜台时，十六站起来跟他打招呼："柏哥，峥哥在那头呢。"

柏西明转头一看，云峥坐在公共沙发区正捣鼓手里的相机，听见他的声音头都没抬，然后拿起手机不知道在跟谁打电话。

柏西明转过头，笑着说："今天不找他，找林妹妹。"

柏西明弯腰抱起脚边的噎喽，撸着它背脊上的毛坐下，语气懒洋洋地问："林妹妹今天做什么好吃的？"

晏宁摇了摇头："今天不做。"

柏西明"啊"了声，略表遗憾："为什么？"

云峥从后头扒拉柏西明的脑袋："你怎么又来了？"说完，他将相机放到桌上，像什么都没发生过似的继续打自己的电话，"嗯，你先发这组，另一组待会儿给你。"

柏西明接云峥的话："蹭饭。"

回答他的是晏宁："下次吧。"

正说着，小桃端了一杯热水从后院进来："宁姐姐，给。"

晏宁道了声谢，拿起手边的药一仰脖一口水吞下去。吃完药，她表情就变了，中成药的怪异味道卡在喉咙里不上不下，冲得她肩膀都缩起来。

她喊："十六，椰汁还有吗？"

话音刚落，还在通话中的云峥给她递了一盒插好吸管的椰汁，晏宁一摸，还是温的。

而柏西明回过头，看向云崝一副若无其事的样子，露出一个意味深长的笑。

等云崝挂掉电话坐回沙发上，柏西明朝他发出诚挚邀请："去香格里拉音乐节吗？"

香格里拉风景秀美、空气清透，被外界称之为穷极一生要追求的理想家园，徒步之旅被称为朝圣之行，而这两天正好召开音乐节，游人更是络绎不绝。

云崝果断拒绝："不去。"

反倒是晏宁眼睛一亮："今天吗？"

柏西明点头："今天是第一天，想去吗？"

晏宁身体往前一凑，满眼的期待："我想去。"

"哥带你去！"柏西明下巴一昂，答应得痛快又干脆，连着十六和小桃也打算一起出发。

坐在不远处的云崝看着那头两人熟稔又自然的互动，指尖点点桌子："什么时候出发？"

柏西明轻嗤："你不是不去吗？"

云崝懒得搭理他，反过来叮嘱晏宁："你多穿点儿。"

这句话是道无形的开关，"啪"的一声将那晚发烧的记忆全部释放。晏宁没看云崝的眼睛，她抱着椰汁喝了一口，无声地点点头。

柏西明观察力敏锐，没放过晏宁耳垂上那抹不自然的红。他放下噎嘞走到云崝身边坐下，表情欠飕飕的："你也关心关心我。"

云崝离开老远："滚。"

几人谈笑间，民宿门口忽然进来两人，晏宁看清后，表情愣了愣。

唐妈妈没有提前通知突然造访，甚至带了上次说要介绍给她的年轻志愿者，那人手里拎着满满当当的东西。

在唐妈妈的热情招呼下，男人做自我介绍："你好，我叫邓其锴。"

晏宁站起身礼貌地回应："你好，我叫晏宁。"

"别站着，坐下聊。"说着唐妈妈看向沙发区的两个男人，以为是民宿里的普通住客，继续对晏宁说，"我跟其锴在附近办事，顺道过来看看你。"

下一秒，唐妈妈凑到晏宁耳边，压低声音说："也好让你看看他。"

晏宁当即咳嗽了几声，云崝的视线淡然扫过来，两人对视一眼，云崝慢慢移开。

唐妈妈拍拍她的背，关心地问："这是怎么了？"

"有点小感冒。"晏宁说完，继续剥手里的豌豆，几粒豆子丢进碗里，发出闷闷的响。

接着，一阵无以言说的寂静。

柏西明抱起双臂靠在沙发上，噙着玩味地笑看向两人，桌上的手机"叮"一声响，他拿起来一看，微博特别关心发出的通知：云崝工作室更新了一条微博。

微博@云崝 私人账号，一如既往地没有得到回复。

云崝拿着手机，屏幕的冷光打在他高挺的鼻梁上，凭空生出一股疏朗不羁的性感。

另一头，邓其锴开启话茬："你平时有什么爱好吗？"

晏宁："吃饭。"

邓其锴一噎。

唐妈妈恨铁不成钢，在晏宁的胳膊上拍了下，她手里的豌豆散了一桌子。晏宁埋着脑袋一粒一粒地捡，唐妈妈笑着对邓其锴说："其实我们宁宁做饭特别好，吃过她做的饭的人都夸个不停。"

柏西明对此表达认同，噎喽窝在他和云崝的两只脚中间"喵"了声。

唐妈妈想起什么来："小锴你不是喜欢调酒做果汁吗，我们宁宁也会。"

晏宁又是一阵咳嗽，邓其锴把水杯推给她，她说："谢谢。"

"咳嗽吃这个。"邓其锴从袋子里拿出一颗橙子，剥开放到她手边，"橙子能镇咳。"

邓其锴看着她说："我也喜欢调酒。"

晏宁"噢"了声，继续低头剥自己的豆子。唐妈妈一直盯着她，她终于抵抗不住这死亡凝视，拿起橙子端详几秒，闲扯了句："这橙子挺好。"

邓其锴疑惑："怎么说？"

晏宁跟他科普："湖北夏橙比云南褚橙果粒要饱满，汁水也更充沛，用来调酒味道会更浓郁香洌，入口回甘也能压一压酒精的刺激。"

寥寥几句话勾起邓其锴莫大的兴趣。

看着厅内一言一语的两人，柏西明笑："问啥答啥，林妹妹挺善良。"

云崝往上划拉屏幕的拇指往下缩了瞬。

他觉得"善良"这词儿用得不对。

邓其锴话匣子打开，语气隐隐激动："我能请你看个电影吗？"

唐妈妈紧跟着助攻:"哎!正好十六你刚刚说最近什么电影好看来着?"她朝十六使了个眼色。

十六接收到信息后立马报了个电影名。

晏宁狠狠刮了十六一眼。十六垮着脸,爱莫能助地搔搔后脑勺。

晏宁说:"我下午约了人。"

唐妈妈道:"其锴难得放假,你跟那人说一声,下次啊。"

晏宁准备说什么要拒绝,唐妈妈假意脸色一凛:"前两天知妍刚说怀孕了,别到时候她孩子都生了你还是单身。"

再次听见李知妍的消息,晏宁面上没什么波澜。

唐妈妈还在念叨:"都说看电影是年轻人恋爱的第一步,你俩下午就去看个电影,反正就当认识个朋友。"

倏地,云峥拎着相机从沙发上站起,迈步往楼上走。柏西明在后头问:"干什么去?"

云峥头也不回:"睡觉。"

柏西明:"不吃饭了?"

云峥:"不饿,吃不下。"

柏西明又问:"音乐节呢?"

云峥冷声:"不去了。"

云峥离去的背影落进晏宁的余光,她看向柏西明,柏西明扬了下眉什么也没说。

晏宁看着空荡的楼梯口,埋头继续剥豆子。

云峥躺到床上,手臂覆在眼睛上压根睡不着觉。

放在腿边的手机时不时响动两声。工作室微博许久不更新,更新之后不少圈内朋友过来转发评论,也有人趁此机会发个微信试图拉近关系。

一种低闷的压抑感塞满心房,起初只是小范围,渐渐入侵了全身,一呼一吸之间,云峥情绪被铺天盖地的烦乱所桎梏。

原来以心动之名的不快就叫吃醋,它让人想说又不能轻易说。

就那么堵在心里,堵得他胸膛发闷,闷得他脑子一团乱。

他坐起来点开手机屏幕,找到向昭的微信对话框。

引用他刚才发过去的其中一张照片:这张别发。

向昭放大那张图,水果摊边的孩童一手举着一颗橙子,朝着镜头露出治愈的笑容。他回：有什么问题？
云崝：丑。
向昭：啥？
云崝：我讨厌橙子。
云崝：非常讨厌。
向昭发了个"请你克制你自己"的熊猫头。
向昭转头就把聊天记录截屏到"青山情未了"的群聊，艾特柏西明问：他为什么讨厌橙子？
待柏西明看清具体内容后，"扑哧"一声乐出来。
柏西明：酸呗。

云崝心中乱糟糟的，拒绝了柏西明再三的邀请，窝在房间里睡了一觉。
他被一阵窸窣的声音吵醒。他睁开眼，一时分辨不出声音的来源，直到听见噎喽绵软的叫声。
云崝转过头，噎喽正趴在玻璃窗上挠门，挠了几下它停住，坐在地上举起爪子舔了舔。
云崝把它抱起来站到露台上，望着远处的山峦，心中郁闷不减半分。
"醒了？"
听见声音，云崝缓缓回过头。晏宁正坐在秋千吊椅上，整个人随着秋千一前一后轻悠悠地晃，她眼神直直地看向他，嘴角挂着浅浅的笑。
云崝站在原地没动："没去看电影？"
晏宁回："不许我看完了刚回来？"
云崝"哦"一声，问："好看吗？"
晏宁摇头："最近的电影都不好看。"
一句话让云崝无言以对，他垂下眼眸，心里又重几分。
然后，晏宁说："所以我没去。"
云崝的视线笔直而平静，定定看着她。噎喽在怀里挣扎几下，云崝弯下腰将它安稳放到地上，不让自己去看晏宁："那你下午干吗了？"
柏西明带着十六、小桃去了音乐节，民宿里没别人。
晏宁脑袋一歪，她挑了挑眉，眼里的亮比日光还姣好。
她说："讨债。"
"什么债？"云崝站直，眉心拧了拧。

晏宁竖起两根手指头，道："我记得有人欠我两碗饭。"

云崝看着她，低低地"嗯"了声。

晏宁："中午是不是也没吃？"

云崝点头。

天上白云在飘浮，土壤裹着青草的气息游荡在空气里。

噒喽一跃而上蹦到小秋千的篮子里，坐姿十分不羁，眼珠子骨碌碌地转来转去。

晏宁问："吃饭吗？"

云崝笑，插兜靠到墙上，随意但肯定的语气："晏老板，我请你看电影。"

晏宁没反应过来："现在吗？"

云崝点头："嗯。"

晏宁以为他没睡醒："我不是说了吗，最近的电影不好看。"

云崝颇有耐心的："你想看什么？"

晏宁说："《疯狂动物城》。"

云崝问："就这个？"

晏宁有些茫然："啊。"

"行。"云崝应下来，他拉着小马扎坐下，仰起头像是冲着天说话，"我请你看。"

"那先……谢谢你。"晏宁拉长了声音，语调没那么认真。

云崝侧头，微眯起眼："不信？"

晏宁嘀咕："它都下映好几年了。"

"说了请你看，我就能让你看上。"

"好，你能。"

"你这会儿又信了？"

"因为你是云青山啊。"

面对漫山遍野的青苍松林，一阵风吹过，缚解了云崝的心事，穿过山野生出低低的混响。

云青山……云青山……

云崝闭上眼，勾起一个无声的笑。

晏宁，你知道吗？

众人见我皆草木，唯你见我是青山啊。

晚间日落后，柏西明才带着十六、小桃回来，车辆刚停稳，柏西明的电话响起。小桃拉着十六赶紧下车，柏西明按下接听键。

对方的口吻是并不客气的直接："把你的投影仪和幕布搬上来。"

柏西明："凭什么？"

云崝："我不想下楼。"

柏西明心口被气得堵住，他咬牙："'请'字不会说？"

云崝淡言："给你涨工资。"

"行！"柏西明喜笑颜开，他摁下后备厢按钮，"我这就把东西给您'请'上去。"

晏宁坐到秋千上时，望着眼前的一切，有几分不真实。柏西明捏着遥控器调试了好半天，幕布上终于出现了画面，他切进电影模块，在里头翻来覆去找影片。

天台上摆放几张月亮椅，矮桌堆满了水果零食，小桃坐在秋千的另一头，十六弓着腰在前头烧烤，烟火缭绕，天台上格外热闹。

云崝最后从房里出来，他坐下，将花露水递给晏宁。

晏宁接过往身上喷几下，然后往秋千的边上挪了挪，轻声叫他："云青山。"

云崝在她左前方："嗯？"他坐姿吊儿郎当，左手拿着手机回消息，右手拎起一罐啤酒看也没看，长指骨节分明卡进拉环里，"咔"一声，空气里有气泡的声音。

晏宁问："这就是你请我看的电影吗？"

"今天来不及。"云崝回头，"下次去电影院看。"

柏西明背对几人，扯着嗓子喊："看什么啊？"

云崝头也不抬："《疯狂动物城》。"

前头的人一边小声埋怨云崝的幼稚品味，一边扑开搜索栏输入一个个的字母开始查找。

继续方才的话，晏宁不确定地问："还有下次？"

"有。"云崝看他，下颌微抬，"想不想去？"

被问的人笑起，梨涡明晃晃的亮，晏宁盘腿靠到秋千椅背上："好啊。"

晏宁还在吃感冒药不能喝酒，云崝从一堆零食底下找到椰汁，插好吸管拿给她，她捧着椰汁等待电影开场。

电影开始播放，人声熄落，噎喽盘在桌腿边，眼睛紧跟着屏幕里的动画来回转动。

气氛悠闲而美好。

画面中播放的是朱迪在警察学校接受培训,她翻越冰山时,柏西明忽然问:"这兔子怎么没高反呢?"

云崝轻讥:"你以为都像你?"

闻言,十六惊讶出声:"柏哥你有高反吗?看着也不像啊。"

"嗐!"柏西明招招手,他把啤酒罐放到桌上娓娓道来,"之前跟云崝去瑞士旅游,爬马特洪峰高反。"

"难受吗?"小桃是土生土长的德钦人,没有这方面的感觉。

"怎么说呢……"柏西明想了想,"跟醉氧差不多,头晕恶心想睡觉。"

小桃的嘴张成半圆,似懂非懂地点点头。

晏宁问:"你不是身体好到可以跟袋鼠打架吗?"

柏西明一噎。

晏宁:"还是两只。"

柏西明:"头天晚上没睡好。"

晏宁将信半疑地点点头。

云崝道:"他高反是能吃。"

柏西明从山上下来后,半是高反半是缺觉的原因,连着睡了十四个小时,醒来第一件事便是吵着要吃东西,酒店的饭菜不合胃口,从未下厨的云崝硬着头皮给他熬了锅粥。

"呵。"柏西明冷哼,"就您那粥,稠得连勺子都下不去,还好意思说呢。"

一旁的晏宁悄悄看一眼云崝,那晚后来她睡过去,很遗憾地没吃上。

"哦,我知道了!"十六一拍大腿,骤然醒悟过来,"原来那锅里的是粥啊,我跟关叔早上起来看见,还以为是宁姐做的米糕呢。"

晏宁没有感情地说了句:"你在侮辱我。"

云崝侧眸扫了晏宁一眼,晏宁笑着缩肩膀,举起椰汁敬了他一下。

十六问:"崝哥你是半夜饿了起来煮粥?"

云崝很坦然:"你老板发烧的时候说饿。"

"嗯。"晏宁附和,"是我。"

晏宁一开口,十六和小桃对视一眼大致也懂了,便自觉噤声不再打趣。反观柏西明,他眼底很快升起一抹促狭的笑,夹着嗓子娇滴滴地朝这头喊:"青山——"

十六和小桃的身体同时抽搐了下，原本安静趴着的噎喽忽地站起，从桌底下径直走过来趴到云崝的脚背上。

"你给我煮粥。"柏西明"贱不喽嗖"，话里有深意，"一定是很爱我吧？"

云崝语气轻飘飘，既像在问他，又像是骂人："我爱你吗？"

电影中场时，进入广告时间，是近期时装秀的预告大片。气质冷艳的女星高贵而不可攀，眼神轻微一瞥如神明的怜悯，美得摄人心魄，连晏宁都忍不住多看了几眼。

见十六看入了迷，柏西明眼神微垂："喜欢？"

"从现在开始她就是我女神！"十六狠狠点头，说完他记起小桃在身边，收敛几分反问道，"柏哥，你不喜欢吗？"

柏西明骄傲地别开眼："我有女朋友。"接着他身体往后一歪，努努嘴唇示意云崝的方向。

十六立刻转过去："崝哥。"

云崝垂手逗猫，没看那画面："不喜欢。"

"为什么？"十六瞪眼，为新晋女神感到愤懑，"你眼光也太高了。"

云崝不说话。

柏西明侧身勾过十六的脖子，忍不住哈哈大笑："傻孩子！因为这是他前女友！"

在十六一连串怀疑人生的惊呼中，晏宁抬起眸眼看向屏幕，视线下移停在角落的字幕上。

原来云崝的那个前女友是白怀京啊，长得确实惊为天人。

正感叹着白怀京的美貌，晏宁猛地一个激灵。

等等——

那向娘娘又是谁？

抱着这个念头，后来的电影晏宁没太看进去，晚风悠悠，加上秋千的晃，她躺在秋千上迷迷糊糊地睡了一觉。

醒来时电影还在放，她身上盖了件外套，噎喽正躺在她臂弯里舒服地打呼噜。

天台上其他人已经不在，只有云崝还坐在她旁边的月亮椅上，正低头看手机。

晏宁揉揉眼睛坐起来，秋千摇了摇，发出"吱呀"的声响，云崝转过头。

看清他脸的那一刻，晏宁先是一愣，然后就笑了："你头上戴的什么？"

云峥说："狐狸耳朵，柏西明从音乐节拿回来的。"说着他伸手就要拿下来。

"别摘！"晏宁出声制止，又偏过头看了两眼才说，"你戴着还挺像尼克的。"

云峥"嗤"了声，话意不满："我不比那狐狸帅？"即便他嘴里这么说，手却听话地放到一边没再动。

"就是头发长了点。"晏宁转而问，"你多久没剪头发了？"

云峥想了下说："快两个月。"正好是他来德钦的时间。

"饿吗？"云峥边问，边将拖鞋摆到晏宁脚边，"柏西明跟十六他们在楼下煮夜宵。"

"煮了什么？"

"酒酿汤圆，想吃吗？"

晏宁甩了两下脚丫子："吃。"

她把噎喽举起来，云峥自然地接到怀里。他往前走两步，又回头叮嘱："穿外套。"

晏宁边套袖子边走："来啦！"

晏宁没走自己房间，跟云峥一起穿过的三楼。下楼时，她跟在云峥后头，总盯着他脑袋上的狐狸耳朵看，终于没忍住伸手捏了捏。感受到动静的云峥头也没回："怎么了？"

晏宁用电影里的台词逗他："云青山，你被捕了！"

云峥配合："为什么？"

接着没了下文，看样子是台词没记全。

晏宁蹙眉："刚看的电影忘了？"

走过二楼拐角，云峥说："柏西明应该记得。"

晏宁小声嘟哝："我又不想逮捕他。"

说完，她对着云峥的后脑勺做了个鬼脸，然后看着脚下，漫不经心地越过一层台阶，两层台阶，接着是第三层……

前头的云峥忽然侧身回过头，晏宁抓住楼梯护栏往后退了半步才没撞上他，云峥比她矮几个台阶，却站得跟她一般高。

楼梯间静默无声，两人的呼吸一同交缠，说不上是谁的更热，鼻息间萦绕的柠檬香气，勾着云峥的眼神从晏宁的嘴唇一路向上。

视线对上，云婧使坏地往前一凑问："那你为什么想逮捕我？"

晏宁看着离自己格外近的俊脸，抓在护栏上的手越收越紧，她嘴唇翕动却什么都说不出来，只能轻轻咽了下口水。

过了几秒，云婧直起身，眼里的笑意还没落："明天还有音乐节，还想去吗？"

"想！"晏宁点头，笑意点亮了眉眼。

可冷不丁地，她又指指云婧的脑袋："那你明天能继续戴着它吗？"

云婧问："为什么？"

晏宁说："因为可爱。"

云婧："我一大老爷们要什么可爱？"

晏宁眼尾低垂，带着乞求的语气："但是我喜欢。"

云婧声调慵懒："好吧，你是老大。"

晏宁恍悟："你明明都知道！"

云婧留给她一个背影，语气是自己都察觉不到的宠溺："愚蠢的兔子。"

晏宁追上去："狡猾的狐狸！"

几人吃完夜宵，晏宁让十六给柏西明开了间房，打着哈欠上楼准备睡觉，噎喽踩着优雅的步伐神色傲娇地跟在她脚边。

云婧站在通往三楼的楼梯口，看着一人一猫的背影，到底叫住："晏老板。"

晏宁转过来询问："怎么？"

走廊尽头的地方，云婧长腿交叠斜倚在墙边："明天别忘了。"

晏宁答："记着呢。"

噎喽踱步在她脚边绕了两圈，然后停下来，黑漆漆的大眼睛盯着云婧。

停了停，云婧又温声对她道："穿厚点儿，戴顶帽子，出门的时候感冒药别忘了吃。"

晏宁听话地点头："好。"

刚要转身时，云婧忽地又开口："晚上睡觉关好门窗。"

这话活生生将晏宁的脚步定在原地，突兀的关心让她不明就里地"嗯"了声。

"你……"云婧的眼神晦暗不明，欲言又止但还是说，"穿双舒服点儿的鞋。"

一而再再而三，他像是不愿意让她走。晏宁终于疑惑地问："云青山，你是不是睡不着？"

云崝噎住。

他无奈地叹息："睡觉去吧。"

晏宁二话没说带着噎喽往前走，怎么想怎么觉得，今晚的云崝有些……磨叽。

望着一人一猫彻底拐进昏暗处，云崝依旧站在原地没动。他不知想到了什么，唇边漾起一个柔和的笑。灯光在他鼻尖停驻，随着他低头的动作缓缓下落。

下一秒，晏宁从墙壁那头探出脑袋，眼里一片清明，刚才的倦意丝毫不见。

她出现得像个精灵，把云崝平息的波澜再次搅乱。

晏宁问："还有吗？"

夜沉灯明，云崝的眼神是暗的，在最深处，是暖的。

他歪着脑袋似笑非笑："明天告诉你。"

这话有深意，坐实了晏宁心里的想法，敢想的不敢想的在脑子过了圈。也是直觉使然，让晏宁肯定，云崝一次又一次地说着不合时宜的话，不单纯是因为关心。

是因为什么，她似有预感，那种隐匿着淡淡悸动的预感，来势却格外汹涌，汹涌到让她光是一想，一切就快要不受她控制了。

理智翻覆以前，晏宁深吸一口气，接着没来由地笑出来。

云崝眉宇微拧："笑什么？"

"云青山。"晏宁叫他。

云崝抬眸"嗯"了声。

晏宁说："明天见。"

云崝回答她："睡个好觉。"

晏宁笑："晚安。"

期待给人勇气，让人有勇气期待。

第二天，上海，暴雨如注。

虹桥机场停车场车水马龙，空气里都是引擎轰鸣和人声鼎沸，引导员站在路口为私家车和网约车指引方向，一切有条不紊，又无不都是冰冷的气息。

长相俊逸的男人脚步迅速，穿过喧闹的人群和车辆，径直走向停车场最角落，拉开黑色库里南的后车门，长腿一迈坐进去。

后座上坐着另一个男人，他薄唇微抿，面容冷峻凝聚与生俱来的压迫感，眼底是久经商场的矜贵孤傲。

见云峥两手空空，云既白出声："没带行李？"

云峥靠在座位上，闭眼休息："走得急，没拿。"

"小叔子好久不见。"坐在副驾驶上的人忽然回头，朝云峥招了招手。

云峥睁开眼，很礼貌："好久不见，姜姜。"

云既白蹙眉："叫嫂子。"

云峥把冲锋衣帽子往脑袋上一扣，继续闭眼睡觉。姜也和云既白对视一眼后耸了下肩膀，姜也笑了下："孩子太累了。"

云既白轻轻"嗯"了声没再管，对着前头的人道："张叔，开车。"

车辆启动，慢慢向前行进。

待车速平稳后，云峥问："爸怎么样了？"

云既白沉声："人还在 ICU 里。"

云峥担心："这么严重？"

云既白接着道："听家里的电话说，病情突然而且比想的要复杂，可能要动个手术。"

同云峥一样，云既白和姜也深夜接到云父病重的急电，赶忙订了最近的机票回来，几人同时在虹桥落地，由家里安排的车统一接到医院。

云晋洲的身体向来很好，也没有什么慢性病史，这种病来如山倒的架势像一道巨浪，把云峥心里的不安高高推起悬在半空，一浪高过一浪的骇人。

开了半小时后，道路两边的车辆明显减少。姜也察觉到异常，说："张叔，这不是去医院的方向。"

张叔表情不变："夫人刚来电话，让我们先回趟家。"

姜也回过头看一眼云既白，云既白朝姜也点点头，姜也便没再说什么。

华洲君庭，绿荫环绕，庄园金碧辉映，奢贵难挡。

雨停，车辆在其中一幢别墅前停下。

云峥刚推开门，席文珺缓步从里头走出来，云峥叫了声："妈。"

云既白和姜也同声："珺姨。"

云既白和云崝是同父异母的兄弟,多年来,云晋洲和席文珺也不曾强迫他改口。

席文珺身披紫色高定披肩,妆容简约实则大气,举手投足都是优雅,面上完全没有为丈夫重病的忧心。她眸眼微垂在几人身上扫了一道,席文珺朝云崝伸手,不容置喙的语气:"手机给我。"

云崝:"干什么?"

席文珺淡淡:"打个电话。"

云崝照做。猝不及防地,席文珺拉着他的胳膊一拉一扯再一推,将人甩进屋里。没等云崝反应,席文珺将他的手机扔给门外的姜也:"行了,你们走吧。"

"咚"的一声震响,门被大力关上。

姜也的发尾被门风扬得老高。

云既白了然于心地笑笑。

屋内,云崝站在客厅中央,不明所以地看向席文珺,还是不放心地问:"我爸呢?"

"跟朋友冲浪。"席文珺拢好披肩,坐到他对面的沙发上。

云崝想起昨夜电话里席文珺泫然欲泣的声音,他连夜飙车到丽江,又一夜无眠赶最早的飞机回来,紧绷的情绪骤然坍塌堵在胸口。云崝咬牙:"在ICU冲浪?"

席女士微笑:"如果ICU允许的话。"

知道自己被骗,云崝转过身往外走,脚步带风毫不犹豫,人还没走到门口,从屋里的角落蹿出来几个彪形大汉,结结实实地堵在前头。

身后的席文珺眉眼镇定,慢悠悠道:"要是你还想回去见那个小姑娘,就给我坐下。"

云崝语气一凛:"您监视我?"

"你妈我忙得很,没工夫棒打鸳鸯。"席文珺冷哼,她从沙发角落捻了一张纸丢到桌上,"但你要想还有命娶媳妇儿,就老实点儿。"

隔着几米的距离,云崝看见"诊断书"三个字。

一切昭然若揭。

云崝落座,坐姿散漫,说话没有情绪:"手机还给我。"

席文珺长腿优雅交叠,挺直腰身道:"等路医生说可以的时候,我自然会放你走。"

云崭淡淡地问："柏西明说的？"

席文珺又笑，竟带着点轻蔑："我想知道什么不能？"

沉默了几秒，云崭坐直身体看向席文珺，语气和眼神都直勾勾的："您不能因为他接受过咱们家的资助，就随意差使他。他在云氏就职是因为能力出众，但不代表他要完全听从云氏或者听从您的职责之外的安排。"

席文珺端茶的手一顿，而后笑了："我托关系了解自己儿子的近况，有问题？"

想说的话已经说完，云崭点到为止。

末了，云崭抬眼："您怎么不说自己病了呢？"

席文珺背脊往沙发上靠了靠："我想过，感觉不太吉利。"

直接得毫无道德感可言。

别墅外，黑色宾利从门前驶过，车轮溅起满地的水花。

车辆开出十多米远，姜也才回头，问开车的云既白："我们要去医院吗？"

云既白握了下她的手："我爸没病。"

结合刚才的情况和云既白现在的态度，姜也惊呼："你早就知道？"

云既白"嗯"了声。

"那你还……"

"小崭病了。"

这是姜也所没想到的情况，有些关心："他怎么了？"

云既白："珺姨去他家收拾东西的时候，发现了厌食症的诊断书。"

"厌食症"这三个字落得有些重，让姜也怔了下："那珺姨把他叫回来是……治病？"

"对。"云既白点头，"珺姨前几天让我给她推荐个这方面的专家，我以为怎么还要过段时间，但没想到珺姨这么着急。"

姜也叹气。严格来说，她以前的工作跟云崭的职业圈有所交集，前段时间的网络舆论多少有所耳闻，心里有些拿不准云崭的病会不会跟这有关系，便问了云既白。

"这些完全没有听他提过。"云既白说，"等需要我出手帮忙，他会说的。"

云家人的行事风格一贯如此，有话直说，不说的时候便是还不在意。

"哦，对了。"姜也想起什么，举了举云崝的手机，"这个怎么办？"

正说着，手机铃声一响，而随之车辆过减速带的颠簸，姜也没拿稳手机慌乱中摁下接听键。忐忑间，她将手机拿到耳边，轻轻的一声："您好。"

那头无声，又似是确认了许久……

接着，电话被挂断。

直觉是一种说不清道不明的东西，它能把本无逻辑的迹象串成一种超脱现实的存在，便譬如现在，姜也捏着手机的骨节微微发紧。

好半天，她惆怅道："我怕是这辈子都听不见他叫我嫂子了。"

开车的云既白听见这句，胸腔完全被姜也的可爱占据，低低地笑出了声。

电话那头。

云南德钦，晴空万里，风很大。

天台上，晏宁盘起双腿坐在秋千上，她裹着厚实的毯子，嘴里叼一根温度计，正翻看和云崝为数不多的微信聊天记录。

最近的几条是云崝发的。

2∶47——

云青山：我要回趟上海。

云青山：明天不能陪你去音乐节了，不好意思。

4∶13——

云青山：是家里的事，别多想。

最后两条时间接近中午十二点。

云青山：刚落地。

云青山：醒了吗？

因为前夜吹风晏宁再度低烧，她醒过来看见消息时，距离发出时间已经过去一个多小时，她本想给云崝回条问候的消息，却又怕打扰。

大抵是关心作祟，也源于强烈的不安，晏宁在混沌中拨了那通电话。

这股子混沌，延续到挂断电话的那一秒。

她右肘抵在膝盖上，托着腮定定望着前方，满脑子都是那个又柔又清的女声，感觉自己回到了当初接到李知妍电话的那个瞬间。

李知妍给她打电话时，语气礼貌得不露锋芒。晏宁心底疑惑便多问了几句，最后也是这几句话，给了李知妍过来闹的机会。

晏宁抿了抿唇，抓了抓长发主动打断纷飞的思绪。

几分钟后，小桃"噔噔噔"地跑上来找她。

小桃走过来拿走晏宁嘴里的温度计，然后又摸摸晏宁的脑门，表情松了大半："还好，温度降下去了。"

晏宁吸了吸鼻子，没搭话。

小桃看着她问："宁姐姐，你怎么了？"

"没事。"晏宁撑着脑袋轻摇下头，"那间房，待会儿换套新的床单被套。"

小桃不用细问也知道她说的哪间，干脆应下："行，我等会儿跟十六说。"

晏宁："嗯。"

小桃走后，晏宁独自瘫倒在秋千上，不管风吹得有多冷，有多大，吹得发丝刮在脸上痒痒的，吹得她眼睫止不住地轻颤。

刚从一个坑里爬出来，毫无戒备，她又摔进另一个坑。

疼倒是不疼，主要是觉着这事儿着实憋屈。

晏宁扯着毯子往上拉，盖住嘴巴、鼻子、眼睛，最后罩住整颗脑袋，世界陷入一片密不透光的黑暗，她躲在这室闷里吐出一口长气。

早知道，她就该把那个挖坑的人一脚踹下去。

德钦，有间民宿。

店里的人明显发现老板这几天的心情不太好，最直观的反应便是，她最近不仅做饭做得勤了，甚至店里很多事情都是亲力亲为，小桃就只有照顾噎喽的份儿。

最先发现的是十六，他眼神跟在跑里跑外的晏宁身上。看她抱着一大筐洗净的床单被套过来，十六赶忙走过去接住："我去换上。"

"嗯。"晏宁松松手腕。

十六走两步转头："顶楼那间也换？"

晏宁："也换。"

十六有些不满："这也没住啊。"

晏宁抬眉："人家没交钱？"

"交了。"十六重重地说，"走的时候连着交了十天的，而且房间里那些'狗头大炮'还没带走呢，摆得到处乱七八糟的。"

晏宁："那不结了。"

"行。"十六一步一步地往上爬,心里还在嘀咕,十天的房费明天就到期了,也不知道住里头的人还回不回来。

晏宁在柜台边坐了会儿,这时门外传来一阵三轮车的声音,接着一声喊:"十六!"

晏宁走出去,看见来人笑了笑:"郭叔早啊。"

"不早啦。"郭叔看清人后,从车上翻下来搬车斗里的东西,"今天有点事儿耽误了。"

"没事。"晏宁接过他手里的筐子,新摘的蔬菜还凝着水珠。

装着黄瓜、茄子的筐又实又重,晏宁接过来时往下一坠,险些将她整个人拉倒在地,却又骤然被一道力量从半空中托住,男性紧实有力的臂膀紧紧抓住筐子另一边。

晏宁抬起头,邓其锴也正看着她,对她说:"你放手,我来。"

松开手拉开距离,晏宁站直身体看着忙里忙外的邓其锴,问:"你怎么来了?"

邓其锴说话时带着搬东西的劲儿:"唐妈妈让我过来给你送杨梅。"

"哦。"晏宁转头,看见地上盛满杨梅的篮子,说了声谢谢。

邓其锴从屋子里走出来,露出一个腼腆的笑容:"上次你不是说没有喜欢的电影吗,今天有新上的片子,想问问你感不感兴趣。"

晏宁摇摇头:"我不喜欢看电影。"

邓其锴遗憾地"啊"了声。

郭叔在旁边听得发笑:"小伙子也想追晏老板啊?"

邓其锴扬声:"也?"

"想追晏老板的人多的嘞。"郭叔笑得爽朗,他转向三轮车车斗,然后几乎大半个身体都弯进车斗,借着微弱的视力在筐子里翻来覆去,好半天揪出一个兜子,两个圆滚滚的东西紧紧挤在兜子里。

"喏。"郭叔把东西递给晏宁,"之前那帅哥让我给你找的椰子。"

晏宁语气试探而不确定:"哪个……帅哥?"

郭叔爬上三轮车:"就上次在医院里照顾你的那个,我去医院拿药正巧碰上。我还没认出来呢,人家竟然还记得我,问我附近能不能买到新鲜椰子。你也知道我们这儿水果多,但是椰子真少见啊,那帅哥就拜托我看见了就给你送过来,也不知道是不是怕我不记得,还给了我许多钱,我不要他又硬塞给我说知道这事儿难为人。"

最后，郭叔问："哎，怎么今天没见那帅哥啊？"

晏宁左手提着两个椰子，手里沉甸甸的，心里的重量跟着压下去。她抬起头，对郭叔笑笑，声色如常平定："来旅游的，假期结束回去了。"

"哦……嘻，我还以为……"郭叔尴尬地挠挠发顶，跟晏宁告过别便骑着三轮车走了。

晏宁拎着椰子往屋里走，邓其锴正站在柜台边看她。

"晏……宁宁。"邓其锴犹豫了下才开口，"你下午有空吗？"

晏宁一笑，把手里的椰子举起来答非所问："喝椰汁吗？我请你。"

邓其锴摇头："我不用。"

晏宁绕过他走进柜台，站到他对面，语气还是稳的："抱歉，我真的不想去看电影，我对这些……实在没有兴趣。"

"没关系。"邓其锴也看得开，他很坦荡，"那能不能加个微信？"

晏宁想索性一次性跟他把话说清楚。

她刚开口就被邓其锴抬手打断："我知道你真正没兴趣的是我，但今天唐妈妈给我的任务是跟你建交，加了微信之后我不会多打扰你的，你就当帮我圆个戏。"

这次晏宁没拒绝。

手机解锁，映入眼帘的是只有几条白色气泡的对话框，她心跳猛地一紧，手指不可见地往回一缩，停在了原地。

从那天那通电话后，云峥便再也没过消息。

退出对话框，晏宁找到微信二维码放到桌上，邓其锴扫描后发送好友申请，晏宁低着头给他通过。

加完微信，邓其锴又问："还咳嗽吗？"

晏宁垂首整理柜台里的东西，充电线、纸巾和笔胡乱地堆了一通，她该收的收该放的放，把先前打乱的一切井然有序地摆好，并回答说没有。

邓其锴指向柜台："这几天有点凉，这个你还是等等再喝。"

晏宁顺着他的手指看过去，她胸口一闷。

仿佛有根珍珠项链从手里滑落，断线散落满地，是想接也接不上了。

"对不起。"晏宁拿了手机快步走向楼上，十六身体往墙上一贴给她让路。

十六看向呆愣在原地的邓其锴，扯着脸皮笑了笑。

晏宁坐在小马扎上，直到呼吸慢慢从急促变得轻松，她手指摁在太阳穴上，盯着那截对话末尾的细白长条。

那是几天前半夜她发出去又撤回的消息。

晏宁想，也许他没看见，也许他看见了又假装没看见。

山间空蒙蒙，气压很低，云朵一片又一片地浮在峦嶂边，苍青和湛蓝间拉出一条隔离带，落下巨大的阴影又延绵向远方，静默得像是要把人的心魂吞噬。

就这么看了进去。

晏宁低着头，肩膀微微在发颤，她咬紧牙关不让自己出声。

然后她倏地仰起头，眼里是被水洗过的明澈干净。

她望向真正属于她的这片青山。

上海陆家嘴，灯火阑珊。

顶级餐厅里冷冷清清，临窗位置视野开阔，能够包揽整座城市的繁华。

两人相对而坐，死寂沉闷。

席文珺包下了整家餐厅作为云崝心理治疗的场所。

铺张、夸张，确实是席女士的行事风格。

路廷头疼地看着眼前的年轻人，徒生束手无措的无力感，再看看年轻人身后紧闭着的餐厅大门，一想到门后那几个人高马大的保镖，深深地叹了口气。

十二天，他每天晚上陪着这少爷一动不动地坐在这里，整整十二天。

当席文珺知道云崝的厌食症可能跟心理因素有关时，她花重金聘请这方面的专家为云崝做心理辅导，路廷便是这专家。

说病人不配合吧，云崝倒是定时定点地过来接受治疗。

说配合吧，无论路廷说什么，云崝都是一言不发。

在心理学上来说，这是一种无声的反抗。

路廷看向对面的云崝，他神情漠然地看向窗外，像一尊立体而艺术的神祇，没有感情地俯瞰这座同样冰冷的城市。

又过了十几分钟，路廷颔首："我去个洗手间。"

云崝轻轻"嗯"了声。

走时路廷带走了手机，这是席文珺特别要求的，在云崝治疗期间杜绝与外界联系。路廷认真建议说这样不利于云崝的康复，可席文珺只是冷冷一笑："你以为他拿了手机还能安分地接受治疗？"

路廷走后，更静了几分。

气泡水里竖着小半片的薄荷，云靖塞进嘴里嚼几下，味道生涩，他舌尖一卷咽下去。

空气又往下沉静。

夜晚雾气深重，视野并不清晰，即便云靖坐在高楼窗边，能看清的东西也不算多，穿过层层阻碍隐约能分辨游船的灯火，沿着江流不停穿梭。

忽明忽暗，来来往往。

路廷回来后，听见了云靖主动说的第一句话。

云靖问他："有烟吗？"

路廷从口袋里掏出一包香烟递给过去。这里本来禁烟，但被席文珺包了场，无人能管。

点烟前，云靖又问："介意吗？"

路廷做了个"你随意"的手势。

青雾四逸，飘起一片似明非暗的浮白，路廷看不清云靖此刻的表情，只能听见他的声音从对面传过来，"你会做饭吗？"

路廷微微起身："你饿了？"

云靖笑了声，香烟在手里继续燃："我妈会。"

这回路廷没再接，他额头微侧，等下面的话。

云靖换了个坐姿，右边胳膊斜撑着椅背，拿烟的手垂着，他眼睑半低，还看着外头："但她只给我做过两顿饭。"

言语间，转向另一种遗憾却不悲哀的气氛。

云靖："一次是我一个月没好好吃饭，她给我做了一桌的菜，但那个时候我肠胃受损根本不能进食，吃了就吐，把她吓坏了。第二次是我出国上学的前一晚，她从艺术展的庆功宴回来，醉醺醺地给我做了一碗面。"

说完，他掸掸烟灰，烟在指尖燃。

路廷问："你是想说，你母亲认为你的病跟这些经历有关？"

"有没有关系需要你自己判断。"云靖回得干脆。

路廷稳重如墨到底也扬了下眉，满脸都是"你不跟我说话我也不能无中生有"的无奈表情。

"你确实是个很好的心理医生。"云靖夹烟的手抬起，用中指挠了挠眉尾，然后他放下，表情冷淡，认真地对路廷说，"但我的病，不是你治好的。"

  餐厅门口,十几个黑色西装的保镖分站两边,气势威严。
  席文珺坐在大厅的沙发上,正闲着心思翻阅一本时尚杂志。不出两秒,她轻叹一口气将杂志放下,有些疲倦地揉了揉眉心。
  云崝在里头坐了十二天,席文珺就陪了十二天。
  几乎是亲力亲为。
  "叮"一声轻微,尽头的电梯打开。
  这声轻微彻底抚开席文珺的不悦,她抬起眼,在看清来人后,情绪稍减,朝身边候着的服务生递了个眼神,服务生会意转身离开。
  云既白走过来,规矩地站着:"珺姨。"
  席文珺说坐,云既白才坐下。席文珺问:"你怎么来了?"
  "正巧在附近谈生意,过来看看。"云既白解释。他看向席文珺身后的保镖们,深知这是席文珺所为,不好多说。
  云既白问:"怎么样了?"
  "不说话。"席文珺说得轻,有些不耐,又心疼,"也不知道在跟谁倔。"
  外头的气氛不比里头好到哪儿去。
  云既白拿了东西给席文珺:"这个,您可能需要了解下。"
  "这是什么?"席文珺只看了开头,问云既白。
  云既白说:"小崝之前有过女朋友,叫白怀京。"
  席文珺:"什么时候?"
  她面色微凝看向白纸黑字,一阵挫败感朝她浇下,云崝从未向她提起这些事情。
  "在一起不到半年,几个月前分的手。"云既白的视线落在那沓纸页上,"这些都是小崝分手后遭受到的网络攻击,我让人查过,攻击他的账号隶属同一家媒体公司,而这家媒体公司跟白怀京的经纪公司有长期合作关系。"
  翻动纸张的动作越来越大,声响急切,席文珺的脾气也起来了。
  她扔了东西,大理石桌面上散落七零八落的白色。席文珺以一种审问的口吻问云既白:"是白怀京干的?"
  云既白说:"目前只是怀疑。"
  席文珺眯起眼:"分手费没给够?"

云既白:"不是。"

席文珺:"那小子出轨?"

云既白:"白怀京是分手之后才知道云峥是云家的人。"

"云家……"席文珺说到一半意识到什么。她站起身来走到窗边,人居高位的时候惯用一种倨傲的姿态俯视下方,席文珺生来高贵,这些伎俩不登台面她从不放在眼里,但是这回涉及云峥。

平复之后,席文珺背对着云既白,轻声问道:"是因为这些导致了他的病?"

云既白说:"不是。"

席文珺立在原地,背影有几分落寞,又靠着女性独有的坚韧撑起来。

云既白说:"白怀京之前为了热度,曾安排工作人员偷拍她给流浪猫喂牛奶的照片,但其实白怀京私下里对流浪猫的态度反差很大。"说到这儿,云既白没有继续,窗外高楼林立,穿破乌黑的云层。

席文珺还稳着:"接着说。"

云既白语气沉缓,说得十分隐晦:"最后那只流浪猫的尸体,是小峥埋的。"

好半天,席文珺终于转过来,嗓音艰涩:"既白,小峥的病是不是跟我有关?"

席文珺眉眼凝重,风度到底还在,她深吸一口气后又站了许久,才走回沙发边坐下,点了一根万宝路女士烟,想想又没吸,就放在烟灰缸上摆着。

笔直的细烟飘飘欲摇,摇到半空被昏暗淹没。

云既白安慰地笑笑:"珺姨,那件事小峥从来没有怪过您。"

席文珺斜眼,不太信:"你怎么知道?"

云既白试图用一种轻松的口吻讲述降低席文珺的心理负担,他说:"小峥高中的时候被叫过一次家长,您和爸爸在国外度假,是我去的。"

席文珺疑惑:"有这回事儿?"

云峥在国内高中只念了半年不到,席文珺甚至不清楚他具体念的哪所学校。

云既白:"高中同桌打碎了他的杯子,他跟人家打了一架。"

席文珺眼神睥睨:"打赢了吗?"

"赢了。"云既白笑,话锋一转,"但也写了检讨。"

在席文珺犀利而探究的眼光中,云既白说:"那位同学打碎的是您送给小峥的陶瓷杯。"

确切来说并不是送,而是云峥在某个平常的放学黄昏时,看见席文珺将陶瓷杯扔到桌角,随口找她要来的。

席文珺长指撑着脑袋,疲累地闭了闭眼,声音轻而长:"那天是不是小峥生日?"

云既白"嗯"了声。

席文珺略显颓丧:"我给他准备的礼物他不喜欢?"

云既白将热茶往席文珺的方向推了推,才说:"杯子是您亲手做的。"

闻言,席文珺一阵错愕。

那杯子是新烧制的,是席文珺并不满意的瑕疵品,儿子想要,给就给了,只是席文珺没有想到,云峥会因为这个跟人打架。

六岁以前,和云既白之前的路一样,云峥完全接受精英教育,只有六岁的孩子气质谈吐已经超乎同龄人,而直到六岁之后,除了云峥的身体,席文珺不再对他过多管束,越长大云峥越有自己的想法,只要不违法犯纪,不管云峥干什么混事儿,席文珺都睁一只眼闭一只眼。

这么多年,左不过是他因为年龄原因不愿意叫姜也"嫂子",席文珺里里外外提点过几句。

静默之后,空旷大厅里,席文珺低慢的声音缓缓响起。

"我在生下小峥之后事业进入巅峰期,那时候的作品屡次获得国内外的艺术大奖,所以你爸爸说这孩子是天降福星,是我的福星,我把我能给的东西能提供的资源全都给到他……"席文珺轻哼了声,气息不稳,"我给他请最好的保姆照顾他,但是我没想到会给他带来这么大的伤害。"

"珺姨。"云既白神色柔和,"是那个保姆的问题,跟您没关系。"

席文珺绕不开:"保姆是我找的啊。"

楼外云月变换,伴着"呼呼"的风声,将多年前的往事吹过来,不留情面地往人鲜血淋淋的伤口上刮。

云峥六岁时,席文珺因为事业繁忙,隔三岔五才能回趟家。为了更好地照顾云峥的生活起居,她聘请了高学历的居家保姆。刚开始两个月丝毫未见异常,小云峥同对方也极为亲近,直到席文珺有段时间一直没回家,再听到云峥的消息,是从云既白的电话里。

那保姆有严重虐童倾向,将近一个月的时间,只给小云峥喝牛奶,小云峥饿晕了她就喂他葡萄糖,一旦他反抗不喝,她对他轻则辱骂重则殴打。

而每当小云崝在电话里想要跟席文珺说什么，保姆便站在他身边，用阴森冷寒的笑威胁他闭嘴。

席文珺倍感无力，看向云既白："结果我连他真正想要什么都不知道。"

云既白否认："您知道。"

过去的云崝需要的是席文珺的陪伴，席文珺放任他自由生长，偶尔予以拨正；现在的云崝需要的是自由，席文珺又将他紧紧抓在手边。

如今她之所以会看重这场病，实际上更多的是在害怕自己对云崝的亏欠，那亏欠是一把利刃插在席文珺的胸口，是她一呼吸就不能忽视的存在。

席文珺还打算说什么，餐厅的门被人从里面推开，接着又被关上。

两人一起站起身看向走出来的路廷。

路廷的话意味深长："您放他回去吧。"

餐厅内，只剩云崝一人。

零落的烟头长短不一，烟灰缸里的灰烬一层铺一层，影影绰绰的迷雾卷在周围，连同模糊了外面的世界，水汽凝成水珠随着重力往下坠落，留下一道道水痕。

夜晚潮湿，空气寂静。

静到云崝可以听到玻璃窗外的风声，这风声遥远，分不清来自何方，可无故地，云崝从这风里隐约听见了辽阔的山峦，听见皑皑的雪山，听见漫天的星空。

听见有个人，一遍又一遍地叫他，云青山。

云崝一根烟接一根烟地抽。

抽到第七根烟时，他将烟头摁灭在烟灰缸。

云崝定了定心。

得戒烟。

云崝推开餐厅的门，门口把守的保镖已经不见了。

只有席女士一人坐在沙发上，大理石桌面上放着他的手机，手机底下压了一张机票。

席文珺说："十点半到昆明的飞机，现在过去还来得及。我在那边安排了人，出了机场会有人送你回德钦。"

云崝刚要说话，席文珺很快打断："不是柏西明。"

话一说完，两人无声。

云崝这才注意到，席文珺总是端庄优雅的眼睛此刻泛了圈红。

他试探："妈？"

"快滚吧。"席文珺把人往外赶。

到这会儿还要面子。

飞机起飞前十分钟。

姜也的手机收到一条信息。

云崝：嫂子，怎么哄女孩子？

云南德钦，有间民宿。

吃过午饭后，邓其锴拎了一篮子芒果再次登门。

这会儿，小桃和十六正在给民宿做大扫除，晏宁带着噎喽在庭院里收拾杂草。

邓其锴站在屋中央喊："晏老板？"

晏宁掀开帘子从后院进来，看见是他，拍拍胳膊上的土说："怎么了？"

邓其锴把芒果放到桌上："唐妈妈让我来问你今天有没有空。"

"今天？"晏宁问。

邓其锴点头："我们之前联系了几个合适的、有意向领养孩子的家庭，手续已经办完了，孩子这几天会被带走，唐妈妈想让你今天过去跟他们再聚一下。"

说完，他蹲下身子，向噎喽伸出手。噎喽站在原地皱下鼻子，冷漠地别开脑袋钻到沙发底下去了。

福利院成立到今天，来来去去的志愿者不少，而从头到尾坚守的只有唐妈妈一人，院里的大小事项她忙前忙后，因为操劳过度，近几年她的身体越来越差。

唐妈妈曾不止一次地跟晏宁说过，唯一的心愿，便是在临终前看见所有孩子能有自己的归宿。

晏宁说："下次你直接给我打电话。"

邓其锴笑："你电话我没打通。"

"哦。"晏宁这才想起来，她笑了笑解释，"前两天被小崽子玩水里了，在米缸里浸着呢。"

邓其锴点头表示理解。

晏宁看了眼楼上道:"那你坐会儿,我去换身衣服。"

走到二楼楼梯口,撞上从顶楼跑下来的小桃。

小桃看见晏宁,三步并作两步跳到她跟前,气喘吁吁道:"宁姐姐,那房里的东西怎么办?"

十六从旁边的房间里探出脑袋:"快半个月没回来了,不住了吧。"

晏宁问:"什么东西?"

小桃:"衣服、镜头还有些奇怪的东西。"

晏宁往房间走,说:"拿个箱子装起来放后院仓库。"

十六是人精,跟小桃对视一眼:"找个结实点儿的,别摔坏了。"

小桃说:"哎!"

晏宁换了身衣服下楼,小桃和十六也收拾得七七八八,跟在后头一道下来,手里都搬着不少东西,邓其锴见状上前帮忙。

噎喽从沙发底下露出半截脑袋,鼻子灵敏地嗅了嗅,又退回去躲着。

邓其锴说:"小家伙挺讨厌我。"

晏宁说:"认生。"

大扫除收拾了不少东西出来,恰逢门口收废品大爷的吆喝声响彻整个山谷。

"收废品来喽!

"收飞机,收大炮!宇宙飞船我也要!

"直升机,潜水艇!发射完的火箭筒!

"战斗机,无人机!自己造的轰炸机!

"导弹氢弹原子弹,火车坦克巡洋舰!"

晏宁朝大爷招招手,大爷看过来。晏宁问:"这些要吗?"

人爷重重地点了下头,语气乐呵:"来了姑娘!"

东西乱而杂,几乎没有落脚的地方,晏宁抱着杂物箱绊了下,邓其锴伸手扶住,晏宁抬头说:"谢谢啊。"

两人靠得近,邓其锴温声:"小心点。"

邓其锴帮着晏宁整理脚边的乱七八糟,忙碌中大爷瞥见另一头的箱子,跟其他破烂物件放在一起,里头东西颠三倒四地摆着,旁边竖起一根支架,顶上那半截耷拉下来。大爷以为是什么报废钢架,他问晏宁:"这个卖吗?"

晏宁愣了下:"这个——"

话没说完，身后传来一道清朗又疲累的声音："晏老板。"

山风四起，晏宁花三秒时间确定不是自己误听，才敢站直身体回过头。

那人站在身后几米距离远的地方，穿着灰色连帽卫衣、浅蓝色直筒牛仔裤，浑身都是褶皱，像是一夜奔波。不仅如此，他满眼写着困怠，整张脸，甚至被风吹起来的头发都是不耐烦。可即便如此，他身形颀长，模样清隽，就那样漫不经心地立于山野的阳光里，让人移不开眼。

他先是扫了瞬邓其锴，然后直直地看向晏宁的眼睛。

云峥蹙着眉头，似不解："你缺钱吗？"

当前的架势，在云峥看来便是，晏宁把他那些器材悉数打包好，正要跟其他废品一起论斤论两地卖给那大爷。

而她身边忙前忙后的邓其锴，更让云峥心里堵了一道。

"缺啊。"晏宁跟他对视一眼，面不改色地回答，她转过身指着那堆东西，"这些……这些还有那边的都不要了。"

大爷当了真，随即佝偻着身体向箱子的方向迈过去，看见箱子里的东西，眼睛都泛光。

大几百万的摄影器材，云峥毫不关心，他走进民宿问十六："还有房吗？"

看见他，十六也吓一跳，说话都磕巴："顶……顶楼刚收拾完。"

云峥拿手机："续上。"

十六挠挠后脑勺："续多久？"

云峥掏出身份证："一个月。"

十六"啊"了声，他求助似的看向晏宁，晏宁没搭理他。

十六又转回来："一个月的话我能给你打个折，应该是……"

"不用。"云峥拒绝，他瞥了眼门外的晏宁，忽地笑了，"你老板缺钱呢。"

十六想笑但憋住了，按原价给云峥续上费。

等云峥上了楼，晏宁直直地站在门口看着大爷捣鼓器材。大爷不是没见过世面，他举起一个镜头问晏宁："姑娘，这是好东西啊。"

看大爷托着镜头的手，晏宁的心都在颤，她走过去接下来："这比我还金贵呢。"

大爷提起褶子笑了下："跟男朋友闹矛盾了吧？"

晏宁没想到大爷会这么问，正要解释，大爷倒一摆手不听了，收了其他杂物东西:"剩下这些给你算八十啊。"

云崝推开顶楼的房间,里头被打扫得干干净净,床品刚新换不久,而生活用品和衣服都消失不见了,宽敞得像刚来时的样子。

他站在房里活动了下僵硬的筋骨,给向昭打了个电话。

向昭通过柏西明知道这段时间的事,接到电话时还诧异,他打趣道:"兄弟,恭喜重获自由啊。"

云崝询问:"男团的拍摄能不能晚两天?"

向昭不一头雾水:"你不正好在上海?后天抽个半天就成。"

云崝告诉他:"我在云南。"

"我去!"向昭情急之下一个没兜住,他想了想忍不住问,"席女士舍得放你走?"

"嗯。"对此云崝没细说,"这边有点事儿要处理。"

虽说是提前定好的档期,但也不是完全固定。向昭迟疑几秒说:"行是行,但有个事儿你得知道。"

云崝走到露台上:"什么?"

向昭:"这个团走的是清新氧气路线,这次拍摄也想偏自然风格,我跟对方团队沟通过,他们想邀请个有灵气的女模特一起拍摄。"

云崝问:"有合适的吗?"

"说的就是这事儿。"

向昭发过来一张照片,云崝点开后微抿了下唇。这是之前钓鱼时他拍的照片,晏宁坐在椅子上收竿,背后是一片黎黎青草,水珠四溅定格在半空,她在绚光下笑得明媚又灿烂。

几百张照片只有这一张里有晏宁,难为向昭还能看见。

向昭继续说:"我找了一圈,圈里这些模特都缺点意思,还真就这个一眼最有那感觉,对方团队也相中这姑娘了说觉得行。你俩是不是认识?"

云崝"嗯"了声,岂止是认识,他就为这姑娘来的。

向昭说:"那你问问人家,来上海的费用工作室出了。"

听见这句话,云崝忽然笑了声。

向昭一愣:"好端端的,你笑什么?"

"没事。"云崝望着楼下。晏宁和邓其锴两人说说笑笑地坐进车里,不出半分钟,车辆启动后越开越远。

云崝的声音没了温度:"我问问。"

"那回头说。"

"好。"

云峥独自在楼上站了会儿。午后的太阳有些毒辣刺眼,披着浮光的云朵萦绕峰峦,风里都是泥土的味道,蝉鸣鸟啼缭绕进耳蜗里。

跟在昆明机场的感觉不同,云峥到达这里,感觉自己才是真正地降落。

山林塑造的氛围浪漫而奇妙,心绪游离不停徜徉,云峥左边裤腿忽然坠了几下,然后一股温暖的重量压到脚背上。

云峥低头,噎喽趴在他脚背上,它昂着脑袋,透亮的大眼睛像在确认。云峥蹲下朝噎喽笑了笑,噎喽往后一退身体避开,云峥大手一绕摸到它耳朵捏了捏,噎喽果然老实地窝进云峥的胳膊,懒洋洋地摇了摇尾巴。

云峥半蹲在地上揉揉它的圆下巴:"饿了?"

噎喽:"喵。"

云峥问:"你妈不管你啊?"

噎喽:"喵喵。"

云峥叹气:"她也不管我了。"

噎喽:"喵喵喵。"

云峥抱起噎喽掂了两下,"啧"一声:"你是不是又胖了?"

福利院内,晏宁跟唐妈妈坐在操场边的水泥地上聊天。

唐妈妈看着前头带着孩子踢球的邓其锴,越看心里越喜欢。她用胳膊肘顶了顶晏宁:"哎!跟其锴怎么样了?"

晏宁道:"昨天见的家长,明天领证,后天办婚礼。"

唐妈妈抬起手在晏宁胳膊上重重打了下,晏宁咧着嘴"嘶"了声。

唐妈妈有点生气:"你要这样到什么时候?"

"我才二十四岁呢。"晏宁笑着说,接着又正经,"等这几个孩子找到领养家庭再说。"

唐妈妈看着向那头闹得正疯的孩子,个个脸上红扑扑,挂着单纯的笑容,热烈得像是落在凡间的旭日,而反观唐妈妈的脸色不是很好看。她长叹一声气,然后摇摇头。

唐妈妈:"咱们这地方小还偏,稍微有点规模的基金会都不愿意过来考察,更别说领养了。这次几个孩子能被领养,靠的都是其锴找的关系,往后怕是更难了。"

她说的问题只是其一,另一个现实问题则是资金短缺。每个季度都会送来几个孩子,而被领养的少,这么一下来,留在福利院的孩子越来越多,福利院收到的资金固定不动,渐渐开始入不敷出。

晏宁知道其中难处,又不知如何是好。

正说着,有个六七岁的小女孩跑过来,钻到唐妈妈的怀里,黑葡萄似的眼睛望着她:"唐妈妈,我饿了。"

唐妈妈扬起笑脸,说:"宁宁姐姐给你们做了鲜花饼,唐妈妈给你拿好不好?"

小女孩甜甜地笑:"好。"

两人走远,晏宁胳膊往后撑了撑。操场上孩子的笑声活泼欢闹,晏宁闭起眼睛仰头享受这和煦而温柔的阳光。

没多久,身后响起脚步碾碎枯叶的声音,紧跟着,晏宁的脑袋上罩了片阴影。

她睁开眼睛,对上云崝笑得清浅的脸。

晏宁愣了愣,坐起来转过身,视线跟着这人直到他坐下,她讶异地问:"你怎么在这儿?"

云崝挨在她身边伸出腿敞直,从另一边拎出猫包。噎喽仰着头一瞬不瞬地盯着外面的世界,在看见晏宁时半张着嘴吐了吐舌头。

云崝神色不变,道:"小崽子饿了。"

晏宁说:"家里有猫粮,还有罐头。"

云崝咳了声,不自然道:"我喂它它不吃。"

晏宁看着噎喽的样子完全不像饿,也没拆穿云崝,沉默着不说话。

他还穿着那件卫衣,袖子撸上去一半,腕骨在阳光下白皙干净。两人的手臂贴在一起,晏宁往右边挪了挪,问他:"你怎么找到这儿的?"

云崝说:"问了十六。"

晏宁"哦"了声。

"这回我做了攻略。"云崝说,他挑起眉,"先坐大巴到镇上,在镇上坐出租车,然后转公交车到福利院门口下。"

晏宁问:"你的车呢?"

云崝深呼吸了下,掩饰不住的疲劳:"我昨晚两点到昆明,连夜开车回来的,太累开不动了。"确实是一夜没睡,但其实是跟司机两人轮流开,云崝故意没说。

到镇上的大巴还好,但公交车上多是挑着担子的大爷大妈,常常会把不大的空间挤得水泄不通,晏宁脑子里忽然出现云崝的身影,他提着猫包站在筐子和扁担中央,扶着车把手摇摇晃晃。

她兀自想着,轻轻勾了下唇。

继续无声。

院子里的流浪猫经过,看见猫包里卧着的噎喽,不知是歆羡或是挑衅,朝这头龇了会儿牙,见噎喽毫无反应,迈着步子离开。

在操场上奔跑的邓其锴向这边投过来一眼,脚步节奏不自觉地变慢,几个孩子从他身边跑过,一口一个"邓老师"喊得响亮。邓其锴收回视线重新加入队伍,一个利落的射门引得全场欢呼。

操场边的水洼里,两只羽毛艳丽的小动物你追我赶地戏水,钻进去浮上来,水面落下阳光,波光粼粼像铺了大片碎金。

云崝扬起手指:"那边水里游的是什么?"

晏宁顺着方向扫了眼:"你觉得呢?"

云崝真诚发问:"野鸭还是鸳鸯?"

晏宁声音不大:"野鸳鸯。"

云崝笑着挠挠眉毛,他清了清嗓子,看着前头道:"那天半夜我收到我爸病重的消息,赶最近的飞机回去,一到家就被我妈没收了手机,白天她寸步不离地守着我,晚上换保镖守,所以才没办法联系你。直到昨天晚上她可能突然想通了,愿意放我走。回来的路上我给你打电话发消息你都没理我,十六说你手机掉水里了。"

他每个字都说得很认真,也落在了每一处细节。晏宁不知道该怎么说此刻心里的感受,他在她心情最低谷的夜晚出现,又在她最期待的夜晚消失。

电影里,兔朱迪失去狐尼克时意志消沉,最后在那个桥洞下发自内心地道歉,真心地拥抱彼此。而生活不是童话,她现在只想做一只胆小的兔子,躲在自己的小镇里谁也不见。

晏宁仍旧没有说话,她站起身提着噎喽打算走,却被云崝握住手腕,他的手掌往下滑一寸,温热的大掌将她整只小手紧紧包裹。

云崝仰着头,拉着她的手晃了晃,在哄:"不生气了好不好?"

"我没生气。"晏宁的表情看不出什么。

云崝下巴微侧:"那水里游的是什么?"

晏宁:"西藏野驴。"

云崝哑然。

行吧。

气氛正僵持,有个孩子拖着脚步从前头走过,神色十分落寞。

晏宁抽出自己的手,叫他:"小森。"

小森慢慢转过头,看见晏宁时还哽咽了下,脸上挂着灰黑的细条长痕,看起来是刚哭过。晏宁嗓音柔柔的:"怎么了?谁欺负你了?"

小森立在原地抠自己的手指,低着头不愿意说话。

晏宁走过去把他拽到旁边,又问了一遍:"告诉姐姐,你怎么了?"

她轻柔的语气像是一道暖和的春流,融化了小森心里的倔强,他抽噎着断断续续道:"宁宁姐姐,我……我过几天就要被接走了,但是我害怕他们……他们不喜欢我。"

晏宁拉着他坐到自己和云崝中间,摸了摸他的脑袋说:"为什么害怕?"

小森说:"我怕我去了新家之后,什么都不会。"

"你需要会什么?"晏宁搂着他的肩膀,"唐妈妈帮你们找领养家庭的时候,跟每一个新妈妈都聊了很久,唐妈妈一定要放心了才会把你们交给她。"

晏宁:"记不记得唐妈妈经常说的话?"她表情很柔软,软绵绵地安抚他,"虽然你们不是从她肚子里长大的,但都是在她心里长大的天使,新妈妈最喜欢天使了。"

晏宁在小森的脸上掐了下,小森放松不少,但还隐隐不安。

许久没说话的云崝身体往前倾,两只胳膊撑着,双手松散地垂在两腿中间,他看向前方忽然出声:"真不习惯,就自己跟自己说话。"

小森不理解:"自己跟自己说话?"

"嗯。"云崝回过头,嘴角噙着笑。

小森问:"哥哥也有一个人的时候吗?"

云崝轻笑一声:"哥哥要去外边上学的时候跟你现在一样紧张。"

小森揩了把眼泪,脸上好几道印子,他问:"哥哥也怕同学们不喜欢你吗?"

云崝摇头,很正经道:"我怕他们太喜欢我。"

晏宁立刻不满地"啧"了声,云崝立马改口:"人到新环境都会紧张,你以后会遇到不同的人、不同的事,因为这是你长大的路。"云崝拍拍他的背，换了个说法，"这么说，假如你现在要出海，你会遇到风浪遇见大雨，会波澜不定，当然也会有风和日丽的时候，但是不管海上天气如何，船帆永远都在你手里，只要有它，你就能穿过大洋海峡，去到你想去的地方，你也永远都是勇敢的小男子汉。谁会不喜欢勇敢的小男子汉呢？"

云峥说话的语气缓慢而有力，晏宁静静看着两人，夕阳下他的侧脸很温柔。云峥说了一大段话，在为一个迷茫的孩子织就远航的船帆，而小森抬起头听得很认真，眼里不再有开始的担忧，逐渐亮起单纯炽热的光芒。

一道阳光打在三人身上，地面斜下三道轮廓不同的影子，画面和谐而煦暖。

云峥说："再说了，这么帅气的小男子汉，他们不会不喜欢的。"

被夸奖的小森瞬间红了脸，支支吾吾："我……帅吗？"

云峥欠飕飕的："比哥哥差点儿。"

那傲娇的表情逗得小森咯咯直笑。

到饭点，邓其锴先带着孩子们排队打饭，小森半跑半跳地跟到队尾。

晏宁站起来说："走吧，吃饭去。"

云峥半仰着头看她："我以为你不让我吃饭呢。"

"我有这么小气？"晏宁笑了下，她低头看一眼又说，"你现在还是民宿的客人，要是饿坏了，我岂不更麻烦？"

"行。"云峥撑着膝盖站起来，点头，"不给晏老板找事儿。"

吃饭前，晏宁简单介绍了云峥的身份。唐妈妈和邓其锴只当云峥是民宿的客人，来这边拍摄采光，唐妈妈表现得十分热情，不多会儿，云峥的碗里堆起一座小山。

碍于在外头，云峥逼着自己比平时多吃了点儿。

吃到一半，唐妈妈接了个电话，回来后神情很凝重。她夹起一筷子西红柿炒鸡蛋准备放到嘴里，却皱了皱眉放下筷子。

见她这般心神不宁，晏宁也吃不下，问："怎么了？"

唐妈妈说："半个月前，有家企业要给这边的福利院捐赠一批物资，我上报了咱们福利院的情况，刚刚那边来电话说没给通过。"

说完，唐妈妈的脸色更重了几分，她接着道："现如今愿意来领养孩子的家庭越来越少，真不知道这福利院还能撑多久啊。"

另外几人一时无言，好半天没有说话。

两个孩子跑过来找唐妈妈添菜，唐妈妈立刻敛起情绪，换上亲切的笑脸跟孩子们说话。晏宁坐在唐妈妈对面，她看向唐妈妈鬓角的几缕银丝，重重地抿了下唇。

回去的路上，晏宁开车。
外面夜色深蓝，山风四起，吹得车厢内清凉舒畅。
车辆开得平稳，车前的兔朱迪摇摆的幅度不大，只在偶尔过减速带时动两下，然后停下来，面无表情地看着这个世界。
云崝想起自己的设备，他问晏宁："东西卖了多少钱？"
晏宁一脸坦荡："八十块。"
云崝咂了咂舌："那大爷挺亏啊。"
"亏吗？"晏宁皱起眉，似在回忆，"我看他年纪大，还少要了点儿。"
云崝看她认真的模样，着实感觉到可爱，低下头笑了笑。
距离有间民宿越来越近，后座的猫包里，嚶喽偶尔用爪子挠腾几下沙沙作响，林间的气息层层叠叠地往车里涌，白云飘浮将月色遮掩，天空黯然无色。
云崝平铺直叙："我想邀请你去趟上海。"
晏宁微踩下刹车："为什么？"
云崝说："有个当红男团找我拍摄，想找个活泼生动的女生当模特，我们都觉得你很合适。"
晏宁："你们？"
"对方团队，我的经纪人。"云崝声音放柔，"还有我。"
晏宁："我不去。"
云崝把问题抛回："为什么？"
晏宁说："我不喜欢。"
云崝心里一顿，她的理由比拒绝更直接犀利。他开口："你……"
晏宁蓦地转过头看向他，"你说的，不喜欢就不接受。"
两人四目相对，那里一点温度都没有，云崝怔然无声。
到了民宿，晏宁率先下车。她打开后车门拉开猫包的拉链，嚶喽憋了一路，撒着欢往民宿里头跑。晏宁边走边问十六："给它拆盒罐头。"
十六："罐头没了，先拿猫粮凑合吧。"
"你弄吧。"
十六去了后院，晏宁走进柜台里看系统后台，有其他客人路过跟晏宁打招呼，晏宁笑着祝他们晚安。云崝坐进公共区的沙发，那边没有开灯，手机的光线映照在他脸上，衬得他紧绷的下颌线十分帅气。

客人上楼，脚步声走远，大厅内重新变得安静。

云崝在手机里找到和姜也的聊天框，最后一条记录是姜也对他那个问题的回答。

姜也：不要脸。

云崝在对话框里敲了一通，发过去：姜姜，云氏基金会最近是不是要资助一批福利院？

姜也：有这回事，怎么了？

云崝继续打字，大概讲述了今天发生的事情，并简单介绍了福利院的基本情况。

姜也办事迅速，回得也很快：听起来正好符合我们的资助要求。这样，你把他们的资料给我一份，我找个时间让人过去看看。

云崝：好，谢了。

十秒后，手机再次蹦出姜也的消息。

姜也：我记得你从来不管基金会的事。

姜也：小叔子，你是不是人没哄好打算使用"钞能力"啊？

字里行间都能看出对面人的八卦。

云崝关掉手机，伸直胳膊靠在沙发上，怔怔地望着那个上楼的背影。

使用"钞能力"或许能让福利院里的孩子们变得开心，但是谁能告诉他，要怎么样才能把楼上那只"兔子"哄好啊？

大厅楼梯口，噫嘍四爪并拢蹲在栏杆末尾，眯着眼睛不知是犯困还是在俯视众生。

云崝想了有几分钟，他站起身走过去，拎起噫嘍的两只前爪。

噫嘍的脖子缩了下，两只后爪不停地扑腾。

云崝低声说："小崽子，能不能实现罐头自由就看这把了。"

噫嘍站稳脚跟，一副不为所动的表情。

云崝恳求："噫哥，帮个忙。"

猫主子张大嘴巴"嗷呜"一声。

十分钟后。

晏宁正收拾了衣服准备洗澡，门外响起敲门声。

她拉开门。

云崝站在门口，他举起胳膊神色状似委屈："晏老板，我受伤了。"

晏宁借着灯光看清那几道红痕，一脸震惊："你摸它尾巴了？"

"嗯……"云崝收回胳膊，看着晏宁无辜地眨眨眼。

晏宁将衣服扔回床上，无奈道："去天台等我。"

门关上的一瞬间，云崝忍不住偷笑。

重新打开三楼的房门，里头堆放了几个大箱子，装着的都是他的器材设备，衣服也被洗净折好摆在衣柜里，桌上还新换了几瓶水。

晚风撩起落地窗窗帘，倾泻一室清辉。

云崝望着房间，又勾了勾嘴角。

他倒了杯水先到天台，刚坐上小马扎，柏西明申请视频通话。

点击同意后，柏西明的脸挤满整个屏幕："哎哟我看看，啧啧啧，这上海确实不如云南水土养人啊。"

手机靠着水杯，云崝只露半张侧脸："你怎么跟我妈说的？"

柏西明讪讪："席董怎么问我怎么回呗，我说你大概是心情不太好想过来散散心。我要早知道她是拿着诊断书过来兴师问罪的，就不费那力气给你打圆场了。"

云崝："那你打算怎么着？"

柏西明："跪下道歉。"

云崝睨他一眼："犯不着。"

在上海云崝跟席文珺说的那番话，柏西明并不知道，只是这么多年，柏西明对云家一直心存感激是真的，而云崝也从不因为这种陈年旧事觉得身份有别，两人跟向昭、裴渡处成死党的关系，有时候甚至比他跟云既白关系更近，该说什么说什么，基本没有遮掩。

柏西明懂他的意思，挪开点距离昂了下下巴。

这事儿算翻篇。

两人又说了几句，晏宁拿了酒精和棉签从另一处楼梯上来。

看见云崝在跟人打电话，晏宁放轻脚步走到他身边半蹲着，她拧开瓶盖，用棉签蘸了酒精涂到云崝的伤口上消毒。皮肤沾到酒精刺激又辣，云崝缩了下胳膊，晏宁瞪他一眼。

云崝将胳膊伸回去，晏宁托着他的胳膊轻轻呼气。

顿时，云崝的手指微微蜷缩，呼吸收紧。

柏西明又说："刚才姜也给我打电话，让我有空去福利院那边看看。

我上网搜了一下,这福利院看起来挺正规的,里头设施也不错,怎么没什么人愿意资助?"

柏西明管理云氏在云南的大部分业务,其中包括慈善方向。

本来低着头的晏宁听见这话,手里动作一停。她抬头,云峥也正看着她。

云峥说:"大概是觉得远。"

柏西明:"明天我让人过去一趟。"

柏西明:"正好基金会之前有个意愿领养家庭的名单,这边福利院如果愿意的话,可以帮着联系下。"

云峥的注意力都在晏宁身上,漫不经心地"嗯"了声。

"说完正事儿,是不是该说你啊?"柏西明话锋一转,意有所指。

云峥疑惑:"我?"

柏西明嘿嘿一笑:"把林妹妹哄好了?"

云峥拿起手机将镜头一转,晏宁的脸出现在屏幕里,她表情也蒙着,脸上的碎发贴在睫毛上轻轻摆动。柏西明尴尬地笑笑:"林妹妹晚上好啊。"

晏宁一手拿酒精,一手举着棉签招手:"你好。"

镜头切回来,柏西明关心地问:"谁受伤了?"

云峥:"我被猫挠了。"

柏西明嫌弃:"被猫挠了就要上药,你矫不矫情?"

云峥反讥:"你管得着吗?"

晏宁站起身,说:"好了。"

云峥仰脸问她:"你要回去了?"

晏宁"嗯"了声:"回去睡觉。"

云峥:"那……睡个好觉。"

晏宁眉目平静:"晚安。"

柏西明喊:"林妹妹晚安。"

晏宁:"再见。"

晏宁的身影从楼梯处消失,柏西明的声音从手机里传来:"向昭说你要给那个当红男团拍组照片,又得回上海?"

云峥:"嗯。"

"什么时候?"

"这几天吧。"

"不是我说。"柏西明看他这么不上心,替他着急,"这可是向昭辛苦帮你争取的资源，而且你都几个月没出过新作品了，这次要是再拍不好，以后还有人愿意跟你合作吗？"

柏西明："再你看看你前女友，天天花大价钱找营销号黑你，你还不赶紧为自己正名？"

云崝哼笑："我要什么名？"

柏西明问："你生病跟这有没有关系？"

云崝说："有。"

柏西明又问："你出来是不是因为生病？"

云崝说："是。"

柏西明："你心里不难受？"

云崝停了停，正思考要怎么回答。

"我跟你去上海。"

一道伴着夜风的声音，打破星空的低语，一场沉溺了星光的风暴从山林呼啸而过，砸进四周树影幢幢，风中的人不断坠落，在风里听见最原始的心跳。

云崝抬起头，去而复返的晏宁站在楼梯口。

柏西明下了线，对话空间只剩两个人。

晏宁："就当是谢谢你帮了福利院。"

云崝一直看她，不开口。

晏宁又说话，带着点迟疑："但我之前没拍过这些，所以可能……"

云崝立刻打断她："没关系。"语速急切到像怕她反悔。

说完，云崝舒了口气。长久以来这是他第一次因为拍摄这么紧张，他解释："拍摄主角还是他们，你的部分没那么多，自然表现就好。"

晏宁："哦。"

风暴总落，万籁俱寂。

云崝笑了："睡个好觉。"

晏宁终于也笑了："嗯。"

晏宁真的走后，云崝坐在风里吹了许久。

手机收到新消息提醒。

柏西明：哥们儿演得怎么样？

云崝回复：精彩绝伦。

第六章

我喜欢你

浦东 T2 航站楼，灯火通明，人群熙熙攘攘。

两人出机场时已经将近晚上八点，向昭说要过来接，云崤没让，他带着晏宁打车直奔悦云酒店。

云崤提前订过房间，只要晏宁拿身份证登记。她在等待办理时，云崤站在她身后递过自己的身份证，让前台将另一间房开在晏宁隔壁。前台在系统中输入他的信息后脸色一变，想要说话却被云崤用眼神打断。

晏宁仰着脸转头："你不回家住吗？"

云崤看着她："你一个人在这儿我不放心。"

晏宁又转回去，顺带扫了圈周围大堂高级而华丽的设施，鼓了鼓腮帮子："这里挺安全的，你回去吧。"

云崤反问："那你跟我回家住？"

晏宁不说话了。

前台手脚麻利地将两人的入住手续办完，一齐将身份证递给云崤，笑容标准而美丽："祝二位在悦云入住愉快。"

行李员推着两人的行李走在前头，云崤将晏宁的身份证还给她，离手之前又多看了眼上面的照片——她扎着马尾，没什么表情地看着镜头，那双圆眼却又灵又亮。

云崤看着她将身份证收起，问："这是什么时候拍的？"

晏宁回忆了下："十六岁还是十七岁，忘了，反正是高中刚毕业。"

云崤感叹："时间真不公平。"

晏宁不解："啊？"

两人走进电梯，云崤道："高中毕业到现在，你都没怎么变过。"

"吃好睡好没烦恼。"晏宁笑着说，她抻着脖子往云崤手里看，"你的身份证呢，我看看。"

云婧光速将自己的身份证收好，放进口袋里不让她看。

晏宁不满地嘟嘴："你这人怎么这样。"

云婧摇头："太丑了。"

晏宁问："你还有丑的时候？"

云婧："谢谢。"

"谢什么？"

"你夸我好看。"

晏宁真是懒得搭理他。

两人在酒店餐厅简单吃的晚饭，大约是路途劳顿，又或是不习惯饭菜口味，晏宁吃了没两口就说自己饱了，云婧就更不必说。

云婧将晏宁送回房间，站在门外叮嘱："有什么事儿给我打电话，或者直接来隔壁敲门。"

晏宁扒在门后蹭着门框点头："知道啦。"说完她打了个哈欠，眼里充溢一片水汪汪。

云婧："去睡吧。"

晏宁："拜拜。"

云婧回到房间后，先是洗了个澡换上睡衣，拧开一瓶矿泉水放到桌上，十点半打开电脑接入视频会议。

参会的另外几人是工作室同事，跟他汇报拍摄的前期准备工作。

先说话的叫侯暖，虽然名字热情，但是她面冷也不爱笑，连跟云婧说话时声音也冷冰冰："拍摄取景地定在青西郊野公园，那边有一片水上森林，符合他们想要的原始野生感效果。"

盛凉补充："已经跟园区进行报备，手续齐全了，但是拍摄车辆不能进去，可以乘坐园区里面的巡逻车。"

侯暖补充："到了园区，会有工作人员带路。"

"嗯。"云婧靠在椅子上，"设备呢？"

侯暖："轻的在盛凉手里，重的明天跟拍摄车，鲁子跟车。"

虽然侯暖年纪不大，但做起事来有条不紊丝毫不拖泥带水，向昭评价她是一根筋，只认死理不认人。

鲁子打了个响指："包在我身上。"

鲁子真名鲁帕帕，他在工作室年纪最小，平日里也不怎么怕云婧，是工作室活跃气氛担当。

云崭问:"衣服呢?"

盛凉说:"组合的衣服图片已经发到你邮箱了。"

几人你一言我一语,从服装到道具都安排得井井有条。

半晌,云崭揉了揉眼睛:"那组合几个人来着?"

此话一出,众人皆是沉默。

隔几秒,鲁子的声音从电脑那头钻过来:"崭哥,你不会没看他们的资料吧?"

云崭一愣:"有资料?"这段时间事情太多,他确实没去关注。

鲁子:"都在你邮箱。"

当着几人的面,云崭点开邮箱,先看见的是组合简介以及他们各自的风格,接着是往期海报展示。这些有助于他更好地把握此次的拍摄定位,再往下是事先准备好的几套衣服的图片。云崭往下划拉,看见女生那套时,手指停了下。

见他没说话,侯暖问:"有什么问题吗?"

"没有。"云崭关掉邮件,跟鲁子说话,"买几瓶花露水。"

鲁子"啊"了声表示不解:"要那个干吗?"

云崭说:"公园里蚊子多。"

"哦。"鲁子打开手机下单。

这场会议进行到一小时左右,盛凉跟云崭沟通一些注意事项,主要是他说,云崭抱起双臂坐在电脑前,半垂眼睫偶尔回应一两句。

盛凉:"赵三的那个鼻子动过刀,容易透光。"

"钱四上周割的双眼皮还有点肿。"

"孙五有大小脸,建议多拍侧脸,避免后期修图太假。"

"李六的话个子五五分,尽量不要全身照吧。"

"队长吴其的脸倒是没什么硬伤,但确实平平无奇。"

…………

不知道说到第几个人名,走廊传来一声关门响。

直觉使然,云崭站起身,在视频里几人狐疑的眼神中离开屏幕,随之而来的是他开门的声音。

云崭对着晏宁的背影问:"这么晚了干吗去?"

晏宁吓了一跳,回头看见是云崭,她松了口气:"我有点饿,去附近吃点东西。"

云崝想起她晚上没吃两口，点头："我换身衣服，陪你去。"

说完，他走回房内，背对几人从箱子里找衣服，并说："就开到这儿。"

看这架势，鲁子八卦地问："干吗去呀？"

云崝心情忽然大好，嘴角勾了勾："去约会。"

外头细雨朦胧，把路灯的光晕打碎，落成无数粒金粉在空中飞舞。

夜里有些凉，晏宁身穿长袖卫衣盖过短裤，露出一双细嫩笔直的长腿，头上戴一顶米色水桶帽，长发垂在身后。

云崝举着透明雨伞走在她左侧，低头看一眼晏宁的腿："腿不凉吗？"

晏宁说："身体好。"

云崝哼一声，把她往里边拉了一下："再发烧把你扔雨里。"

晏宁愤愤："少咒我。"

前头路面有个水坑，几片落叶浮在上面，晏宁走到旁边满眼兴奋，刚要踩进去却又缓缓收回脚，她绕到旁边迈过去。云崝问："怎么不踩了？"

晏宁晃晃自己的白鞋："就带了这一双。"

"怎么就带一双？"

"反正就待几天。"

云崝的视线从前方慢慢转过来，落在晏宁的侧脸上。旁边是繁华街景，她低着头在自己的世界里乐此不疲，几缕黑色发丝被风吹到嘴唇上，她"噗"了口气吹开。

她转过头跟云崝对视，什么都没说地笑笑。

云崝笑不出来，他费尽心思把小兔子拐了出来，但是还没想好怎么把她留下。

两人到达一家馄饨店，找个角落位置坐下。

除了两人，靠门的位置坐着一对情侣，边吃饭边刷手机，偶尔刷到喜欢的就抬头分享给对方，同时发出窸窸窣窣的笑声。

云崝点完单，拿了啤酒和椰汁回来。

晏宁问："这么晚还喝酒？"

"解乏。"云崝拉开拉环，喝之前问晏宁，"来点儿？"

晏宁眼睛一亮，笑嘻嘻地把玻璃杯递过去。

云崝给她倒了半杯，语调轻悠悠："小酒一口，万事不愁。"

晏宁晃晃杯子："要真的不愁就好了。"

"怎么了？"云峥问道。

"好吧。"晏宁吐出一口气，"云青山，我有点紧张。"

再次听见这个称呼，云峥心里像被什么磕了下，柔软得一塌糊涂。

他眉头微拧："紧张什么？"

晏宁放下酒杯，双手撑在桌子和身体之前，脑袋往前凑了凑："在云南的时候没觉得，来了之后，感觉自己是稀里糊涂被骗过来的，什么都不知道。"

听到那个"骗"字，云峥心虚地别开眼，他灌了口啤酒重新看回晏宁。

她大半张脸罩在水桶帽的阴影下，抿了抿唇问："要是我表现得不好，会不会耽误你的工作？"

"不会。"云峥放下啤酒，眼里有笑意，"如果拍得不好，肯定不是你的问题，只能是我技术不过关。"

话是这么说，晏宁心里仍旧打鼓。她仰着脑袋望向天花板："唉。"

云峥笑了一声："怎么钓鱼、做饭、玩无人机样样精通的晏老板，也有这么尿的时候？"

"这不一样。"晏宁点点桌子，"柏西明不是说了吗，这是你的经纪人好不容易争取的资源，而且……"

"而且什么？"云峥追问。

晏宁认真地说："而且关乎你以后的职业生涯。"

云峥看着她，紧盯着她的表情："因为这个你才答应的？"

晏宁眨眼："嗯。"

接着，她又补充："当然也有你帮了福利院的原因。"

服务员上了两碗馄饨、一屉小笼包和一盘芒果糕。

晏宁往碗里舀了几勺辣椒搅来搅去，听见对面云峥的声音："这次拍摄，对方团队想要真实自然，但他们也知道自己的艺人缺少什么，所以需要有这么个人来增加画面的故事感，可是又不能太喧宾夺主，长得美的模特圈里一抓一大把，但是想要找最原始的美，得看眼睛。我很喜欢一个摄影师，他说'最简单的照片最难拍'，人也一样，越简单的就越难找。我的经纪人从几百张照片里看见的你，并且第一眼就觉得你非常合适。"

晏宁抓重点："你怎么知道我简单？"

"从你眼睛里看到的。"说到这里，云峥挠挠眉尾兀自笑了下，没看晏宁，"可能你不知道，你的眼睛很好看，跟云南的天空一样干净。"

他说完这么一大段话,拿起手边的啤酒又喝了口,说的时候没感觉,说完想起最后一句觉得有点别扭。他低头拿起勺子舀了只馄饨,泡泡馄饨皮薄儿馅鲜,腾腾热气往人脸上扑。

晏宁吸了下鼻子,瓮声道:"云青山,你有点肉麻。"

"是吗?"云峥清清嗓子。

晏宁抬起头看他,笑出浅浅的梨涡:"你放心,我明天一定好好表现。"

"明天不管他们怎么样,你做你自己就好。"

"好。"

夜晚渐深,喧嚣息隐,店里陆陆续续有客人进出,店门拉开涌进一阵冷风,然后被关上,一切重归于平静。

那罐酒,晏宁喝掉了三分之一。

她两颊飞上浅淡的红晕,没有喝醉,反倒像是被泡在酒里。她眉眼弯弯的,眼神又醇又甜。晏宁叫:"云青山。"

"嗯?"

"我能不能问你一个问题啊?"

"你问。"

晏宁喝掉杯子里最后一口酒,咬了咬唇:"'向娘娘'是谁?"

云峥一顿:"你怎么知道他?"

晏宁靠到椅子上,只露半截眼睛:"我看见'她'给你打了好几次电话。"

这么一说,云峥像是想到了什么。他眯了眯眼从外套里掏出手机,翻到备注为"向娘娘"的联系人点击拨号,并打开免提放到桌上。

第一次响了没几秒就被对方挂断。

云峥不厌其烦地拨第二通。

这次足足响了半分多钟才被接起,对方一言不发,晏宁心跳如雷。

云峥直截了当:"说话。"

对面的人有气无力地哼哼:"话。"

云峥:"大点儿声。"

被扰清梦的向昭声音又大又粗:"云峥我说话说你姥爷的鸡大腿儿!"

云峥满意了:"睡吧。"

电话被掐断,晏宁半张着嘴问云峥:"原来是个男的啊?"

"啊,我经纪人。"云峥抬眉,"你以为?"

晏宁惊呼:"那你还给他备注'向娘娘'?"

云崭一脸坦荡:"他又不知道。"

向娘娘是个男人这件事,着实让晏宁感到震惊。她坐在椅子上消化半天,骤然想起之前自己因为这个人而产生的胡思乱想,她用拇指关节摁了摁自己的眉心。

她现在没法儿跟云崭对视。

太尴尬了。

偏偏云崭弯下腰,低下头用眼神去追她的眼睛。

他的心情在今晚第二次变好,云崭问:"晏老板,你吃醋了?"

晏宁的脸又红了红。收拾几秒,她昂起下巴,用下眼睑看人,语气傲娇:"云南人,只吃辣不吃醋。"

"行。"云崭笑笑,他把盘子推到对面,"只吃辣的晏老板能不能赏个面子,把这最后一块吃了?"

晏宁瘪嘴摇头:"不了,吃胖了明天拍出来不好看。"

"你不吃半夜又得饿。"云崭知道她的食量,肯定能吃下,他假意伸个懒腰,"我没力气再陪你出来了。"

晏宁坚持:"不要。"

"要"字儿还没落,云崭把最后一块芒果糕塞进她嘴里。

云崭放下筷子,笑着看她:"胖点儿也好看。"

晏宁边嚼,边伸直腿踹了他一脚。

回到酒店休息时,时间逾近一点半,晏宁拍拍自己的脸,用最后的力气祝云崭晚安。

云崭又处理了点工作相关的事情,翻看手机时不经意地打开了跟晏宁的对话框,他敞腿坐着,右手搁在桌面上虚握手机,划拉手机翻看聊天记录。

翻到了那条撤回信息的提醒。

他一直就想问。

云崭截图发给晏宁,问她:撤回了什么?

晏宁先回了个"啥???"的猫猫表情。

然后,晏老板:忘了。

云崭无奈,催她赶紧睡觉。

三分钟以后,云崭的手机有新消息提醒。

晏老板:你本来要在音乐节说什么?

晏宁发完这条消息后，整个人都清醒了许多，她靠在床头盯着两人的对话框迟迟没动。

过了两分钟，云崝回了。

云青山：我也忘了。

晏宁甚至都能想象得到此刻云崝的模样，他肯定是老神在在地坐着，表情说笑也不笑地看着手机，气定神闲的样子把别人搅得一通乱。

她把手机一扔，甩甩脑子，掀开被子窝进去，闭上眼睛什么也不想。

睡觉！

与此同时，隔壁房间的云崝。

他拉开窗帘打开窗户，外面的街道上车辆依旧匆忙，星芒的辉煌被无数的灯光所遮蔽，线条笔直刚硬的建筑将大地割据，风声好像是这个城市梦魇的喘息与尖叫。

云崝站在风口，白色T恤被吹得鼓起，他却没由地笑了下。

他好像，也没有那么讨厌这个城市了。

次日上午十点半，晏宁和云崝到达青西郊野公园。

工作室其他几人早早到达，负责场地的搭建和设备的调试。还没到正式拍摄时间，鲁子、盛凉他们忙完了围成一团在开黑，侯暖跟园区工作人员一再确认这片要清场。

云崝过来时，鲁子先看见他。鲁子丢下手机站起来满眼惊喜："崝哥。"

"嗯。"云崝拽一把空椅子给晏宁，自己坐在另一把上，问，"怎么样了？"

"人过来就能拍。"鲁子说完，脑袋往左一偏，笑眯眯地问，"这就是向哥说的那个小妹妹？"

晏宁举起手，嗓音清甜，"你好，我叫晏宁。"

这么清新的美女，笑得这么甜，声音还这么好听，鲁子的小心脏一下子被击中。他也招招手："你好，我叫鲁帕帕，叫我鲁子就行。"

盛凉点点头："我叫盛凉。"

"侯暖。"侯暖淡淡道。

打过招呼后，侯暖带着晏宁去换衣服。

两人走远，鲁子蹭到云崝身边，眼睛笑成一条缝："崝哥，你是怎么认识这么可爱的小妹妹的？"

"别一口一个小妹妹。"云崝抬头看一眼日色,接着道,"去云南旅游认识的。"

"噢……"鲁子拖腔拿调。

云崝问:"怎么了?"

鲁子嘿嘿憨笑:"云南的姑娘真好看。"

云崝笑了笑,没说话。

"崝哥要不这样——"鲁子真诚地建议,"你在云南再开个工作室,把我们都带过去吧。"

算盘打得盛凉连游戏都打不下去,反手笑着敲了他脑袋一下。

云崝扫他一眼:"我是有钱,又不是有病。"

晏宁只化了淡妆,长发散着,耳朵上戴着一副羽毛耳坠。她回来后,侯暖又带着后到的组合去换衣服。

侯暖给她换的一身白色吊带纱裙,裙摆铺在地上,阳光浮在上头闪闪亮亮,她从坐下之后便没再怎么动过。

旁边试相机的云崝问:"不习惯?"

她板着脸:"怕弄脏。"

"你随便动。"

"啊?"

云崝说:"待会儿还得下水,不用这么拘谨。"

听见下水,晏宁挺了挺腰。

她看向一来就盯上的那片清浅的水洼:"那个?"

"嗯,不深。"说完,云崝站起身,他声音清冽,"你再坐会儿,我先过去看看,有什么事儿就找鲁子。"

晏宁笑:"行,去吧。"

云崝一手插兜,一手拎着相机往那片走。他一身黑色运动套装,身形挺拔闲庭信步,边走边回应工作人员的招呼。晏宁双手交握在裙摆上,一瞬不瞬地盯着云崝的背影。

这里的树木高耸直入云霄,飞云冉冉,阳光从茂密树叶的缝隙里穿过来,细微的尘雾在空气中游离,一直飞到云崝的方向。

晏宁一眼看过去,光线茫茫又明晰。

她独自坐了有半刻钟,赶走好几只蚊子。鲁子主动给她递了花露水,并挤眉弄眼:"崝哥让买的。"

晏宁说了"谢谢",接过,往手心里喷两下,然后抹到肩膀上。

鲁子说:"我先去忙啦。"

说完,他举着两个打光棒,一路狂甩跑到云崝身边。

云崝听见动静转头,视线却直直地越过鲁子跟晏宁对上,晏宁朝他扬扬手里的花露水。

拍摄没有晏宁想的那么难,正如云崝所说,镜头主要聚焦在男团身上,他们不愧当红偶像的名号,表现力和镜头感都极其在线。晏宁想了想,自己的主要作用可能是当个背景板。

她基本只要站在镜头的边缘位置,偶尔回个头,或者在云崝的引导下,看向某个成员。她动作一停下,补光师和吹风师就立刻上前,给她营造最好的氛围感。

灯光刺眼,晏宁忍不住闭了闭才睁开,头发被风鼓起从耳畔撩过,她抬眸看向眍茫的光亮,在眼睛彻底适应前,她忍不住看向人群寻找熟悉的身影。

草木蔓生,光影澄澈,她站在自然里,坦白的,明亮的,最后是温暖的。

云崝在她看过来的那一秒摁下快门。

不知什么时候赶到的向昭,抚着下巴微微一笑:"成了。"

对方经纪人梁不勿毫不遮掩自己对晏宁的喜爱:"这么可爱的小兔子,我要了。"

向昭朝他投去嫌弃的一眼:"你想什么呢?"

"你想什么呢?"梁不勿长得高大彪悍,发出与身材并不相符的娇滴滴的声音,听得向昭一身鸡皮疙瘩。

梁不勿自己倒不认为,弹了弹新做的大红指甲,盯着晏宁,眼泛精光:"我能让她大火。"

向昭嫌弃:"也是,你啥也干不了。"

梁不勿并不喜欢女人。

晏宁的部分拍摄结束。中间休息半小时,晏宁拎着被打湿的裙子,踩着一次性拖鞋艰难地往前挪。

但是她满脸新奇:"怎么样?没给你丢人吧?"

云崝帮她拎着裙子后摆,走在她左后方,也是一笑:"好得不得了。"

"真的吗?"

"真的。"

好到他几次差点分心，取景器里的目光不自觉地往她那边偏。

回到休息区，侯暖将热水递到晏宁手里并道："待会儿找我换衣服。"语气还是一成不变的干，她说完便头也不回地走了。

站在不远处的向昭疑惑："侯暖什么时候这么会照顾人了？"

盛凉也不懂，平时的侯暖将工作打理得严谨，鲜会主动关心拍摄对象。于是他猜测："大概是这姑娘长得讨喜？"

向昭郑重地点头："难得。"

话落，一道身影从两人身边掠过。梁不勿抱起双臂慢腾腾地踱步到晏宁身边，他的视线自上而下将晏宁打量个遍："这么水灵的小姑娘。"

略带审视的声音和神情，晏宁听得心里不太舒服，但她仍旧礼貌地笑："你好。"

一对视，梁不勿就对这双眼睛惊叹不已。他弯下腰，伸手去挑晏宁的下巴："想不想出道当明星，哥哥保证把你捧红。"

晏宁正躲，另一只手截住他的动作。云崝居高临下地看着梁不勿，语气沉沉："少发疯。"

梁不勿悻悻地收回手站直，还没放弃地诱惑她："明星可以穿很多漂亮衣服看很多帅哥哦。"

晏宁表情抗拒："你们不给明星吃饭。"

梁不勿一愣。

比如刚刚组合里那几个偶像，脸帅是帅，但是为了上镜好看，都瘦得非常不健康，甚至有些病态，这种生活方式晏宁不喜欢。

"行吧。"梁不勿走回自家艺人的休息区。

看完了全程的向昭，通过敏锐的观察力察觉到一丝奸情。

云崝给晏宁拿了件外套，并帮着她套好袖子。向昭趁两人没注意，举起手机赶紧偷拍了几张，然后"嗖嗖"发到"青山情未了"的群聊并艾特柏西明。

柏西明回得快：改行吧，去当狗仔。

向昭的回复也很有营销号的意思：云崝疑似出轨，我要做林妹妹的爱情保镖。

柏西明：6！

先前几人交流都是文字，柏西明没有发过照片和晏宁的真名，向昭并不知道民宿老板和眼前的人是同一个,他看见柏西明的回复更是一头雾水。

一头雾水的向昭:啥呀?

然后一顿表情包轰炸。

柏西明在群里装死,向昭看看那头相谈甚欢的两人,又看看"静默如鸡"的群聊,退出微信深呼吸了几口气。

几分钟后,终于有新消息提醒。

向昭激动着心颤抖着手打开。

裴渡引用他的"啥呀"并发:同问。

向昭发了个"我要'刨'死你"的摩托狗表情包。

放下手机,向昭走过去自我介绍:"你好,我叫向昭。"

这个名字从晏宁脑子里闪过,脱口而出:"向娘——"她紧急收回,讪笑了下,"向您问好。"

坐在旁边的云靖差点笑出声,晏宁用手肘撞下他的腰。

娴熟亲昵的动作让向昭更坚定猜测,他眯了眯眼,暗自发誓要为远在云南的林妹妹的爱情保驾护航。

等晏宁被侯暖带走换衣服,向昭一屁股坐到云靖身边:"这姑娘你在哪儿认识的?"

云靖:"你不都知道?"

向昭问:"柏西明不是说你有喜欢的人吗?"

"他都跟你说什么了?"云靖反问。

向昭说:"说那姑娘是个民宿老板,叫林妹妹。"

云靖"哧"了声:"还有呢?"

作为经纪人,向昭监督云靖洁身自好;作为朋友,他要为云靖坚守道德底线。所以,向昭的神色格外严峻:"你可别搞什么脚踩两只船那套,你前女友还在作妖呢,这事儿扒出去不好。"

听明白了的云靖,往后退开点,看傻子的眼神:"你有病吧?"

向昭东北人的血脉觉醒:"你有病吧?"

云靖承认:"是啊。"

向昭噎了下,他抿抿唇,余光瞥见换好衣服要走过来的晏宁,他转头看着云靖,难得正经:"不管你到底喜欢哪个,尽早跟人说明白,别不清不楚地拖着耽误人家。"

说完后他没管云靖什么反应,起身径直走向艺人休息区。

向昭走后，云崝一手搭在膝盖上，一手拎着相机垂在两腿之间，望着距离越来越近的晏宁。公园里鸟鸣清脆，与之相反的是，云崝心里那个地方出奇地安静，看着那个又跑又跳的小精灵，他嘴角忍不住上扬。

晏宁走过来，微喘着气问："你是不是又要去拍摄了？"

"嗯。"云崝看了眼周围，风景还不错，知道她坐不住，"你可以在周围转转。"

盛凉出于好心接话："你可以往那边去，这边一片都是摄影器材，万一磕着碰着……"

他话没说完，被云崝一个眼刀看回去，盛凉识相地闭嘴。

"没事儿。"云崝朝周围一昂下巴，温声道，"随便逛，拿好手机，找不到路给我打电话。"

"我就坐这儿等你。"然后她瞟一眼那头的梁不匆，又在心里补充一句，这些东西看着就贵。

云崝笑了声，从鼻息里发出的声音似朗月入怀，听得晏宁耳朵一麻，这一刻云崝的表情还挺狂："我的地盘，谁敢欺负你？"

晏宁不是矫情的人，听见这句什么也不想了，拿上手机开开心心地探寻新世界去了。

云崝笑着摇摇头，给相机换好新镜头重新投入拍摄。

向昭把这些看在眼里，如丧考妣，苦大仇深。

他往群里发消息：我救不了云崝了。

柏西明丢过来一个表情包——"我的人生已经到了那种你告诉我'1+1=5'我也懒得跟你争吵的阶段了"。

头天晚上熬夜，导致的直接后果便是，晏宁逛了没多会儿，就困意上头。她窝进窄小的椅子里，脑袋蒙着云崝的外套睡了一觉，最后被外头一阵丁零当啷的声音吵醒。

她睡眼蒙眬地看着外头，大家已经开始收拾设备准备装车。

天色落晚，黄昏西上。

晏宁："拍完了？"

云崝："嗯，走吧。"

晏宁站起来抓抓头发，抖了抖身上的白T和短裤，又弯下腰将脚边的几个折叠椅子收好递给鲁子。众人动作快，很快便收拾结束。

回到停车场，云峥找向昭要了车钥匙，解锁车辆坐进主驾驶。

晏宁坐好系好安全带，云峥立刻启动车辆。

晏宁："不等向昭吗？"

云峥说："他回工作室。"

晏宁"噢"了声，引擎的声响中，她问："那咱们干吗去？"

云峥单手打方向盘，看着前方笑了下："看电影。"

云峥真的带晏宁去看电影。

他没买票，而是由影院工作人员引到 IMAX 影厅内的最佳观影位。工作人员递上 3D 眼镜后微笑离开。

电影开场前，接二连三有其他观影者进入，大家的表情都出奇地一致，似乎这是一场意料之外的电影。

来的路上，晏宁问了两次晚上看什么电影，云峥卖了个关子，说她到了就知道。

晏宁瘫在影院的座椅上，撑着下巴等电影开场，脸上一片空白。

云峥低头看手机处理工作，偶尔回复几句向昭的消息轰炸。

向昭：这就走了？

向昭：你干吗去了？

向昭通过车辆定位发觉异常，又发：你去电影院干吗？

云峥敲字：吃火锅。

向昭：[省略号.jpg]

向昭：少喝点儿。

云峥退出聊天框，电影开场。

这场电影有些与众不同，没有那些啰唆的电影预告和商业广告，而是直接进入主题。银幕上出现熟悉的迪士尼开场动画时，晏宁怔了怔。

她把 3D 眼镜拨下来架在鼻梁上，眼含笑意地看向云峥："原来是这个呀。"

"嗯。"云峥收起手机，手肘撑着两人中间的扶手，低头看她，"之前说了请你看。"

晏宁："那我待会儿请你吃饭。"

云峥："生日快乐。"

他说得很突然，晏宁毫无准备。

顿了顿,晏宁笑问:"看我身份证了?"

云峥笑笑,他伸手将晏宁的 3D 眼镜戴好,碰碰她的脑袋示意她看银幕:"兔子小姐,请享受你的动物城之旅。"

晏宁冲着银幕笑,明眸皓齿:"谢谢你,狐狸先生。"

一场电影时长一百零九分钟,影院效果震撼又逼真,晏宁看得目不转睛。离场时,云峥见她整个人神采奕奕,问道:"开心了?"

"竟然还能在电影院重刷《疯狂动物城》。"晏宁眉眼舒展开,溢于言表的嘚瑟,"我现在开心得不得了。"

云峥立刻问:"那你觉得上海怎么样?"

"马马虎虎。"晏宁摁下电梯,"虽然会堵车又下雨,但小笼包还是很香的。"

"那才到哪儿。"云峥后她一步进电梯,一副本地人口吻说得天花乱坠,"城东有家百年老字号的蟹粉包,皮弹料足,浓弹爆汁,一口咬下去满口鲜香。"

光是听,晏宁眼睛都直了。

"现在赶过去还来得及。"云峥斜眼看她,唇角勾着笑意,"想不想去试试?"

"走!"

正好电梯门打开,晏宁快步走向车库去找车,宽大的外套随着她的动作一摆一摆,是止不住的雀跃。

云峥跟在后头,抬手摸了摸鼻子,看来真得投其所好。

这个点的上海街道川流不息,一个路口往往要等几个红绿灯才能过去。

两人也不着急,下午拍摄时简单吃过饭,一脚油门一脚刹车地往前挪,两人在车里有一搭没一搭地聊天。

晏宁:"云青山,你现在提起吃的好像没那么反感了。"

云峥:"是吗?"

"比刚到云南的时候好。"晏宁想了想,又补充一句,"好像还胖了点儿。"

云峥:"你倒是没胖,吃那么多也不长肉。"

"这个啊……"晏宁窝在座椅里,慢悠悠地说话,"我妈妈天生体质偏瘦,但她吃得不多,我爸爸就不一样了,长得胖也很能吃,大概是我比较幸运，分别遗传了他们的优点。而且我爸爸年轻的时候也不胖，四十岁左右才胖的。"

"那有没有可能——"云崝快速笑一下，逗她，"你身体里存在一种四十岁会胖的基因。"

晏宁呵呵一笑："反弹。"

离目的地只剩两条街时，云崝将车停在路边，让晏宁等他一会儿。

晏宁打开手机，看小桃给她发的噎喽视频。第一个视频，小崽子好像不是特别高兴，趴在猫窝里舔自己的爪子，小桃叫它也爱搭不理；另一个视频是它窝在秋千上，小桃拿逗猫棒晃来晃去，噎喽不为所动。

真是只高冷的小猫咪。

十多分钟后，云崝回来。他先拉开晏宁这边的车门，躬身往她手里塞了一个椰子，已经打好孔插上绿色吸管。

晏宁乐滋滋地抱起来嘬一口，然后她的脸色和手一起往下，面无表情地把椰子放在腿上抱着。

云崝坐进车里，问她："怎么样？老板说不甜不要钱。"

晏宁淡道："甜过初恋。"

云崝一愣，他半眯起眼问："你的初恋很甜吗？"

晏宁叹气："比我的命还苦。"

此话一出，有那么几秒空气是僵硬的。云崝忽然意识到什么，他把椰子从晏宁手里拿过来喝了一口，二话没说推开车门："我找他去。"

重新买了椰子，两人赶到蟹粉包子店。

店面不大，但生意火爆，晏宁和云崝在外头吹了会儿风才排上，坐在角落的位置点完单等着上菜。

店内装修幽雅而古朴，背后一整面墙的水墨画看着有些年头，记录着这家包子店的前身，中间的承重柱被青绿色包裹，老式的木质桌凳铺满纹路，看着粗糙却满是岁月的痕迹。

室内交谈声此起彼伏，方言和普通话穿插着响起，偶尔传来笑声和低骂声，来自山川湖海的热闹汇聚于此，跟着热汤一起喝进肚子，从头到脚的暖和。

店老板年纪将近七十，身穿围裙在店里穿梭，但丝毫不见疲惫，满脸都是幸福的满足感。他路过两人时，看见云崝一脸惊讶，一口地道的上海话问："老长辰光没碰着侬了（好长时间没见着你了）。"

云峥用上海话回他:"去云南咪(了)。"

"云南好咪。"老板笑起来时,黝黑的面庞露出红润的光泽,"云南值得去白相个(值得去玩的)地方实在忒多。"说完,老板看了眼晏宁。

晏宁听不太懂两人在说什么,只能笑着挥挥手。

老板稍微一侧身体,眨了眨眼,问云峥:"个囡囡脏得罗灵额,女旁友(这个女孩子长得很灵气,女朋友)?"

云峥笑了声,晏宁望着他,大眼睛忽闪忽闪。

云峥说:"在盘(在追)。"

老板哈哈大笑,他拍拍云峥的肩膀:"侬(你)来点菜好咪,今朝(今天)我来请客。"

老板走后,服务生端上来两屉包子、两碗馄饨、一盅蟹黄油虾籽炖蛋和姜丝蘸料。

色香味俱全的美食摆满一桌,晏宁没着急动筷子,她紧紧盯着云峥,像是要用眼神在他脸上钻个洞出来。

云峥问:"怎么了?"

晏宁偏了偏头:"老板倒数第二句跟你说什么了?"

"他问我要不要加醋,我说可以。"云峥一本正经地胡说八道。

晏宁:"云青山,你当我是大傻瓜吗?"

虽然大部分没听懂,但"女朋友"这三个字还是听懂了的。

云峥:"嗯。"

晏宁边吮椰汁边瞪他一眼。

云峥伸长胳膊,将她外套的袖子往上卷,然后夹一只包子放到她的碟子里,催她趁热吃。

蟹粉包大小分量适中,晏宁一口一个,嫩滑的口感直接鲜掉眉毛,云峥依旧吃得少,大多时间听晏宁说话。

晏宁:"你以前常来这家店?"

云峥:"小时候上学来这儿吃,这几年工作忙,一个月来一回。"

晏宁恍然大悟:"难怪老板跟你这么熟。"

云峥说:"某种程度上来说,我是这个伯伯养大的。"

晏宁乌黑的眼睛看着他,没有说话。

云峥耸耸肩,无所谓道:"我小时候爸妈工作都忙,没工夫管我,这附近我都吃了个遍,也知道同样的价钱谁家分量多,谁家分量少。"

说完这句，云崎夹起一个包子低头塞进嘴里，还没嚼便听见晏宁问："那为什么不直接找个保姆照顾你？"

云崎"咕咚"一下把包子吞下去，咳嗽几声脸色都憋红了，晏宁赶紧把椰汁推过去给他。

好半天，云崎缓过来："我妈怕保姆虐待我，所以没找。"

晏宁轻轻"哦"了声："是有不少这种新闻。"她补充，"你妈妈很明智。"

"嗯。"

吃得差不多，云崎征求评价："感觉怎么样？"

晏宁用筷子扎中屉子里最后一只包子放进蘸料中，笑着说："非常好。"

"上海这边还有不少小吃，也有不少景点，等明后天忙完了我再带你逛逛。"

"不了。"晏宁摇了摇头，"明天我随便逛逛，打算后天就回去了。"

云崎眉头皱起："这么快？"

店里头哄闹四起，嘈杂一片。

灯影垂下来，在她发顶落一个旋，安静得一如她现在的眼神。

晏宁用筷尾在脸颊上戳了几下，轻声道："答应你的事情已经办完了，没什么留下来的必要。最近是旅游旺季，十六有点忙不过来。"

云崎往后一靠，眸光低垂，不知道在想什么。

晏宁继续说："关叔这几天老毛病犯了，民宿里没人做饭。"

她抬头看向对面的云崎，云崎的视线同样落在她身上，直白而热烈的目光烫得晏宁肩膀缩了下，说话声不自觉地越来越低："小桃说这两天噎喽不怎么吃东西，可能是我离开太久了，所以……"

"那我呢？"云崎冷不丁打断她的话。

晏宁反应了好半天："啊？"

开门的"吱呀"声，碗盘的交叠声，和各种嬉笑怒骂一同挤进来，循着灯光的痕迹铺洒满室，灯影的潮汐，瞳孔的炙热，每一分每一秒都开始显得漫长。

角落里的温度慢慢氤氲。

云崎很无奈地笑了下："是我表现得还不明显吗？"

晏宁嘴巴微张，甚至忘记手里还捏着筷子。

"算了。"云崎短叹一声，他坐直身体一字一顿道，"晏宁，我喜欢你。"

空气死一般寂静，一秒，两秒，三秒……

晏宁"噌"地站起来，凳子腿贴着地面"刺啦"一声，她头也不回，什么也没管，快速又略显慌张地大步走出包子店。

云�不知道该怎么形容目前的情况。

从小到大他第一次跟喜欢的女生表白，对方被他吓跑了。

跑了……

云崝深吸一口气，付完钱忙追出去。

走时还不忘捎上晏宁的椰子。

夜风习习，道路上冷冷清清，只有两边的路灯泛着幽光，时不时路过车辆，车轮辚辚打破平静，然后远去，只剩下"沙沙"的树叶声响。

晏宁走在前头，外套宽大的袖子甩来甩去。

听见身后的脚步声越来越近，她侧过身体，冷着脸对云崝道："你就站那儿。"

云崝往前走小半步，晏宁立马跟着后退。

云崝收回动作，口吻严肃："我们现在好好说话，你别想跑。"

两人陷入一种默契的对视，眼里有远山云海的澎湃翻涌，也有夜幕静谧才能生出的祥和，两种极端情绪绞死、相撞，晏宁的脑子现在一塌糊涂，几乎转不动，这种昏聩从她背脊上渗透出来，身体站得僵直。

"有没有一种可能——"晏宁停了停，她深呼吸找好措辞，"你是因为到了一个陌生环境，正好又跟我走得比较近，错把这种亲近当成了喜欢呢？"

云崝抬眼："我是大傻瓜吗？"

晏宁想说是，云崝反应更快地睨她一眼。

云崝："我保证我接下要说的话，都是经过我成年大脑反复思考和自我审视的，我可以对接下来所说的话负全部责任。

"我在脑海里反复验证自己对你的感情的时候，想得最多的，竟然是要带你吃遍上海所有好吃的馆子，因为只要想到以后能跟你一起吃饭，我愿意每一顿都不落下。晏宁，我喜欢你，我想跟你在一起吃好多好多顿饭。"

云崝一手托着白色椰子，一手插着兜，被斑驳蜿蜒的树影罩住全身，他那种眼神里的清澈，游离于闲散与认真之间，因夜晚变得柔和，又让浩渺星月一同滚烫。

这场沉默的拉锯不知道进行了多久。

晏宁轻轻叫他："云青山。"

云崝："嗯？"

她换了个语调："云青山？"

云崝笑："嗯。"

"云青山。"

"嗯。"

"云青山！"

"嗯。"

回答得一声比一声坚定。

晏宁跟他确认："那……你现在是我男朋友了？"

"如假包换。"云崝缓缓朝她张开双臂，笑了起来，"你一个人的云青山。"

脑海里云雨骤歇，随之而来的是惊喜巨浪。

晏宁拔腿朝云崝跑过去，直接蹦起来扑到他怀里，两条腿跨在云崝的腰侧。云崝单手托住她的身体，突如其来的重量让他重心后移，往后退了两步才站稳。

他托着晏宁往上举举："你慢点儿。"

晏宁搂着他的脖子嘻嘻地笑，在他的肩膀上使劲蹭了几下才抬头。

晏宁："你好，男朋友。"

云崝笑："你好，女朋友。"

莫大的开心让晏宁说不出话，她光抱着云崝傻乐。

云崝问她："还住酒店吗？"

"不住了。"晏宁的头摇得像拨浪鼓，她忍不住吐槽，"那酒店的饭太难吃了，还没关叔做的好吃。"

云崝想笑但是憋住了，他很期待云既白听到这句评价的表情。

云崝说得认真："那我去反映反映。"

"这也行？"晏宁一脸错愕。

云崝哼哼："你男朋友什么不行？"

"钓鱼不行，做饭不行，无人机耍得……"晏宁自顾自地列举，在云崝瞪过来的刹那立刻改口，"一般吧。"

云崝哼了声。

晏宁再次搂紧他的脖子，埋低脑袋往他怀抱更深处钻："但我就是好喜欢。"

深夜十一点，上海静安区。

云崝把晏宁带回家。这片公寓是一梯一户型，入户电梯间摆放一整面的黑色柜子，玄关除去一个摆件，其他地方空空如也，换鞋凳和金色雨伞收纳架紧紧挨着。

晏宁猫着腰观察那个摆件，云崝把一黑一绿的箱子推到旁边，拉开柜子给她找拖鞋。

摆件是镂空的雕塑作品，几根线条弯弯绕绕，一个托着腮思考的小人栩栩如生。

两人进屋，云崝打开灯，晏宁站在门口没往里进。

晏宁问："你家多久没住人了？"

云崝往里看一眼，他几个月前离家什么样，现在里头就什么样，几双新买的鞋子，拆了封东一只西一只地摆在茶几上、沙发边，几件衣服随手搭在沙发扶手上，有的标签还没拆，泛着银白色的冷光。沙发边橱柜摆满了各式各样的手办，阳台上一只巨大的架子被黑布蒙住，只能从下面看见三脚架的样子。

云崝挠挠头："几个月吧。"

进屋没多久，晏宁开始觉得饿，云崝打开手机让她翻了一圈。这个点没什么喜欢的外卖，云崝索性打开冰箱从里头找到一袋速冻饺子，往锅里倒满水等下锅。

热水扑簌簌地响，晏宁把饺子扔进锅里盖好，玻璃盖上的水滴纹路像雨水爬满窗户。

云崝站在她旁边洗碗筷，两人各司其事。

刚才没觉得，现在情绪冷却下来，晏宁对发生的事情还是有些不可思议。她转过来问云崝："你真的是喜欢我而不是因为在云南只有我跟你关系好？"

这话拗口，云崝花了三秒才理顺。

云崝走过来捏着她的脸晃了晃："那我干脆喜欢柏西明得了。"

"噢，也是。"

"也是？"

"不是！"晏宁立刻否认。

直到门外铃声响起,云崝才放过她。

回来时,云崝手里多了个蛋糕。

晏宁探着脑袋,期冀的眼神亮闪闪:"给我的?"

云崝撇嘴:"给柏西明的。"

晏宁朝他皱下鼻子,云崝心里一软:"饺子煮好了吗?"

"好了,但是你家什么调料都没有。"

"我下去买。"

"不用啦。"晏宁把饺子端上桌,坐下来看向他,"清汤饺子配蛋糕。"

云崝接:"馄饨椰汁蟹黄包。"

晏宁扑到他背上,又闹又笑。

深夜的家里,灯光下,一盘白花花的饺子、一个冰激凌蛋糕,两人相对而坐,没什么味道的饺子吃得津津有味。

吃到一半时,晏宁直了直身体:"云青山。"

云崝轻轻"嗯"了声。

她问:"你什么时候开始喜欢我的?"

谈恋爱中的女生对这个问题有莫大的执念,晏宁也不例外。她回忆起云南的点点滴滴,试图在蓬勃的爱意下,找到最初萌芽的痕迹。

"不记得了。"云崝长腿敞开坐着,闲散的姿态,"但肯定是因为喜欢你才去找你的。"

晏宁双手撑住身体往前倾:"那为什么在云南的时候你不跟我说?"

云崝:"因为你当时还在生气,我不想以后你每次想起我跟你表白的时候,都会联想到这些不好的事情。"

晏宁眨眨眼:"今天晚上算情不自禁?"

云崝一顿,有点不自然:"本来想找个正式场合跟你说,但你突然说要回去,我在上海的工作还没结束,我怕你回去之后会胡思乱想,所以不如赶紧说出来。"

晏宁一笑:"这么肯定我会答应你啊?"

云崝看着她,懒洋洋的:"你会不答应吗?"

他脸上过分自信的表情让晏宁恨不得扑过去咬他,她一瘪嘴,夹了个饺子往嘴里塞,大口大口地嚼像在泄愤。

云崝把水推给她:"你要是不答应,那我就接着追,万一我哪天运气好呢。"

这话好听。晏宁把饺子咽下去,心里没那么堵了。
"要是我真的回去了,是不是就——"
"我还会去找你。"
云崝静静地看晏宁,黑亮的瞳孔里只剩她的样子。在晏宁说要回去的时候,他就规划好了一切,如果今天晚上两个人真的不欢而散,那他就趁着这几天,把能推的工作都推掉,不能推的尽早结束,然后继续他的假期。
晏宁打趣:"行,谁让我男朋友有钱又有闲呢。"
云崝笑着回应:"能者多劳呗。"

吃完饭,云崝把没吃完的蛋糕放进冰箱,然后收拾碗筷,晏宁则去洗澡刷牙。
洗漱完毕,云崝把主卧让给她,自己睡了次卧。
晚上又下了一场雨,窗外雨声连绵,拍在玻璃上滴滴答答。
晏宁躺在床上,把被子蒙到了鼻子,她看向天花板,激动得有些睡不着。
她翻了个身,想起云崝晚上说的话。
这种被坚定的选择好似暖流,从她耳朵里往身体的更深处淌。那种夏日云朵般的温暖,不知不觉间把她包裹住,像云南黄昏时的山野小路,橘色海洋里有柔和的晚风,她站在原地,深知自己沉沦在这片美好里,无法再向前进。
晏宁身体往被子里缩,被子上洗衣液的香气清新好闻,她深呼吸一口气,嘴角往上扬起老高。

人心是一片辽阔的旷野星原,有一场名为心动的雨,比上海的雨季更要漫长。
某种意义上,她的动物城之旅,现在才真正开始。

第七章

我能亲你吗

第二天中午,晏宁睁开眼睛。

她伸手拿手机,上面有好几条消息,都是云靖在两个小时前发的。

云青山:我要出门工作了,留了早餐在桌上。

云青山:大门密码670412,出门一定带好手机。

再就是十多分钟前,云靖又发来信息。

云青山:还没醒?

云青山:不会被大先生扔进冰窖了吧?

晏宁咧着嘴笑,她先发了个可怜兮兮的兔子表情:三号冰窖,救我。

聊天框一直静默,晏宁从床上爬起来去洗漱。

她回来后,手机里有两条新消息,她卧倒在沙发上打开。

云靖发过来一张相机的照片,露出半截手臂。

云青山:坚持,在赚毛毯钱。

晏老板:记得带上蓝莓。

云靖给她发一个狐尼克敬礼的表情过来。

两人的对话幼稚又没有营养,晏宁捂着自己的脸,埋进沙发的抱枕里笑个不停。

中午吃完饭,晏宁出门,打算在附近的超市买点东西。路讨摆满牛奶的货架时,她停住脚步,看了几眼后推着小推车离开。

到家里,她把买来的油盐酱醋茶放到厨房料理台上,水果蔬菜和一堆食材塞进冰箱里摆好,她还买了个小盆栽放在餐桌上,是满屋暗淡色彩里的唯一自然气息。

结束后,她心满意足地拍拍手。

这才有个家的样子。

酒店前滩宴会厅，觥筹交错间，身着华丽礼服的人们推杯换盏，舒缓的钢琴乐低声悠扬，场面极尽尊贵潋滟之色。

席文珺坐在角落的位置，兴致缺缺地看向来往人群。

即便再低调，凭她的身份，光是坐在那儿便自带聚光灯，已经有不少人想要跟她说上一两句，都被她用疏离而礼貌的微笑回绝。

半刻钟后，一身高定西装的云峥从人群里出来，他没什么表情地扯了扯领结，放下酒杯，坐到席文珺的身边。

席文珺保持优雅："聊得怎么样？"

云峥点头："没给准话，而且他们有个条件。"

席文珺问："什么条件？"

云峥如实说："他们知道您是我妈，趁此机会想求您一雕塑。"

席文珺冷声："跟他们说你没妈妈。"

云峥无语。

席文珺向路过的服务生招手，取来一杯红酒，指尖夹住杯柄轻轻地晃。晃了有一会儿，她出声问云峥："你到底想干什么？"

云峥想了想："云南德钦有家福利院，固定的工作人员不到三个，其他的都是短期志愿者，这几年送进来的孩子越来越多，物资、人力慢慢跟不上，有时候连做饭的人都不固定。"

席文珺："你想为这家福利院弄点物资？"

云峥："不仅这一家，这一路我还去过其他地方，这些偏远地区的福利院和学校最主要的硬件设施跟不上，有的福利院只能保障孩子的基本生活，而有的学校除了上课，体育和文娱方面的东西等同于没有，没有操场，没有图书馆，更别说什么别的课外活动，所以我想能不能为这些地方捐赠一批资金，帮助他们把像篮球场、食堂这样的场所建起来。有些特别不规范的地方可以跟当地合作，交由基金会统一管理，但是这个工程太大，光是云氏一家基金会揽不下来，所以想联合其他公司的帮助。"

一次性的物资不能解决根本问题，循序渐进地提升环境、教育，才能真正做到润物细无声。

听完这番话，席女士的眼神变了变。她侧眸，看向这个一贯闲云野鹤什么都不管的公子哥儿，轻轻勾了下唇："年纪轻轻想要的还不少。"

云峥眼底镇静，看着她不说话。

"说吧，看上哪家了？"席文珺手里的杯子还在摇。

云崝指指那头正在交谈的几人:"都在那儿了。"
杯中红酒醒得差不多,席女士起身,缓缓朝那几人走去。

逾近晚上九点,晏宁正躺在沙发上看电视,门口忽然一阵窸窣动静,两道男声由远及近地响起。

"蓝莓呢?我蓝莓丢了。"

另一人骂骂咧咧:"念一路了大哥!在这儿呢丢不了!"

然后有人在面板上一通乱按。晏宁狐疑地走过去,就听见门外向昭的声音:"你不会把密码给忘了吧?"

隔了两秒,云崝才说话。

他语气慢吞吞道:"席女士生日。"

"是你妈生日又不是我妈生日。"

"670412。"

晏宁连忙开门,门开的一刹那,向昭还弯着身体,手指悬在半空中,惊诧又震惊地看向门后的晏宁,而云崝靠在他身上。正装的云崝成熟而俊朗,西装外套搭在胳膊上,手里拿着两盒蓝莓。

他白色衬衫敞开两粒扣子,从脸到脖子都泛着红。在看见晏宁的时候,云崝眯着眼睛缓缓扬起一个笑。

晏宁把人从向昭身上接过来,问他:"这是喝了多少?"

向昭还在怀疑人生,他甩了甩脑袋说:"有个晚宴,聊正事儿就多喝了点。"

既然是正事,晏宁就不再多问:"你要不要也进来喝点水?"

向昭:"不用,我也该走了。"

云崝右手搂在晏宁的腰上,靠着她,另一只手两指并起抵到额角,朝向昭敬个慵懒又随意的礼:"回头见。"

门被关上后,向昭站在电梯间里,站了老半天没敢动。他回头看一眼身后的门,如梦初醒般掏出手机发消息。

这回是私发。

向昭:云崝把那小姑娘拐到家里了!

柏西明:有问题吗?

他这么淡然而理所应当的反应,让冥顽不灵的向昭终于有了一丝开化。

向昭的手都在抖。

他发：不会这姑娘就是那民宿老板吧？
柏西明：那是你未来老板娘。[微笑]
向昭：我去！

屋内，晏宁把云峥扶到沙发上坐好，准备去给他倒杯水。云峥扔掉蓝莓从后面紧紧抱着她不愿撒手，脑袋埋在她的颈窝里上下地蹭。

捎带醇冽酒气的呼吸喷洒在晏宁的颈上，滚烫到让晏宁觉得浑身酥麻。云峥醉着，根本把握不好分寸，他稍微一动，温热的唇不经意贴到她颈侧。晏宁身体不自觉地僵住，背脊发麻像在过电。

她身体挣了挣，云峥的手放松。在晏宁以为自己可以离开时，云峥手臂用力将她往回一拉，把她的身体转过来抱到自己身边坐好。

云峥的脑袋歪在晏宁的肩膀上，他闭上眼睛轻喘着气。晏宁抬起手摸了摸云峥的头发，手感很松软，很舒服。

在沙发上安静地坐了会儿，云峥长呼一口气，轻声呢喃："你不要生我的气。"

晏宁笑："我不生气啊。"

云峥喃喃："我抽烟了。"

他的声音跟他现在的人一样，软绵绵的。

晏宁愣了一下，忍不住笑："这是你家，我不能把你扔出去。"

"嗯——"云峥不满地哼唧，脑袋支着晏宁拱了拱，胸膛跟着呼吸起伏，"今天晚上跟他们聊事情，他们给我递烟，有求于人不好不要，但是……"云峥现在脸红红的，笑起来闷闷的，"我就抽了半根，后来事情聊成了就不抽了。"

晏宁伸手轻轻捏他的脸："你好乖啊。"

下一秒，云峥猛然坐起来，把晏宁吓了一跳。

他整个人头昏脑涨，坐在那儿如老僧入定，半天没动静。晏宁起身去厨房，切了几片柠檬泡水端过来给他解酒。喂了没两口，云峥不愿意喝了，扯着她坐回原地，晏宁的手一抖，水差点洒出去。

云峥瘫在沙发上，眼神涣散，看什么都重影。晏宁把杯子放下，云峥撑着身体坐起来点，他手里抓着晏宁的一抹长发，手指绞着发尾绕来绕去，绕了滑走，滑走再绕。

他边喘气边说话："我跟他们都谈好了，过段时间他们会给唐妈妈的福利院送东西，不光是东西，那个操场也得翻新了，还有……"话说到一半酒意上头，云崝有点断片，他皱了皱眉，"噢，还有食堂和图书馆……不只是唐妈妈的福利院，云南那边好多个福利院都会有，好多好多，他们都答应我了。"

晏宁终于知道向昭口中所说的正事是什么，心里百感翻涌，一时间说不上话。

起初认识云崝，她以为他有些古怪，不愿意去景点，也不愿意吃饭，就喜欢在那些人烟稀少的荒郊待着。现在回想，其实他善良、细心，会平等地尊重任何人，表面看似吊儿郎当，实际上做什么事情都很沉稳，有一种让人安心的力量。

不仅局限于德钦一隅，云崝愿意倾力帮助更多的人。天下熙熙攘攘皆为利往，而云崝没有任何偏颇的目的，这是他骨子里流淌的最原始的，有情有义的善良。

晏宁眼眶发热，她喜欢的男人，有一颗温暖的心脏。

她把他搂过来，云崝乖顺地倒到她的肩膀上，动两下找了个舒服的姿势躺着。

晏宁心疼地拍拍他："辛苦了，男朋友。"

云崝说："把你一个人丢家里一天，对不起啊，女朋友。"

深夜谧静，呼吸交缠之间，晏宁有了一个大胆的想法。

她声音很小："云青山，我能亲你吗？"

"晏老板，你想占我便宜啊？"

云崝忽地就笑出了声。

那声笑无疑是一把火，把晏宁的耳朵燎到发烫。

他身体支起来，脑袋往沙发靠上一企，露出那种似有若无的、摄人心魂的笑。

他光明正大地勾引："那来吧。"

也许，是醉意会传染，也许，是她本就醉在他的眼神里，晏宁感觉自己的呼吸在变快，悸动让她生出勇敢，她膝盖抵着沙发，一手撑在云崝脑袋边，遵循内心本能地向那团温柔靠近。

身体往前倾，晏宁的脸都到云崝的脸边，极近的距离，听见绵长而均匀的呼吸声。

她蓦地就笑了。

云崝睡着了。

次日早晨，晏宁拉开房门，云崝正在厨房里煮咖啡，精神抖擞跟昨晚醉醺醺的样子截然不同。

听见声音，云崝回过头："醒了？我点了早餐，去刷牙。"

晏宁含糊说："好。"

晏宁闭着眼睛刷牙，满嘴的白色泡沫也止不住她的哈欠。她有个坏习惯，睡觉的时候总喜欢抓着东西，来上海之后什么都没有，她的睡眠质量明显下降。

刷完牙，晏宁迷蒙着走出来。她问云崝："云青山，你们家有没有那种小的玩偶啊，不抓着东西我睡不踏实。"

云崝很认真地想几秒，指指自己："这儿有个大的，你要吗？"

晏宁趿拉着拖鞋"噔噔噔"地扑到他怀里，结结实实地把人抱住，夸张地发出一声满足的叹息："啊，舒服了。"

拥抱是心脏离得最近的时候，心跳同频的那刻是记忆的钥匙，昨晚的画面纷至沓来。

云崝淡淡"啊"了声，望着前头说："忘了件事儿。"

"啊？"

突如其来的失重感让晏宁紧紧抓住云崝的肩膀，惊吓之余她瞥见男人唇边的一抹坏笑，毫无防备地，她被云崝抱到桌子上坐好。

晏宁想开口说什么，唇被人堵住，云崝不给她说话的机会，呼吸在纠缠中变得灼热，咖啡的苦涩被黏腻的温度蒸发，晏宁仰了仰，气息里都是他的味道，她意乱情迷地往更深处沉溺，只剩本能让她伸出手，搂住了云崝的脖子。

云崝单手扶住她的后脑勺，另一手仍撑在桌面上，她的长发缠在他手臂，像夜晚时玫瑰的触感，隐秘的，充满生命力的，不被外界所打扰的。

诗人说，一万个世纪短于这一朵玫瑰的时间。

云崝倾身而至，为这朵热烈的深红，他甘愿轮回一万个世纪。

一个吻结束，晏宁迷迷糊糊，眼睛里都是水汽。云崝还停在她的嘴角，有一下没一下地亲，囫囵地跟她说："下次别问。"

晏宁说不出话，眼尾泛红地看他。云崝捧着她的脸又亲过来，不忘告诉她："直接答题。"

吃过早饭，云崝在沙发上用电脑处理工作，晏宁靠在他肩膀上抱着椰子看电影。

门外响起一阵铃声，打开门后，向昭边打电话边走进来。

听筒里，侯暖的声音干练而冷静，正跟向昭沟通最近的工作事项。

她先说了几个知名杂志的合作意向，向昭走到桌边给自己倒了杯水，喝完水快刀斩乱麻般做出决定，侯暖一一做好记录。

侯暖："方馨玥接了个牛奶代言，想找崝哥拍广告海报。"

向昭坐进沙发："让她去死。"

晏宁被这不明不白的话惊了下。

侯暖继续问："好的，要是她金主过来问呢？"

向昭："让他们一起去死。"

方馨玥，靠着科技兴国的脸常年混迹于三十八线，勾搭了某公司老总，委身为小五拿到些不入流的资源。因为在某次拍摄中听见摄影师吐槽她脸歪，破口大骂说摄影师技术不行，要求更换更精尖水平的摄影团队，便把主意打到了云崝的头上。

这些事本不该汇报，但那老总在圈内很有资历威望，侯暖不做百密一疏之事。

得到确切回答，侯暖打了声招呼挂断电话。

这些背后的事情晏宁不了解，在她看来就是，向昭毫不留情不给对方面子。她挨着云崝压低声音："他一直这么跟人说话吗？"

"你对象还直接让人滚出摄影棚呢。"向昭哼哼，"都是人家来求他，想拍就拍，不想拍就不拍，谁管得了他。"

云崝顿了下，放下电脑起身去倒水。

向昭说到这里，晏宁反应过来有什么不对劲。她看向逃离现场的云崝，目光紧锁着他："云崝，你套路我。"

云崝走过来把杯子塞入她手里，膝盖磕在沙发边，弯腰在她嘴角轻啄一下。

"这叫智取，宝贝儿。"

晏宁空着的手掐了下他的腰。

两人旁若无人地亲昵着，向昭实在看不过去，他站起来作势往外走："我也去死吧。"

云啸笑着把他叫回来，两人进书房聊工作。

下午，向昭和云啸一同回到工作室，云啸先上楼，向昭留下来跟同事说了点工作。

工作室分三层：一楼整层都是摄影棚；二楼一半是会客室和办公区，一半是摄影棚；云啸的办公室在三楼，跟工作间挨着。

向昭双手插兜往二楼办公区工位走，他的工位挤在办公区和摄影棚中间，工位不大，偏偏还堆了他的许多东西。云啸曾提出在三楼给向昭弄个单独的办公室，向昭明确拒绝，他说自己就喜欢这种监督下属干活的感觉。

向昭走到二楼楼梯拐角，再次碰到侯暖，她手里拎着一只袋子往楼上走，向昭把她拽回来："你干吗去？"

侯暖站得笔直："晏小姐之前说很喜欢拍摄的那条裙子，正好品牌方多送了一条，我给云总拿过去。"

向昭有些诧异："云啸让你送过去的？"

侯暖直言："是我自己。"

向昭的脸侧了侧，以往白怀京拍摄，看见喜欢的衣服也会心动，但都只能拿拍摄用过的。现下侯暖对晏宁这么热情，让他不免联想到之前。

向昭问："拍摄那天你就看出来了？"

侯暖："是。"

"都是云啸的女朋友，你怎么还双标呢？"向昭觉得好笑。

"不一样。"侯暖抬起头，她肯定的表情一览无余，"云总跟白小姐在一起的时候，聊的从来只有工作，而且白小姐总是会给云总很多无形的压力，但是跟晏小姐在一起的时候，云总会说一堆没用的废话。"

向昭垂下眼睛，看着这个常年冷着脸的姑娘。

灯光敞亮明晃晃地照在侯暖的脸上，向昭第一次这么近距离观察她，忽略那副冰冷，侯暖是个实打实的美人。

她结合了所有苏州美人的优点，个子高，皮肤白，眼尾含俏似带柔情，朱唇皓齿，长相温婉，但眉宇间又凝聚一股清冷的气质。

没来由地，向昭神色放软："其实，你还挺可爱的。"

侯暖的视线在向昭的脸上打了个转，最后直接钉在他脸上。

她定声："向总，这算职场性骚扰吗？"

向昭头上落下三个大大的问号。

晚间，两人在家吃过饭。

云崝收拾桌子时，盯着桌上的盆栽看了会儿。枝叶翠绿顶尖几朵白花，细长的花瓣通体雪白，柔软似雪花，水灵灵的。

晏宁从他身边路过："看什么呢？"

云崝问："这是你买的？"

"嗯，你家太冷了中和下色调，而且等我回了云南，你还能拿它睹物思人。"

云崝又看了眼："怎么是盆茉莉？"

"茉莉好养啊。"买的时候晏宁就体贴地想到，"你工作那么忙肯定没时间照顾，有空给它浇点水就行。"

云崝眯起眼："好养吗？"

晏宁点头："云南那盆你不养得挺好？"

云崝走过来，捏着晏宁的鼻子左右晃两下："好吗？"

晏宁搂着他的腰，皱着眉头笑得无奈："你都给它养开花了呀。"

"你真不知道？"云崝神色绷起，语气稍变。

晏宁回想了下，笑着倒进云崝的怀里，瓮声感叹："你怎么这么幼稚。"

"想起来了？"

"嗯。"

晏宁仰起头眨巴眨巴眼睛，说得很平静："我和倪扬确实有过一段不清不楚的时间，但我知道他和李知妍的关系之后，就再也没有那种想法了，留下那盆花只是因为它是一盆花，跟倪扬一点关系都没有。"她扬起笑脸，"再说了，我这么喜欢你，才不会去看别人。"

云崝被她紧紧抱着，看见她这么神气的小表情，前一秒的不快烟消云散。晏宁在他怀里探着脑袋，眼神古灵精怪的，云崝终于忍不住笑出来。

晏宁马上问："开心了？"

云崝懒懒散散道："那比起茉莉……我还是喜欢别的。"

"比如呢？"

"不告诉你。"

晏宁笑，踮起脚用唇去够他的，云崝故意躲开，落空的吻印在他下巴上。晏宁瘪起嘴不满地瞪云崝一眼，云崝唇角弯起弧线，不紧不慢地低下脑袋，晏宁在他脸颊上"吧唧"亲了一口。

晏宁问:"那幼稚的云青山能不能赶紧收拾完,咱们赶紧出门?"

两人约好饭后散步。

云崝用眼神示意她:"换身衣服去。"

晏宁笑眯了眼:"行。"

"哎,你待会儿能给我买冰激凌吗?"走进房间前,晏宁忽而转身问道。

"不能。"云崝拒绝。

晏宁说:"为什么?"

云崝说:"没钱。"

"那我给你买。"

"你的钱买盆栽了。"

晏宁冲过来跳到他背上,捏他的耳朵:"你到底好了没啊?"

云崝一边托住她扑腾的双腿,一边笑着躲:"好了好了。"

半小时后,两人出门。

道路上偶尔经过三两个人,晏宁牵着云崝漫无目的地走。

云崝一手牵她,一手拎着相机,那是出门时晏宁让他带上的,美其名曰要带他发现生活的美好。云崝但笑不语,却听她的话。

晚风静静吹拂,晏宁摇摇云崝的手:"云青山。"

云崝问她:"想吃冰激凌了?"

"不是。"晏宁摇了摇头,她停下来,抓着云崝的手正色道,"喜欢你跟喜欢倪扬的感觉不一样。"

云崝垂眼看她,脸色看不出情绪。

晏宁沉吟几秒:"换个说法,是初衷不一样。我当初喜欢他,绝大部分原因是他在我需要的时候帮了我很多,也确实消解了我很大程度的不开心,我后来想想这也许只是他的一种手段,而我对他的这些手段产生了类似于依赖的情感。但你不同啊,我喜欢你,是因为跟你待在一起我很快乐,哪怕仅仅跟你牵手站在风里,也感觉所有烦恼都被风剪碎了。"

对倪扬的感情掺杂许多错觉,可是遇上云崝,对他的喜欢,是目眩神迷的来源,是直接而纯粹的内心想要靠近,看见他便觉得,看到的天地万物都和蔼起来了。

听完,云崝心里皱作一团。他抬手将晏宁一撮乱了的头发理好,有些忍不住想笑:"现在知道,以后有需要来找谁了?"

晏宁往云靖怀里蹭，下巴抵在云靖结实的胸膛上，她仰起脖子眉眼娇憨："那我想吃两个冰激凌。"

云靖无奈地笑："行，你是老大。"

往前走了走，晏宁跳上路边花坛的台阶，她张开双手看向脚底，一步一步地往前挪，云靖一手拿相机一手拎兜，慢慢跟着她的脚步。

中途碰上从另一头台阶过来的小女孩，两人大眼瞪小眼，谁也不打算让谁。

小女孩抬起头，一脸纳闷地问妈妈："姐姐也是小朋友吗？"

云靖走过来："姐姐是仙女。"他屈膝半蹲，单手将晏宁扛到自己肩上，绕过小女孩身边留下一句，"仙女是不能下凡的。"

晏宁坐在他肩膀上笑个不停，发丝被风吹扬，眸眼光亮神采奕奕。

晏宁在上海多待了六天，回云南的前一晚，她高高兴兴地收拾行李。

她把给十六、小桃他们带的礼物收纳好，又小心翼翼地将噎喽的小玩具放进去，忙前忙后不像是要回家，更像是要出去旅行。

云靖敞腿坐在沙发上，面无表情地看着在客厅里转来转去的"小陀螺"，她走到哪儿，云靖的视线就跟到哪儿。

她越高兴，云靖心里就越郁闷。

两人刚在一起没几天，就要进入异地恋模式，云靖心里有点不舍，可偏偏晏宁兴奋得不行，完全没有要分别的意识。

云靖舌尖抵了下侧腮，好心提醒她："你是不是忘了什么？"

"该拿的我都拿了。"晏宁手里拎两件衣服，停下来思考几秒，"钱包、衣服、噎喽的滚滚球，应该没什么落的了。"

云靖耐着性子："跟人有关。"

"身份证？"

……把云靖气得不行。

深夜，晏宁枕着右臂侧躺，左手握着一只玲娜贝儿的小玩偶，她捏了两下，感觉睡不着，坐起来将灯打开，望着角落里那只墨绿色行李箱，眼睛慢慢往下耷拉。

离别的情绪总是很突然的，譬如现在。

次卧床上的云靖，手臂支在头顶平躺，闭着眼，睡颜安静。

半睡半醒间，他感觉床往下一塌，随之而来的是手臂上细细麻麻的痒。

云崢缓缓睁开眼，晏宁跪坐在他身边，杏眼圆睁一脸无辜地看着他。

云崢瞬间清醒，他坐起来没开灯，轻声问："怎么了？"

晏宁瘪下嘴巴："云青山，我睡不着。"

云崢笑："不是给你买了一堆玩偶吗？"

那天她提出之后，云崢买了一堆大大小小的玩偶摆在主卧里，她想抱什么就抱什么。

晏宁摇头。她忽然笑起，掀开被子把云崢扑回去："我今天想抱着这个睡。"

云崢愣了两秒，圈住她的腰把被子盖好。晏宁把腿架在云崢的腿上，又调整了好半天，觉得舒服了才停下。

室内重回寂静，只有彼此呼吸声的起伏。

云崢："东西都收拾好了吗？"

"好了。"

"明天到了机场，柏西明会过去接你。"

晏宁低低"嗯"了声。

云崢手掌轻柔地摸摸她的长发："舍不得了？"

晏宁瓮声问："你什么时候忙完呢？"

云崢说："几个杂志封拍完，我就过去找你。"

晏宁："房要给你留吗？"

云崢笑了笑："看你还缺不缺钱。"

这声笑从胸腔里发出来，贴着晏宁的耳朵，像一道春雷唤醒她深藏心底的悸动。晏宁深呼吸一口气，将脑袋从云崢的怀里探出来。

视线交汇的那一秒，春雷炸裂，晓月潮湿，满目星火。

忘了是谁先开始，炙热和缠绵的吻激起两人心头的热浪，感官的温度烧起暧昧，晏宁耳朵红着，脸红着，从脖子到更深处都在发烫。

体内如有一汪深海，远方的浪潮汹涌而至，波澜层叠在迷离碰撞，又在某一瞬的气息中，变得轻盈盈。

云崢吻意愈深，落在她的唇角和眼尾。

一切细微被放大，云崢的唇落到晏宁白皙的肩骨上，馥郁香气在夏昼中逐渐浓密，留下消融的红痕，欢情在微光中肆意盛放。

晏宁紧紧抱着云崢的脖子，眼光旖旎，她微喘着气，感觉锁骨下方落了一片冰雪。

恍然间，遵循本能地，她的肩膀瑟缩了瞬。

然后，云崝的动作停下。

他支起身体看身下的人，她衣服被褪下一半，眼里有微茫的水雾，正朦朦胧胧地看他。

云崝心里忽然有说不清的柔软，重新躺好将她抱住。晏宁在他怀里翻了个身，他的胳膊从她脖子下伸过去，搂住她的肩膀。

晏宁的后背紧紧贴着云崝的胸膛，闭上眼感受他情动的呼吸。

隔了半晌，云崝低声说："我是认真的。"

晏宁问："什么？"

云崝埋下头，鼻尖落在她的脖颈上："晏宁，我对你不是一时兴起，也不想你回去之后因为这种事情胡思乱想，我知道那种感觉不好受，不想再让你经历一次。"

晏宁淡声道："你有点小看我。"

她从来不会因为这种事为两人的关系强加一道枷锁。在她世界观里，恋爱是快乐自由的罗曼蒂克，是湛蓝天空下的湖湾清泉，一眼望去，涟漪都泛滥欢悦。

"还是说其实你……"她脑袋转过来，用无声的口型表达形容词。

云崝"嘶"一声，敲她脑袋："你个小姑娘怎么满脑子黄色废料。"

"狗扒的我衣服。"

"汪。"

晏宁身体转过来，她伸手搓了两下云崝的脸，目光清冽，语气郑重："云青山，跟你在一起我是做足了准备的，有时候我是想得比较简单，但不管你是因为什么得了厌食症，现在我就想把你的身体养好，养得棒棒的、胖胖的。"

云崝扬唇："把我当噎喽养了？"

晏宁笑着往他怀里钻："嘿嘿，噎喽可比你好养。"

云崝在她肩颈的肌肤上轻啄。

"好好吃饭。"

"行。"

晏宁解释："我撤回的那条微信，是让你好好吃饭。"

平复回宁静，两人相拥而眠，短暂地忘却那些令人抑郁的离别感伤，她在他温暖的臂弯里安眠，他抱着娇软的温暖坠入梦境。

睡了没到十分钟，晏宁睁开眼睛推推云靖："完了云青山，我饿了。"

云靖把被子往上扯了扯："睡吧，梦里什么都有。"

"你虐待我。"晏宁声线委屈，闷闷地控诉，"之前还说要带我吃遍上海所有好吃的，结果现在我饿了就不管了。"

"……好，吃吃吃。"云靖掀开被子起床，内心深处发出一声甜蜜而幸福的喟叹。

谁养谁啊？

第二天下午一点，云南丽江机场。

柏西明接上晏宁，在附近简单吃过午饭，驱车赶回德钦。

云南的阳光比上海澄净，金灿灿注进万顷山野，细碎的光在层层叠叠的树叶上跳舞，由远及近，微风在光与叶的缝隙中穿梭摇摆，清幽鸟鸣在云霄间弥漫。

柏西明边开车边打趣："怎么就你一人回来？"

晏宁回答："他有工作。"

柏西明嫌弃道："肯定是向昭给他接的。"

晏宁说："原来你们都认识。"

"啊。我跟云靖从高中开始就是同学，向昭，还有另一个叫裴渡的，都是在澳洲上学认识的朋友。向昭这小子那会儿就是'卷王'，毕业了就是工作狂，前几个月看云靖生病消停了会儿，现在云靖好点儿他又开始了。"柏西明叹息，"知道的云靖是他老板，不知道的还以为云靖在给他卖命呢。"

晏宁想起一事儿："他也不是什么工作都接。"

向昭挑眉问："比如呢？"

晏宁说："牛奶广告。"

柏西明怔默不语，转过头，目光凝重地看她一眼，抿紧唇继续看前头的路。

晏宁问："云靖为什么那么讨厌牛奶？"

她看向柏西明的侧脸，心里越发沉重。

"这事儿怎么说呢……"柏西明语气犹豫不定，踟蹰几秒做了决定，"算了，反正你们都这关系了。云靖小时候被保姆虐待过，一个月的时间，那保姆只给他喝牛奶，不喝就打。"

晏宁震惊:"那他妈妈呢?"

"你说席女士?"柏西明摇头感叹,"他爸妈那会儿整天忙工作,以为请了个靠谱的保姆照顾,结果要不是他大哥回去发现狗丢了觉得不对劲,不知道云崝还得遭多少罪呢。"

"他那会儿多大?"

"五六岁?"柏西明不确定,"反正不大。"

沉默在空气中流转,外头阳光依然明媚敞亮,晏宁再也看不进去,她眼睫轻颤,心尖的地方又酸又胀。

柏西明继续说:"你记得之前他说我们有回半夜跑出去吗?"

晏宁想了想:"看袋鼠?"

柏西明呵呵一笑,也没觉得尴尬:"那天其实是席女士要来澳洲参加活动,说顺便过来看他,但突然因为活动取消就没来,云崝正准备出发去接人,看见这消息整个人都不对了,才半夜拉着我们去看袋鼠的。那会儿我们几个哪知道他小时候的事儿啊,就跟他开玩笑说多大人了还黏妈妈,结果这小子说你们懂什么,后来哥几个把他灌醉逼问了一番,才知道这是他出国之后,席女士第一次提出来看他。"

柏西明耸了下肩膀,神色大方道:"也不怕跟你说,我留学的费用是云崝家里资助的,甚至还包了几回我爸妈来澳洲旅游的机票,但是云崝在国外留学那几年,席女士从来没看过他一次。"

晏宁心里发苦:"他跟他妈妈关系不好吗?"

"不是。"柏西明否认,"高中那会儿,我也以为云崝会因为保姆的事儿记恨他妈妈,后来澳洲那次我才知道,这小子表面上比同龄人持重冷静,有时候打心底就是一缺少母爱的孩子。"

车身引擎混响环绕在耳畔,两侧树木静静伫立,车轮碾压一道道灰色树影,晏宁低下头,长发隐匿脸上所有的表情。

她嗓音发涩:"他的厌食症,跟这些也有关吗?"

柏西明说:"这是两码事儿。"

他犯难地抓了抓头发,倒吸一口凉气:"我也是前段时间听向昭随口一提,他那个前女友,一边立爱猫人设,一边在背后虐猫,被公关压下去了,云崝估计也是因为这个想到不好的事情了吧。"

——"那为什么不直接找个保姆照顾你?"

——"我妈怕保姆虐待我。"

——"你妈妈很明智。"

那晚的对话清晰而伤人,晏宁闭了闭眼睛,心脏缓缓收紧,慢慢喘不上气,感觉跟针扎一样细密地疼,她的视线从清晰变得模糊,又被旁边车辆的鸣笛惊醒。

她深吸一口气,决心不要沉溺在这种悲伤里,她要帮助云峥挣脱这些灰暗。

晏宁稳了稳情绪打开手机,找到云峥的聊天框。

晏老板:*在干吗?*

那边先过来一张照片,家里原本空荡的电视墙旁边,多了一个白色竖条纹路的花盆,半米高的树木底下坠着几颗明黄的柠檬果实。

云青山:*在思人。*

晏宁的眼睛再次湿润,她抬起手臂遮住半张脸,却遮挡不住那声喉间的哽咽。

这个云青山。

晚上入睡前,晏宁搂着噎喽正在看书,突然接到云峥的视频通话。

他坐在办公室的沙发上,乌黑的头发凌乱着,揉了几下脸像是刚刚睡醒。

晏宁看见他疲惫的神色,关心地问:"加班了?"

"嗯。"云峥看向镜头,语气轻悠悠,"他们在楼下布景,我上来偷会儿懒。"

云峥问:"今天路上顺利吗?"他在桌上两个橙子中挑了一个放进手里剥,他手指修长皮肤白皙,橙子在手里转一圈,像雪山顶上的橘色落日。

"顺利,出机场就找到柏西明了。"她看着云峥手里的橙子,"换一个,这个不甜。"

云峥皱眉:"这能看出来?"

晏宁跟他解释:"你手里这个果脐是尖的,得挑那种圆圆的才好吃。"

云峥果然换另一个重新剥,他脑袋低垂,额前碎发在他鼻梁上落下阴影,脸上一片专注。

晏宁多少受了点下午情绪的影响,她伸手招了招屏幕里的人:"你过来。"

云峥脑袋凑近屏幕,晏宁的手落在摄像头上轻拍几下,声色轻软温柔:

"胡噜胡噜毛吓不着，抹挃抹挃肚，开小铺儿。"

云峥退回去，抬起头忍不住笑："跟哪儿学来的？"

"北京上学的时候，室友教的。"晏宁看着他的眼睛，轻轻说道。

云峥停下动作，神色了然："柏西明跟你说什么了？"

晏宁脸色一凛："你有时候真挺可怕的。"

"你我还不知道？"云峥丢掉一半橙子皮，低声推断，"我猜猜，大概是柏西明说了我过去的什么事儿，你听着心里难受了？"

"嗯，牛奶，猫，还有你妈妈。"晏宁语气轻微，低着头极力克制情绪，"觉得你太可怜了。"

"哒哒哒"几声，云峥屈指敲几下屏幕。

晏宁抬起头，云峥眯眼含笑，还在插科打诨："我长这么帅还有钱，有什么好可怜的？"

刚酝酿的安慰话术被这人打断，晏宁嘟起嘴巴瞥他一眼。

云峥清理橙子瓣上的白丝，不甚在意地跟她说："柏西明跟你提的那些曾经是挺困扰我，但现在也没那么影响了。虽然还是不太能接受牛奶，但我该怎么生活就怎么生活。我跟席女士的关系也没有不好，就是相处模式跟别人不太一样。席女士是搞雕塑的，可能艺术家都比较特立独行。"他看一眼前方，停了几秒又转回来，"我不跟你说，是因为觉得人不能总活在过去，总把过去放在嘴上，对我来说不仅浪费时间，还非常矫情，而且……"

他直直地看向晏宁眼底，露出愉悦的笑容："我这不有你？跟个小太阳似的天天在我周围转来转去，有阴影也照不进来。"他举举手里的橙子，笑容不变，"还能帮我挑橙子。"

本来打算安慰的人变成被安慰的那个，晏宁酸苦的情绪得到释放，她抿了抿唇笑："你尝尝甜不甜？"

话落，云峥把橙子塞进嘴里，他嚼几下点头表示肯定："嗯，甜过初恋。"

晏宁睫毛扑闪扑闪，嘴角弯起好看的弧度，用手撑着额头看他。

她手边的书露出一半，云峥问："你对金融有兴趣？"

晏宁表情没变化，随口说了句："民宿的客人落下的，拿来翻翻。"

橙子吃了一半，云峥说："但有一件事儿，你得可怜下我。"

晏宁一听，神情变得紧张："什么事儿？"

云峥手肘撑在膝盖上，双手握拳抵在腮侧，离屏幕很近："我想你了。"

直白而坦诚的表露让晏宁耳根烧起来,她脸上爬上一抹绯红:"你买的盆栽呢?想我的时候就多看两眼。"

"能看你我看什么树叶子?"

晏宁笑着去捂眼睛。

"别动。"云峥还保持那个动作,看着屏幕里的人说,"让我好好看看你。"

无声几秒,噎喽从晏宁怀里站起来看向手机,它踩在被子上把鼻尖挨过来,昂起脑袋打量了老半天,又用爪子扑腾几下屏幕上的脸,大眼睛里写满了迷茫和无知。

云峥自我介绍:"噎哥你好,我是你爹。"

晏宁"扑哧"一声笑出来。

屏幕那头传来推门的声音,向昭火急火燎道:"我道具呢?"

云峥眼疾手快地把手机屏幕往右一偏:"什么道具?"

向昭喘着粗气:"橙子。"

云峥表情漠然地一昂下巴:"喏。"

向昭:"你不是讨厌橙子吗?"

云峥:"不啊。"

向昭看他好半天,终于眉宇深蹙恶狠狠地吼他:"你是不是有病啊!"

云峥这次回答:"没有啊。"

挂断视频后,晏宁抱着噎喽窝进被子里。几天不见,噎喽十分黏她,不停地用毛茸茸的脑袋蹭她下巴、软趴趴的肉垫拍她的脸。

被窝里越来越暖,熏陶了睡意逐渐涌入大脑,在要彻底跌入梦乡时,意识深处有什么东西一把将她推回现实。

黑暗中,晏宁抓一把自己的头发发呆。

这容易多梦而恍惚的夜晚,她需要找一个能够安稳入睡的地方。

静谧深夜,晏宁带着噎喽爬上三楼,她将茉莉花锁进卫生间,才搂着噎喽躺下。

大约是换了个地方,噎喽变得安静下来,乖顺地躺在晏宁的臂弯里,用尾巴来回扫她的胳膊。晏宁的脑袋跟噎喽的贴在一起,一人一猫气氛安宁而柔和。

终于能睡得着了。

第八章

"恋爱脑"真可怕

往后半个月,晏宁先回家住几天看望了父母,其他时间便在福利院帮忙。

这天上午她开车过来,邓其锴正忙着指挥几辆大货车倒车,孩子们跟在后边欢快地又唱又跳,唐妈妈跟其他几个志愿者止不住地拦。

货车整整齐齐地停稳后,邓其锴招呼几个男生上来搬东西。

晏宁问唐妈妈:"这是?"

唐妈妈也还处于震惊中:"其锴说好像是个什么企业送过来的,联系他的人姓什么来着?"唐妈妈一时记不起来,叫了声邓其锴。

邓其锴手里搬着三箱牛奶,说话用了点力:"柏先生。"

晏宁很快猜到东西是谁送的,心里泛起一阵暖意。她没明说,走上前帮忙。

几车物资分别是食物、衣服、书籍和球类体育用品,最角落的那辆货车里,竟然是十几箱猫粮和猫罐头,院里的猫儿闻到味道,在车轮边转悠来转悠去不肯离开。

唐妈妈"哟"了声:"这个是不是送错了?"

送物资的负责人看一眼送货单,跟唐妈妈确认:"没错,柏先生特地交代过,这些是给福利院里的流浪猫的。"

唐妈妈脸上的表情既高兴又意外:"没想到柏先生对咱们福利院这么熟悉,能不能给我个联系方式,我亲自谢谢他?"

"不用麻烦了。"那人温和有礼,"柏先生说了,他送物资不过是短暂的付出,真正该感谢的是您,您长年如一日辛苦地照顾孩子们,他做的这些跟您比起来微不足道。"

一番话让唐妈妈神情动容,她避过去抬手在眼睛上抹了下。

不远处,晏宁拍了张流浪猫围着货车的照片发给云峥。

云青山：你去福利院了？

晏老板：刚到。

晏老板：幸好没把噎喽带过来，不然小猫崽子得酸死。

云崝甩过来一张截图，上面显示猫罐头快递正在派件中，还剩几公里到达有间民宿。

晏宁笑着摇摇头，回了个"猫猫竖起拇指大笑"的表情包。

中午，晏宁回到有间民宿。

十六看见她回来，从柜台里押着脑袋喊："宁姐！快过来看！这有个留了你电话的快递，但收件人不是你。"

晏宁将长发捋到耳后，微微躬身看清上面的字——恩人。她先是一愣，而后皱了下眉才没让自己笑出声。

噎喽从柜台上跳下来，一跃而上趴到箱子上，它稍稍眯起眼表情机警，那表情像是在说——谁也不能觊觎朕的江山。

晏宁看得好笑，举起手机拍了张。

图片发送的过程中，晏宁边坐到大厅的凳子上边敲字。

晏老板：它已经开始骄傲了。

云青山：行。

云青山：愿噎哥吃饱喝足，早日成为十里八乡最胖的猫。

手机收到一句语音，云崝点开，噎喽很细腻地"喵呜"两声。

晏宁第二条发的语音："它说谢谢。"

云崝又听一遍语音，舒展开眉目。

向昭走进办公室，看见云崝正一脸闲情逸致地看手机，他没好气地将一袋橙子扔到桌上："圆屁股的。"

粗俗的描述没有打扰云崝的心情，他从中挑了个放到鼻尖嗅了下，果香满盈。

云崝问向昭："怎么这么快就回来了？"

向昭和侯暖出去谈业务，不到一个小时就返程，这不太合常理。

提起这个向昭就生气，叽里呱啦地跟云崝吐槽了一大堆，中间夹杂不少国粹。向昭平日里脾气是暴躁，但鲜会这般失控，看起来是真气到了。

大意是向昭晚侯暖一步进去，进去时看见的便是，对方负责人正对侯暖动手动脚，面目猥琐下流让人作呕。

向昭当即就拍桌子把人带走。

云峥抬眸，眼底峻厉："哪家公司？"

"黎家洲。"向昭咬着牙，一个字一个字地往外蹦。

云峥神情一顿。

"耳熟是吧？"向昭轻讽，"白怀京新找的金主。"

云峥表情黯淡，冷冷道："那就别合作了。"

向昭嗤弄："刚都聊崩了。"

他在云峥的办公室里多坐了会儿，忽然记起一事："你那些风光摄影的器材呢？"

云峥说："送人了。"

向昭扬起声音问："送人了？"

"之前从民宿走忘记给钱，我抵房费了。"云峥压根没走心，"这会儿估计都卖了。"

向昭恨不得牙都咬碎："拿公款哄老婆的感觉怎么样？"

云峥站起来，神态自若地发出邀请："吃饭吗？我请你。"

向昭心疼钱："你还吃得下饭？"

云峥理所应当地点头："我现在能吃得下饭了。"

向昭略感错愕。

其实云峥这次回来，向昭明显地察觉他身上的变化，也知道什么原因。向昭欣慰般地叹息："咱摄影棚里还有不少，你问问她还有想卖的没？"

云峥同意："好的。"

向昭炸了："我跟你开玩笑，你想开了我？"

云峥勾着他的脖子："走，离职饭吃顿好的。"

晏宁带着噎喽在房间午睡，一阵急促的手机铃声突然响起。她闭着眼，手在床边游移，昏昏沉沉地按下接听键。

十六惊慌："宁姐，你快下楼，李知妍又来了。"

晏宁没带噎喽，她拢起长发胡乱扎了个马尾，趿拉着拖鞋下楼。

沙发区，昔日骄纵跋扈的李知妍窝在沙发拐角的地方，她穿着宽大的外套，四肢缩在一起，只在外套底下露出一双光脚。灯光垂下，李知妍半边脸上明暗交错，消瘦憔悴中充满了惊惧。

十六给她倒杯热水送过去。李知妍脚尖瑟缩地收进外套下摆里，戒备地看一眼十六，十六也没什么好脸色，瞥她一眼便转身走回柜台。

晏宁走到李知妍身边，李知妍抬起头，晏宁骤然看见她嘴角的青紫。

然后像是想到什么，晏宁拽过她的胳膊往上使劲一撸袖子，果不其然，都是淤青和长短不一的红痕。晏宁再一掀她外套的下摆，腿上也没好到哪儿去。

晏宁不可思议地问："倪扬打的？"

李知妍身体颤抖，躲避晏宁的眼神。柜台里的十六扫过来一眼。

晏宁拿起手机，语气冷静："这是家暴，你得报警。"

听到"报警"两个字，李知妍腾地扑过来抢手机："不行，他是公职，报警会毁了他的。"

晏宁冷言道："你活该被打。"

李知妍的眼泪倏地就掉下来，她揪着晏宁的袖子，哭得满脸鼻涕眼泪："我怀孕了，孩子不能没有爸爸啊。宁宁，我不能让他没了工作。"

"你……"晏宁忽然无话可说，她将李知妍拉到沙发上坐好，"孩子有事吗？"

李知妍抽噎着说："来之前去做过检查，没事。"

晏宁问："他为什么打你？"

"没有理由。"李知妍满目无助，"喝多了什么都不知道，下手没轻没重。"

晏宁垂颈看她："跟你爸妈说了吗？"

李知妍摇头："他们年纪大了，我不敢跟他们说。"

晏宁觉得自己脑仁突突地跳，她喊十六："开间房给她。"说完又补充，"离三楼近的那间。"

十六不情不愿地在系统上操作，然后走过来将门卡塞进晏宁手里。

晏宁把房卡递给李知妍："去洗个澡睡一觉。"

李知妍没接房卡，眼神迷惘地看着晏宁的脸，哽咽道："宁宁，你不怪我吗？"

"怪。"晏宁把房卡拍到她手里，"所以你别死这儿。"

李知妍看着晏宁走向后院的背影，眼泪不停地往下流，最后终于忍不住用双手捂紧脸，放声痛哭。十六在柜台里听见这声号哭，厌弃般地抬起眉。

房间内，李知妍洗完澡出来，身上的湿气还没散去，她坐在床头，爱抚地摸了摸小腹。

敲门的声音响起，她本能地一激灵，接着便听见晏宁清冷的声音："洗完了吗？"

打开门，晏宁端着鸡汤进来。

李知妍站在门边，半晌没动。

晏宁把东西放下："没什么别的吃的，中午剩的鸡汤你将就下。"

"我没有胃口。"

"替孩子吃。"

晏宁走后，室内只剩下李知妍一人，她靠在门后，将背脊紧紧贴在门板上，看似平静的脸上到底还是泄露了一丝畏惧与绝望。

第二天，晏宁吃过午饭在房内陪噎喽。小崽子闹腾，不知疲倦地从上跑下，从左到右。晏宁伏在案边看唐妈妈给的资料，里头是新一批领养家庭的情况介绍。

气氛正惬意着，突然楼下一阵摔椅子的声音，噎喽一个弹射跳到晏宁脚边。

晏宁一手还捏着纸张，侧过身子认真地听，又听见李知妍凄厉地嘶喊："放开我！"

她一惊，赶紧把噎喽抱起来扔到床上，推开门跑下去。

倪扬拽着李知妍的胳膊往外拖，动作粗鲁到完全不顾她几乎跪在地上，这会儿民宿没有客人，十六和小桃出门办事，动静闹得巨大也没人能管。

晏宁擒住倪扬的胳膊，眼里燃有怒意："她还怀着孕！"

李知妍看见晏宁，抽泣着求救："宁宁，我不想回去！宁宁……"

倪扬看见晏宁时，脸上的凶狠还没来得及收回："宁……宁宁？"

晏宁："放手！"

倪扬语气发狠："你别管！"说完他手臂上青筋暴起，发了死力将李知妍往楼梯口那头拖。

李知妍哭着在倪扬的胳膊上又捶又打。

晏宁一边去扶李知妍，一边制止倪扬的动作，三人以一种怪异而扭曲的姿势揪在一起。晏宁推倪扬："你先放开她说话！"

李知妍又喊又骂："我一定要跟你离婚！倪扬你这个浑蛋！你去死！"

这话彻底将倪扬激怒，他把李知妍往自己的方向重重一拉，然后用力推在晏宁的肩膀上。晏宁脚踝抵在楼梯边站不稳，她伸手一挥也只能摸到扶手，再接着，她脑袋朝后"咚"一声摔在通往三楼的楼梯上。

一声巨响，不冷静的人也冷静了。

不知道何时赶回来的十六咒骂一句："小蓝施我弄死你！"

他冲上去一脚踹在倪扬身上……

天台秋千，晏宁伸手碰了下肩膀，忍不住倒吸一口凉气。

小桃右手沾满药酒摁上去，晏宁又是一声："嘶——啊——"

小桃询问："宁姐姐，真的不去医院看看吗？"

晏宁往自己胳膊上贴膏药，贴完捋平。她笑笑说："我小时候爬树摘桃子偷杏子，摔得比这厉害多了。"

刚倒地时，她情急之中拿胳膊垫了下，这才避免脑袋开花，就是这身上磕到的地方让她现在像根竹子，一节一节地疼。

晏宁问："他们走了？"

"嗯，李知妍也跟着回去了。"小桃继续揉，十分气愤地说，"真是脑子被驴踢了，被打成那样还能跟着回去。"

也是刚刚李知妍父母来之后，李知妍一顿控诉，几人才得知，这不是倪扬第一次家暴李知妍，不仅家暴，倪扬还暧昧成性，婚后跟不少女人有说不清道不明的关系。

李知妍跟倪扬闹，倪扬便直接暴露本性，撕破脸皮直接动手。

令人发笑的却是，倪扬当着李知妍父母的面一顿痛哭下跪，李知妍竟然就这么原谅了他，一家四口皆大欢喜携手离去，对摔伤的晏宁毫不过问。

身上慢慢火辣辣地疼，小桃絮叨一堆晏宁没听进去，她现在头昏脑涨、大脑空白，根本无法思考。

疼痛感越来越重，也就一瞬间的事，晏宁胸口涌上巨大的委屈，钝钝地发酸。

小桃喊她："宁姐姐，你手机在响。"

云峥发来视频邀请。

晏宁登时打起精神坐直身体，并迅速整理好衣服领口。

小桃则扬起一个八卦的笑容，放好东西赶紧从楼梯那头下去。

云峥先是笑着看她一眼问："干吗呢？"然后他低头捣鼓手里的相机镜头。

晏宁说："带噜喽晒太阳呢。"

噜喽跳到晏宁腿边，脑袋在她掌心里蹭蹭，被药味呛到连打几个喷嚏，嫌弃地甩甩脑袋跑开了，晏宁用口型骂它白眼狼。

云崝抬头："云南最近天气好吗？"

"好啊。"晏宁眉眼弯成月牙，"可惜有人看不到。"

云崝情不自禁地跟着笑："嘚瑟得跟个小傻子似的。"

晏宁笑嘻嘻地捧着手机，看他那头背景空荡荡，说话好像也带回声，除了他身边的灯，周围地方能见度不高，浑身一片昏暗。

晏宁问："你在哪儿呢？"

"在工作间找点东西，明天还有一场拍摄。"云崝仰仰脖子，闭着眼动两下说，"向昭说把工作尽量都给我排在这个月，等这个月忙完我就能去云南找你了。"

云崝探身换个相机，坐回来轻飘飘地问："有什么想吃的吗？上次那家蟹黄包？我从上海这边过去，几个小时应该也坏不了。"

他声音里有止不住的倦意，表情却依旧温柔，晏宁好不容易压下去的委屈又泛上来，她鼻子发酸，忍住掉眼泪的冲动："行，还有那个条头糕跟双酿团子。"

云崝听她声音不对，看过来："怎么了？"

晏宁摇摇头说："今天有点累了。"

云崝问："十六偷懒了？"

晏宁低声道："没有，没事儿。"

两人都没再说话，云崝在那头意味不明地看她一会儿，晏宁赶忙转移话题："你那头那么黑，一个人待着不害怕吗？"

云崝把镜头往左边一移，狐尼克和兔朱迪分坐在两张椅子上，大眼睛圆嘟嘟可爱得不行。

云崝："它俩陪我呢。"

无法抵抗这对 CP 的可爱攻击，晏宁离屏幕更近，惊喜道："你什么时候买的？"

"昨天。"云崝笑了声，"看见的时候觉得挺像你就买了。"

晏宁"哦"了声："你承认自己长得像狐狸啦？"

"那我能让它孤孤单单的？"

"那你还把人家分开那么远！"

云崝哼笑说："异地恋就该有个异地恋的样子。"

他这认真的模样把晏宁逗笑，她笑够了说："你工作也别太累。"

云崭"嗯"了声应下:"我弄完就去休息。"

晏宁回答说"好"。

聊了会儿挂断视频,远处云朵飘浮开来,金光倾泻碧波万顷,不开心都散去了,晏宁盘起腿伸了个大大的懒腰,扯动皮肉一顿尖刺的疼痛,她立马五官皱起,缩起四肢捏了捏。

有间民宿一楼柜台里,十六手机外放正在追电视剧。

座机响起时,十六的注意力还在手机上,心不在焉道:"你好,这里是有间……"

电话那头:"十六。"

十六眼睛瞪圆:"崭哥?"

云崭开门见山:"你老板肩膀上的伤是怎么回事?"

光线半明半暗,十六的声音在话筒里很清晰,云崭一动不动地坐着,时间越久脸色越差,深黑的眼睛眸光沉冷,蕴起一层怒意。

最后他说:"给你打电话的事,不用告诉你老板。"

十六怔怔:"行。"

云崭:"嗯,挂了。"

十六:"崭哥再见。"

云崭独自坐了会儿,其间什么都没干。

向昭推门进来问:"晚上吃什么?"他看见两只玩偶,拍拍狐尼克,"这小东西长得还挺别致,你什么时候喜欢这些了——哎,你想什么呢,这么入神?"

云崭回神:"你刚说什么?"

向昭:"我放了个屁。"

云崭问:"你说,我要不把工作室搬到云南?"

这个提议很不现实,被向昭否决:"云南那么远,有拍摄是你飞过来还是让他们飞过去?"

停了停,云崭站起身拎起狐尼克,左手插进裤兜往外走:"帮我订张去丽江的机票。"

"明天还有拍摄你干吗去?"向昭冲他的背影喊。

"想晏宁了。"云崭道,他走到门口搭上门把,高挑的背影干脆又决绝。

向昭站在后头反应几秒,骤然一声怒吼:"你不会是来真的吧?"

深夜两点，十六准备关门睡觉，一阵车辆的声音打破平静。十六打着哈欠往外看，从车上下来一人，他胳膊下夹一只玩偶，玩偶的两条腿在半空中一晃一晃。

十六通过黑色冲锋衣认出了云崝，他张大嘴惊呼："崝哥，你怎么来了？"

云崝朝他颔首，没多说："三楼房卡给我一张。"

暗夜无边空寂，一道细微的"嘀"声，门被打开。

噎喽听见声响，趴在床头的位置抻直脑袋，带有试探的目光看向门口的云崝。

室内只拉了薄纱窗帘，窗外的月光透进来，满室清白像一地寒霜，照得床上熟睡的人皮肤更白，她下半张脸埋在灰蓝格的被子下，呼吸绵长而恬静。

云崝随手将"狐狸"放下，弯腰轻轻摸了下晏宁的脑袋。

噎喽跟着站起凑过来，云崝笑笑，伸手揉揉它的下巴，又捏捏它的耳朵。在噎喽爽到准备打滚之前云崝及时收手，噎喽立刻张嘴想喵呜，云崝竖起一根手指抵到唇边，示意它安静。

小崽子窝回晏宁的臂弯。

云崝脱掉外衣掀开被子轻轻躺上床，手臂搂住晏宁的腰把她圈到自己怀里。

晏宁蹙起眉，嘴里发出一声不满的嘤咛，又在睡梦中找了个舒服的姿势躺好。

空气里有药酒和膏药的混合味道，云崝掀开她左边的衣领，借着月光，看见肌肤上的一人块青紫，在白皙的衬托下触目惊心。他的手沿着晏宁的胳膊往前一顺，摸到柔滑肌肤上的一片粗糙。知道那是膏药，云崝的气息一凛。

晏宁身体微动，惺忪半醒间，睡前手里抓着的东西已经不见了，她手掌在床上一扫，然后感觉有人将她的手握住。温热的触感传到脑神经，迟钝反应了十几秒，晏宁转过头看见云崝的脸："云青山？"

云崝气息温润："嗯。"

晏宁喃喃："我又做梦了。"

云崝轻笑："总梦见我？"

晏宁平躺过来闭上眼："一想你就会梦见你，一睁眼就又不见了。"

云峥将她脑边的碎发捋到耳后,唇瓣贴在她耳侧:"疼不疼?"

这句话是密语,潘多拉魔盒倏然被打开,难过与委屈释放在梦境与现实的分界线,晏宁转过身,她翻身缩进云峥怀里,声音染上哭腔:"我疼。

"云青山,我好疼啊。"

云峥心疼地把她抱紧。

山林银辉遍野,枝头的风幽幽荡荡。

噫喽举起爪子舔了几下,看向床上依偎拥抱的人,它在枕头上慢慢匍匐过来,挑了个舒服的角度,窝在云峥的发顶,慢悠悠地闭上眼睛。

晏宁身上的疼痛消退大半,她睡了很舒服的一觉,以至于大脑醒过来时身体还不愿醒。

她伸手摸了摸身旁,噫喽窝在被窝里睡得安稳,呼噜声一声比一声大。

晏宁睁眼坐起来,抓了抓头发看向房间,只有微风在鼓荡窗帘。

她下巴抵在膝盖上,身体蜷缩在一起,因为这个真实到不行的梦而感到一阵空落。

洗漱完毕,晏宁打算将这个梦分享给云峥。

她托着噫喽下楼,给云峥打电话,响了两声那头才接。

云峥声音发哑:"醒了?"

晏宁:"没醒,梦游给你打电话。"

云峥笑一声,清朗干净。

"我昨晚做了个好真实的梦,梦见你来云南了。"晏宁语气夸张,她说完长长地叹了口气,"一定是我太想你,都开始有点魔怔了。"

云峥说:"你去房间床头柜看看。"

晏宁脸上的神色变了几变,她立在原地愣神几秒,拔腿往楼上跑。

话筒那头的云峥听见这么大动静,语调加重:"慢点,摔疼了又哭。"

晏宁瘪下嘴,爬楼的速度变慢下来,心早就飞上了三楼。

床头柜上,狐尼克身上斜挎一只富士 X-T4 相机,眼尾笑意吊儿郎当,靠在墙上朝她张开双臂。

晏宁眼睛的光喜悦而明亮,她抱起狐尼克倒在床上,对着话筒狠狠亲了一口:"我爱死你了云青山。"

"你的表现好像更爱它。"云峥道。

"不,它只是一只狐狸。"晏宁笑着否认,"你在我心里的地位没人能取代。"

云崝咳嗽了下说:"这还差不多。"

晏宁坐起来关切地问:"你生病了?"

"就是嗓子有点干。"

"你怎么这么快就回去了?"

"今天还有工作。"

晏宁静默几秒,后知后觉:"你是不是知道了?"

云崝揶揄:"看不出来你人小力气还挺大。"

晏宁郑重地说:"她还怀着孕,真在我这儿出事,我这店就别想开了。"

云崝转而问她:"身上还疼吗?"

晏宁伸直腿蹬两下,又抻抻脖子,语色轻松:"都好啦!"

云崝笑:"我忙完了再去看你。"

"嗯!"

挂掉电话后,云崝合上眼睛靠在座椅上休息。

昨晚到德钦他只待了不到两小时,匆忙赶回机场坐最近的班机飞回上海。

闹钟一响云崝伸手按掉,他静坐几分钟,搓了把脸强迫自己意识清醒。他抬眸看向前排的鲁子:"去工作室。"

车辆启动后,云崝给柏西明拨了个电话。

接通后,柏西明还没说话,云崝直接道:"找几个人,守在有间民宿附近。"

柏西明嗅到不寻常的意味:"林妹妹得罪什么人了?"

"我干的。"

"你干的?你干什么了?"

云崝三两句话讲完,柏西明总结:"简而言之,你拿民宿监控把那男的举报了?"

云崝"嗯"了声,态度明确:"他打他老婆我管不着,动晏宁不行。"

"成。"柏西明答应,给他肯定回复,"我待会儿找几个人过去。"

云崝:"谢了。"

柏西明又说:"讲真的,你俩这样总不是办法,云南离上海确实太远了。"

对此,云崝没有表态,淡声道:"挂了。"

于是接下来几天,十六每天早上打开门就会看见,七八个染着乱七八糟发色的小年轻,齐刷刷地蹲在对面的路上,几辆小电驴一溜排开,无一不改满了跑马灯。

又过两天,柏西明过来找晏宁,看见眼前发生的一切,惊得心肝肾一把子错乱。

他给云崝发消息。

柏西明:兄弟,您女朋友是当代泷谷源治吗?

柏西明来的这天,也是男团宣传照见刊的日子。

电子杂志早上九点准时上线,因着组合超高的人气,杂志销量居高不下,直接破了当季纪录,粉丝超话气氛呈现两级极端,抢到的欣喜狂热,错失的只能痛心疾首。

与此同时,宣传照角落里的女生引起小范围讨论。

后期选片时,云崝工作室跟组合团队沟通过,再加上后期处理,成片中晏宁所占篇幅不大,基本半身侧影,但仍旧为照片提供了不可或缺的氛围感。

唯有一张,男团队长吴其站在她身后,眼神透着几分迷恋,还有怅然若失的落空感,而晏宁仰起脸,面带笑意看向潋滟晴色,她的眼睛明若点星,唇畔的梨涡恍如那盛夏枝头的晨露,灿灿生光。

宣传照上的晏宁,在微博超话里掀起小圈层的热度。

虾仁不眨眼:哇!这个妹妹眼睛好灵!

煎bingo子:我感觉我养了十年的狗跟她对视都会跟她回家。[狗头]

六下赖:这个摄影师之前营销号不都在骂他?看着不差啊!

夹胸饼干:[图片.jpg]纯路人!这张真的get到吴其颜值,CP感绝了!一分钟我要知道妹子的全部信息!

唯爱吴其其 回复 夹胸饼干:吴其独自美丽,请多关注新专辑哦。[微笑]

…………

粉丝逐渐从惊艳变成好奇,有人试图从其他地方找到晏宁的其他信息,却发现除了这组宣传照,找不到任何蛛丝马迹。

部分狂热粉开始心生怀疑,认为这是经纪人梁不勿签约的新人,这组宣传照的真实目的是给新人抬咖，纷纷到梁不勿的微博底下刷屏表示不满。

热度最高那条，态度不偏不倚还算正常。

偷亲一口六六：哥，真的是炒作吗？

@梁不勿 回复 偷亲一口六六：问过妹妹啦，只想干饭不想出道。

前一秒楼层评论还剑拔弩张，下一秒两级反转。

马什么梅：哈哈哈哈哈哈哈哈哈哈哈哈哈哈哈哈，真的是很朴实的愿望了。

花开富贵孤独心：妹妹看这里！我们云南有包浆豆腐春鸡脚甩饼烤乳扇炒板栗小馄饨烤脑花烤猪猪蹄小卷粉爆辣鱿鱼锅贴饺子黄金土豆饼小黄鱼煎豆腐。[馋][馋][馋]

在逃悍妇 回复 花开富贵孤独心：汝之算盘，甚响，吾坐西八可闻之。

蜡笔小新眼子：@云靖工作室 @云靖 交出妹妹的联系方式！别逼我跪下求你。[咒骂]

…………

外头讨论得热火朝天，事件中心的主人公却毫不关心。

民宿路边，晏宁跷着一条腿坐在小电驴上，跟另外几人相谈甚欢，聊到兴头上，她扬手指指一人，笑得异常开心，其他几人也看着她笑，一副其乐融融的和谐模样。

这几人是柏西明派来守着有间民宿的，专门的保镖太扎眼，他找了个信得过的当地老大哥安排这事，老大哥信口承诺绝对低调不会露馅。

让柏西明没想到的是，是这么个低调法儿。

更叫他意外的是，晏宁竟然能跟这几人打成一片。

柏西明坐在车里看了会儿，手机弹出新消息。

云靖：[问号.jpg]

大好的机会，柏西明唇边勾起一抹坏笑。他挑卜眉举起手机，专挑其中两个青年满脸痴汉相望向晏宁的时候，迅速拍下照片，点击，发送。

云靖：要是我俩感情危机，你下地狱的时候得多下一层。

字里行间都能看出他的咬牙切齿。

柏西明把云靖的话截图发到"青山群未了"，并附言："恋爱脑"真可怕。

半分钟后，向昭甩一个小视频到群聊，是从背后拍的，云靖坐在拍摄椅上跷着二郎腿，后脑勺都恣意随性，他低着头看手机，扒拉屏幕的动作有些不耐烦。

向昭：他看了一上午林妹妹跟吴其的 CP 超话。

向昭：魂儿都飞了。

柏西明评价：僵尸啃一口都摇摇头。

这句话刚发出去两秒，裴渡将热议最大的那张照片发群里。

裴渡：how pay（此处为音译，"好配"的意思）。

柏西明发了个手掌向上摊开的表情"格局打开"。

向昭跟上。

晏宁跟几人正聊着，口袋里的手机响动。

云青山：你在干吗？

晏宁看一眼身边几人，有些心虚地回复：在想你啊。

云崝"啪"地把照片甩过来。

云青山：跟他们说你是怎么想我的？

看到照片，晏宁抬起头扫视一圈，柏西明靠在车边跟她打招呼。晏宁笑着朝他挥了挥手，然后跳下小电驴走过来。她正打字，云崝直接拨了个电话过来，日光迷眩，落到晏宁开心的眼神里。

"我好想云青山啊。"她嗓音清甜，尾调拖长扬着愉悦，"我是这么跟他们说的。"

阴霾心情被这句话一扫而光，云崝勾起唇角："我听见了。"

"你在忙吗？"晏宁问。

"可以休息五分钟。"云崝说。

晏宁依依不舍："那是不是快到了？"

云崝的语气相当傲娇："我是老板，可以多歇会儿。"

晏宁抱着手机，嘴角止不住地飘。她想了想，说："下次不用专门找人来，我能保护好我自己。"

那头跟着顿了下，只能听到搬运器械的杂音。

云崝问："你怎么知道的？"

晏宁轻哼了声，为自己的发现骄傲："你见过哪家小混混一身腱子肉的？"

再加上这帮人是在倪扬被匿名举报后才出现，每天不干别的只在这一片蹲着，晏宁跟他们说几句话摸个底，捋一捋就清楚了。

云崝扶额笑笑："等再过两天，过两天我让他们走。"

"好。"

晏宁问:"你吃饭了吗?"

"还有会儿。"云崝说,他也问她,"你呢?"

晏宁:"柏西明来了,估计得多加几个菜,也晚点儿吧。"

云崝:"你吃你的,不用管他。"

这句话不知怎的被柏西明听见了,他凑到手机边,贱兮兮地冲里头的人喊:"某人不能跟林妹妹一起吃饭,隔着屏幕都闻见酸了。"

云崝支使晏宁:"你给我离他远点儿。"

晏宁有些不明所以:"啊?"

云崝冷飕飕道:"我怕雷劈他的时候伤着你。"

晏宁咧开嘴笑得简直停不下来,她捏一把自己的脸让自己的表情不至于太失控。

"崝哥。"那头有人叫,"这边差不多了。"

云崝的声音恢复平静:"来了。"

"你去吧,忙完记得吃饭,多吃点。"

"离那孙子远点儿!"

电话挂断后,两人走进民宿。柏西明跟小桃和十六打过招呼,跟着晏宁走进后院。

水池蓄满清水,晏宁把青椒、紫白菜、南瓜尖、酸木瓜和小萝卜扔进去,池里五颜六色如同盛放的花海。

晏宁处理黄牛肝菌时,柏西明蹲到旁边盯着一处角落看,边看边咂舌。

晏宁顺着他的视线看过去,几个新鲜的姜炳瓜,颜色鲜绿带几点橙黄。她问:"要不再用它给你炒个培根?"

"不是。"柏西明摆手,指着底下的透明罐子问,"这宝塔菜你腌的?"

晏宁应了声:"啊。"

宝塔菜被透明液体覆盖,液体表面落了几厘米高的白色菌群,像浮了一朵白云。

这种红茶菌放实验室里,好吃好喝伺候着动不动不开心就挂掉,晏宁随手扔在角落就能养出来。柏西明摇摇头:"你这个拿去大学实验室起码可以气死五个博士。"

晏宁笑:"瞎弄的。"

"你可不是瞎弄。"柏西明说,"你这做饭手艺确实绝,云崝那小子有口福。"

晏宁："他正馋呢。"

柏西明恶狠狠道："待会儿你做完我拍几张图气死他。"

他说到做到，把晏宁做的满满一大桌子菜拍给云崤，极尽美言好好炫耀了一番。

过了五分钟云崤才发过来一张图。

照片质感像是包浆，柏西明拉大眯起眼，图片上赫然显示——个大好青年被一只雄壮的成年袋鼠追到五官乱飞人畜不分。

云崤：有人种菜，有人做菜，有人天生是菜。

柏西明发一只举刀狂怒的猫猫——嘎你腰子。

云崤回他头包白菜叶的狗——菜狗。

吃过饭，柏西明跟晏宁坐到后院晒太阳，噎喽吃完饭，围在柏西明脚边转圈圈。

今天天气晴朗，空气透明澄澈，远黛风景清晰可见。

柏西明撸一把噎喽："是不是比上回来瘦了？"

晏宁说是："太胖了，控制它饮食。"

"对了。"柏西明想起正事，问，"你什么学历？"

晏宁说："本科。"

"够用了。"柏西明的手还在噎喽背上，平淡地询问，"我这儿有个工作感兴趣吗？"

晏宁疑惑地看他："什么工作？"

"我供职的公司总部那边有个基金会，最近想在云南的福利院这边发展业务，需要一个人云南、总部两边跑，最快下星期就得去。"他神色有几分不好意思，摸摸后颈说，"本来这活儿应该是我的，但是因为出差太多了，我这边实在忙不过来。"

听见两头跑和出差，晏宁下意识地拒绝："出差的话我……"

柏西明露出一个别有深意的笑："两个月去一趟上海，一次待半个月。"

蓦然间，欣喜从晏宁的眼睛里漫溢出来，她直直地盯着柏西明。

答案很明显了。

柏西明用微信发给她一个邮箱："简历发到这儿。"

半个月后，上海。

下午两点,工作室内。

云崝一人待在工作间,他刚结束线上会议,用电脑查看下个拍摄对象的资料介绍。

一张张照片划过,云崝托着下巴,看得很认真。

向昭推门进来把手机扔给他。向昭一路跑过来的,还在大喘气:"别弄了,回家接人去。"

云崝说话没过脑子:"接谁?"

向昭讥诮:"你还想接谁?"

空气沉寂几秒,云崝从面无表情变成难以置信,然后恢复冷静。他腾地站起来,把工作桌撞得往后一颤。

向昭看着云崝背影少见的慌乱,很淡地笑了下,接着他款步走出工作间,遇上鲁子。

鲁子问:"向哥,崝哥火急火燎干吗去啊?"

向昭眼睛斜着:"找魂儿。"

鲁子一脸蒙:"啥?"

向昭现在心情很好,他搂过孩子的肩膀表情欣慰,语重心长:"年轻真好。"

——年轻不谈恋爱,才能好好工作。

第九章

向总！骂得好！

上海降温，阴云密布。

楼栋门前的台阶上，晏宁坐在行李箱上，抱着拉杆优哉游哉地晃腿。

噫喽初来乍到，身体扒在猫包的透明圆圈上，睁大眼睛小心翼翼地观察外头，一副没有见过世面的样子。下飞机之后，噫喽先是叽里呱啦地骂了晏宁一通，出了机场，出租车外楼宇大厦高耸入云，它半是好奇半是懵懂，看了一路这才安静下来。

晏宁用脚尖抵下猫包试图吸引它的注意力，噫喽只是动动皮肉，视线半点没挪。

晏宁悻悻地瘪下嘴巴。

半个小时前，云峥给她回过电话，算算时间差不多该到了。

听见车辆尖锐的急刹声，晏宁抬起头。

云峥从车上下来，往这边扫一眼看见晏宁，关上车门迎面大步跑过来。他来到晏宁身边，把身上外套脱下来披到她身上："怎么不提前跟我说？"

晏宁眼睛骨碌碌地转："本来要给你个惊喜，但到楼下发现自己没有门禁了。"

云峥屈指刮下她鼻子："冻到了吧。"

晏宁笑："就是有点饿。"

"回家看看想吃什么。"云峥把她拉起来接过行李箱。

晏宁拎起装着噫喽的猫包，笑意盈盈道："回家喽。"

电梯间，红色楼层数一道一道往上跳。

通过电梯反光镜，晏宁看向云峥的眼睛，他也正看着她。两人默然对视，在无言的暗语里，气氛突然烧了起来。

打开家门，晏宁弯腰刚将猫包放下，云峥把她拖起来搂腰压到门板上，他重重吻住她的唇。晏宁的手箍住云峥的脖子，生涩而急切地去勾他的唇。

云崭手臂收紧，晏宁身体贴上来，两人严丝合缝地交缠。

唇齿相磨，寒冷被升温的呼吸驱散，空气潮湿往身体里蒸腾，晏宁用手去捧云崭的脸，被他拉到自己腰后放好。云崭的吻从她的唇到鼻尖、眼睛，然后气息滚烫悉数喷洒在她耳郭上，她躲到他臂弯深处。云崭贴着她边哄边亲，腻歪厮磨了好一阵。

最后云崭直起身，用手背拭去晏宁唇上的水光，哑着嗓子问："想吃什么？"

晏宁抬起水润润的眼睛，微张的嘴巴轻抿了下，她颤着声儿："云青山，我想直接答题。"

听懂这句话的云崭，唇角微扬正打算说什么，感觉自己手里被塞进一只小盒子，他视线向下，眸光骤然一沉，收紧呼吸看向始作俑者。

她缓缓笑了下，是挑衅也是诱惑："这算不算我作弊？"

外套掉落到地上，虚空的凉意袭入体内，下一秒又被云崭吻意的炙热所占据。

晏宁被云崭抱到卧室，她眼神散漫，眼前的一切空茫而不真实，她感觉自己被放逐到茫无涯际的山谷，她在无助地摸索，被云崭抓住了手腕，就找到了指引方向的月亮。

风起，枯叶被碾碎的声音。

孤零零的晚风猛烈地吹，全部都涌向山谷。

山风急促而呼啸，满天星斗在风中摇晃，空旷月色明白此刻的酸楚，只剩些微隐约的光亮照在泱泱林野，枝头的花跟星辰一起纠缠生长。

一呼一吸间，沉溺着濒临窒息的快感，爱意在禁锢中蔓延。

晏宁气息不稳，抓着云崭的肩膀囫囵喊："云青山，我想喝酒了。"

云崭的鼻尖抵着她的，轻笑问："心情不好了？"

她摇头，黑发在枕头上发出细碎的摩挲声，额头上沁出汗珠落下来，鬓角碎发蜷起一个小小的弧度。

晏宁眉头轻轻皱起，声音都朦胧了："……是太好了。"

云崭笑着把她的湿发捋顺，掌心落在她耳畔，伏下身体，汗水滴进她的锁骨，又被他吻净，在她唇峰上轻吻慢啄。

"我能让你的心情更好。"

时间轮转，清月冉冉归林。

须臾间，太阳从地平线露出一角，天地万物就已经布满霞光，山谷无法抵抗日出的酡红，如同此刻的她无法抗拒那股明灭的热烈。

雾霭丛生，云啨坚定而虔诚地牵起晏宁的手。

光芒万道，波澜直向霄空，晏宁闭上眼睛，任由自己化作一潭春水，慢慢融入一片群山峻岭……

窗外华灯初上，屋内没有开灯。

气息静谧而清幽，云啨圈住晏宁把她搂进自己怀里，在她额角轻吻了一下。晏宁闭着眼睛，碰一碰横在自己腰上的胳膊，然后转过身，把脸贴在云啨的胸膛上。

窝了会儿，云啨抱起晏宁去洗澡。

洗完澡，晏宁套着云啨的睡衣坐在洗手台上，云啨拿吹风机给她吹头发。她就坐在那儿，用脚丫子有一下没一下地去蹭云啨的腿，把云啨蹭烦了，将她两只脚踝并拢抓紧，然后用浴巾裹起来，再压到自己双腿中间不让动。

"毛毛虫"老实了。

"还没问你呢。"云啨把吹风机收好，整理她的头发，"怎么突然跑过来了？"

晏宁仰脸说："替柏西明打工。"

云啨蹙眉："替他打工？"

"他说他们公司想让他在上海、云南两头跑，好对接那边的基金会业务，但是他走不开，问我能不能过来。"她身体向后靠，手掌撑在洗手台上，"我想着正好能来上海找你，就答应他了。"

云啨揉揉她的耳垂："民宿那边呢？"

晏宁笑："两个月来一次，他们能搞定。"

"累不累？"云啨低眼看她，这一路上要几小时的车程再转两小时飞机，他坐过几次知道那种感受，眼底满满的心疼。

晏宁裹着浴巾的腿往上蹬，瞥他一眼："现在问是不是太晚了？"

云啨笑出声，把着她的腿问："东西什么时候买的？"

晏宁眨眼回忆，挠挠鼻梁说："在你家楼下便利店给噎喽买水的时候看见的——哎，我的天，噎喽呢？"

话落，两人的呼吸都不禁停滞，客厅里传来很小的一声回答。

"喵——"

两人皆是一愣，然后没忍住笑成一团。

云啨抱起晏宁回次卧，路上问她："晚上想吃什么？"

晏宁额头抵着他肩膀："云南菜吧。"

晏宁换衣服的工夫，云崝去接待家中的小客人。

噎喽一从猫包里蹦出来，就踩着云崝的脚背钻进沙发角落，用警戒的眼神巡视一圈周围。云崝蹲过去想摸它，噎喽皱起眼睛，身体往后一仰想躲，被云崝一把揪起来。

噎喽的腿在空中胡乱踢两下，云崝一捏它耳朵，又安静了。

这法子百试百灵。

他接了一碗水给它，小崽子是真渴了，伸出舌头"扑哩扑哩"地喝水。

云崝撸一把它的耳朵："晚上给你带吃的回来。"

噎喽："扑哩扑哩……"

云崝看了眼它的体型，蹙起眉："你是不是又胖了？"

噎喽龇牙："嗷呜。"

车辆启动前，云崝把手机递给晏宁："挑你喜欢的。"

晏宁拿起来一看，导航软件有个名为"人类食物说明书"的收藏夹，全部都是上海小吃店的地址，各种风格菜系都有，其中有几家已经被标注了文字和特色菜的照片。

——还行。

——好吃是好吃，就是不怎么好吃。

——这店能挣钱？

——不如上个。

看起来他都不是很满意，但晏宁心里感到暖烘烘的。

她半天没说话，云崝专注地看着前方打方向盘："没相中？那我们慢慢开，慢慢找。"

晏宁摸摸眼睛："你停车。"

车辆靠边停下，副驾驶的安全带"哒"一声被解开。

云崝转过头，晏宁探过来扑到他身上，捧起他的脸亲上去，一个坦率而直白的吻。她真诚地感慨："我好喜欢你啊云青山。"

云崝用指尖点点被她亲过的地方，自大又自恋："你会更喜欢的。"

两个人在一起的时间，每一分每一秒都显得迅速又漫长，什么都能聊，什么都能说，又什么都是开心的，这顿饭吃完将近晚上十点。

出来时，外头下起了小雨。

晏宁用手招了一把,在空中弹了个水花。

云崝说:"在这儿等我。"他拔腿冲进雨幕。晏宁站在门口,看见他背脊上的光晕,甜甜地笑了下。

两分钟后,云崝回来,他一只手拿着伞和透明雨衣,另一只手拎着一双姜黄色的雨鞋。

晏宁换好雨鞋,云崝把雨衣穿到她身上,系好最后一颗扣子:"去踩水吧。"

晏宁乐陶陶地冲到雨里,她跳进一个水洼,雨衣后摆鼓起来,像一只在风中恣意飞舞,又低垂点水的蝴蝶。

她在前头蹦跶,云崝拎着她的鞋,打伞缓步跟在后头,嘴角噙着淡淡笑意。

接着,晏宁跳进一个水坑,站定后没再动。

云崝走过去:"怎么了?"

晏宁忽然转头朝云崝笑了下,云崝眼色微凛往后撤步,晏宁抬脚重重踏进水里,水花翻飞溅到云崝身上,半边裤腿泅起点点水斑。

他无奈发笑,用胳膊勾住晏宁防止她逃跑。晏宁站在水坑里,笑嘻嘻地求饶:"错了错了。"

云崝睨她:"真错了?"

晏宁点头:"嗯。"

云崝放开她,把伞和鞋塞进她手里:"帽子掉了。"

晏宁乖顺地站好,看他指尖灵活地整理帽绳。云崝一声轻笑,两手一拉将帽绳收紧,晏宁的脸挤在帽子里,只剩一双大眼睛凶巴巴地瞪他。

云崝夺过伞,身形敏捷地绕开她踹过来的脚。

晏宁跑起来追上去,云崝跑跑停停带着她转圈,她一撒娇,他就停下来,晏宁瞅准时机踩一脚他边上的水坑,他索性用脚去踢水反击。

四周是沙沙作响的大树,雨落的夜晚,两人在城市的街道上又闹又笑。繁华深处暗藏着烦恼与喧嚣,却无以侵扰,因为他们是如此欢欣。

远处的红色奔驰,雨刷器规律地来回摆动,外头的画面时而清晰,时而模糊。

驾驶座的女人目光深沉地望着这一切,接着,她抬手在方向盘上狠狠捶了一下。

她狰狞的表情让副驾驶上的人不寒而栗,胡嘉哆嗦着声音说:"姐,咱们今晚……今晚还有通告要赶。"

白怀京拿眼刀剜他："什么通告？"

胡嘉紧张地咽下口水："那个牛奶的代言，黎哥帮您抢……抢回来了。"

一个"抢"字让白怀京的脸色更加难看。

从上个月开始，不断有人暗中截和她的资源，她的工作一度停滞，不仅之前签约的商务，甚至几个时装周也陆续通知她合作取消。无论是谁，对方的诉求都很坚定，不惜赔付大量的违约金也要立刻终止合作，宛如她是什么避之不及的霉运。

现如今，她不得不自降身价跟三流演员去争代言，搁以前，这些东西她根本看不上眼。

白怀京再次看向那头，已经不见了两人身影。

嫉妒、悔恨、厌恶和愤怒彻底把她点燃，云峥跟她在一起时，不会泄露除工作以外的一丝一毫的情绪，她也从来没看见过这样的云峥。

白怀京内心憎恨，如果不是云峥的刻意隐瞒，无论是资源，还是这样的云峥，这一切都本该是她的。

握着方向盘的手寸寸收紧，白怀京的手指深深掐进胶垫，眼神越发凶狠。

第二天，云峥开车送晏宁跟姜也见面。

下车前，云峥给她打气："别怕出错，我给你兜底。"

副驾驶的晏宁低头看看脚下，像在找什么："哎，什么东西在我旁边？"

云峥不解。

"嗷，原来是你溢出来的大男子主义。"晏宁抬起头斜觑着他，声色正经，"麻烦收一下，妨碍到我了。"

"大男子"伸手去捏她的脸，晏宁边拍他边喊疼。

云峥低低笑了声松开手。

初次见面，姜也选在公司附近的咖啡厅。咖啡厅装修得很有格调，周围都是浅笑欢谈的年轻人，整体气氛不算紧张。

角落的桌子，姜也笑着跟她打招呼："你好呀晏宁，终于见到真人了，我叫姜也。"

晏宁错愕："你知道我？"

姜也露出讳莫如深的表情，笑道："你给云峥打的那个电话，是我接的。"

这么一提醒,晏宁想起来,有些尴尬地笑了笑。

云崝把电脑包放到晏宁旁边的椅子上,叮嘱她:"有事给我打电话。"

晏宁仰起头,笑着催他:"你快去吧。"

云崝抬头朝对面的姜也点头:"你们聊,我先走了。"

"哎,小叔子。"姜也用手背托起下巴,好整以暇地戏谑,"我帮你照顾小姑娘,不说点儿好听的?"

云崝照做:"嫂子,麻烦你了。"

姜也心满意足地挥手:"去吧去吧。"

云崝在晏宁后脑上拍两下,然后走了。

服务生端来咖啡,姜也说:"他说你喜欢椰子,给你点的生椰拿铁。"

"谢谢。"晏宁问,"你是他嫂子啊?"

姜也点点头:"嗯。不像吗?"

"你看起来比较像他妹妹。"晏宁说道。

"我确实比他小两岁,所以他才不愿意叫我嫂子。"被晏宁夸赞年轻,姜也扬起唇笑得明媚。她长相大气明艳,一颦一笑里都极是风情,晏宁眼睛都看直了。

姜也说:"你也很年轻。多大了?"

晏宁回答:"我二十四岁。"

姜也撇唇:"这小子真禽兽。"

听到这个评价,晏宁一怔,正不知道怎么接话,姜也摆摆手宽慰她:"你放心告诉他,我生怕他听不见。"

如果说来时心里多少还有点紧张,那么此刻受到姜也的感染,晏宁逐渐放松下来,她捧着咖啡喝一口,满口馥郁流到心里去。

"说起来——"姜也放下咖啡杯,支起侧脸看她,"之前云崝跟白怀京在一起,我跟他哥都以为他喜欢清冷气质型,但是现在看见你,发现原来他是喜欢可爱的。"

面对姜也一波又一波的蜜糖攻击,晏宁嘴角的笑快要停不下来,她梨涡浅浅:"也许他不喜欢可爱型,恰好被我征服了。"

姜也:"我觉得也是。"

两人相视一笑,本就薄如蝉翼的陌生被彻底打破。

两人聊了一个多小时。

结束时,姜也递给晏宁一张名片:"今天我们就聊到这里。你说的这些我回去跟他们沟通一下,等过两天你来趟公司我们再细聊。另外,我觉得你非常适合这方面的工作,正好我们这个岗位长期需要人手,不知道你愿不愿意过来。"

晏宁扫一眼名片顶头的文字,犹豫了下还是问:"云氏基金会?"

姜也抬抬眉尾:"嗯,云崝的云。"

晏宁捏着小小纸片,好半天没有说话。

傍晚,夕阳余晖染红半边天空,斑斓晚霞耀眼而温柔。

云崝打开家门,噎喽立刻踏着步子跑过来,用爪子扒拉他的小腿。云崝把新买的玩具往角落里一扔,噎喽扑腾两下追过去。

沙发上,晏宁盘起腿,她手肘撑住膝盖,两手握拳抵在脸颊上,静静望着电视在发呆,听见声音也没有回头。

云崝刚走到茶几边,晏宁举起手,用掌心对着他:"你别过来!"

她神色肃穆不像在开玩笑,这让云崝想起那天晚上,他心里一个"咯噔":"怎么了?"

晏宁深呼吸了下,道:"我为我之前对你的不尊重表示道歉。"

她煞有介事的样子让云崝更疑惑,他坐到她身边:"发生什么事了?"

晏宁跪坐起来,沙发跟着下陷,云崝扶一把她的肩膀。

她轻拍几下他的脸,轻声:"云青山,你也没告诉我这基金会是你家的啊。"

还以为是什么,云崝心里放松,不以为意地笑出来:"你现在不是知道了?"

晏宁一副苦恼表情:"我以前只知道你有钱,但不知道你是牛在钱堆里了啊。"

之前云崝所说的那些基金会和慈善组织,包括柏西明所说的公司,晏宁只以为是他这些年工作中攒下的人脉,殊不知,云崝才是那个真正的人脉。

云崝抿唇,看向她的眼神越发深沉,以认真且欠揍的口吻道:"晏老板,你不能因为我是个有钱人就抛弃我。"

晏宁盯着他的脸,眼睛扑闪了几下。云崝把住她的腰搂向自己怀里,然后低头去找她的唇。

晏宁被云崝放倒在沙发上,云崝压到她身上,唇瓣时不时落在她唇上、梨涡、鼻尖、眼角,然后是脖颈。他的气息像是沁了水,柔软的,温和的,一点一点去勾她。

玩够了的嘻喽蹿到沙发扶手上,肥胖的肚子贴着沙发,它尾巴垂下去,一扫一荡,正聚精会神地看电视。

晏宁木然地望向天花板,喃喃自语般:"就是觉得有点不真实。"

不满她的分心,云崝埋下脑袋,张嘴咬她颈侧的皮肉:"哪儿不真实?"

感受到刺痛,晏宁"嘶"一声把云崝推起来,跟他对视。她舔了舔唇,有些不确定地说:"像你这样的人,连前女友都是白怀京那么好看的大明星,应该只出现在电视上,怎么会掉到我的小民宿里呢?"

"天意吧。"云崝毫不犹豫地回答,他撑起半边身体玩她的长发,声色缓沉像悠扬的大提琴,"正好那天下大雨,正好柏西明不在,正好汽车没油,也正好在我最不开心的时候,老天派来一只可爱的小兔子。"

他又说:"白怀京确实好看,不然她也当不了模特,可能她的好看会让世界都看见她,但是你啊……"他笑,语色温柔,"你的好看,是能带我看见这个世界。"

云崝不会为了哄晏宁,而有意贬低客观存在的事实,而是发自内心地告诉她,以前他总是走得着急,茫无头绪地追着前面的路,直到遇见晏宁,他意识到这一路的山川湖海,枝丫在抽嫩芽,草在破土,鱼儿问好,风月会同野花低语,熬尽了熹光等一个黎明的邂逅。

而她总是朝气蓬勃充满生命力,不经意地为他点起一抹亮色。

晏宁心里高兴,但仍点点他的鼻子,慢悠悠道:"花言巧语。"

云崝接着问:"姜也还跟你说什么了?"

晏宁没有隐瞒:"她说你禽兽。"

云崝定定地望向她,用无声的表情询问为什么。

晏宁:"因为你比我大六岁。"

"喊——"云崝哂笑一声,眼尾耷拉着,"你知道我哥比她大几岁吗?"

晏宁愣怔地摇了摇头。

云崝:"九岁。"

晏宁缓缓睁大眼睛,震惊又诧异。

云崝接着说:"我爸比我妈大十四岁。"

晏宁明白了,她朝云崝竖起大拇指:"家族传统。"

云崝重新躺到她身边,脑袋枕在她肩膀上。他最近被向昭安排了满满当当的工作，一停下来就又疲又累，现在只想静静地抱着她，什么也不想。

沉默了会儿，晏宁突然想起一件事儿："但是之前有个算命的说，我将来会跟一个穷小子结婚。"

云峥闭着眼，从鼻腔里逸出一声笑。

他漫不经心道："你出轨，我包养你。"

"不仅禽兽，还没有道德。"

"你都没了，我要什么道德？"

晏宁低声"嗯"了几下，问他："有没有可能，你妈妈不喜欢我，强制我们分手，然后你一怒之下为我放弃家产？"

"不可能。"云峥嗓音淡淡，态度极其现实，"我还是很喜欢当富二代的。"

晏宁拱起腿蹬他的膝盖。

云峥把她压回去，靠在她身上真的是笑出声。他拍拍晏宁的发顶："谁会不喜欢你？就冲你这做饭手艺我妈就得把你供起来。"

晏宁故意问："那你怎么不找个厨子？"

云峥说不过她，干脆放弃，在她肩骨上重重咬一口。

晏宁连忙托起他的脸，嘟起嘴巴在云峥左右脸颊各亲一下，眉眼含笑去逗他。

灯光映照，她皮肤白净像明洁温玉，两只眼睛弯成弦月，衣领旁边浅淡的红痕似有若无地露出来，好似莹亮雪地上的一瓣落梅。

云峥吸一口气，闷声说："我好像是有点禽兽。"

晏宁没懂："什么？"

云峥举起晏宁的两只手压到头顶，晏宁没忍住尖叫了一声。

他笑着倾身，一个吻还没落下，骤然感觉自己背后压了千钧重量，他整个人往晏宁怀里一扑，脑门磕在晏宁的下巴上。

云峥边替晏宁揉下巴边回头，还没转过去，后脑勺又结结实实挨了一爪子。

第二次回头，云峥放慢动作，看见护主的噎喽正蹲在他背上，姿态居高临下，紧紧地注视他的一举一动。云峥背脊耸了下，噎喽靠重量压制岿然不动。

云峥伸手去抓噎喽，噎喽灵活地跳下沙发，几步路就溜到厨房角落，速度快到出现残影。

云崭:"小胖子飞得还挺快。"

晏宁在他怀里,笑到身体止不住地发抖。

云崭趴回去,安静地跟晏宁窝在一起。没多会儿,噎喽重新蹿到云崭背上,它用爪子胡乱蹭几下脑袋,然后把爪子揣进怀里继续看电视。

一家三口在一起叠叠乐。

云崭叹气:"我一定要让它减肥。"

接下来几天,晏宁每天跑出去跟姜也办事,云崭忙着给向昭打工。

一般晏宁先回家,有时候云崭回得早,两人要么出门挖掘上海的小吃馆子,要么直接待在家里,晏宁做饭云崭刷碗,噎喽"葛优瘫"在沙发上看《猫和老鼠》。

而向昭每天早早到达工作室,坐在云崭办公室里等他来上班,活像一个剥削民工的土地主。

摄影棚内。

云崭在前头跟灯光师沟通光影,向昭坐在后头,跷着二郎刷着手机,要多悠闲有多自在。

忽然打进来一个电话。

向昭看着"白骨京"三个字,眸光由散漫转向阴恻恻,他扫了眼云崭的背影摁下接听键。

白怀京讨好的声音:"向哥。"

"别。"向昭不认,冷漠地回她,"我独生子。"

静默了一下,白怀京犹豫了很久还是开口:"云崭在工作室吗?"

向昭瞥一眼前头忙着的人,压着心里的火:"不在。"

白怀京连问:"那你知道他在哪儿吗?"

向昭没好气地说:"你是我爹啊,你问我我就得告诉你?"

倍感屈辱的白怀京在那头气红了眼,她表情扭曲着,但狠力掐着手指才不让自己喊出来。她咬紧牙关,依旧柔声道:"向哥……你别这样,我只是想跟云崭道歉。"

听见"道歉"两个字,向昭心里憋了几个月的火"噌"地被点着,他深吸一口气压抑住翻涌的血气,站起身大步走出摄影棚,每一步都像是要去杀人。

向昭走到二楼办公区的位置,破口大骂:"白怀京你是不是有病!提分手的人是你吧！找营销号黑云靖的人是你吧！现在想起道歉来了！怎么黎家洲那老家伙满足不了你了过来找云靖接盘？脸就一张不能省着点丢吗？你自己干的那点儿缺德事不怕损阴德？云靖之前不跟你计较，是他圣母心泛滥！他被黑成厌食症我都骂他活该！给你面子真把自己当人了？有本事你现在接着黑啊！把云靖他爹他妈他哥他女朋友都黑个遍！说不定云靖真能赏你一眼！还想道歉？我道你个卖麻花儿歉！别说我现在在电话里骂你！我下次见你面，我还当面骂你！你要是听不清人话，我还能刻你碑上！滚！"

一通疯狂输出后，向昭"啪"地挂掉电话，他叉着腰喘气，对着旁边椅子就是一脚，椅子"哐"一声直直砸到地上。

向昭骂完，猛地回过神来发现办公区里还有其他人，而这几人纷纷探着脑袋看向他，连呼吸都停住了。

一时间，谁也不知道该说什么来打破尴尬。

办公区死一般寂静。

隔半晌，办公区角落里缓缓"升"起一个大拇指。

是侯暖的位置。

她一手举着，眼睛还盯着电脑，表情一如既往的淡漠："解气。"

其他几人还在面面相觑时，鲁子直接站起来鼓掌欢呼："向总！骂得好！"

向昭清咳两声，脸色假意绷起，端着领导架子道："看什么看！干活儿去！"说完他抬脚快速往摄影棚走。

走到其他人看不到的地方，向昭双手握拳做了个庆祝的姿势。

太爽了！

今天云靖下班早，晏宁拉着他去逛超市。

两人推着购物车漫无目的地在货架中间来回穿梭，被琳琅满目的商品看花了眼。

饮品区，晏宁猫腰在货架上挑椰汁。

正巧碰上某款牛奶促销，穿着制服的年轻售货员戴着耳麦热情推销："看看牛奶吗？今天超市有活动买一送一哦！"

晏宁礼貌性地摆了摆手，云靖倒无所谓，还多瞥了眼牛奶的牌子。

售货员捕捉到这一瞬间，脸上立刻堆满笑意招呼过去："帅哥，要不要来箱牛奶啊？"

晏宁替他拒绝："不用了，谢谢。"

云崝低眸，看着她严肃不近人情的小脸，嘴唇勾了下。

售货员坚持不懈地介绍："我们的牛奶都是零添加的！奶味十分浓郁！也不会很甜！入口丝滑口感香醇！而且是高钙高蛋白哦！"

晏宁直言："我不喜欢牛奶。"说完丢了两盒椰汁到购物车里，目不斜视地往另一方向走。

尚未完成销售额的售货员，用求助性的眼神看向云崝。

云崝耸了下肩，看起来还挺无奈："这个家她做主。"

接着他快走几步追上晏宁，问道："要不买一箱试试？"

"你有毛病啊。"晏宁轻描淡写地回，"明明不喜欢的东西为什么要硬逼着自己接受。"

云崝郑重其事："我看故事里写的都是，女主角帮助男主角直面阴影走出阴霾才能迎接美好阳光，过上幸福而快乐的生活。"

晏宁提起一口气，皱眉骂他："云青山，言情小说脑残剧看多了吧你？"

云崝意味不明地看她，两人四目相对，无声几秒钟。

然后晏宁自己先笑了下，她牵起云崝的手十指相扣，慢慢说话，语气跟哄小孩儿似的："你已经是个大人了，该喝点成年人的饮料了。"

她笑嘻嘻地说："走！我带你去买点酒酒——"

云崝笑了声，空着的手在晏宁脑袋上推了一把。

晏宁笑得往后仰，笑到眼睛都眯起来，云崝一伸胳膊把她捞进怀里。

日子清宁，一切安好无恙。

直到几天后的早晨，云崝尚在睡梦中，突然一阵急促而尖锐的铃声划破晨曦的平静。

晏宁躲进云崝怀里，不舒服地哼哼，云崝用手盖住她的耳朵，另一只手去摸手机，迷迷糊糊地按了接听放到耳边。

柏西明口吻紧张："看微信……算了，你直接看微博吧。"

云崝起床，看一眼床上还在熟睡的人，转身关门走到客厅阳台上。

柏西明连着给他发了一堆图，都是从微博里截过来的。

停歇了一段时间的舆论卷土重来，只是这次的攻击对象不是云崝，而是晏宁。

营销号不知何时偷拍了两人逛超市的照片，牵手的，亲密的，其中一张照片里，他们站在酒架边，晏宁正脸露出，云崝只有一个双手插兜的侧影，满含笑意地看着她，而她手里托着一瓶红酒，眼睛亮晶晶地与他对视，画面静好而温馨。

跟这张照片放在一起的，是晏宁参与拍摄的男团宣传照。

这些营销号连话术都极其相似，大意是猜测女生本就不是素人，而是借着云崝摄影师的身份，才有机会参与了宣传照的拍摄。

话到此时，还看不出态度偏颇。

扭转局势的，是被顶上去的那条评论——

梨涡远点：云崝不是跟白怀京是一对吗？

这一层的跟楼回复也很有意思。

白京京锁骨饭：我女神跟云崝？什么时候的事？

云崝圈外女友：别来沾边！[微笑]

一马归一码：[惊讶][惊讶][惊讶]难怪之前两人取消合作之后，云崝的作品水平一落千丈！我就说这两人有问题！

康师母 回复 一马归一码：哇！你发现了重点！

予以重击的是，有人直接甩出了白怀京喂流浪猫时，云崝站在不远处的照片。

最开始这组照片，大家都只能看见白怀京喂猫，云崝一根头发丝都没有，而在这个节骨眼上把这张照片甩出来，是何目的不言而喻。

接着，更多扑朔迷离的证据被甩出来。

先是有人说曾在云南偶遇白怀京，云崝工作室最近恰好发了几组云南风景九宫格。

另又有人爆料，一个月前曾见白怀京在片场拍摄时，突然崩溃潸然抹泪，疑似因为分手心情受到影响。

更有人直接扒了两人终止合作后的白怀京的微博，层层抽丝剥茧，竟然找到不少云崝同款。

网友对比时间线，把毫无关联的信息碎片凭借想象肆意拼接，得出一个看似合理的真相——云崝和白怀京合作终止后，感情并未中断，甚至同游云南，但因为此次出游，云崝移情别恋也好，这个不知名女生插足也罢，两人情变，所以白怀京才会在返沪后，在工作中情绪失控。

于是，舆论叵测，众口铄金。

"晏宁知三当三"的论调甚嚣尘上。

日系少女八嘎酱：真是人不可貌相[吐]！

听男人说鬼话：难怪一个啥也不是的素人能跟当红男团拍宣传照，小娇妻怕不是靠着云崝娱乐圈一日游哦。

巴啦啦不亮：@梁不勿 下次挑人麻烦长点眼睛！不要什么狗都来贴吴其。[微笑][微笑][微笑]

一lemon：那可是白怀京啊！@云崝 你被下降头了？

软饭硬吃：我平等地鄙视每一个破坏他人感情的人，不管ta有多好看！

蔡文鸡腿子：大家也别太偏激了吧，现在信息真真假假都不知道。

叭叭叭叭个啥 回复 蔡文鸡腿子：哪家的狗腿子披着人皮替主子叫唤呢？

云崝侧身站在窗边，阳光直直地打进来，却照不出他与生俱来的那股温润。

看得越多，他眉宇间的冷厉之色越发锋利。

云崝半抬起眼，眼尾溺着那股幽深的阴沉，在阳光下暴露无遗。

又站几分钟，云崝拨出去一个电话。

他凝声："哥。"

云既白应当是在看文件，有翻动纸页的声音："怎么了？"

云崝说："我想让你帮我处理一件事。"

那头静下来："你说。"

等云崝说完，云既白没有停顿地发问："你想做到哪一步？"

云崝的回答不留情面："娱乐圈查无此人。"

云既白没有犹豫："好。"

电话撂断，云崝打开微博又看了几眼。

半刻后，微小的一声门锁响。

晏宁靠在门上，阳光刺眼，她整张脸皱成一团，适应之后，看向云崝："要去上班了吗？"

云崝拿着手机走过来说："今天在家陪你。"

话间，晏宁看向他手机屏幕，停留在暗指晏宁是小三的那条微博上。

云崝脸色一顿，想将手机拿开，却被晏宁一把拽住胳膊拉下来。她点开里面的照片,一张一张地往右划拉,歪着脑袋看得很仔细。

云崝一瞬不瞬地盯着她的反应。

"不是我说,云青山——"晏宁蹙起眉,"这都拍的什么跟什么?我有这么胖?"

她抬头看云崝,摇摇头总结:"看来摄影师真不是有手就行。"

云崝安慰她:"以后我给你拍。"

"嗯。"

"还困吗?"

"困啊。"她打了个哈欠,语气还惺忪,"刚才被我妈的电话吵醒,我还以为我火了能带着民宿大赚一笔呢。"

网络时代,舆论发酵远比想的更要迅速猛烈,事情已经被晏宁父母知道,打来电话半是关心半是批评的态度,让她赶紧回到云南。

而她故作轻松的模样,让云崝心里的愧意更深,复杂情绪搅得他胸口发胀。

有哪个女孩子真的会不在乎自己的名声呢?

云崝伸开双臂圈住她,声音发涩:"我会处理好。"

晏宁叹了口气,像动漫里兔朱迪走向狐尼克那样,她把脑袋埋在云崝胸口,好似这是能够庇佑她的安乐窝。

看不见她的表情,云崝清晰地感受到怀里人的肩膀在微微颤动,他目色黑沉,胳膊的力道寸寸收紧。

云崝喉结滚动,闭了下眼:"我抱你去睡觉。"

晏宁沉沉"嗯"了声。

两天后,另一批营销号刷屏式发博。

没有多余的文字,统一@白怀京@白怀京工作室。

配图有力而确凿,直接抛出白怀京亲自下场买营销号黑云崝的聊天截图,不仅之前几个月,甚至这次事关晏宁的那批营销号,也被证实几天前与白怀京有过联系。

粉丝洗地,称是对家P图作假买黑白怀京。

很快,十一点钟,第二波证据袭来,有人放出某账户的一系列交易记录,该账户的名称便是上批营销号的所属公司,而转账对象无一不是一个叫"**经"的账户,即便只有一个字,网友也能认出这是白怀京的真名。

两个小时后，白怀京碰瓷云崸、耍大牌、虐猫、插足富商婚姻的这些腌臜勾当，悉数从污泥浊水中被人扒得粉碎，只要有粉丝敢控评，就会有另一批人把整理好的证据长图砸过去，不给半点翻身的余地。

铁证如山，辩无可辩。

舆论风浪波涛汹涌，已经无人在意云崸是否真的和白怀京有一段过去。

如此一来，5G普及之处皆闻白怀京臭名。

下午三点，#白怀京退出娱乐圈#的话题冲上热搜。

下午四点，白怀京官方后援会宣布解散，各家品牌解约公函如期而至。

下午五点，云崸工作室发博，放出云崸这段时间交通工具的购票记录，隐私信息打了码，不仅能看出云崸是先于白怀京到达云南，也证实了他这一路形单影只。

文字是鲁子配的——

@云崸工作室：所以说老板你去了这么多地方竟然都没有给我们带特产？

网上舆论极速反转，霎时间，有关白怀京词条下的评论，有关谩骂，有关脱粉。

嘎酱：@白怀京"真是人不可貌相[吐]"这句话原封不动还给你。
用键盘争口气：粉丝洗地不尴尬吗？这不纯纯求锤得锤[汗]。
白京京锁骨饭（脱粉版）：[图片.jpg]真让人大跌眼镜，亏我之前还粉她那么久，真是看透了。这些杂志明信片包邮送，太晦气了！
羊村你喜哥 回复 白京京锁骨饭（脱粉版）：刚从某鱼回来，真的好便宜哈哈哈哈哈哈哈哈哈哈哈哈哈哈哈哈哈哈哈哈哈哈哈哈哈！
云崸是吊坠的：[流泪][流泪][流泪]恭喜我哥沉冤得雪！
仓樱拍子：我哥苦尽甘来！家人们进我主页有惊喜[爱心][爱心][爱心][爱心]。
重案组之虎：兄弟们别骂了，去给含冤的小猫咪烧点纸吧，猫咪的仇让猫咪梦里自己报[大哭]。

同样的，有人剑走偏锋。

锤猪者 sv：所以也就是说，这个妹妹才是云婧的正牌女友？
【@ 媚毛病 点赞"锤猪者 sv"的评论。】
别打扰我吃饭：媚姐点赞了，看来是官方认证。
支吾猪：风投圈大佬在线吃瓜？[吃瓜]
左右围男：@ 媚毛病 什么风把您老人家吹出来了？
一碗婧鸡蛋：@ 云婧 老公你说句话呀！[委屈][委屈][委屈]

晚上七时许，许久没有发过动态的云婧微博发了张照片。
夜晚天台，短衣短裤的女生坐在秋千架上，乌黑长发如瀑般垂落，她怀里抱一只胖得惊人的橘猫，一人一猫全神贯注地看向前方，明光晃晃，女生眼里如星辰流盼，满脸的烂漫天真。
照片稍有模糊，角度也很偏，让人隐隐猜想是偷拍而来。
@ 云婧：想变成小猫咪。
@ 云婧工作室 转发：[狗头] 老板摄影生涯的滑铁卢也阻挡不了老板娘的盛世美颜。

底下评论千奇百怪，各说各的喜怒哀乐。
超级婧气：[大哭] 姐妹们我失恋了！
婧哥男粉 回复 超级婧气：兄弟们也是啊！[大哭][大哭][大哭]
丑的婧烤箱：[图片.jpg] 破案了家人们 [狗头][狗头][狗头] 这张图里女生这么好看是因为摄影师带着感情拍的呗。
【"姜了个姜"点赞该条评论。】
我叫帕帕鲁帕帕：确认过眼神，这个肯定不虐猫 [星星眼]。
咀你惹你了 回复 我叫帕帕鲁帕帕：搁这儿虐狗呢。
这套抖机灵似的回复被火速顶上热评。
爱的婧发：从今天开始我是嫂子粉！@ 云婧 快把嫂子微博艾特出来！
婧婧吼 回复 爱的婧发：这图拍得稀烂，想必这位 @ 云婧 一定不太会拍照吧 [狗头]。
婧妮玛士多：@ 云婧 这座机画质，嫂子真的喜欢吗？
@ 云婧 回复 婧妮玛士多：问过了，她说喜欢。
众人：吁——
…………

柏里挑怡 回复 @云崝：这次秀得不错，希望下次继续努力。

昭你惹你了 回复 @云崝：我但凡有个对象都不会无聊到大半夜搁这儿研究你的八卦。

实验室恒温23渡 回复 昭你惹你了：@流浪狗救助站。

…………

一场哗然起，一场哗然落。

无论之前掀起多大的风浪，在这个瞬息万变的时代，不过短短几天时间，就有其他八卦事件争夺注意力，所有言论风波，到后来不过一场饭后谈资。

事件平息后没几天，柏西明在"青山情未了"里闲聊。

柏西明：这白怀京是几个妈给的胆子啊，往云崝枪口上撞。

向昭：那天骂得不够狠，我的错。

向昭发了个向上抱拳哭哭的大脸表情"我没有本领"。

裴渡：病历比学历厚。

柏西明扔进来一个抱拳斜眼歪嘴笑的熊猫头"social social（社会 社会）"。

说起来，柏西明自个儿琢磨好几天也没想通。

他往群里打字表达疑问：要说这白怀京聪明吧，她非得抓着云崝不放。要说她蠢吧，也不知道听了谁的指点，知道黑云崝没用了，竟然跑去黑林妹妹。

这番话一蹦出来，在向昭脑子里电光石火般地炸了一波。

向昭坐在椅子上，因为惊讶，嘴巴要张不张的，想起自己对白怀京的那一顿"喊哧咔嚓"，又记起晏宁被黑那三天云崝冷若冰霜的臭脸。

他悟了。

向昭：医院，水果，看我。

上午十点半，工作室办公区，众人工作井井有条。

窗边的位置，侯暖在键盘上敲敲打打，盛凉戴着耳机在修图，其他人各自忙碌。

鲁子昨晚跟了大夜直接没回家，他将办公椅放平，伸直长腿躺在椅子上，双脚搭着矮凳，两手交叠放在胸前，睡得很安详。

向昭经过时，盯着鲁子身上的薄毯看了两秒，瞧见另一头过来的云崝。

看见他，向昭下意识要躲，回头猛地一想，反正因为那事儿已经挨完他一通骂，事情就算翻篇。向昭停下来轻轻拎起薄毯，向上拉起盖到鲁子脸上。

云崝刚要跟向昭说什么，口袋里电话突然响起，看见来电人，他转身往三楼走。

云崝："妈。"

席文珺问："在哪儿？"

云崝说："工作室，怎么了？"

席文珺说："前两天你不说那小姑娘想吃新鲜菌子？我现在给你送家里去。"

之前席文珺说有个云南学生近期要来上海，云崝顺嘴提了句。

云崝挠挠眉尾，说："我是说我……"

话还没说完，席文珺拆穿他："你说你想吃，你看我信吗？"

反问的句式，肯定的语气，席文珺瞄一眼导航，还剩二十分钟到目的地。

席文珺问："她一个人在家？"

云崝"嗯"了声，开始往楼下走："您等我会儿，我跟您一起回。"

"我都快到了。"

"我怕您把人吓着。"

这话听得席文珺失笑，她轻拨方向盘，嘲讽得挺干脆："怎么，你怕我丢给她五百万把她打包回云南？"

"这事儿您确实干得出来。"云崝笑，回得也没心没肺，"但我这兔子急了能咬人，怕伤着您。"

闻言，席文珺不但没有牛气，相反地，她眉眼中常有的那种凌厉感，因为这句话而消解了几分。她手指点几下方向盘，道："行了，别贫了，要回赶紧回。"

云崝淡笑："嗯，您慢点儿开。"

那头先挂断，云崝边出工作室边给晏宁发了条消息，大概在忙，晏宁一直没回复。

今天上海天气很好，天空湛蓝无云，但是起了风。

云崝心情不错，他甚至买了两束花，席女士喜欢复古风，咖啡拿铁玫瑰和卡布奇诺玫瑰搭配作主花，染色卷边桔梗不至于太沉闷，白褐色纸张交叠包装，花束色调柔和而不突兀，适合她向来精致高雅的气质。

对比之下，另一束包装则大气简约，墨绿色的浮雕包装纸，十几枝白玫瑰如玉般纯洁，盛放皎洁的清香。

遇上红绿灯，云峥瞥见副驾驶的两束花，不自觉地想到晏宁收到它惊喜的模样，他唇角轻轻弯起。

很难得的这种感觉，明明手里好几个杂志封等着他，明明前头是场未知的会见，但他心里难得地惬意轻快着，还有心情看阳光在绿叶上跳舞。

绿灯亮起，黑色卡宴启动继续往前开。

这一路畅通无阻，云峥嘴角的笑没下来过。

电梯打开，云峥捧着两束花出来，撞见席文珺抬脚进电梯。

云峥先出来，看见席文珺这架势，知道她这不是准备走，而是压根没进家门。

席文珺看他一眼，然后视线偏向身后的鞋柜，一双做工精致的红底漆皮高跟鞋，东倒西歪地扔在地上，跟主人一样没有规矩。

云峥眼眸收缩面露愠色，这不是晏宁的鞋。

而席文珺脸色冰冷，她自下而上扫一眼云峥，最后斜睨他："妈年纪大了，得要脸，你自己处理。"

等席文珺走后，云峥大步走向家门，迅速输入密码打开。

室内窗帘拉得很严实，一片黑暗中，空气里浓烈的烟草味由远及近逼近心肺，云峥不悦地扇了几下。

透过若明若暗的烟雾，云峥看见沙发上的人，又环视一圈屋内，几间房门都开着，没有晏宁的身影，连噔喽也不知所终。

白怀京眯起眼睛兀自吸口烟，对身后的动静置若罔闻。

云峥完全不搭理她，把花放到餐桌上。他拉开窗帘打开窗户，户外的风灌进来，把呛人的烟雾吹散。

光线大亮，白怀京缓缓吐出一口烟，她回头看见桌上的白玫瑰，再看看神情焦急的男人，冷笑了声："找那个小白花？"

云峥不作声，他叉着腰打电话，两秒后，沙发缝里有响动传来，云峥探身把那处的手机拿起来，屏幕上闪烁着"云青山"三个字。

他表情更黑几分，看向白怀京。

她自顾自捋一把凌乱的头发，嘲讽道："她走了。"

云崝厉声:"摄影棚里的话,别让我说第二遍。"

白怀京又笑了声,无力的、自弃的:"让我滚呗。"

两人最后一次对话,是在工作室。

那天本是白怀京新年刊拍摄的日子,当一切准备就绪,云崝却拒绝拿起相机,然后把自己锁进摄影棚一整天。

白怀京进来把其他人赶出工作间,只剩自己跟云崝对峙。

面对这样的云崝,白怀京难以置信,以往两人相敬如宾说话分寸有度,但这份新年刊对她意义非凡。看着云崝要死不活的模样,白怀京终于撕破面具,嗓音尖刻地质问:"你发什么疯?"

云崝坐在工作桌旁,下颌紧绷。他不看她,只是朝她那头扔照片,一张一张地扔,他扔得越多,潜伏在骨子里的阴郁就更深一层,最后他手臂青筋暴起,将剩下的半沓照片拍到桌上。

照片画面血腥不堪入目,都不及云崝给她带来的恐惧感。

即使慌乱,白怀京也不知悔改:"一只畜生而已,连工作都不要了?"她阴森森地威胁,"云崝,你几个月没拍出东西了吧,还有拿得出手的作品吗?"

盛怒之下,云崝竟然还能保持教养。

他掀了掀眼皮,声色漠然道:"滚。"

白怀京笑:"要跟我分手?"

云崝递给她一个凉薄的眼神。

他默认而决绝的态度把白怀京的傲慢彻底击碎,她感觉指尖都在止不住地发抖,身体撑在桌边侧了下脑袋,她试图在云崝脸上找到一丝胆怯与后悔。

云崝看她,不声不语的姿态主导对话局势。

白怀京觉得好笑地摇头,气急了又不受控地点头:"好,那就分,我甩的你。"

她说:"云崝,你给不了我想要的。"

云崝低下头点烟,青烟缭绕,视线一片混沌,白怀京看不清他的表情,只听见他寒若冰霜的厌弃声:"请便。"

…………

时至今日,不同地点,同样面对云崝,白怀京再想起这两个字,脑海里竟然不是云崝的腔调。

一个小时前，年轻漂亮的女孩子站在门口，对方完全不把她放在眼里："前男友家你应该挺熟悉吧，请自便。"

空前的屈辱感迎面朝白怀京翻涌袭来，现如今她臭名昭著，事业前途尽毁，可她竟然有些想笑，她笑的是自己，竟是在跟了新金主之后，才真正得知云崝的身份。

那金主看见她手机里的"云崝"，先是不敢相信，然后疑惑又市侩地试探："你认识云氏小云总？"

所以白怀京痛恨云崝，也曾试图用下作手段逼迫云崝回头，如今落到这般田地，即便不甘心也力不从心。

白怀京抬起眼睛，倔强又疯狂的眼神钉在云崝身上："云崝，现在你满意了？"

云崝不回答。他往前走一步夺过她手里的烟，用力拧灭在桌上，阴冷冰凉的视线看她两秒很快收回，他拿起晏宁的手机向外走。

他道："我给你十分钟离开这里，或者让黎家洲到警局捞你。"

门被关上，被彻底忽视的白怀京睚眦欲裂，她眼里猛地一片通红，拿起桌上一只水杯，"砰"一声砸向地面，玻璃四分五裂炸了一地。

云崝冲出楼栋正考虑往哪头找，就望见对面石阶上坐着的人，脚步顿住，然后神色一软。

晏宁身穿白T粉色短裤，正在咬冰棍，笔直细嫩的小腿搭下来，没什么节奏地乱晃，嘻喽在猫包里，两只爪子正拨弄毛线球，玩得不亦乐乎。

看见大步走过来的人，晏宁笑着挥了挥手里的冰棍。

云崝走过来，晏宁问："聊完了？"

"把人放家里，自己出来吹冷风，你冤不冤？"云崝叹了声。

"我买菜去啦。"说完，她拎起另一边的袋子，一把小葱青翠欲滴。

她说："没带手机，买个冰棍就剩这些了。"

云崝柔柔地笑了下，看见她脚背的擦伤，蹲下来问："你跟她打架了？"

晏宁被逗笑，说："小猫崽子非得跟着大爷的鹦鹉后头追，抓它的时候弄的。"

云崝解开她的鞋带脱掉她的鞋检查一番，确认她只是破了点皮，又给她穿好鞋，还熟练地系了个蝴蝶结。

他半蹲在她腿前，仰着头："委屈吗？"

晏宁叹气："有点。"

云崝说："我把向昭叫过来。"

晏宁："叫他干吗？"

云崝："再骂她一顿。"

"没必要。"晏宁指尖插进他的黑发抓了一把，语色轻快松泛，"她那个脑子跟云南菌子锅一样又乱又有毒，我才不跟她计较。"

这话没让云崝放心，他抿起唇，眼里聚着疼惜。

静默了瞬，晏宁说："那天没绷住是因为我妈妈知道了，我不想因为这些事情让她操心。"

云崝低了头，他停了停，转过身背对晏宁说："上来。"

"啊？"

"背你出去吃饭。"

晏宁好奇的表情，忍着笑明知故问："为什么要背着？"

云崝挑眉："那我背噎喽了？"

晏宁鼓鼓腮帮子："那还是背我，它得减肥。"

她慢吞吞地爬到云崝背上，云崝突然身体往右歪了下，吓得晏宁赶紧搂紧他的脖子。扶稳后，她拍他肩膀："吓死我了你！"

云崝露出一个得逞的笑容，他拎起猫包递给晏宁，站起来假装很费力："哎哟——"

他尾音拖着："你最近是不是吃胖了？"

晏宁努嘴不服："是你该锻炼了。"

云崝紧紧托住她的双腿。晏宁在他背上一边吃冰棍一边摇晃双腿，是这片小区里最快乐的人。

晏宁叫："云青山。"

云崝："嗯。"

"你难过吗？"被泼了这么久的脏水。

"难过。"云崝承认，淡淡道，"因为她的无理取闹，戳穿了一部分自卑的自我。"

晏宁立刻胡噜胡噜他的后脑勺，嘴里还叽里咕噜两句什么，云崝低低地笑，肩背稍一用力把她往上托了托。

然后，晏宁把冰棍递到他嘴边："吃冰棍吗？"

云崝咬一口。

晏宁问："甜不甜？"

云崝含混不清地答："甜。"

晏宁掰过他的脸，"吧唧"亲了一口，云崝侧眸看一眼背上的人，笑着摇了摇头。

不远处，楼栋门口。

白怀京怔愣而失神地看向亲密无间的两人，歇斯底里之后，她的情绪完全死掉，一双眼睛像骷髅黑洞，形同枯槁失去了光芒。

去而复返的席文珺踱步到白怀京身边，她身姿高挑，浑身矜贵遮都遮不住，气场如斯，让人甚至觉得她手上白色泡沫箱里装的是天价珠宝。

白怀京站在她身边，骤然间变得暗淡无光。

同样，席文珺看向那对欢闹嬉笑的情人。

"看见了吗？"席文珺缓缓开口，她语气轻飘飘冷冰冰，但每一个字都说尽了鄙夷与唾弃，"这种情况就属于是善恶有报，不一定非得大动刀兵或者财帛才叫报应的。"

他护她天真坦白的快乐，而白怀京只剩一腔嫉妒悔怨丑恶。

这才是罪有应得。

第十章

/

他让她自由

微博公开后几天,不少媒体联系工作室想做采访,全部被向昭回绝。

这是工作室成立时的规定,所有对外宣发,只谈工作,不聊私生活。

于是结束了一个月高强度工作的云崝,落了个清闲,每天也不用出门,只需要处理下简单工作,空了就躺在沙发上陪嚯喽看电视。

反倒是晏宁忙得脚不沾地,不仅回得越来越晚,甚至难得休息一天,午饭后也要端着电脑坐在桌边办公。

她戴着耳机开线上视频会,云崝借着倒水的工夫从旁边路过,瞥一眼电脑屏幕,除去两个云氏员工和姜也,其他几个都是外国人。

云崝坐回沙发上,他目不斜视地看着前方,嚯喽在地上打滚,四脚并用搓挠最喜欢的玩偶,晏宁用一口流利的英语跟对方交流,虽然偶尔发音不正,但她说话时落落大方,真有几分职场女性的干练气质。

起初云崝疑惑问她为什么英语这么熟练,晏宁插科打诨,说干民宿的谁没遇上几个外国人游客呢。

晏宁:"Because of their mis……"她停了下,一时忘了该用哪个单词表达"管理不善"。

沉默间隙,云崝扬唇,英音纯正好听:"misadministration."

听见这道气定神闲的声音,晏宁还看着电脑,眼睛却渐渐弯了弧度,像考试中途拿到答案的学生,内心侥幸又兴奋。

整理好表情,她继续跟屏幕里的人说话。

姜也偷偷给她发微信。

姜也:他没去工作室?[惊讶]

晏宁:这几天休息呢。

姜也:这么幸福?

她发一个"这种好事什么时候能轮到我"的卑微猫猫。

晏宁回"这都不是月薪一千八的我该考虑的事"的难过熊猫。

两人明目张胆地开小差。

聊了半小时,会议结束,晏宁处理尚未做完的工作。归期将近,她想尽快忙完,剩下的时间陪云崝。

她用心专注,就是坐姿没怎么正经,喜欢一条腿光脚踩在椅子上,另一条腿懒洋洋地伸着,有时候噎喽蹭过来,她就用脚背磨蹭它肚皮。

时间一分一秒地过去。

不知过了多久,电脑微信亮了下。

云青山:麻烦工作放一放,来敷衍我。

晏宁转头,云崝躺在沙发上,用头顶对着她。他举着手机正在敲字,晏宁忙着跟姜也对方案,这条没回。

然后是第二条。

云青山:敷衍也不愿意了?

晏老板:乖。

云崝发过来一个"反正爱情不就都这样"的哭泣猫猫。

晏宁笑了下,"渣男语录"信手拈来:你要这么想我也没办法。

云青山:无话可说了?

晏宁:嗯。

云青山:既然能说的话早就说完了。

云青山:剩下的就脑电波角流吧。

【"云青山"撤回了一条消息。】

云青山:剩下的就脑电波交流吧。

晏宁轻轻咬住下唇不让自己笑得太明显,她打字回复:滋滋滋!

云青山:嗡嗡嗡嗡嗡!

晏老板:哒哒哒!

云青山:哔哔哔哔啪!

云青山:短路了不好意思。

云崝淡淡勾着嘴角,沉浸在跟晏宁的幼稚对话中,突然身后传来拉椅子的声音,接着有人踩着拖鞋"嗒嗒嗒"地朝这边走来。

晏宁跪到他身边,抱着他的脑门重重地亲了下,亲完,她没做停留地快步走回去。

她坐好后十秒，云崝的手机再次收到新消息。

晏老板：维修完毕，故障修复。

晏老板：嘀嘀嘀！

云崝挠了挠眉尾，又笑着在噎喽背上揉搓几把，表情格外荡漾。

怎么这么可爱？

后来云崝见晏宁实在忙，便没再打扰她。

中间姜也给他打了个电话。

姜也单刀直入，掩饰不住地兴奋道："你从哪儿找来这么个小天才？"

云崝朝小天才看了眼，问："怎么说？"

"她提出了很多新想法，不仅是对云南这块，包括对以后基金会运作也有不少帮助。"

云崝语气挺骄傲的："想挖人？"

姜也"嗯"了声："现在这个工作对她来说太屈才，而且我上次问过她没回答我，要不你再帮我问问，看她愿不愿意来基金会工作？"

说着，云崝想起一事儿来，他敛起表情，压低声音问："你们基金会不是有学历要求？"

姜也说："她学历不是问题啊。"

云崝一愣。

姜也觉得他这话奇怪，不解地问："你不知道吗？她是R大高才生。"

电话挂断后，姜也将晏宁之前发的简历转给云崝。

云崝抓一把头发坐起来，用手机慢慢地看，R大，金融系，英语双学位，绩点直逼4.9，实习经验丰富且优秀，该有的奖项一个不少。

照片跟身份证上的一样，下巴微昂看镜头。

现在再看这张照片，可能是心理活动作祟，云崝竟从她眼神中看见了戏弄成功的嘲弄。

——学历不高，找不到工作。

云崝被活生生气笑。

他扔掉手机，掀开腿上的噎喽，径直走向晏宁。

还不知道发生了什么的晏宁正在打字，一道人影落下来，她抬头，面无表情的云崝几下帮她把文件保存好，"啪"一声将电脑合上。

晏宁又惊又气:"你干——哎?"

下一秒,云峥将她拦腰扛起来,晏宁双脚在空中扑腾。

云峥把她放到卧室床上,听见动静的噎喽"duang duang"地往房间里冲,被云峥一把揪住颈脖毫不留情地扔出去。

门被反锁,急于护主的噎喽急赤白脸地挠门。

云峥慢条斯理地转身,冷眼看向床上的人。晏宁不明就里地问:"怎么了?"

云峥哼笑:"学历不高?"

他翻起T恤下摆从头顶脱下来,随手扔到地上。云峥凑过来声音低沉:"找不到工作?"

意识到原因的晏宁,舔了舔唇讨好地笑:"那个……"

他一字一顿:"R大高才生?"

云峥拽着她的脚踝拖过来,压在底下亲。晏宁想尖叫,唇被人含住,云峥的气息渡进来,勾缠她的呼吸不断厮磨,房间里响起细腻暧昧的低喘。

被亲到意乱情迷的晏宁,还在软绵绵地挣扎:"天还没黑呢!"

云峥拉过被子蒙住两人,倾身压上去:"黑了。"

一顿天雷地火、没休没止、淋漓至极的折腾。

被欺负得狠了,晏宁带着哭腔控诉他:"云青山……你欺负我。"词不成句,断断续续,又娇又软的声音,听得云峥忍不住笑了下。

他却像是表情难过,贴近晏宁的耳郭,哑着声儿委屈巴巴:"是你先骗我的。"

晏宁耐不住,她眼角发红,半张着嘴去咬他的喉结,被他挑住下巴扬起小脸,他温柔又霸道地顶开她的唇,慢慢舔舐,将她从窒息中捞起,又拖着她往情海中沉溺。

摇摇欲坠的瞬间,云峥托起晏宁的脸颊,在她耳边模糊呓语:

"再教你一个单词——

"Miscedence.(你的存在对他人很重要)"

结束后,晏宁背对云峥缩成一团,她裹紧被子闭着眼睛微微喘气,眼角的地方湿漉漉。

云峥横在她腰间的手臂探上来,轻柔地抹一把她的脸,将她的头发捋到后面,露出光洁的额头。晏宁抬起发酸的腿,蹬了云峥一脚。

小小的动静让云峥心里软到极致。

他靠近了哄:"生气了?"

晏宁哼气:"没有,累。"

云峥碰碰她的鼻子,轻笑:"是你该锻炼了。"

云峥把她捞着转过来,轻声问:"这么好的成绩,怎么待在德钦了?"

他现在不认为只是风景很美这么简单。

晏宁还闭着眼睛,但她笑了下,语色傲娇:"我还保送了上海的研究生呢。"

"是吗?"云峥语调扬起,带着笑意地惊叹,"哪所学校?"

晏宁报了个校名。

云峥问:"为什么没去上?"

好半天,怀里的人才说话,她声音微沙:"那时候我妈妈生了场大病。"

闻言,云峥眼神暗了下。他伸手将晏宁抱得更紧,吻轻轻落在她额头、眼睛、鬓角,无声地讲述自己的歉意与安慰。

"她现在好啦。"晏宁睁开眼,眼底一片释然,"当时确实很吓人,病危通知书一张接一张地下,后来抢救回来了。嗯,现在她吃得好睡得香,还能跟我爸一起上山采菌子呢。"

晏宁用脑袋蹭蹭云峥,柔软的长发像羽毛轻飘飘地落他身上。她长叹了一声:"我在北京接到电话,回去不仅要坐飞机还要坐好久的车,一路上感觉自己像一具行尸走肉,只要手机一响就胆战心惊的,所以后来想不如干脆留下来陪着他们。被保送的事我也没告诉他们,不然他们肯定不会同意。"

云峥问:"遗憾吗?"

晏宁转动身体让自己平躺,她看向天花板,云峥看着她眼尾渐生湿意。

"遗憾。"她抿了下唇,很平静地回答,

晏宁转头,眼神笔直地看向云峥:"只能说在那个时候,我必须要做那样的选择,可是放弃的时候我也是真的伤心,我可以说自己不后悔,但即便会因为去念研究生而错过你,我也不能说自己不遗憾。"

云峥的指尖从她发顶一路往下,一点一点描绘她的轮廓:"幻想过自己继续上学的生活吗?"

晏宁摇摇头,她是真没想过,也可能是大脑的自动回避。

云峥沉吟了下,想了想说:"九月的时候,你来学校报到,那时候上海温度宜人，阳光也特别好，你跟同学约好了去东方明珠和外滩，晚上你抱着椰子走在风里，聆听黄浦江船只的鸣笛声，灯光也很璀璨，因为初来乍到，那会儿你看见什么都觉得新鲜，所以对每个地方都感兴趣，但是过了几个月，你开始讨厌上海的交通，遇上人多挤不上地铁的时候，也会骂一句——什么破上海这么多人！"

他认真而俏皮的语气，让晏宁咧嘴笑了下，她把手压在脸下，满脸期待地望向他。

云崝用指腹滑她的鼻梁，声音像沁了水的浮云："这时候唯一能安慰你的，就是上海的小吃，生煎、梅花糕、蟹黄包、阳春面、葱油面，还有春卷和泡泡馄饨，每次从图书馆出来，你都要好好吃一顿来奖励辛苦的自己，吃得饱才能学得好。"

"嘶——"云崝半眯着眼捏下她的鼻尖，莫名吃醋的语气，"应该也会有帅气的小男生过来找你要联系方式，结果一问，原来他把你认成了大一新生，你乐颠颠地跟室友分享，室友笑你自恋。"

晏宁看着他，嘴角挂着静静的笑意，眼里都是柔软。

"冬天，上海的第一场雪，你穿着厚厚的衣服，戴着毛茸茸的帽子，在雪地里蹦蹦跳跳，用脚印画了一只小猫——"说到这儿，云崝停了下，"这会儿你应该还不认识噎喽，那你会画一只兔子，但是很突然地，站在茫茫大雪里，你开始想家了，想念那个隐隐能看见雪山的房间。

"放暑假，你从学校回来准备住到顶楼，但是发现房间被租出去了，你一边生气一边问：'十六！住里头的人叫什么？长什么样子？'"云崝收紧嗓音学她的腔调。晏宁"扑哧"笑出声，眼里水光盈盈。

云崝笑了笑，点点她的梨涡说："十六告诉你，那个人的名字很奇怪，姓云，一个山字加个青，好像叫什么崝？长得还挺好看。"

听到这里，晏宁的眼睛猛然睁大，她笑意敛起，胸腔随着他的声音开始发麻。

云崝用指腹摸她的脸，慢慢地说："然后你发现，这个世界上竟然有人不喜欢吃饭，所以每天做了饭都要分他一份，看他一个人过来旅行可怜，还带他逛集市、钓鱼，虽然不愿意教他玩无人机，但会给他做各种五颜六色的果汁，而且你不喜欢叫他全名，所以每天都喊他云青山——云青山——

"终于有一天，这个不爱吃饭的云青山发现，原来这个世界不坏，因为还有你这么勇敢、善良、可爱又自信的小姑娘，他知道自己喜欢上你了，所以才趁你看电影的时候,偷偷拍了你的照片存到手机里,然后他约你去第二天的音乐节,想在音乐节上跟你表白。

"要不是因为怕不正式,其实当时他在楼梯口就想跟你说——

"我喜欢你。"

晏宁眼里的水光凝成一滴眼泪,从眼角轻轻滴下来,那双总是晶亮的黑瞳里此刻凝着笑意和脆弱。她一动不动地看着云靖,眼泪滴落到床单,洇出深色痕迹。

看见那滴眼泪,云靖顿了一瞬:"怎么哭了呢?"

他轻轻揩掉她的泪痕,叹了声自我检讨:"看来我想象力不太行,讲的故事你不喜欢。"

像是被打开开关,晏宁哭得更凶,云靖越哄,她的眼泪就越停不下来,她索性躲进云靖怀里,肩膀不停地抽搐,云靖在轻轻拍她的背。

"云青山,你能不能说点上海话?"她捂着脸,抽噎着说,"我忽然……想听。"

云靖把她的手轻轻拿开,拨开她的长发,浸染了温柔的眼神,如清明月色照在晏宁身上,她满眼泪痕的可怜模样,让云靖的心都化了。

他声音里都是笑意,低喃哄她:"喔唷!侬辩小姑娘脏得瞎哆啊!男旁友有伐?侬觉则吾哪能?吾老好嘞(你这小姑娘长得真好看!有没有男朋友?你觉得我怎么样?我特好,特拿得出手)!卖相顶呱呱哎!"

听到这长一串,晏宁哭得更凶,她一边哭一边又忍不住笑:"什么叽里呱啦的,我听不懂。"

云靖动作轻柔地帮她擦掉眼泪,刮了下她的鼻尖,笑着倾身亲亲她的梨涡。

把噎喽关在门外的后果便是,云靖橱柜上的手办被噎喽搅了个稀巴烂,"身首"异处,惨不忍睹。其中不乏几个限量款手办,同样被五马分尸,一道道锋利的爪痕表明了噎喽当时心里的愤怒与暴躁。

云靖也不气,把噎喽装进猫包,拿了它最喜欢的玩偶,当着"孩子"的面拆得七零八碎。

噎喽当时的表情——震惊,悲痛,你不是人。

公开处刑完,云靖把噎喽拎出来放到零碎的手办旁边,又把稀烂的玩偶摆过去。

噫喽看见那摊破布,直接用两只爪子围成一个圈,肥胖脑袋捂进圈里,脸贴着地一副不忍直视的憋屈模样。

　　云崝拍张照片发朋友圈。

　　配文:家有家规。

　　十分钟后,底下跳出评论。

　　向娘娘:你家猫是不是偷偷买夜光手表了?

　　席女士:有脾气上它主子那儿发去,没用的东西。

　　回云南前几天,没有了工作,两人有大把的时间考虑吃什么玩什么。

　　晏宁喜欢在阳台上折腾,原本只有一个天文望远镜的地方,被她添上了茶几和两把小椅子,茶几上亮一盏夜灯,墙上挂好新买的幕布,柠檬盆栽被搬到角落里,风在吹它的果实。

　　云崝帮她把零食小推车拉过来,摆到天文望远镜旁边。

　　晚上吃过饭,两人靠在一起,用投影仪看电影,噫喽在晏宁脚边盘成一团,身体微微起伏睡得香甜。

　　看完电影,晏宁好奇望远镜。

　　云崝站在她身后教她怎么用,但今天并不晴朗,天空雾蒙蒙一片,看不清晰。晏宁眯着左眼观察一会儿后抬起脑袋,冲云崝问:"上海怎么没有星星?"

　　云崝耸肩:"今天天气不好。"

　　想了会儿,晏宁抬脚走回客厅,从茶几底下翻出一个箱子,又找了会儿拿了什么东西出来。

　　她站到云崝身边,打开手电筒往照向天空,垂直的光线扎进黑暗消失不见。

　　晏宁:"那咱们给外星人造一颗。"

　　云崝笑着胡乱撸一把她的头发,走过去打算抱起噫喽。

　　听见脚步声,噫喽抬了下眼睛,看见是云崝直接惊醒,它躬起身体往后退两步,警惕而讨厌地看着云崝,云崝一动,它就"喵呜"一声蹿到晏宁脚底。

　　晏宁吓了一跳,她诧异地看着腿上挂件,反应过来笑:"谁让你拆它玩具的。"

　　云崝不信邪,一把将它拎到怀里大步走进屋内,拿了其他玩具逗它,"噫哥"高冷地一扭脑袋，没有半点好脸色。

阳台上，晏宁扶着天文望远镜笑得前仰后合。

噫喽这场气生了许久，无论云峥想什么办法哄它，它都无动于衷，甚至第二天云峥买了同款玩偶放到它眼前，噫喽也只是嗅两下，然后跨过去走到阳台，仰头望向天空。

背影凄凉又落寞。

看得云峥心里生起一股愧疚。

他坐到沙发上把脑袋埋到晏宁肩膀上，闭着眼轻叹："我放弃了。"

晏宁笑："这就放弃了？"

云峥说："它油盐不进。"

晏宁问："罐头呢？"

云峥保持着这个姿势朝墙角一指，两盒拆好的罐头原封不动摆在那儿。

晏宁沉吟几秒："你再想想办法？"

"不想了。"云峥坐起来靠到沙发上，手臂伸过去搂住晏宁，"留着力气陪你。"

晏宁抬头在他下巴上亲一下，又低头看电脑。上面是姜也刚给她发的劳动合同，其实前两天已经签完，今天收到电子版她再看看。

云峥玩她的头发丝："有不懂的吗？"

晏宁点头："有。"

云峥看过去："什么？"

晏宁转头："云青山，你有没有云氏的股份？"

云峥思考了下，认真地说："我爸没有私生子，席女士目前不打算生二胎，所以严格来说，除了我哥的那部分，我是有的。"他看向晏宁，略带显摆的眼神，"而且应该还不少。"

晏宁表情迟疑了下："那是不是等于我以后要给你打工了？"

云峥"嗯"了声。

"那我不要，我去找姜姜辞职。"

说完，晏宁爬起来要去捞手机，云峥搂过她的腰："回来。"

晏宁坐定，云峥捏着她下巴，语气有些好笑："给我打工委屈你了？"

"不，我要当老板。"晏宁态度坚定。

云峥笑："那让你当老板娘好不好？"

"不。"晏宁瞥他一眼，愤愤道，"打工要早起，而老板想睡多久就睡多久。"

云崝说:"老板娘也行啊。"

晏宁反问:"老板娘可以睡到日上三竿吗?"

云崝侧头亲她:"你可以睡到老板。"

晏宁脸一红把云崝推开,她耳朵发烫去收拾电脑,云崝在后头笑着追问:"老板娘也不行啊?"

"这工作也不亏吧?"云崝眨眨眼,"我这么——"

话没说完,晏宁转身在他胳膊上拍一下,气急道:"闭嘴吧云青山!"

云崝挺乖:"哦。"

看着抱起电脑逃似的躲到房间的人,云崝坐在沙发上,心里情绪漾起来,摸着半边脸笑出声。

噎喽只身窝在阳台上,没什么表情地闭上眼睛。

十分钟后,云崝靠在墙边敲了敲门,里头没人应答。

他掏出手机开始订票,淡淡一笑,轻悠悠地冲里头的人说:"明天天气不错,迪士尼人应该不多,不知道兔子小姐要不要回趟家呢?"

话落,门被打开,晏宁往他身上一扑,从眼睛到神情都亮晶晶:"走!"

云崝愉快地笑出声。

第二天,浅蓝色的天空澄净明亮,白云荡漾像松软的棉花糖。

晏宁上身露腰T恤、粉色针织外套,下身浅蓝色短款牛仔裙,长发披肩戴着星黛露发箍,看着又甜又俏皮。云崝一身杏色T恤、黑色短裤,他戴着墨镜,成熟风度透显少年的意气风发。

两人站在一起,男的帅女的靓,清爽阳光的一对,十分养眼。

通过安检后,她指着高大的童话城堡,转头对云崝说:"看!我家!"

云崝站在旁边,墨镜后的眼睛挂着笑意,他双手插兜笑着戏谑:"你家不是兔窝镇吗?"

"差点忘了。"晏宁收了表情,摸了下鼻子。

园区工作人员推销乐拍通,还没说两句,晏宁拿出手机"咔咔"付钱,干脆果断到想都不带想。

云崝没什么意见,只是牵着她的手侧头问:"我拍得不比他们好?"

晏宁转过头,朝他掀下眼皮:"不想跟我合影吗?"

明白她的用意,云崝应声:"行。"

周围人来人往，晏宁突然眼神一闪，她拉着云崝直奔狐尼克，声音都兴奋了："带你见见我老公。"

云崝头顶问号：那我是谁？

迪士尼无愧于"世界上最快乐的地方"名号，这片天地与外界相隔，没有什么能够打扰最原始的快乐，两人在里头徜徉一天，可以放肆大笑百无禁忌。

云崝也觉得挺放松，只除了某些时候，每当遇上狐尼克，晏宁便两眼放光欢呼："我老公好可爱！老公太帅了！老公我永远爱你！"

往往这时候，云崝都会无奈地低眸看她一眼，然后帮她挡住周围拥挤的人群。

花车巡游表演时，晏宁在前头忘乎所以地互动，云崝端着两杯喝的在她身后，左手一杯冰美式，右手一个饮料杯。

买咖啡时有粉丝认出他，过来想要合影。

云崝摇头拒绝："私人行程。"

说完，他又举了举右手上的东西，朝那人笑了笑："陪女朋友。"

粉丝看了眼他身边正在逗人类幼崽的女生，笑着表示理解，祝两人玩得开心。

云崝微笑，并帮粉丝付了咖啡钱："谢谢。"

夜晚霓虹绚烂，昏沉许久的天空，今天却出现了很多星星，灼灼闪亮。

烟花表演前，云崝给晏宁买了一个气球，起初他想拿兔朱迪，晏宁伸手要了米奇老鼠，云崝把绳子在她手腕上系好。

周围的人步履匆匆向前赶，两人手牵着手在小桥上漫步，晏宁时不时拽一下气球，水声潺潺，清风漫漫，他们安然享受这刻的悠闲。

晏宁抬起手腕转了两下，云崝问："怎么了？"

她把手举起来，系绳子的地方红了一圈："磨手。"

云崝将腕表摘下套到她手上戴好，然后把气球绳子绑在表带上。

弄好后，晏宁扬起手腕，即便表带卡到最后一个孔位，依旧显得宽大，在她手上甩来甩去。

晏宁认识这块腕表，是云崝最喜欢的一块，看着应该不便宜。

她问："丢了怎么办？"

云崝："你舍得这气球？"

晏宁当然摇头。

"那就牵好了。"

"哦。"

云崝紧了紧她另一只手："这只也牵好。"

晏宁笑嘻嘻地在他手心里挠了两下，叫他："云青山。"

云崝："嗯？"

"你爱我。"肯定的语气。

云崝笑："买个气球悟出真理了？"

她得意："我就是知道。"

云崝转身，倾身抚上她的脸颊："那接个吻吧。"

晏宁笑着踮起脚尖，眼眸发亮地凑上去，云崝的手探到她腰后把人往怀里揽。

下一秒，身后烟花绽放。

万千繁星在恒河宇宙存在亿万年，烟火只有一瞬间的恣意，却散落漫天温柔与浪漫，而清淡的柠檬味涌入心谷沟壑，胜过烟花千千万万朵。

晚上两人回到家，进门前，晏宁把米奇老鼠取下来塞到云崝手里。

开门后，在家等了一天的噎喽摇着尾巴走过来，它仰起脑袋在两人身上打量一圈，最后停在了云崝脚边，隔两秒，它急吼吼地站起来往他身上蹿。

云崝蹲下来，把米奇放到它眼前，噎喽果然更加激动急切地扑腾。

因为一个米奇气球，噎喽欢快到将之前的事悉数遗忘，云崝挠挠它的下巴，噎喽舒服得眯起眼，见此情形，云崝哼笑一声。

说到底，还是只猫啊！

两天后，两人同回云南。

到达有间民宿，晏宁抱着噎喽先下车。民宿一楼没见着十六和小桃的身影，大厅里简直安静得诡异，她站在柜台边往里头看了看，云崝拖着行李进来。

晏宁刚抬起头，突然后脑勺被砸了什么东西。

东西软绵绵倒是不觉得疼，就是力道大得让她往前栽了半步，可见对方愤怒的情绪。

晏宁还没转过头，云崝已经站到她身后，用后背挡住砸过来的第二只玩偶。

紧接着，两人听见中气十足的一声怒喝："小兔崽子！你还知道回来啊你！"

晏宁的视线越过云靖的肩膀，看清楼梯口站着的人，声音颤颤巍巍地喊："妈。"

云靖身体跟着一僵。

吕菱花冷眼看向两人，嗤笑了下："小兔崽子，还记得你有个妈？"

于是在那一刻，云靖突然就知道，晏宁嘴里一口一个小猫崽子是从何而来。

即便生气，吕菱花还是给两个孩子煮了面条。

晏宁那碗结结实实放了三个鸡蛋，铺得小碗都快装不下，而云靖那碗只有清汤白面，为了颜色均衡漂了几叶青葱香菜。

桌边，三人各占一方，饿到不行的晏宁坐在两人中间，正低着脑袋嚼面，嘴巴鼓囊囊的，像只小仓鼠。

云靖迟迟没动筷子，正襟危坐看向同样表情严肃的吕菱花。噎喽前爪交卧趴在吕菱花身前，塌着脑袋，表情冷酷而骄傲，简直就是一副小人得势的模样。

吕菱花目色平淡，将对面气度不凡的男人打量个遍。她问："你就是网上说的那摄影师？"

云靖声音朗润礼貌："阿姨您好，我叫云靖，是摄影师。"

吕菱花又问："多大了？"

云靖说："二十九岁。"

吕菱花："也是云南人？"

云靖："我是上海人。"

吕菱花身体侧了下，眼神略带审视："上海人跑云南来干吗？旅游？平时不用上班？"

云靖思索两秒想好措辞刚要回答，晏宁含混不清地问："妈，查户口呢？"

吕菱花伸手拍晏宁的二郎腿，轻声呵斥："坐好！"

晏宁扶着碗往云靖那头挪了点距离，边挪还边嚼面："我吃完这口。"她侧着脑袋瞟一眼云靖，弯眼朝他笑了下，云靖唇角轻轻勾起。

云靖继续跟吕菱花解释："我在上海负责一家工作室，个人时间比较灵活。"

"怎么跟这小兔崽子认识的？"

"六月来这边旅游，入住了民宿之后跟晏宁认识的。"

吕菱花："那之前网上说小三是……"

"咳咳咳——"突然的一阵剧烈的咳嗽打断两人的对话。

云靖连忙伸手拍拍晏宁的背，她弯着腰咳得脸都红了，吕菱花瞥她一眼起身去后院给她拿水。

吕菱花走后，晏宁清下嗓子神情恢复如常，快到让云靖神情一怔，还凑过来看两眼确认她是真的好了。

晏宁朝他眨眼笑了笑，用只有两人听见的声音说："这招对我妈百试百灵。"

小时候只要吕菱花念叨她成绩或是别的，晏正行就在旁边弄点什么动静吸引吕菱花的注意力，同样，晏正行抽烟被吕菱花批评，晏宁就吃饭被噎喝水被呛。

云靖抬手，把她咳乱的头发捋到耳后。

晏宁夹起一个煎蛋放到云靖碗里，看着云靖很认真地说："我妈以前只给我煎两个。"

个中意思不言而喻。

云靖低眸，看着碗里色泽金黄诱人的鸡蛋，心里说不上什么感觉，好像是很轻松，又好像有一股暖流游过，温柔的潮湿让他眼神闪了下，掠过感动的光芒。

半分钟后，云靖拿起筷子夹起鸡蛋，大口塞进嘴里。

晏宁笑着看他："好吃吗？"

云靖用力点头，囫囵说："好吃。"

最后，面条被两人吃得干干净净。

晏宁一直在夸吕菱花的手艺无人能及，抱着她撒娇说自己要吃到八十岁，被吕菱花嫌弃地一推脑门赶着去洗碗。

云靖在一旁收拾好碗筷，不声不响地去了后院。

吕菱花一边扶着晏宁，一边朝后院投去意味不明的目光。

晚上，十六和小桃放了假，吕菱花和晏宁做了一大桌子菜，晏正行结束忙碌后赶过来，并出乎意料地拎了两瓶白酒。

夜晚清风徐来，天边弦月散发荧荧冷光，山林的喧闹在深远夜色下静默消竭，只有后院方桌上，人间烟火正在袅袅升起。

云峥坐在晏正行对面,帮他把酒斟了八分满。酒气芳香浓郁飘进空气里,坐在中间的晏宁嘴里咬着筷子,轻轻吸了下鼻子。

这小动作被晏正行看见,他说:"二十四的年纪,二十二的酒龄。"

晏宁愤愤地噘了下嘴巴。

晏正行点点她,对云峥说:"这丫头两岁的时候,我跟她几个叔叔伯伯在桌上喝酒,她趁大人不注意躲在桌子底下,用桌布挡着拿筷子蘸酒喝,等大人们吃完饭满屋子找人,她喝多了躲桌子底下睡觉呢,以为那次把她喝怕了,结果长大之后更能喝。"晏正行"啧啧"几声,感叹道,"这几年要不是我管得紧,真成酒鬼了。"

晏宁:"这故事你都讲了二十二年了。"

晏正行说:"我能讲到你八十岁。"

晏宁哼哼:"你最好是。"

父女两人一言一语地拌嘴,晏正行边说话边给她夹一块梅汁排骨:"再吃比噎喽还胖!"

晏宁闷声鼓了下腮帮子,把胡萝卜全部夹到晏正行碗里。

角落里的噎喽听见有人在叫它,爬起来在晏正行脚边不断转悠,看着他筷子上的排骨眼睛都看直了,晏正行用水冲干净排骨丢给它。

云峥的目光在两人中间转了下,最后与晏正行的视线撞上。晏正行问他:"小云会不会喝酒?"

云峥回答:"会一点。"

晏正行对他说:"陪我喝点?"

云峥站起身,双手端起酒杯毕恭毕敬:"叔叔,我敬您一杯。"

晏正行笑了笑扬起酒杯一饮而尽,旁边的吕菱花训他:"你慢点喝!"

今天的晏正行似乎格外高兴,拉着云峥一杯接一杯地喝,吕菱花说了两次都被他打哈哈糊弄过去,最后索性放弃吃自己的饭。

喝到第四杯时,云峥明显有了醉意,连眼尾都泛着红,还没尽兴的晏正行又给云峥的杯子倒上。

晏宁拿起云峥的酒杯转过来,对晏正行说:"他酒量不行,我跟您喝。"

见晏宁这么护着云峥,晏正行心底吃味,伸手在她脑门上重重弹了下:"还没嫁出去,你就胳膊肘往外拐啊?"

晏宁"嗷"一声捂住脑门,龇牙咧嘴地看向晏正行,吕菱花"啪"一下拍在晏正行后脑勺上:"喝多了回去睡觉。"

这头，云崝一手把晏宁手里的酒杯拿下来，一手从她脑后绕过去，揉揉她额头并搂着她脖子小声说话："我还能喝。"

晏宁眼睛稍抬看见他微醺的侧脸，耳边是他滚烫的气息，抿了下唇。

她皱着脸说："我也想喝。"

顿了顿，云崝笑出来，挠挠她的下巴，就跟平时逗噎喽那样，举手投足间有股不经意的帅气。

两人的模样被晏正行看在眼里，大约是酒意上头，他沉默着别开眼，缓缓叹了声气，独自将剩下的半杯酒闷下去，然后又拿了个空酒杯，给里头添满。

他指尖敲敲桌子，晏宁看过来。

晏正行把酒杯推给她，并说："陪爸喝点。"

晏宁眼睛一转，眼神亮起欣喜而悸动的光芒，她矜持了下："您不是不让我喝酒？"

闻言，晏正行轻哼了声："别以为我不知道你床底放的啥。"

晏宁缩了下肩膀，举起酒杯跟晏正行的碰了下，玻璃相触的声音清脆灵动，晏宁先尝一口咂咂舌，晏正行看着她身体往后靠了靠，他眼里噙着淡淡笑意，欣慰里划过似有若无的遗憾与感伤。

他拿起酒杯对晏宁说："来。"

碰杯前，晏正行忽然缓声说了句："爸老了。"

"哪有。"晏宁放下酒杯，双手托脸看着他笑，"您还得给我讲八十年故事呢。"

晏正行骂她："想挺美。"

这顿饭吃了足足几个小时，后半场几乎是晏正行和晏宁在拼酒，吕菱花跟云崝一个劝一个根本拦不住，两人喝得都有点多，尤其晏正行说话时舌头都在打结。

吕菱花让晏正行别拉着晏宁喝酒，晏正行反而红着脸握住她的手："你女儿酒量……大着呢。"

醉了的晏宁趴在桌上眼睛半睁半闭，身上披着云崝的外套，她双颊通红露出憨真神色，一笑就有梨涡："老头，接着整啊。"

晏正行听不得这话，拿着酒杯坐起来，晏宁二话没说给自己倒满。

吕菱花实在忍不了了，劈手夺走晏宁的酒杯要送她上楼。下午晏宁把房间让给他俩，自己找十六开了一间房，这会儿喝多了正迷迷糊糊地找房卡:"我房卡呢?"

她拽着吕菱花的袖子,委屈地哼哼唧唧:"妈妈,我房卡不见了。"

表情冷漠的吕菱花把房卡从她口袋里拿出来,塞进她手里:"丢不了。"

云崝站起来帮忙,吕菱花把外套丢给他:"你坐下,照顾老的。"

晏宁靠在吕菱花的怀里,表情动作都慢吞吞的,她扬起笑容朝他招了招手:"拜拜。"

相较于晏正行的自来熟,吕菱花对待云崝只是基本的客套,饭桌上也没怎么跟他说话。云崝心里大概清楚,因为之前网络舆论的事,吕菱花在生他的气。

他坐回来,给晏正行倒了一杯水放到手边。晏正行问他:"小子,喜欢吃云南菌子吗?"

云崝说:"喜欢。"

说完,晏正行眼神放空继续瘫在椅子上,不知道在想什么。

吕菱花回来时,一片狼藉已经被收拾干净,周围都被打扫过。她半拖半拽把晏正行拖起来,没什么情绪地对云崝说:"你也早点休息。"

说完人走,晏正行脚步东倒西歪,还在叫嚷要接着喝,吕菱花气得揪他耳朵。

院落里安静下来,树叶风声沙沙作响。

晏正行坐过的椅子上,一张轻薄的房卡,在月色下泛着银白清辉。

云崝看一眼,低头无声笑了下。

晏宁新开的房间在走廊另一头,云崝拿房卡开门。

房间内,晏宁侧躺着蜷在被子里睡觉,乌黑长发铺散在白色床单上,身体微微起伏,睡颜非常安宁。

云崝走过去用手背探她的额头,晏宁小脸燥热,碰见这片冰凉,忍不住皱眉把脸往上贴了贴。

"难受了?"云崝捏一把她的脸,叹气道,"喝这么多。"他转过身倒水。

身后人翻了个身,响起床铺与头发的细微摩擦声,紧接着,云崝听见一道清醒的声音:"我不喝你就得喝。"

云崝诧异地转头,晏宁靠在床头看着他,眼神清亮毫无醉意。

她戏谑:"你酒量真不行。"

云崝问:"你是装的?"

晏宁笑笑："我爸那点酒量,我初中就能喝过他。"

云崝坐过来把水递到她嘴边,晏宁抓着他胳膊喝了两大口,然后慢吞吞地坐回去:"大学毕业的时候,遇上那种想给女生灌酒占便宜的,来一个我喝趴一个。"

云崝:"有人想灌你吗?"

晏宁:"有,给他灌得第二天见我就跑。"

云崝刮她鼻子:"这么厉害呢。"

晏宁:"云南人都能喝,女生都挺厉害。"

"以后我不在你身边,尽量不喝酒。"

"好呀。"

说了会儿话,晏宁突然问云崝:"你饿吗?"

一晚上忙着跟晏正行拼酒,晏宁没吃几口东西。

云崝放下杯子问:"你想吃什么?"

晏宁想都没想:"方便面。"

云崝顿了下:"就这?"

她问:"你会别的?"

他说:"不会。"

晏宁一副随意的表情:"那就这个吧。"

云崝乐了:"行。"

云崝起身时,晏宁"噌"地跪坐到床上往他背上一扑,云崝一个趔趄稳住身体,转过头看见晏宁脸上亮晶晶的笑意。她凑到云崝耳边,用唇磨他耳垂:"你是不是从上海带了红酒回来?"

是两人之前在超市买的那种,当时晏宁就很喜欢这个味道,磨着云崝多买了几瓶带回来,现在云崝才明白她的用意。

云崝反手拍她脑门:"还没喝够?"

"还没跟你喝呢。"

"我不想跟你喝。"

晏宁直接推他:"去拿去拿!我在天台等你。"

云崝终于无奈:"穿件外套。"

煮方便面的时候,云崝望着一锅翻涌咕噜的水,看着看着,就笑了。

红酒配泡面,还挺浪漫的。

第二天天色刚微微亮,晏正行带云崝上山采菌子。

林间水汽湿润,苔藓森森,蓊郁寂静的空气中偶尔响起两声婉转鸟鸣,四周都是松树和土壤的清幽香气。

晏正行走在前头,云崝背着篮筐跟在后面,脚掌碾过地上的细碎枯枝树叶,"嘎吱"了一路。

时至秋天,已经是最后一批菌子,质量和口感都不如七八月份,长在角落里盖满晨间的露水。晏正行带着云崝七拐八绕在山上走了一圈,走到一处空旷地带,他拎起裤腿往石头上一坐,在大腿上揉了几下。

晏正行拿出烟,问云崝:"会抽吗?"

云崝跟着坐下来,摇头说:"戒了。"

晏正行叼着烟,心知肚明地笑:"她不让抽啊?"

云崝笑:"她鼻子灵,一闻就能闻着。"

"她也不让我抽。"晏正行嘴上吐槽,人却是开心的,"我都偷偷躲在外头抽,就跟她躲着我喝酒一样。"说到这里,晏正行笑出了声,略显沧桑的眼角舒展轻快之意。

云崝问:"她很爱喝酒吗?"

认识这么长时间,除了之前提过几次,晏宁基本没在他跟前喝过酒。

"喝得凶!"晏正行看他一眼,眼神似乎在说瞧你这傻孩子,"她上大学的时候,比如别人书包里装书本,她那都是啤酒罐罐,别人上课犯困喝咖啡,她犯困灌啤酒,辅导员跟我说的时候,哎哟,把我这老脸臊得啊!"

云崝跟着笑了笑。

阳光照拂整片森林,大地被唤醒,晏正行抽完一整根烟。

他把烟头摁灭揣进口袋里,声色平静地问:"网上骂她小三的时候,她哭了吗?"

猝不及防转换的话题,让云崝一时不知道怎么接话,吕蓁花是面冷心热,晏正行则是反着,表面上不说什么,实则心里门清。

云崝眼里出现一抹歉疚,唇线绷直又松开:"叔叔,这件事……"

"别紧张。"晏正行拍他的肩膀,笑着说,"我又不是兴师问罪。"

晏正行又点了根烟,这次却没抽,而是望着漫漫青山语气悠长:"我唯一一次见她哭,是她妈生病那回,在病房外头,抱着手机哭。

"她妈出院之后,我发现她把家里那些书都收起来了。"晏正行摇摇头,掸掉烟头上的半截烟灰,"后来我才知道,她放弃了研究生入学。"

云崤一愣:"她说您不知道。"

"是吧。"晏正行瞥他一眼,眼尾耷拉些许落寞,"她是瞒着我,我也是从老师那儿知道的,她知道要是说了我肯定不能答应她留下。你别看你阿姨现在身体健朗的,但她这个病啊,说不好哪天人就没了,所以晏宁才不敢走远。"

"去外面的医院看过吗?"

"看过,上海的北京的广州的都去过,十几年前做的心脏搭桥,都是些老毛病。"

晏正行抹了把脸,叹息里满是遗憾:"说到底,我们俩把这丫头耽误了。"

云崤想起满面笑意的晏宁,似乎活泼朝气得像个小太阳,永远为满足的好奇心而欢呼,而今天终于知道,她也会坐在角落里哭泣,在不为人知的黑暗中舔舐自己的脆弱。

云崤抬头看了眼苍茫天空,心里却在发紧,他不知道需要有多大的勇气,才会亲手折断翅膀,放弃那个被寄予厚望的自己。

情绪堵着,他还是找晏正行要了根烟。

晏正行抽完最后一口,大片烟雾被金光刺破,被风吹散。

晏正行语重心长道:"不管你们能走到最后还是就走这一截路,叔叔没别的要求,让她过得轻松点。"他看向云崤,眼里是作为一个父亲的恳切和心疼,"丫头看着乐乐呵呵的,但是心里放了太多事儿。"

云崤表情庄重,是从未有过的认真:"我一定会。"

两人沉默着抽了会儿烟。

晏正行拍掉身上的烟灰站起来,情绪恢复正常,笑着问云崤:"会钓鱼吗?"

云崤底气不足:"一般。"

晏正行说:"走,叔叔教你。"

云崤笑:"好。"

前一秒的沉重气氛就这样被打破。

因为没有一个男人能拒绝钓鱼。

晚上吃过饭,晏正行和吕菱花回了家,晏宁在民宿厨房里洗杨桃。

云崤带着嘻喽走进来,晏宁正洗刀:"你接壶水烧上。"

云崤照做,晏宁切好一盘"星星",她递一片到他嘴里,问:"甜吗?"

云峥说:"酸。"

晏宁也尝了片:"等你下次来就差不多了。"

再过一星期,云峥得回上海,下次再来得一个月后。

云峥靠在灶台边,指尖揩掉她脸上的水珠:"还想念书吗?"

晏宁侧眸,一眨不眨地看他:"怎么突然说这个?"

"你去念书,叔叔阿姨我来照顾。"云峥这样说道。

晏宁摸他额头,调笑道:"也没发烧啊,胡说八道什么呢。工作室不要了?"

"我是老板,谁能管我?"云峥把她的手牵下来放掌心里攥着,跟她说,"之前我就想过,我们不能这么一直异地,正好我也喜欢这里,本来就打算长期定居在这边。"

晏宁:"基金会的工作时间比较自由,我可以经常去看你,但是你一直待在这儿不方便。"

"正因为时间自由,所以你想干什么就去干什么,我们两个人呢,时间怎么都能安排得开,所以我可以待在云南,帮你看着民宿。当老板这事儿我熟悉,反正不会的也有十六和小桃呢,顺带照顾家里,如果有必要的工作我再回上海,没什么难的,大不了就是你去念书的时候,我想你了,就飞上海飞得勤点儿。"

他用漫不经心的语气做最认真的规划,有关两人的,都跟她有关。晏宁的眼角渐渐润起水光,她转过身体背对云峥,想要掩饰此刻的不坚强。

他像这世界上最朴实的瓦匠,用话语作绳索,慢慢攀登上她的心理城堡,添上最后一块名为遗憾的砖瓦。

云峥没拦她,只是拉着她的手,自己先笑了:"你飞我飞不都是飞?而且我飞还能找向昭报销机票钱。"

他指腹温暖落在晏宁的手背上,顺着血管的纹路轻轻往下一滑,然后松开,血液瞬间通畅流淌。

云峥深吸一口气,他说:"你现在有我,以后这些事,不用再自己一个人背了。"

气氛静默良久。

过了会儿,晏宁的声音响起,闷闷的:"云青山。"

云峥:"嗯?"

晏宁说:"水开了。"

云崤这才听到水壶的鸣笛信号，摸着自己的眉毛忍不住笑出来。

他拉着晏宁转过来，微微躬身，偏头与她的视线对上："是你启程的嘟嘟声响了。"

晏宁被这调皮的口吻逗笑，她捶了下云崤的肩膀，哑声嗔骂："你又看了什么言情小说脑残剧吗？霸总给小娇妻铺路？"

"我要是霸总你还去什么学校啊？直接把老师抓云南来一对一教学。"

"还得请两个厨子，你煮的面太难吃了。"

云崤不信："有那么难吃吗？"

晏宁安慰他："还凑合。"

云崤乐了："我就说嘛。"

这世界的爱意有千万种表达，让人勇敢，让人伟大，让人只想躺在阳光里，被晒到无欲无求，又或者会让人极度的悲观，从此变得患得患失。

他让她自由。

但他不需要为她安上翅膀。

因为云崤知道，她本就可以飞向更高更远的天空。

云崤回上海前几天，柏西明来有间民宿，找晏宁聊基金会的事儿。

晚上，几人在天台吃饭看电影。

柏西明拿了朋友送的酒过来，想让两人尝尝，云崤拒绝，晏宁喝了两杯。

两杯之后，云崤记起晏正行的嘱咐，扣住柏西明给晏宁倒酒的手："她不能再喝了。"

柏西明看向晏宁，她面色如常不像是醉，甚至还有些期待。他别开云崤的手："收起你的大男子主义。"

晏宁却收起酒杯，冲他笑笑："不喝了。"

柏西明视线转一圈大概懂了，他放下酒瓶拖着椅子坐到晏宁身边，神色不明地问："林妹妹，你们两个吵架吗？"

晏宁抬睫看了眼云崤，云崤眉宇敛着平静，定定地看她。她迟疑了下："吵……吧？"

如果小打小闹的撒娇也算的话。

"你看！"柏西明一拍桌子，向晏宁发问，"你知道这证明什么吗？"

晏宁茫然地摇摇头。

柏西明慷慨激昂："这证明男人带给你的除了快乐还有痛苦对不对？"

他指着酒瓶:"那酒呢?你喝酒的时候会不快乐吗?甚至你在别的地方觉得不快乐了才会想到喝酒!不是哥说!男人才最懂男人!男人才会给你带来坏情绪!而酒呢!酒不仅在默默承受你的坏情绪,并且能给你带来永恒的快乐!你看,男人和酒哪个重要一目了然了吧。"

听到最后一句,云峥抬腿踢他一脚:"你给我滚。"

柏西明往晏宁的方向躲,嘴里还振振有词:"我可以滚,但是你们两个的感情会被你现在的这种行为种下怀疑的种子!"

靠在晏宁身后,柏西明完全不怵云峥的眼神,他甚至加码:"你看林妹妹现在这样,明显是被我说动了!她就是想喝酒啊!而你现在的行为是在干什么?你这就是在让她不快乐啊!爱不是枷锁!爱不是束缚!爱是让她快乐!"

这么几年,柏西明知道自己说不过云峥,尽想着法子让云峥吃瘪,好不容易真遇上个好骗、且云峥还拿她没办法的,他自然不会轻易放过。

果然云峥看一眼晏宁,她眨巴着水汪汪的大眼睛,一副"你不让我喝酒就是泯灭人性残害天理你不爱我咱俩没完"的无辜表情。

沉默几秒,云峥深吸一口气,肩膀跟着塌了下,像是做了什么决定。

他拿过晏宁的酒杯,倒满放到她跟前:"来,快乐。"

这绝对是云峥继那年半夜看袋鼠后,做得最坏的一次决定。

柏西明喝多了纯纯是个酒疯子,然后把晏宁带成了小酒疯子。

云峥揉着胀痛的太阳穴,沉眼看向"作天作地"的两个酒疯子,握了握拳,才忍住把柏西明蹬进深沟的冲动。

第二天中午,晏宁醒来时感觉一阵头昏脑涨,刺眼的阳光让她捂脸翻过身,脸埋在枕头里,声音有气无力:"云青山,把窗帘拉上。"

半天没听见动静,晏宁挣扎着睁开眼睛,感觉到一丝不对劲。

她坐起来,云峥正坐在床边的椅子上,双手抱臂没什么表情地看着她。

有那么几秒,晏宁回忆了下昨晚,她其实不常喝多,但是后来因为在兴头上,又拿了几种别的酒,跟柏西明一块儿混着喝便醉了。

所以后面到底发生了什么,她现在完全记不起来。

而云峥越淡定,晏宁心里就越慌。

又看一眼云峥的脸色,晏宁不确定地问:"柏西明呢?"

云峥:"楼下睡着呢。"

说完，云崝起身，拿了一杯水放到她手里。晏宁捧着温度正好的水，心里一暖，也不管乱糟糟的头发，把脸放到云崝掌心里蹭了蹭。

云崝盯着她的小动作，声色如常地问："你还记得你们家门口那个垃圾桶吗？"

晏宁喝口水，不解地回："哪个？"

云崝淡淡描述："长得像小房子的那个。"

"嗯。"晏宁把水咽下，点点头，"我喝多了还知道找垃圾桶吐呢？"

云崝冷笑了下："昨天走到那儿，你非说你到家了。"

晏宁第二口水直接呛出来，扶着云崝的腿不断咳嗽，她不可置信地抬头，有些惊恐地看着云崝。

云崝把她嘴角的水擦掉，顺带帮她回忆："还拉着柏西明要进家里坐会儿。"

晏宁直直地看向他，紧张地咽了下口水。

云崝："不过，柏西明保留了一丝理智？"

晏宁脱口而出："他没进？"

云崝瞪了她一眼："脱了鞋进的。"

"扑哧"一下，晏宁没忍住笑出声，她牵着云崝的手笑得肩膀发抖，云崝站在床边一动不动地看着她。

笑够了，晏宁放下杯子爬起来，抱住脸色发青的云崝，表情娇软："你把我抱回来的？"

云崝语气轻漫："嘿喽扛的。"

"你给我换的衣服？"

"小桃换的。"

晏宁努了努嘴，拆穿他："小桃放假还没回呢。"

云崝静默地看着她，迟迟没有说话。

意识到昨晚确实不妥的晏宁，想了想，跟他商量道："那我以后少喝点儿？"

云崝依旧不说话，晏宁搂着他的脖子大眼瞪小眼。

良久，云崝叹了口气，才慢悠悠地说话，更像在请求："以后我不在，不喝酒好吗？"

晏宁问："为什么？"

云崝说："因为喝多了我会担心。"

看着云崝眼里浓重的焦急和关心，晏宁心里有些过意不去，她舔了下唇，沉默几秒做出决定："那接下来一年我都不喝了。"

云崝笑了出来，把人圈进怀里："还难受吗？"

晏宁摇摇头，把脑袋抵在他肩膀上瓮声瓮气："辛苦你了，云青山。"

云崝温柔地摸了摸她的长发，趁她没看见，嘴角露出一抹狡黠的笑。

做出承诺后，云崝在的那几天，晏宁看见房里的红酒，也只是淡淡地瞥一眼，然后继续喝自己的椰汁。

柏西明隔三岔五地还会过来，无论怎么勾她喝酒，晏宁都摇摇头拒绝。

直到云崝回上海的那天。

柏西明要回上海办事，跟云崝一道从民宿出发，走之前云崝也没什么叮嘱的，说了几句有的没的便离开了。

晏宁跟十六待在民宿一楼，一个看书一个看剧，两小时后，几天没见的小桃回到民宿。

她刚下车便扬着手里的东西，喊："宁姐姐！我爸爸让我给你带的梅子酒！"

打开瓶盖后，梅子清香混着酒精的甘洌，连空气都变得幽甜，晏宁凑近嗅了嗅，觉得浑身通畅舒软。可她又记得自己跟云崝说过的话，脸色一松把瓶盖盖上："我戒酒了。"

十六打趣："是崝哥不让吧？"

小桃"啊"了声诧异："为什么啊？"

十六笑了笑没回答，反而对晏宁说："崝哥都走啦，再过会儿都到机场了，宁姐你尝一口没事儿的。"

面对这番怂恿，晏宁狠狠心动。

那日承诺如斯，但是打开的酒瘾像洪流宣泄，根本拦不住。

小桃从柜台里拿过杯子，给她倒了半杯。晏宁正沉浸在梅子酒的芳香中，突然身后传来一道阴冷如鬼魅的声音："你在干吗？"

十六和小桃反应迅速，把酒瓶、酒杯全部塞到晏宁手里，然后逃似的跑开。

晏宁身体僵硬，机械般地回头。去而复返地云崝逆光站立，神色难辨但是隐有愠怒，门外的柏西明靠在车边，好整以暇地看着她，表情爱莫能助。

晏宁动作利落地把东西丢到柜台上，挂起讨好的笑走过去："你怎么又回来啦？"

云噷抬手往柜台上扔了个东西，晏宁一看，是只手掌大的草莓熊，她最近睡觉最喜欢抓的那个，大约是收拾时混进了云噷的行李里。

怔愣几秒，晏宁心虚地挠了下额头，用眼角看他："你专门跑回来的？"

"要不是它，我也见不着这么刻骨铭心的场景。"云噷用眼神示意那瓶酒，哼笑了下，"真有你的。"

没有半点温度的声音，晏宁无话可说。

云噷深深看她一眼，忽然转身上楼，并叫了声："十六。"

十六"嗖"一下跟上去，晏宁站在原地有些不服气，冲着两人的背影快速嘟囔几句。

这件事的直接后果便是，云噷当着晏宁的面，让十六把房里的红酒都搬走，连她床底的那些藏货都没放过。

晏宁站在门口看了会儿，瞥了眼那头绷着脸的云噷，转身就走。

小桃竟然还问："宁姐姐，你去哪儿？"

晏宁生气地喊："我忙着呢！"

云噷下楼，十六把搬下来的酒全部放到柏西明车上。

晏宁正给客人办退房。客人是个年轻男人，正对着晏宁笑得一脸荡漾，他胳膊撑在柜台上，问晏宁："晏老板，能不能加个你的微信？"

晏宁抬起头正要拒绝，看见楼梯口的云噷，想起那几箱酒，她赌气似的把手机往桌上一放："喏。"

男人喜滋滋地去扫，晏宁的手机被人从身后拿走。

云噷站在男人身边，比男人高一大截，他握着晏宁的手机，问："你不是忙？"

晏宁很坦然："这不忙着呢。"

男人不满，上下打量一眼云噷："你谁啊？"

云噷说："她老板。"

男人不信："这只有老板娘，哪儿来的老板。"

"现在有了。"

"你说有就有啊，凭啥啊？"

云噷面不改色："凭我不要脸。"

男人气笑了，站直身体说："兄弟，公平竞争哦，玩赖就没有意思了。"

云靖沉着脸拿出自己的手机，点亮屏幕扔到柜台上，"啪"的一声暴露他此刻心底的不耐烦。

男人定睛一看，上头是两人的合影。

晏宁站在前头跟玩偶互动，她笑意明媚，唇边浅浅的梨涡里都泛滥甜蜜，云靖双手插兜站她身后，笑容和煦如清风朗月，眼神里尽是温柔。

霎时间，男人就明白了两人关系，他撇下嘴，提起行李拔腿离开民宿。

柏西明在外头喊："快点啊，赶飞机呢。"

最后，云靖把手机还给晏宁，什么也没说转身走了。

望着车辆开远，晏宁立刻打开外卖软件，火速下单两箱啤酒，并暗骂了句：呵，愚蠢的男人。

下完单，她坐在柜台里无所事事，视线一转，看见柜台上躺着的小东西，她抿下唇重新拿起手机，将啤酒退单。

但心底实在憋屈。

晏宁气鼓鼓地拿了一瓶可乐，然后把自家在各个网站上房间的房价都上调了五块钱。

上海浦东机场，飞机落地后，云靖打开手机，只有几条工作消息。

柏西明在旁边调笑："等林妹妹消息啊？"

云靖冷着脸不搭理他。

从民宿到机场，几个小时的车程，晏宁没任何动静，云靖忍不住先发了条即将登机的消息，晏宁继续装死不回。

云靖打字问：生气了？

这次晏宁回复了，几个表情包。

一个蓝色平板小推车，配着文字——喝酒吗？今晚推你回去。

一个抱着酒瓶痛哭流涕的难过猫猫——这次你真的过了。

最后是一只拇指大的迷你酒瓶——你也就这点量。

仿佛能想象到她现在的小表情，云靖眉眼舒展开来，发起一笔1991元的转账。

云靖上车后才听见手机响，提示对方已经接受转账。

1991，寓意冷战结束。

他心情好起来，低笑了下，拿起手机正要发语音呢，晏宁的第二条信息来了。

她也给云峥发起了一笔转账。

1931，二战开始。

两人的数字被柏西明看见，他毫不留情地哈哈大笑，笑得云峥脸都青了。最后，柏西明表情夸张地一抖鸡皮疙瘩："你俩可真够酸的。"

一个小时后到达酒店，柏西明收到女朋友温怡的表情包轰炸，暴怒、狂躁，他正不解时，温怡甩过来一个他光脚往垃圾桶里钻的视频。

用脚趾想也知道视频是谁拍的。

柏西明给温怡回电话，发现已经被拉黑。

他咬着牙给云峥发消息，每个字母都敲得又重又响，仿佛在借此抒发内心的怨气。

柏西明：这是人干的事？

云峥回他"见你一次打一次"的表情包。

两人"冷战"的第三天。

早晨不到六点，晏宁窝在床上翻了个身，撞进一个温暖的怀抱。她缓缓抬起脑袋，云峥用手按住她额头，自己往后退点距离才松开她。

晏宁半睡半醒："回来了？"

"嗯。"他闭着眼睛抱她，低声说，"再睡会儿。"累得说话都是无意识的。

晏宁睁开眼，看着不知道何时回来的云峥，看见他下巴上冒起的青茬，知道他肯定是连夜赶回来的，突然鼻尖泛起酸意，伸手抱住他钻到他怀里。

本来也没那么生气了。

晏宁再醒过来时，云峥还沉沉睡着，落在她头顶的呼吸均匀而绵长。

她蹑手蹑脚掀开被子下床，踮起脚尖踩地毯上。路过柜子时，晏宁脚步顿了下。

她蹲过去，柜子边堆着两箱起泡酒，罐装的，酒精度数不高，七八种不同的水果味道。

正看着，床上的人突然说话，清冽而惺忪的声音："一天最多喝一瓶。"

晏宁扯起唇，缓缓露出一个恬静而满足的笑。

她站起身重新钻回被窝，腿架到云峥腰上，把人箍得很紧："我想再睡会儿。"

"嗯。"云峥伸手，温热的掌心握住她冰凉的脚脖子，然后没再松开。

两人在一起的第二年，晏宁研一放暑假待在云南，云崝的作品入围年度国际摄影奖，他受组委会邀请前往瑞典出席颁奖典礼。

颁奖典礼那天，中国下午三点多，晏宁接到云崝的视频电话。

瑞典那边早上七点不到，云崝头发乱糟糟估计也才睡醒，他穿着睡衣坐在沙发上，揉了揉干涩的眼睛看向晏宁，噎喽拍了下电脑屏幕。

晏宁把噎喽抱在怀里，问他："今天怎么醒这么早？睡不着吗？"

云崝说："我妈刚打电话过来，随便问了几句。"

晏宁"噢"了声："说什么了？"

"问了问典礼。"说着，他换了个坐姿，"正好，她让我问你，下个月有个展你想不想去。"

晏宁马上拿起手机，边打字边说："你等我会儿，我给阿姨回个微信。"

云崝轻声："不着急。"

晏宁给席文珺发消息时，云崝这头有人敲门，节奏缓慢而规矩，等晏宁再起抬头时，屏幕那头已经没有人，只有背景音里的对话声，两人说的都是外语，内容听得并不清楚。

等云崝回来后，晏宁的消息也发完，她问他："要去忙了吗？"

"组委会过来送材料。"云崝扬了下手里那沓纸，放下后接着说，"待会儿洗个澡出去跟裴渡吃个饭，然后就没什么事儿了。"

晏宁点点头，看着他忽然问："紧张吗？"

"还真有点。"云崝表情僵了下，在晏宁面前他不需要掩饰什么，声音里有些迟疑，"万一没获奖怎么办？"

晏宁竖起大拇指往后倒，表情自在又俏皮："收拾收拾，放假！"

须臾间，云崝的精神压力消失不见，现如今晏宁就是他最好的安定剂。

他发出一声清朗的笑："行！"

坐了会儿，云崝问："假期有什么规划吗？"

晏宁想了想说："准备个课题，过两天有个音乐节，打算过去看看。"

云崝这才记起来："又音乐节了？"

晏宁轻轻"嗯"了声，声音放低略有失落："你又不在。"

云崝撑着脸，神情间有几分歉疚："都跟谁去？"

晏宁："柏西明跟温怡吧，他俩蜜月刚回来。"

云崝："行，到时候看着点人，别挤着。"

"典礼几点开始？"

"国内得凌晨三点，太晚了别等了。"

"那不能不等。"晏宁笑，眼神闪了闪，"我还没看见过你穿西装呢。"

云峥笑："就这？"

晏宁昂起下巴，快乐地"嗯"一声。

云峥站起身，从身后的衣服架子上拿了两套西装，拿到镜头前问晏宁："喜欢哪套？"

晏宁仔细观察几分钟，扬手一指左边那套："这个。"

"好。"云峥拎着落选的那套，"晚上穿这个。"

晏宁："我选的那套呢？"

云峥把晏宁选的那套挂回去，抚平肩上的褶皱："留着结婚穿。"

认真而自然的声音从话筒里传出来，晏宁耳根一烫，连忙转移话题："多吃点饭，倒时差都瘦了。"

云峥叹气："好想吃饵丝啊。"

晏宁笑着看他："拿奖了给你做。"

云峥也笑："没拿呢？"

"做两碗。"

"三碗吧，一块儿吃。"

大洋万里，两人相隔屏幕，笑得浪漫自在。

当晚典礼，主持人宣布肖像组最终获奖人，来自中国上海的摄影师，云峥。

大屏上展示获奖作品，唐妈妈站在蔚蓝的天空下，风扬起头发，她看向镜头，表情里蕴有岁月沉淀的沧桑，又有与之相均衡的坚韧柔软，眼尾皱纹写下她的风霜，眼里光亮隐匿她的担忧，画面含蓄而悲悯，又因为瞳孔里孩子们肆意奔跑的倒影，打破沉闷，充满了对未来的希望。

这幅作品取名——《风语》。

云峥穿着晏宁选的那套西服，款步走上颁奖台，从主持人手中接过奖杯，台下掌声雷鸣。

云峥低头，金箔叶子的袖扣划过沉甸甸的奖杯，他在喧闹嘈杂里，听见那声低微的触碰，也是在这声低微的瞬间，云峥想好了获奖感言。

他走近话筒先是致谢，然后停几秒，看了眼底下的观众和对面明亮的灯光。

云峥弯了下腰，声线清越干净："曾有位诗人说，命运之神没有怜悯之心，上帝长夜没有尽期，肉体只是不停流逝的时光，我们不过是每一个孤独的瞬息。在某段时间，我对这句话深信不疑，甚至开始恐惧生活恐惧活着，但黑暗是常态，如果愿意等一等，我们能看见一场日出，阳光穿过斑驳树叶，看见流水和氤氲云雾，也看见大树不能远行的遗憾，与此同时风在吹它的种子，去往漫山遍野，去往世界各个角落传承生命，一切都发生得无声无息。原来这一生，我们会与很多个孤寂瞬间擦肩而过，但正因为这些孤独而灿烂的瞬间，我突然觉得，如果生命势必会走向一场寂静而沉沦的日落，那么请尽情享受你的旅途，即便身在沙漠，也要抬头看你的月亮。"

他顿了下，看向镜头，也像在看着谁："因为有她在，活着真好。"

隐晦而含蓄的表达，这是独属于中国人的浪漫。

台下静默良久，掌声和欢呼声四起，为这场极具诗意的瞬间。

结束获奖发言，云峥走下台后，口袋里的手机响动了下，他拿出来看了足足两分钟，唇边漾起一抹温柔的笑，眼眶开始发热。

是晏宁发来的信息，文字直白而滚烫：*云青山是这个世界上最厉害的摄影师。*

与此同时，"青山情未了"的群聊里，向昭正不情不愿地给另外两人转钱，各转五百块钱，作为他打赌失败的惩罚。

云峥上台领奖前，向昭突发奇想地在群里问两人云峥会不会借此大好机会跟晏宁求婚。

柏西明和裴渡统一说不会，而向昭坚持说会，赌注五百块。

转完钱的向昭越想越觉得不对劲，原因是柏西明和裴渡难得这么意见统一，他在床上翻来覆去想要问个明白，打开群聊噼里啪啦地打字。

向昭：@柏西明 你从哪儿听到的风声？

柏西明：近水楼台先得月。

向昭：[问号.jpg]

柏西明发了一张云峥出发前的照片，照片里晏宁站在车外用手摸云峥的头发，向昭放大几遍确认了，她左手中指上有什么东西在折射光芒。

向昭不可置信：@裴渡 你也是？

裴渡：我问的。

向昭：[一整排问号.jpg]

他发了一堆表情包刷屏来抒发内心愤懑。

想想不过瘾，向昭打开了跟云崝的对话框。

向昭：给我五千块。

向昭：不然我让你两个月见不到你老婆！[发怒][发怒][发怒]

云崝：[问号.jpg]

向昭甩了一张工作排期表，上面还有不少空白。

向昭威胁：你知道我的手段的[微笑]。

【对方向你转账50000元】

云崝出发去瑞典的前一天，带晏宁去了当初两人玩无人机的地方。

这回，云崝给她拿了件宽厚的冲锋衣。

晏宁整个人缩在宽大的衣服底下，只露出一双眼睛，看云崝在前头调试无人机的飞行角度。

玩了会儿，云崝回头："你还没教我怎么拉彩虹。"

晏宁挑下眉："我有什么好处？"

云崝想了下，把操控杆放到她手里："你先教，少不了你的。"

拿着操控杆，晏宁驾轻就熟地把无人机飞到林间，甩动机翼扬起水汽，若隐若现的彩虹缀在青绿林间，像一条连接人间天堂的美好虹桥。

晏宁问云崝："学会了？"

云崝摇头，一脸纯真："没有。"

晏宁耐心地教了云崝三遍，云崝依旧没有学会。

直到第四遍，晏宁放弃了："算了，这么短时间估计你也学不会。"

"那教一辈子吧。"云崝冷不丁地说。

晏宁讶异地回头，云崝站在她斜后方，手里拿着一只丝绒盒子，晏宁一把掀开冲锋衣的帽子，视线缓缓上移，看着云崝的脸有些茫然。

云崝笑了下打开盒盖，一枚钻戒在阳光下闪耀璀璨。

晏宁也笑出来，弯起眉眼打趣："云青山，你犯规啊。"

云崝问："怎么了？"

晏宁说："我看别人都是在领奖台上求婚的。"

云崝"哦"了声，作势要把戒指收起来："那我到时候再求。"

"滚蛋！"晏宁低骂了句，接着伸手就要去拿戒指，被云崤轻拍了下。

云崤自己取出戒指，牵着晏宁的手缓缓单膝跪地。

"我呢，一度对生活充满恐惧感，是因为恐惧于未来的不确定性。但是遇到你的时候，我发现生活还挺有意思，也开始对即将发生的事情抱有期待，因为我设想的是，如果是跟你一起面对未知，那也没什么好害怕的。甚至想到，如果这个未知的未来，都是围绕你展开的，那就太好了。"

说到这里，他自己先笑了，温柔的声线里有罕见的紧张："晏宁，你愿意嫁给我吗？"

晏宁当然同意："好呀。"

戒指套上手指的那一刻，晏宁说："我好像知道为什么不是柠檬的柠了。"

云崤记得这个问题："为什么？"

晏宁把他拉起来，踮起脚尖亲到他唇上："因为我会遇见一片青山。"

云崤笑着去摸她的脸颊："青山一直都在你身边。"

音乐节当天，晏宁起了个大早。

山间的早晨水雾迷漫，给群山峻岭笼上一层薄纱，日出后，太阳照进漫山遍野，朦胧散去，鸟鸣清脆悦耳，万物都变得清新活力起来。

晏宁懒腰伸到一半，微微皱眉看向由远及近的车辆，车辆开到身前位置，她表情雀跃了下，从开始的不确定变成了最后的欢心愉悦。

云崤推开车门下来。

晏宁笑意明媚发亮，扬声问："回来啦？"

云崤轻"嗯"了声，一手拉箱子一手搂过她肩膀："音乐节什么时候？"

晏宁说："下午三点。"

云崤说："我先去睡会儿。"

晏宁："好。"

香格里拉雪山音乐节，炎炎夏日里，人声鼎沸，舞台喧嚷，众人跟随音乐浪潮在恣意狂欢，在摇滚中挥舞双臂，迎接自由与放纵的降临。

镜头扫过一圈，落在一对情侣身上，情侣惊喜万分朝镜头挥手，然后在呐喊声中拥吻对方，一时间现场气氛愈加热烈。

晏宁抬头看着大屏幕，被这强烈的幸福感冲击到，不禁露出一个清甜的笑，唇边的梨涡光亮似是星芒闪烁。

下一秒，屏幕直直定格到她的脸上。

一瞬间的恍惚后，晏宁敛起表情挪开身体，把镜头让给身后两人。柏西明和温怡明显一愣，然后在周围人的鼓动下，柏西明捧着温怡的脸吻上去。

声潮涌动，晏宁笑意更深。

摄像师有意逗弄晏宁，在柏西明和温怡拥吻时，又将镜头挪回到她脸上，形单影只的样子跟身后朋友的亲密形成鲜明对比。

在一片轰然笑声中，晏宁举起左手露出戒指，朝向镜头得意地晃了晃，姿态趾高气扬的，笑容生动明媚的，她骄傲又无畏地向众人展示专属于她的爱意。

顿时，周围欢呼声迭起，伴随观众起哄的口哨声。

镜头第二次扫过来时，晏宁没在看屏幕，她手里多了两罐啤酒，正低着头看向脚面。摄像师把镜头下移，一个年轻帅气的男人，正蹲在地上给她系鞋带，他指尖动作细致轻柔，熟练地绑好一只蝴蝶结。

画面纯粹而美好，人群为此欢呼鼓掌。

云崝站起来看见屏幕上的画面，很快懂了。

他手掌探过晏宁的长发，落在她的侧脸上，她仍旧笑着，仰起头迎他的吻。

四周一片喧嚣，热情音浪哗然不止，现场再次迎来气氛高潮。

人潮汹涌，他们在接吻。

为这平凡而盛大的爱意。

昏黄的海浪里，绝望的闪耀在傍晚的前一秒燃烧，原野折碎了落日的不安，我遗失在虚冥的夜晚，闯进清森山林。漫山遍野的星星，我只看见月亮如明镜。而你在黎明的街角找到我，风很大，与你对视时，我忽然想傍依玫瑰，与晨星酣眠。

"我那时喜欢的是黄昏，荒郊和忧伤，

"而如今却向往清晨，街市和宁静。"

番外一

赶海

上海，夏天早晨，天气已经燥热。

外面气温直逼 40℃，天空万里无云，毒辣的太阳把地面晒到滚烫，藏在枝丫间的夏蝉发出此起彼伏的叫声，掀起一股又一股的聒噪热浪。

云崝洗完澡走回房间，路过客厅时噌喽大摇大摆地跟在脚边，跑到房内一步就蹿到床上，在晏宁身上摇摇晃晃地迈步，晏宁闭着眼翻个身，被子从肩膀上滑下来。

云崝把身份证和行李都收拾妥当后，往床上看了眼，晏宁还睡着，他走过去在她额头上轻弹了下。

晏宁挣扎着转醒，看向换好衣服的云崝，声音还没醒透："要走了吗？"

"向昭到楼下了。"云崝手撑在床边弯腰看她，嘱咐说，"外面太热就别出门了，想吃什么就叫个外卖。"

晏宁瓮着声音："嗯，好。"

云崝又说："冰箱里有椰子，喝之前半小时拿出来，不然太凉。"

晏宁："好。"

见她情绪不高，云崝摸了摸她的侧脸："怎么了？"

晏宁伸手搂住云崝的脖子压下来，用侧脸蹭蹭他的，闷闷地说："不想让你走。"

云崝笑："那你起床，跟我去青岛。"

"那算了。"晏宁打个哈欠，挠挠眼皮，"还是困。"

她这几天在忙课题的事情，每天都睡得很晚，好不容易有个休息日，只想安安静静睡到天昏地暗。

云崝说："你接着睡，我到了给你发消息。"

晏宁转过身，把脸埋进枕头："到机场也发。"

云崝把空调温度调高两度，抱起噌喽走出去关上房门。几分钟后，晏宁听见外头低微的关门声,她脑袋动了两下,继续熟睡过去。

再醒过来时,已经是两小时后,晏宁推开房门,噎喽从沙发上蹦下来朝她叫唤两声,它待得有些无聊在缠她。

晏宁蹲下撸了把它的背。她抬头看向餐桌,上头还有云峥留的早餐,水果洗好放在玻璃碗里,猫碗里是云峥早上添好的猫粮和水,客厅里的垃圾都被收拾干净。

他是把两个孩子都照顾好了再走的。

晏宁抱着噎喽,望向空荡荡的家里,心里有股说不上来的缺失感。

青岛,海边,天色湛蓝,海风凉爽,空气里都是咸湿的气息。

四周有架起的设备和轨道,专业而明亮的灯光经过调试,打在模特精致的脸上,光影打造的雕塑般的立体感,让她犹如美神降临,伫立在天地中央。

云峥低头回看照片,鲁子凑过来在云峥耳边说了句什么,云峥点点头,鲁子又很快跑开。

这场拍摄持续了几个小时,还剩几个镜头时,云峥仰头活动下酸痛的脖子,往远处随意瞥了眼,然后视线定住。

蔚蓝色的海岸线边,一个熟悉的身影。

晃了晃神,云峥转过身继续投入工作。

拍摄结束后,工作人员清场,云峥整理相机镜头,鬼使神差地,他抬眼往刚才的方向看了瞬,猝不及防地与晏宁的眼神对上。

远远地,她朝他歪下脑袋。虽然看不清她的表情,但是云峥都能想象到,现在她一定是笑着的,露出可爱的梨涡,眼神里都是为他带来了惊喜的成就感。

云峥给她打电话:"你怎么来了?"

晏宁甜甜笑了两声:"想来就来啦。"

云峥说:"等我几分钟。"

晏宁道:"行。"

一切都收拾完毕大家准备离开时,云峥把盛凉叫过来,取下相机交给他,又叮嘱了几句素材的事情。

盛凉觉得奇怪:"峥哥,你不回酒店吗?"

云峥摇头:"你们想吃什么就去吃,卡在鲁子那儿。"

盛凉立刻欢呼:"好嘞!谢谢崝哥。"

待工作室的人都撤场,云崝拔腿朝晏宁走过来,晏宁老远就向他伸出自己的手。

云崝牵着她说:"走吧,正好带你在这边玩玩,你想去哪儿?"

晏宁随手一指不远的海边:"就那儿。"

云崝问:"我们都在这儿待半天了,还没看够?"

晏宁神秘一笑,拖长了声音说:"你工作的时候看到的,跟你现在看到的,不是同一个海滩。"

云崝倏地心里一磕,晏宁仰头看了眼天空靠进他怀里。

晏宁收回视线,看着他别有深意地说:"我们隔着远远地看,跟我们坐在一起看,也不是同一片海。"

云崝心里被她的眼神烫起褶皱,他伸手在她头顶一通乱揉,然后低下头亲了亲她。

晏宁表情欢喜,抱着云崝的腰说:"走啦,看海了。"

两人找附近小贩随手买了条碎花毯子,安静地坐在海边,看着天边渐渐被落日染红,云朵的缝隙里隐匿着余晖,整个海岸线被夏风吹成金色模样,海面上洒落粼粼波光,海浪起伏的声音让人不禁陶醉。

通红的太阳消失不见的那一秒,晏宁把头轻轻靠在云崝的肩膀上,长发游荡到云崝的手臂上,又细又柔的感觉,感觉比微风还要绵软。

云崝侧眸看了眼,微笑了下,转头继续看向远方。

天黑之后,沙滩上开始变得热闹。

周围的路灯还没亮起,不远处影影绰绰的人离他们越来越近,年轻的父母带着孩童,在周围奔跑欢闹,白发苍苍的老年夫妻,携手在海边漫步,与同样挽手的年轻情侣迎面而过,幸福落在他们眼尾,生出浪漫的花。

人群在两人周围穿行,但又像是刻意避开他们相处的空间。

在一片喧嚷嬉笑的中央,他们在有限的大地里,享受无限的安宁与自由。

整个沙滩上热闹又空旷,人间烟火里,伴着尘世中不可多得的缥缈感。

突然,云崝无声笑了下。

静谧让人忘乎所以,生出潜意识里的渴望。

如果未来只是这样,坐在离大家不远不近的地方,远离纷扰,静观尘嚣,只自在地过属于他们的日子。

好像也不错。

正在出神间,晏宁忽然坐直身体,指着前方眼睛炯炯有神:"云青山!退潮了哎!"

云峥顺着她手指的方向看过去,刚才离他们不算远的海水此时已经远得看不见,被浪潮打湿的地方三三两两地站着些人。

他们中有些人提着小桶,蹲在地上似在寻找什么,时不时还能听见远处一声夹杂着喜悦的欢呼,勾起晏宁极大的兴趣,抓着云峥的胳膊向远方张望,眼睛熠熠发亮。

不用问也知道她的意思,云峥说:"你知道什么时候退潮、涨潮吗?回头再淹里头。"

晏宁抓着他的手摇晃,满不在意地说:"这么多人呢,他们什么时候往回走我们就什么时候往回走呗。"

云峥不接话,站起身往大海的反方向走去。

晏宁冲着他的背影,声音清亮地喊:"我下午问过了,小桶小铲子打包价四十块!别买贵了啊!"

云峥回过头,晏宁站在原地眯起眼睛笑,一副胜券在握的表情。

他无奈地摇摇头,转身走向卖工具的小摊贩。

回来时,云峥一手提着桶和铲子,另一只手拎着两双人字拖,得意扬扬地扔到毯子上,姿态略胜一筹。

云峥示意:"走吧。"

听见这句,晏宁张开双臂朝大海狂奔而去,海风鼓荡起她的T恤下摆,好像深海里最欢快的那朵浪花。

云峥提着小桶,缓步走在她身后。

赶海是一时兴起,却没有任何经验可言,两人脚丫子里全是湿软的细纱,走起路来难受又别扭,涨潮时被海水追得狼狈。

晏宁故意撒娇:"云青山,我走不动了。"

云峥"哦"了声:"我也走不动了。"

晏宁抬起脚尖在他小腿上踢了下,云峥笑:"这不挺有劲儿?"

晏宁龇牙:"想打你怎么都有劲儿。"

云峥往前快走几步,给她一个欠揍的眼神:"那你来追我。"

晏宁:"做个人吧!"

坐回毯子上,晏宁清理完脚上的细沙穿上人字拖,猛地打了个喷嚏。云峥摸她脑袋,温度正常,道:"回酒店给你煮姜汤。"

晏宁揉揉鼻子说:"我要走了。"她看了眼手机,然后抬头看向他,"飞机还有两个多小时起飞。"

云崝眉头蹙起:"这么快?"他这才注意晏宁没带任何行李。

晏宁说:"不早了,你明天还有工作呢。我明天约了导师当面沟通论文,所以今晚就得回去。"

云崝说:"我送你去机场。"

"不用啦。"晏宁笑笑,张开双手抱了下云崝,"你来回还得折腾,我让鲁子过来接你了,我叫的车也到了。"

云崝看着她,唇线抿紧不说话。晏宁说:"回去好好休息,后天我到机场接你。"

云崝低头轻吻她头发:"到机场给我发消息。"

晏宁笑:"好。"

深黑暮色里,云崝站在海风里看着晏宁的背影,她就穿着一个多小时前他买的人字拖,拎着鞋坐上出租车,还挺潇洒。

回去的路上,鲁子开着车想起一件事:"对了,崝哥,有人给你点了外卖,来之前刚送到酒店我给你放桌上了,待会儿回去吃应该还热乎。"

云崝忽然一个激灵,懊恼地敲了敲自己的脑袋。

两人从黄昏坐到夜晚,还没吃上饭呢。

晚上十点,晏宁落地上海。

手机里蹦出几条新消息提醒,两条来自一个小时前的云崝。

一张图片。

云青山:吃完了。

另外几条是盛凉的,两张图片。

一张是云崝和工作室其他人聚餐的自拍合影,一张是云崝跟她的背影合照,夕阳给他们镀上朦胧的金光,远方升起轻盈的烟雾,风景温柔而惬意。

盛凉:感谢老板娘送来的大餐!

盛凉:大爱老板娘[哇][哇][哇]!

晏宁笑着点下保存,并把聊天对话截图,一起发给云崝。

云青山:我也爱你。

晏宁走在人群里,嘴角笑意不减,打字回:花言巧语。

可她脸上的笑,就如山岭之上绿云托起的月光,皎皎干净不曾朽落。

番外二 / 我见青山

- 关于领证 -

深夜,上海工作室。

因为艺人档期时间,拍摄定在了凌晨,办公区里灯火通明,云崤在摄影棚里加班。

晏宁跟鲁子、向昭打了一通宵扑克。

早上过八点,云崤从摄影棚里出来,晏宁正坐在桌上背对着他大杀四方。

她出牌时气势十足:"王炸!要不要?"

向昭咬牙:"不要!"

鲁子委屈巴巴:"要不起。"

晏宁:"三带一!没了!"

向昭直接把牌一扔,说:"你是不是出老千了?咋一晚上王炸都在你手里?"

旁边的鲁子脸也苦哈哈的:"宁姐这运气!直接买彩票得了。"

晏宁笑嘻嘻地把扑克牌收好,看到走过来的云崤,从桌上跳下来:"结束啦?"

云崤朝她伸出手:"嗯,走吧。"

晏宁牵着他:"好。"

上车前,云崤看她快乐得不行,忍不住问:"这么开心?"

"嗯!"晏宁骄傲地一扬下巴,眼神认真,"我赢了九块钱呢。"

云崤立刻就明白了她的意思,他拉开车门没进去,而是站在一边半眯起眼好笑地问她:"你这意思,我跟你的婚姻就是一场赌博是吧?"

晏宁掏出户口本往他怀里一拍,十分洒脱:"都要结婚了,谁赢不是赢啊?"

她挑眉:"都是哥们儿!"

云峭皱着眉看她几秒,然后笑着摇了摇头把人塞进车后座,朝前头的司机报了个地址。

导航目的地,民政局。

- 有关偷拍 -

跨年晚上,有人在微博超话里上发了一张照片。

认峭你就输了:这这这……谁能懂啊!

照片是偷拍的,距离比较远,漫天雪花飞舞,满地清白,晏宁穿着厚厚的衣服,抱起双臂靠在车边。她低着脑袋不看眼前的人,严肃的样子应该是在生气。

而她身前的云峭微微屈膝,双手撑在膝盖上,正歪着脑袋看她,唇边挂着淡淡的笑意。

照片在超话里掀起不大不小的波澜。

这是继云峭微博公开后,大家第二次看见晏宁的照片,前几年云峭想方设法把晏宁保护得很好,从未公开露过面,让她能尽可能自由轻松地过自己想要的生活。

评论都挺有意思的。

梅川酷紫:有没有姐妹知道发生了什么?我太好奇了!

镁铝:峭哥私下原来是这样吗?[惊讶][惊讶][惊讶]

赛峭猪:啊啊啊我不行了,我要看点"恋爱脑"冷静一下!

峭有你的:这不纯纯现实版他和他的小娇妻!已经脑补一万字小说!有没有姐妹写出来?

向昭看见"娇妻"两字儿的时候,一口水直接喷到手机屏幕上,他撇着嘴用袖子轻轻擦掉。

娇妻?

谁家娇妻能把三个大老爷们儿喝到神志不清的?

那顿晏宁也喝了不少,找云峭预支了半年的量。

喝高兴的时候，向昭还问呢："要是他不让你喝酒，你会怎么样？"

晏宁一脸的认真："我会把自己淹死。"

我叫帕帕鲁帕帕评论该条微博：这题我会答！他买小龙虾忘记买啤酒了！

一众人在这层回复：这不能忍！吃货不能忍！哈哈哈哈哈哈哈哈哈哈哈哈哈哈！这个理由我真的会笑死哈哈哈哈哈哈！

我见青山回复说：龙虾不给配啤酒，爱情怎么能长久？

一个小时后，在家的晏宁收到外卖，两大盒龙虾，依旧没有啤酒。

云峥发来微信。

云青山：我问过老板，煮的时候放啤酒的。

晏宁直接无语。

番外三
人间浪漫

　　两人唯一一次吵架，起因是一场车祸。

　　那会儿晏宁正跟着导师在美国研学，云峥在德钦照顾民宿也时不时去看望下晏正行和吕菱花，一切都安好如常，直到某天夜里，云峥在从晏家回民宿的路上被人撞了车。

　　突如其来的右后力道将整个车辆甩到旁边峭壁，轮胎在地面摩擦的尖锐声，直直刺进寂静的山谷，云峥死死把住方向盘才没让事情更失控。

　　天上无星无月，山里黑得吓人。

　　安全气囊弹到云峥的左手臂，锋利的刺痛让他意识到可能骨折了，他没急着下车，而是打电话给柏西明。一听他出车祸，柏西明声音立马变得紧张，连忙叫了人赶过来。

　　等待的间隙，云峥靠在座椅上盯着那辆肇事逃逸的车，眼神沉下去，凝着深不见底的暗。

　　柏西明把云峥送到医院急诊检查，顺带问他看清车牌号了没有。云峥冷冷地吐出两个字："倪扬。"

　　当即柏西明就知道是什么原因了，卑劣小人不知悔改且不自量力的报复手段。他二话没说起身报警，说明了情况又联系了律师团队，誓要让倪扬把牢底坐穿。他冷静果断地将事情处理好，唯独面对这伤有些犯难，问云峥要不要告诉晏宁。云峥很快说不用，她最近早出晚归没有好好休息，又事关倪扬，怕她多想。

　　柏西明作为过来人好心提醒："你小心埋雷。"

　　云峥当时没说话。但他手臂骨裂，以防什么后顾之忧，只能回到上海治疗，医院骨科主任亲自做的手术。

　　事发第六天，就在云峥躺在病床上想着晏宁回来要怎么说时，病房门被人推开，他抬头望去，心里"咯噔"一下。

晏宁跟行李箱一起站在门口，面无表情地看着他。

当时除了平静，晏宁没表现出什么别的情绪，也将云崝照顾得很好。她说是倪扬爸妈打电话哭着求情她才知道发生了什么，还说李知妍迷途知返跟倪扬离了婚，但念在旧情的份上也请她高抬贵手。

她只是陈述，但没问云崝想怎么做，个中意思他就懂了。

那几个月晏宁事无巨细地陪在云崝身边，饭菜换着花样给他做，可云崝就是觉得哪里不对劲，也没问，确切地说是没敢问。

直到他恢复后没几天，云崝回到家里，发现立在客厅的行李箱和沙发边的猫包，心里猛地一颤。

柏西明那张破嘴一语成谶，雷爆了。

晏宁说："我回趟德钦。"

云崝拿出手机："晚上的飞机？我送你去机场。"

"不是。"晏宁低着头，把身份证放进包里，"明天一早，我住机场附近的酒店。"

云崝手指在屏幕上滑动几下，先前晏宁用他手机登录自己的订票账号，所以他一眼就能看见记录，里头空空如也。

他很快明白，她不是要回德钦，而是离家出走。

这是真生气了。

"真要走？"云崝无奈且心虚地叹气。

晏宁低低地"嗯"了声。

"行。"云崝发个消息给鲁子，"我帮你叫车。"发完他手指又快速操作，订了云悦的酒店，把地址分享给鲁子。

她走，他得跟着。

那天明明已经很晚，路上车辆不多，可不知为何鲁子车速时快时慢，好像刻意照顾他刚恢复的手臂。

云崝眼见着晏宁一手行李箱一手猫包进了酒店。云悦其实不允许客人携带宠物，但他提前跟经理打过招呼，所以那些人不会为难她。约莫十几分钟后，手机收到信息提醒，告知他，晏宁已安全入住，并附带一个房号。

他在酒店楼下一个人坐了不知多久，坐到月亮都困得往下斜去，他还提着一颗心，反复看手机上没人回复的微信。

他又敲几个字，态度挺诚恳：对不起。

这次晏宁回了：饿吗？

她还记着云崝刚从工作室回来晚上没吃饭。

云崝一下子打起精神：你想吃什么？

晏老板：我不饿。

想了想，云崝曲线救国：我给喳哥带了点猫粮，现在送过去。

晏老板：它睡了。

气氛有所缓和，云崝见缝插针地卖可怜，他发个眼泪汪汪的小猫卑微窝在墙角的表情包。

云青山：我睡不着。

晏老板：我手不疼，我睡得着。

看见这条消息的云崝心情稍好，他手肘支在车窗上，姿态懒散随性，透着点不羁，手掌虚握成拳抵到唇边压下快要收不住的笑。

小脾气起来了，说明气儿在往下消。

其实云崝后来自己反省这事儿，也觉得确实有点不地道，表面上看似是他为了不让晏宁有心理负担隐瞒了一切，但实际这样只会加重她内心的愧疚和难受。两人向来有什么说什么，尤其她单纯，想什么都写在脸上，所以就算她最近没说，他也能看出她心里拧着一股别扭劲儿，心疼他又气他自以为是的考虑。

他把副驾驶上手掌大的维尼熊举起来，拍照给晏宁。

云青山：真睡得着？

晏老板：我有喳喽。

云青山：没你我睡不着。

晏老板：[省略号.jpg]

晏老板：你还能更肉麻一点吗？

云青山：哦。

云青山：宝贝我想你了。

晏宁坐在酒店房间里，看看云崝发过来的消息，眼前浮现云崝一板一眼喊着宝贝说想她的模样，觉得又好气又好笑，气恼的情绪渐渐出现细微裂隙，内心被荒唐的甜注得盈满。

手机一声接一声地响，云崝言听计从，还在给她发消息。

云青山：宝贝想不想出去吃个夜宵？

云青山：宝贝怎么不说话了？

云青山：宝贝不会生气了吧？

对方正在输入中……

晏老板：闭嘴。

云青山：好的。

云崝挠挠眉心，因为两人毫无逻辑和浮夸到不像自己的对话笑出了声。

外头有人敲窗，云崝侧眼，外卖小哥将手里的外卖递给云崝，云崝接过来说了声"谢谢"。

下一秒，晏宁的信息也来了，是个房间号。

云崝一乐，一手拿起副驾驶座上的小玩偶，一手拎着热乎乎的外卖，开心地上楼。

房门打开的一瞬，云崝躬身，拿玩偶的手紧紧抱住晏宁，又求又哄："不生气了好不好？"

晏宁在他怀里挣扎两下，被他抱得更紧，心跳连着心跳，撞出的温度从衣襟下传来，几乎烫化了两人本就不多的冰冷。

云崝用脚跟关门，气息抚过晏宁耳畔，他柔声解释道："倪扬撞我的地方没有监控，一面之词定不了罪，所以要从别处下手，时间自然会拖得久一点。我本来想等你回国后，事情解决了再慢慢告诉你，只是没想到他们会听到风声去打扰你。"

晏宁轻轻吸了下鼻子，没有说话。

"早知道瞒着你让你这么难受，我肯定车祸第一时间就告诉你，不像现在，让你一个人孤零零地待在酒店里，想找个说话的人都没有。"他埋在她颈间，深深吸一口气，"对不起。"

晏宁回抱住他，也瓮声道歉："对不起。"

听见这句话，云崝站直身体，他伸手轻轻一抬她下巴，神情严肃："这件事跟你一点关系都没有，完全是倪扬咎由自取。我要做的就是解决问题让他付出代价，然后回家陪你好好吃顿饭，而如果我要把这件事怪在你身上，那我就不配喜欢你也不配被你喜欢，知道吗？"

晏宁眼尾水光清亮，泛起一抹红，直直看他垂在身侧的左臂。

云崝低头亲吻她的唇角："早不疼了。"

晏宁抱着他的腰，脑袋在他怀里蹭了蹭，声音微抖："我心疼。"

云崝发笑："晏老板，你也很肉麻。"

晏宁懒得理他的调侃，静静窝在他结实的胸膛上，她缓缓闭上眼睛，听他鼓鼓有力的心跳，把人搂得更紧了。

云崝点的外卖是之前去过的那家店的蟹粉包和其他吃的，拆开时盒盖上已经积了一层水汽。晏宁拆开筷子，夹起一个包子塞进嘴巴，味蕾得到满足，鲜到眉毛都舒展开来。

　　云崝问："这些够吗？"

　　"够啦。"晏宁腮帮鼓鼓囊囊的，像只漂亮的小仓鼠。

　　她问："你什么时候点的？"

　　云崝想了下："你说不饿的时候。"

　　他说这话时，还在低头给她拌葱油面，拌完又把里头的葱丝一点点挑干净。

　　"云青山。"

　　"嗯？"

　　"怎么感觉吵一次架，好像我们比之前更好了呢？"晏宁眼中带笑地看他，忍不住问道。

　　"可能感情需要一些催化剂？"

　　"但我们都没吵过一晚上。"

　　"那大概是因为……"云崝想了想，接着说，"你太爱我了比较好哄。"

　　晏宁问："那你为什么要哄我？"

　　"我爱你啊。"

　　他脱口而出的随意是真心的坚定，柔柔光线照在他的眉眼上，一片氤氲溺人情思。晏宁淡淡笑了下，没再说话，夹起一只包子放到云崝碗里。

　　云崝把蘸料和面推给她，低头咬了一口包子。

　　睡醒的噎喽贴地匍匐过来，跳上旁边的美人榻，圆溜溜的眼珠看着两人，尾巴一来一回地扫。

　　晏宁不知道说了句什么，两人同时笑出来，云崝隔空点点她，表情里是毫无办法可言的宠溺。

　　世界静宁，爱意无声晕染。

　　能好好跟你吃一顿饭，我就觉得人间浪漫。

番外四

夏了一夜又一夜

有一段时间晏宁非常忙。

云氏基金会二十周年晚宴,她要负责制定方案并确定到场嘉宾名单,而那段时间正赶上她毕业答辩,一头晚宴一头论文,她常常盯着电脑一看就是通宵,最终用眼过度得了结膜炎,眼睛通红跟只小兔子似的。

晏宁本想再坚持几天,但后面她逐渐出现视力下降的情况,因她忙碌被晾了许久的云崝忍无可忍,一个电话打到云氏总裁办替她请了假。

那会儿"小兔子"就盘腿坐在沙发上,满眼崇拜,小小地"哇"了一声:"云青山,你现在越来越霸总了。"

"是吗?"她这种赞叹里夹着点调侃的语气云崝再熟悉不过,他配合地一扔手机,把她揽到怀里坐好,"我还有更霸总的一面,想试试吗?"

"小云总这么厉害呢?"晏宁坐在他腿上,笑得眼睛都弯起来,捧着他的脸重重亲了一下,一秒后她离开,云崝一瞬不瞬地盯着她看,一如既往清冽干净的眉眼里带着浓浓欢愉,看她的表情别有深意。

阳光旖旎明媚,静谧的空间中,暧昧分子在对视中肆意释放游走,晏宁微微躬身,两人鼻尖相亲,呼吸绽放爱意,欢情舒张,耳鬓厮磨,云崝的手在她背后自上而下一路摩挲……

紧接着,晏宁感觉垂在腿上的手掌一凉,她低头,一杯胡萝卜苹果汁。

"云青山,你真的很变态!"

"快喝吧不爱吃胡萝卜的兔子。"

比起结膜炎,她眼睛视力的轻微下降更让云崝担心,好在医生检查过说没什么大事,过段时间就会恢复。对此,眼睛做过手术且本身就有夜盲症的姜也很有经验,她跟晏宁说要少看电子产品多看风景,为防交叉感染也尽量别去人多的地方,没事就多闭眼休息。

所以除去必要工作,云崝基本不出门,都在家里照顾晏宁。席文珺让在云家待了十多年的许妈过来负责两人的三餐,云崝就陪她听书遛弯儿逗逗猫,赋闲的晏宁感觉自己在提前体验退休生活,好不轻松自在。

但每天雷打不动的胡萝卜汁,让她苦不堪言。

"有本事你把婚礼也办成胡萝卜主题。"晏宁冷着脸,语气恶狠狠。

云崝微微眯起眼,真就认真想了两秒:"那我一定在门口摆上胡萝卜汁,所有到场宾客都得喝,不喝不准进来。"

"太好了,新娘也进不来。"晏宁坐直了点,云崝胳膊收紧揽住她后腰,稳稳地扶着她,她笑了一声,"想想就刺激。"

云崝真的是甘拜下风,他点点她饱满的额头,要笑不笑地说:"晏老板,你一时不高兴还是一辈子不高兴,轻重与否我还是有分寸的。"

"一辈子"三个字莫名出众,落在晏宁心里磕了下,她眼神笔直地望向云崝,忽然就不说话了。

云崝察觉她的沉默,轻声问:"怎么了?"

顿了顿,晏宁问:"不高兴你会哄我吗?"

云崝从茶几盘子里拿了颗蓝莓塞她嘴里,道:"我还不哄你?"

两人在一起后鲜会发生矛盾,前期是因为两人异地多,见了面只说不尽的话和诉不完的思念。而现在是因为两人都忙,如今来找工作室合作的业务越来越多,还都是非常有挑战且艺术的拍摄,云崝常常在摄影棚或是其他取景地一待就是一天,晏宁就更不必说,半工半读但又都全力以赴,无论学业还是工作她都完成得很出色。

所以他俩经常躺在沙发上聊人生。晏宁懒洋洋地问旁边玩她手指的人:"云青山,什么时候我们能不这么忙啊,赚够一个亿?"

云崝闭着眼笑,声线清冽:"确切来说,你已经不用忙了。"

晏宁转过头:"那我们可以不工作了吗?"

"可以啊。"云崝身体往下滑了点,脑袋靠在她肩膀上,还在来回揉她打字打到发酸的手腕,"反正自有哥跟姜姜,我们躺家里拿分红就行。"

晏宁笑出声,她低吟两秒摒弃那些胡思乱想:"贪图享乐要不得,还是要好好奋斗的。"

云崝抬手拍拍她的发顶:"小姑娘思想觉悟还挺高。"

其实她累云崝十分心疼,但看她乐在其中整个人都自信洋溢的模样,他便不再说什么,予以全部的支持和尊重,也相信她能做得更好。

唯一吵架是上次那回,她赌气离家出走,酒店是云崝订的,车是他派的,又开车在后头跟了一路,最后还找借口担心她睡不好把自己送过去。

后来向昭听说了这事儿,他没心没肺地开玩笑说你俩想追求刺激大可不必这么掩人耳目,被云崝冷着脸赶出办公室。

他是真怕她受半点委屈。

晏宁仔细回想了下,好像是这样。于是她"恃宠生娇",把胡萝卜汁端到云崝眼前:"那你帮我喝一半。"

一码归一码,云崝坚定地摇头:"等你一只眼睛好了再说。"

晏宁愤愤地朝他噘了下嘴巴。

门外有人按密码锁,"嘀嘀"作响,是许妈过来做饭了。云崝揉了揉晏宁的头发:"赶紧喝完,吃完饭我带你下楼转转。"

晏宁咬着玻璃杯口,低低地"嗯"了一声。

饭后,遛过弯,晏宁躺在沙发上,云崝给她滴眼药水,吃饱饭足的噎喽伏在他温暖的脚背上,眯着眼睛打盹。

滴完,云崝将药水放到茶几上,一回头发现她正咧着嘴笑,看着还挺开心。云崝问她:"傻乐什么呢?"

晏宁乐陶陶:"云青山,我眼里有好多星星。"她眼里水汪汪,灯光落在里头,晃着细细碎碎的闪。

"那你注意点儿,别把星星洒出来了。"说着,他拿起旁边的平板电脑,"今天改哪段?"

从前几天晏宁眼睛不舒服开始,都是云崝拿着论文将导师的修改意见一句句读给她听,再根据她的想法一点点进行修改。

晏宁身体转个方向,把头枕到云崝腿上,声色俱缓:"今天不想改论文了。"

"那我给你找部电影听听?"

晏宁摇头,发丝在云崝腿上摩挲发出细腻声响,轻柔得让人犯懒,她打个哈欠:"我就想这么躺会儿。"

"那你躺着。"云崝打开一份文件,边看边跟她说话,"我看看向昭发的资料。"

晏宁问:"有拍摄了吗?"

云崝解释:"向昭前段时间谈的合作,但是艺人档期排满了,这两天才有空。"

晏宁小幅度地点点头。

噎喽从沙发底下跳上来，团成一团窝在她臂弯，继续睡觉，晏宁摸几下它软趴趴的肚子。时间静静流淌，噎喽轻轻打鼾，云崞手指点击屏幕的声音从头顶落下，心中盈满平和而绵长的安逸。

比起别的，晏宁更喜欢这样静静待着，两人各自忙着手中的事，忙碌的间隙偶尔分出一抹精力，眼神跟对方碰上，万般话语默然无声，却感觉疲倦在身体里慢慢化开。

她想起云南夏天早晨的空气，绿谷中水雾弥漫，漾着朦朦胧胧的清新，炽热阳光在树叶里翻动跳跃，风缓缓地吹到人身上，蓝天浮云满是安宁。

晏宁抬起手，捏了两下云崞搭在她腰间的手，云崞回握，让她有一下没一下地打发时间，自己还偏着头看资料。

时间一分一秒地流逝，两人一猫静好安虞。

晏宁的眼皮越来越沉，全身被温和的困意包裹，身体动了动，在云崞腿上找了个舒服姿势睡过去。

迷迷糊糊间她听见云崞在打电话，然后他垂颈，用手掌盖住了她耳朵，动作轻柔像在安抚，温度从耳郭传过来，她把噎喽搂在怀里，沉沉跌入梦乡。

云崞跟向昭打完电话又忙了会儿，然后他放下平板电脑，熟睡中的晏宁无意识地动了下，还紧紧抓着他的手不放。

他唇角慢慢扬起一个弧度，轻轻将噎喽掀开，起身将晏宁打横抱起来走向卧室。

身后噎喽四脚朝天，躺在沙发上露出圆鼓鼓的肚皮，睡得又香又甜。

晏宁醒时往房内看了眼，室内只开了一盏夜灯，柔柔的光芒似莹白月辉。

她拿起手机一看，才凌晨三点，但她已经睡不着了。因为前段时间作息不规律，这几天白天她总是断断续续地睡觉，加上心里记着论文，她有点失眠。

她转过头看向睡颜安稳的云崞，他额前碎发睡得乱糟糟，整个人看着比平时更柔温柔，光线飘落在高挺眉骨上，照着他侧脸轮廓分明清隽。

房间里静悄悄的，晏宁看了他好一会儿，撑起身体轻啄下他的嘴角，然后蹑手蹑脚地掀开被子下床。

客厅里，阅读灯垂下一圈明亮，晏宁蜷靠在沙发角落，腿上支着笔记本电脑正专注地改论文。

改了不知多久,卧室的门响了下。

晏宁抬起头,几米之外的东西有些模糊,只能看见云崝站在光线晦暗的房门口,形容显得有点疲倦。他盯了她两秒,还没等她说什么,又转身回到卧室。

晏宁只当他睡迷糊了,没去管,低下头继续改刚才的地方。

几分钟后,拖鞋的声音由远及近,云崝来到晏宁身边,手里拎着条薄薄的毯子。

他微昂下巴示意晏宁往里挪点儿,然后跟着坐下,将毯子盖到两人身上。云崝将人搂进怀里,自然而然地拿过她手里的电脑:"睡不着了?"

晏宁"嗯"了声就想揉眼睛,被云崝一手拦下,她愣下了反应过来:"白天睡得有点多。"

云崝深呼吸压下困倦,哑着声音问她:"改到哪里了?"

晏宁看向他耷拉的眼皮和微抿的嘴角:"你不接着睡了吗?"

"你都不睡了我还睡什么?"他用下巴蹭蹭晏宁的头发,毛茸茸的,有点痒,但是舒服,"这个地方?"他手指在触控板上滑动,缓慢念出几个自己并不熟悉的专业术语,"要怎么改?"

晏宁眨眨眼睛,指挥说:"另一个文档里有个样本模型回归表格,照着那个数据改。"

云崝照做,并按着前几天的经验调整文档格式,改好后他继续往下念。

睡过一觉的噎喽被这动静吵醒,从沙发尾那头蹿到沙发靠,揣起两只爪子,打着跟云朵一样轻的盹儿。

窗外慢慢下起小雨,雨声淋淋漓漓,夜晚突然变得很长,也很平静。

云崝将醒的嗓音低醇而微带沙哑,惺忪语调顺着灯光淌进晏宁耳朵,尾音在她耳郭打了个弯,翻起一丝慵懒的暖意。

她静静听着,发自内心地笑了一声。

"笑什么?"云崝停下,不明所以地问她。

晏宁把腿架到云崝腿上,像只树袋熊一样抱紧他,抱紧这温暖的来源。她就在那笑里说:"就是突然感觉,我们好像真能过一辈子。"

听见这句话,云崝侧下眸,注视着怀里的小姑娘,忽而想到初见她也是一个雨夜。那时他狼狈不堪一身疲惫,她像夏天林间的明月一样干净清澈,猝不及防地照进他的梦里。

时间过了很久，久到那盆茉莉开了一簇又一簇，墙角的柠檬熟了一颗又一颗，可他依然觉得她可爱。

云崝用指尖挠挠晏宁的下巴，眼里闪烁愉悦，说的话却还是傲娇："谢谢你的认可。"

"不客气的。"晏宁极有礼貌地礼尚往来。

两人窝在一块儿，因这平淡而细碎的对话，都笑出了声。

往后的时间，云崝不仅照顾晏宁的眼睛，更是一点一点修正她的作息。

晏宁的失眠持续了好长一段时间，有时候晚上睡不着，云崝就起来找部电影，跟她一块儿慢慢看，或者拿一本书慢慢读，所以很多时候，两人都是依偎在沙发上，跟早晨的阳光一起醒来。

直到她答辩后一个月，才堪堪见好。那会儿她已经辞去云氏基金会的工作，一手博士录取通知书，一手高校讲师 offer，如释重负地躺在家里，终于能睡个好觉。

而她最近一次失眠，是在婚礼前夕。久违的因为翻来覆去导致心跳落不到实处的滋味，让晏宁的思绪有些混乱。

因为吕菱花的身体不能长途奔波，所以婚礼定在上海。

借着床头灯的淡淡光晕，晏宁盯着总统套房奢靡华贵的天花板，愣愣出神，说不清是因为紧张还是激动。

她拿起手机试着给云崝发个表情包——小噎喽举着肉垫打招呼。

云崝直接电话打过来，晏宁惊诧："你怎么还没睡？"

他明知故问："你怎么还没睡？"

说完，云崝笑出来，声音温润，像羽毛扫过耳畔，听得晏宁心里软软的，心底洇开隐微的酸涩和微胀，好像埋了许多话语的种子，要争先恐后地抽长出来。

静默两秒，她猛地从床上坐起来，一下子越过那些言语，想直接飞到他面前："我去找你吧！"

半个小时后，云崝驱车到云悦楼下。

晏宁看见熟悉的车辆，前一秒还在失神的眼睛亮起，她快步过去打开车门。

坐下后，可能是到了更为自在的环境，她整个人变得放松，说话的语气也像"劫后余生"的感叹:"我怎么突然有种逃婚的禁忌感呢!"

云晴失笑,但仍目不斜视地看着前头,他单手打着方向盘拐进主道,认真地给出建议:"那你明天找个人假扮新郎,我来扮演从天而降的骑士。"

晏宁眼睛弯成粲然的弧:"这么说我是公主?"

"不,你是小精灵。"

"为什么?"

"因为你住在森林里,从小跟小鹿小熊猫做朋友,吃着玫瑰花瓣长大,还会采雨后的蘑菇,开心了就唱歌跳舞。"说到这儿,他自己先点下头,非常认同自己想法,"吃玫瑰花长大的,那一定是个漂亮的小精灵。"

如此直白的夸奖让晏宁笑起来,眼里粲如点星。她扬眉问:"那精灵平时能喝酒吗?"

红灯亮起,云晴轻踩刹车,有问必答:"喝的,喝花蜜酿的酒。"

"那五粮液和茅台都不能喝了吗?"晏宁很快说道,她皱起眉头,略微有些遗憾和不满,"啤酒也不行?朗姆酒也不行?威士忌也不行了吗?"

她话里的小心思满得快要溢出来,看穿她的云晴忍不住嘴角上扬。他摸了摸鼻子,重新启动车辆,给予一定宽限:"白兰地吧,葡萄酿的,相对来说符合你小精灵的人设。"

晏宁坐在副驾驶座笑得根本停不下来。

为什么好几年过去两人的感情只增不减,大概就是云晴愿意包容她所有的幼稚,一本正经地陪她胡闹,更不会不耐烦。好像长久的感情就是这样,细水长流下的春风涟漪,偶尔波澜壮阔的海浪,有雨打,有雷鸣,有日出和星辰,一生都不会无聊。

车辆行驶过两个街道,云晴问:"小精灵,想去哪儿?"

晏宁眨眨眼睛:"回森林里睡觉。"

云晴笑:"行!"

凌晨的夜晚街道,车轮碾过宁静,荡起一路月光的碎影。

再回到静安区家中,晏宁像回到了安乐窝,她脱掉鞋子扑到沙发上,一动不愿意动。

云晴望着沙发上的一团,觉得好笑:"就这么睡啊?"

"嗯。"晏宁怀里抱着抱枕,闭上眼睛,声音闷闷地说,"这么睡舒服。"

云晴无奈地勾唇,以前是没办法,却没想到她现在还真就喜欢这么睡,像这沙发有什么魔法似的,往那儿一趴就静下来,慢慢开始犯困。

看了几秒，云崝在她脑袋上胡乱揉两下，然后打开空调，拿起旁边的毯子盖到她身上，接着他也躺下，她轻车熟路地凑到他臂弯，枕在他肩膀上，如同之前平常的夜晚。

半睡半醒间，晏宁含糊问："闹钟定了吗？"她还记得明天要早起回酒店化妆。

云崝拍拍她后背："定了，睡吧。"

然后无声，梦宇安然。

晏宁睡了很好很长的一觉，好到她连着做了好几个美梦。

直到提前来到的柏西明几人带着一身聒噪侵入屋内，拉亮客厅大灯，光线刺眼，她不耐地皱起眉头，云崝习惯性地去捂她的眼睛。

然后是一道冷飕飕的声音化作利箭从上而下正中两人身体："二位昨晚是提前洞房花烛了？"

晏宁先有反应，她一个激灵爬起来，脑子还有点蒙，眼神茫然地看向屋内站着的人，柏西明、向昭、裴渡也正在看着她，嘴边憋着戏谑的笑。

云崝也醒了，一贯气定神闲的脸上罕见地出现慌乱，但还记得把拖鞋放到晏宁脚边。

他起身往外走，晏宁趿拉着拖鞋往卧室里走。

不出两秒，两人都意识到有些不对，同时转身，然后心照不宣地擦肩而过，云崝往里，晏宁往外，全程毫无交流。

在一旁看完全程的柏西明挑起半边眉梢，忍不住问其他两人："他俩是要结婚吧？"

向昭哼笑一声："反正不是我俩结婚。"

裴渡淡定地发表意见："要你俩结婚他俩肯定比现在上心。"

向昭、柏西明双双哑然一瞬。

向昭怒吼："你要死啊！"

柏西明："你是真该死啊！"

玩笑过后，柏西明开车将晏宁送回云悦酒店，化妆团队已经准备就绪。

如果要问结婚是什么感觉，那大概就是开心，两人脸上的笑容没有变过。

周围一片哄闹喜庆。两人默默看向彼此，是开心；给双方父母敬茶，收到厚厚的红包，是开心；两人对拜时不小心磕到彼此的脑袋，晏宁偷偷抬起眼角瞄云崝一眼，云崝也在看她，他俩都是第一次见对方这副隆重装扮，同时情不自禁地笑出来，也是开心。

婚宴结束，两人牵手走在漫天星辰的夜晚，是晏宁最开心的时候。

她穿着酒店拖鞋走走停停，身上还穿着晚礼服，缀满碎钻的深蓝裙摆像一片浩瀚星空，随着脚步走动舞弄银河的浪漫，云崝一手牵她，一手拎着她的高跟鞋。

微风拂动，夏天的夜晚又清又柔，四处洋溢着柠檬的香味和泥土的气息。

"云青山。"

"嗯？"

也没别的什么，晏宁就是有感而发："我现在真是太幸福了。"

云崝假意恍悟地"啊"了声，颇有成就感地说："那可真是太好了。"

"太好了！"晏宁晃他的手，娇娇软软地重复。

云崝望着活泼灵动的她，心里轻轻一碰，眼前光景斑斓，胜过宇宙万千。

真是太好了。

爱是什么呢？

爱是夕曛温柔时，我看见你出现在蓝色的夏晚，带来阵阵清凉的风，释放我所有的快乐。

从此我的生命，夏了一夜又一夜。